語文

Languages

Education

與

語文教育的展望

展望語文與語文教育研究的新天地，本書論題新穎，見地卓越，足夠同行據為參鏡。

周慶華・主編

東大語文教育叢書出版理念

　　只要有教育，就一定會有語文教育；而有語文教育，也勢必要有語文教育研究來檢視它的成效和推動它的進程。因此，從事語文教育的研究，也就成了關心語文教育的人所可以內化的使命和當作終身的志業。

　　臺東大學語文教育研究所從 2002 年設立以來，一直以結合現代語文教學的理論及實務、發展多媒體語文教學、培養專業語文教育人才、提供在職教師語文教育進修和開拓未來語文教育產業等為發展重點，已經累積不少成果，今後仍會朝這個方向繼續努力，以便為語文教育開啟更多元的管道以及探索帶領風潮的更新的可能性。

　　先前本所已經策畫過「東大詩叢」和「東大學術」兩個書系，專門出版臺東大學師生及校友的詩集和臺東大學語文教育研究所研究生的學位論文，頗受好評。現在再策畫「東大語文教育叢書」新書系，結集出版臺東大學語文教育研究所舉辦的學術研討會和研究生論文發表會的論文，以饗同好，期望經由出版流通，而有助於外界對語文教育的重視和一起來經營語文教育研究的園地。

　　如果說語是指口說語而文是指書面語，那麼語文二者就是涵蓋一切所能指陳和內蘊的對象。緣此，語文教育就是一切教育的統稱而可以統包一切教育；它既是「語文的教育」，又是「以語文來教育」。在這種情況下，語文教育研究也就廣及各個語文教育的領域。本叢書無慮就是這樣定位的，大家不妨試著來賞鑑本叢書所嘗試「無限拓寬」的視野。

　　由於這套叢書的出版，經費由學校提供，以及學者們貢獻精心的研究成果，才能順利呈現在大家面前；以至從理想面的連結立場來說，

這套叢書也是一個眾因緣合成的結晶，可以為它喝采！而末了，寧可當語文教育研究是一種「未竟的志業」，有人心「曷興乎來」再共襄盛舉！

臺東大學語文教育研究所

目 次

英語 BE 動詞的用法與華語的對應關係

麥特

摘要

以英語為母語的人在學華語時，要用華語表達有 BE 動詞的句子是困難的，因為很多時候，英語的句子都可以用同樣的 BE 動詞，而這些句子譯成華語時，就不能都用同一個詞彙來表達源句中的 BE 動詞。筆者將以英語有 BE 動詞的句子與譯為華語的句子做對比分析，並找出語法規則，看在什麼樣的語境用哪些華語詞彙來表達英語 BE 動詞。筆者認為若能將此運用在華語教學設計上，相信對以英語為母語的學習者在學習華語上能有所幫助。

關鍵詞：BE 動詞、華語、英語

一、引言

　　學過外語的人都能體會一個事實：要講話以前，自然的方法就是從母語直接翻譯成目標語。相對地，若已經學了一段時間的外語，就會知道直接翻譯法的不可靠，因為有時候會發生不符合目標語言的用法。兩個語系越不相同的語言，直接翻譯法越容易造成錯誤。

　　英語屬於印歐語系（Indo-European language family）的語言，而華語屬於漢藏語系（Sino-Tibetan language family）。因此他們之間有很多語法及詞彙上的差異，會造成英語為母語的華語學習者不少的困難，英語 BE 動詞的用法就是其中之一。以英語為母語的華語學習者應先理解一點：英語裡雖然許多句子都同用一個 BE 動詞，但這些句子譯為華語時，卻不能用同一個華語詞彙來表達，甚至於任何詞彙也不需要。

　　英語句子裡的謂語必須有動詞。在有靜態動詞（stative verb）的句子裡，當一個形容詞或名詞充當英語謂語的主要成分，聯繫動詞充當句子的動詞。（邱凱，2003）BE 動詞充當聯繫詞沒什麼實義，只不過有將主語和謂語連起來的句法功能。（侯娜，2002）在英語，BE 動詞是最常用的聯繫詞。相對的，華語的句子不一定需要動詞。（邱凱瑞，2003）

　　華語裡的聯繫詞不只是動詞，也可能是副詞。呂叔湘（2008：266）將「很」解釋為「表示程度高的副詞」，跟英語的「very」意思相同。「不」的解釋也為副詞。這樣，例 1 和例 2 的華語句子就沒有動詞，而只有副詞充當聯繫詞。這是英語為母語的華語學習者必須要理解的一點。

　　例 1：I am tall.　我很高。

　　例 2：I am not tall.　我不高。

　　BE 動詞有多種的用法和含義：表示時間、年齡、天氣、存在等等的用法（侯娜，2002），如例 3 到例 9。

例 3：Today is Thursday.　今天禮拜四。

例 4：I am 30 years old.　我三十歲。

例 5：Today is windy.　今天有風。

例 6：There are apples on the table.　桌上有蘋果。

例 7：I am sick.　我生病。

例 8：I am hot.　我很熱。

例 9：The toy is plastic.　那個玩具是塑膠的。

　　從以上的例句可得知英語雖然在很多狀況可以用 BE 動詞，但譯為華語時還可以用很多不同的詞彙來充當 BE 動詞的功能。

　　本研究將以英語 BE 動詞的各種用法對譯成華語的句子為例，並以對比分析的方法（contrastive analysis）來歸納、整理什麼狀況下需要用什麼適當的華語詞彙來翻譯。研究者希望此研究可以整理出翻譯英語 BE 動詞的規則，並可以應用在華語教學上。

二、英語和華語須知的語法背景

（一）具有 BE 動詞的句型

　　英語的簡單句子（如：You are a man.）就等於獨立子句的定義[1]。（Quirk 等，1991：719）獨立子句（在此研究簡稱「句子」）有三種[2]：（1）主+動+主語補語（subject predicative），如例 10 和例 11，和（2）主+動+狀（adverbial），如例 12。（Biber 等，2000：428）

　　例 10：I am a boy.　我是男孩子。

---

[1]　NP "a man" 也可以加上修飾語（如："a man I worked with"）並還算是簡單句子（Quirk 等，1991：719），但除非是為了讓讀者清楚地了解句子的意義，此言研究的例句不會加上修飾語。

[2]　獨立子句還有幾種，但那些都限於動詞為及物動詞或為有實義「存在」意義的 BE 動詞（Quirk 等，1991：53），如法國哲學家笛卡爾（Descartes）所講的「I think, therefore I am」。（Microsoft，2008）

例 11：I am tall.　我很高。

例 12：I am at home.　我在家。

當英語的 BE 動詞充當沒有實義的主要動詞（main verb）時，就會充當聯繫詞（linking verb/copula）[3]。（Quirk 等，1991：96）因為此研究只涉及 BE 動詞為主要動詞，所以句型的範圍相當變小，因此這兩種句型可以重寫為：（1）主＋BE＋NP（名詞組）、（2）主＋BE＋AP（形容詞組）以及（3）主＋BE＋PP（介詞組）。

英語的獨立句子有兩種：陳述句（declarative sentence）和疑問句（interrogative sentence）[4]。陳述句可以分為肯定句和否定句。疑問句可以分成三組：（1）Who、What、Whose 以及 Which 開頭的疑問句（簡稱 wh-問句）、（2）yes/no 疑問句以及（3）選擇問句（alternative question）[5]。（Biber 等，2000：204）

除了子句中 BE 動詞的部分以外，華語也有像上面陳述的句型：（1）主＋？＋NP、（2）主＋？＋AP 以及（3）主＋？＋PP，如例 10 到例 12 的華語句子。此研究的目的是找出什麼詞彙可代替 BE 動詞的位置。在「主＋？＋NP」，由於呂叔湘（2008：496）將「是」的解釋為主語和 NP 之中的聯繫詞，筆者認為一般的狀況下可以用「是」代替「？」的部分。「主＋？＋AP」和「主＋？＋PP」反而比較複雜。

（二）BE 動詞句型裡的 NP

1. 英語的 NP

NP 的成分是由名詞充當中心語（head），如「a cat」的「cat」。中心語也可以加上限定詞（determiner），如「a cat」的「a」。此研究不涉及可加上其他修飾語的狀況。

---

[3]　BE 動詞也可充當助動詞，如 I am running，但此研究限於 BE 動詞充當主要動詞。（Schrampfer Azar，1989：A4）

[4]　此研究不涉及省下的兩種：祈使句（imperative sentence）和感嘆句（exclamative sentence）。（Biber 等，2000：202）

[5]　選擇問句有兩個以上的選擇，如：Are you tired or sad? 和 Are you sad or not?（Biber 等，2000：204），在此不處理。

2. 華語的 NP

華語的 NP 也是由名詞充當中心語。當一個時間語充當 NP 時，就可以如例 13 和例 14 充當謂語，不需要聯繫詞。

例 13：今天禮拜一。　Today is Monday.

例 14：今天禮拜幾？　What day is today?

（三）BE 動詞句型裡的 AP

1. 英語的 AP

從句法功能的角度來看，AP 可以分為三大組：（1）謂（predicate）AP、（2）屬性（attributive）AP 以及（3）可充當謂 AP 和屬性 AP。因為此研究的對象是簡單子句，筆者只涉及第一和第三種 AP。除了本性就是 AP 的詞彙以外，AP 也包括：1)「a-」開頭的詞彙，如 asleep、alone 等、（2）分詞 AP（participle AP），如「surprising」、「broken」、（3）名形詞[6]（denominal AP），如「wooden」、「diabetic」以及 4）表示人物的來源的 AP（provenance），如「Chinese」。（Quirk 等，1991：404、408、413、432、435）

從語義的角度來看，所有的 AP 是靜態的（stative），但若一個 AP 是由施主事者（agent）的意願而控制的（如「careful」、「angry」），就可充當動態（dynamic）AP。能充當動態的 AP 可以填在這個祈使法句型裡的空白位置：「Be ＿＿＿！」 或「Don't be ＿＿＿！」（Quirk 等，1991：434）

所有的動態 AP 和大部分的靜態 AP 都是可分級的（gradable）。可分級 AP 可以用帶有程度意義的「very」（或類似的副詞）修飾，而不可分級（ungradable）AP 只能用帶有完全程度義的「absolutely」或類

---

[6]　名形詞 AP 是由一個名詞加上後綴使其成為 AP：「-ar」、「-en」、「ic」、「-an」、「-al」、「-ly」等，不過很少可充當謂 AP，所以研究的例句也相當少。

似的副詞）修飾。（Hewings，1999：83）例 15 的「happy」是可分級的，所以可以用程度副詞的「very」，但不能如例 16 用完全程度副詞的「absolutely」。例 18 的「perfect」是不可分級的，所以可以用完全程度副詞的「absolutely」而不能如例 17 用程度副詞的「very」。

例 15：I am very happy.

例 16：*I am absolutely happy.

例 17：*He is very perfect.

例 18：He is absolutely perfect.

可分級 AP 可以做比較，如：「I am ___er than you.」或類似的比較句型，而不可分級 AP 不能做比較。

名形詞 AP 和表示人物來源的 AP 都是不可分級的並不可充當靜態 AP。（Quirk 等，1991：435）一般的名形詞 AP 是非謂的（Quirk 等，1991：432），所以例句相當少。

2. 華語的 AP

AP 可以分為性質 AP 和狀態 AP[7]。除非性質 AP 作比較，不然不能單獨充當謂語。（劉月華等，2006：196）除非加上詞「很」，如例 19。

例 19：這個東西貴，那個便宜。

　　　　*這個東西貴。

　　　　這個東西很貴。

由於例 19 的問題，當 AP 在主語的後面時，副詞「很」或「不」常用在它們之中，而不像英語需要動詞。儘管呂叔湘（2008：266）將「很」定義為「表示程度高的副詞」，不過「很」也常只有充當聯繫詞的功能，並沒什麼實義。（Qui Gui Su，2009）在肯定句和疑問句，例 20 和例 21 的「很」卻不帶有程度高的意義。

例 20：I am tall. 我很高。

例 21：Are you tall? 你很高嗎？

---

[7] 狀態 AP 帶有隱義（如程度高），所以在此不處理。

　　華語的 AP 可以分成一般 AP 和非謂 AP 。一般 AP 可充當謂語、定語、狀語、補語、主語以及賓語，大部分可受程度副詞修飾。非謂 AP 的功能跟英語的屬性 AP 相同，只能充當定語和賓語（加上「的」時）、不受程度副詞修飾、用「非」來否定。（劉月華等，2006：191～192）

　　有的非謂 AP 本身沒有程度差別（就等於英語的不可分級 AP），只是陳述一個物體的成分是什麼物質，所以這些 AP 的句子不能用「很」。（薛揚等，2008）這時候，要用「是」充當聯繫詞且在 AP 後加上「的」，句子就變成主賓關係的子句（劉月華等，2006：679～680），如例 22。

　　例 22：The bottle is plastic. 瓶子是塑膠的。

*瓶子很塑膠。

　　這些非謂 AP 也屬於「區別詞」的類型。（謝達生，2007）學華語者不知道謂 AP 和非謂 AP 的分別時，可以按照沉秀麗（2007）指出的方法：AP 只要可用否定、肯定並行方式來造問句，就不算是非謂 AP，所以例 23 的 AP 可充當謂語，而例 24 的 AP 是非謂的。

　　例 23：他胖不胖？　Is he fat?

　　例 24：瓶子塑膠不塑膠？　Is the bottle plastic?

（四）BE 動詞句型裡的 PP

1. 英語的 PP

　　PP 是由一個介詞與一個 NP 構成的。（Quirk 等，1991：657）[8]筆者所處理的 PP 有三個用法：（1）表示空間的關係（例 25）、（2）表示時間的關係（例 26）以及（3）表示有比喻性和抽象性的狀況（例 27）。（Quirk 等，1991：673、685、687）

　　例 25：I am at home. 我在家。

---

[8]　PP 也可以由名詞性的 wh-子句（nominal wh- clause）或名詞性的-ing 子句（nominal–ing clause）構成的。（Quirk 等，1991：657）

例 26：The game is at 5:00.　比賽五點開始。

例 27：I am in trouble.　我遇到了麻煩。

　　表示空間的關係有：維度（dimension）、肯定位置（positive position）、否定位置（negative position）、空間（space）、導向（orientation）以及全體意義（pervasive meaning）。筆者所處理的表示時間的關係有：表示一個時間點（point in time）、表示時間週期（period of time）、表示一個未來的時間點（measurement into the future）以及表示時段（time duration）[9]。（Quirk 等，1991：673～684、687～689）

2. 華語的 PP

　　華語的 PP 與英語一樣可以表示動作行為的處所和時間。華語的 PP 表示處所時，一般可以用「在」，而不需要聯繫詞，如例 28。

例 28：I am at home.　我在家。

　　PP 表示時間時，也不一定需要介詞「在」，如 例 29。

例 29：The game is at 5:00.　比賽（在）五點開始。（劉月華等，2006：645～646）

三、英語與華語的對比：前人的研究

（一）「是」和 BE 的對比

　　BE 動詞充當句子的主要動詞時，和華語的「是」有很多相同的用法，如例 30 和例 31。

例 30：I am a teacher.　我是老師。

例 31：I am an American.　我是美國人。

---

[9]　除了陳述以上的狀況以外，PP 還有很多用法，但有些限於非 BE 動詞的句子，或者沒有上下文時就跟別的用法一模一樣，或用法比較複雜，所以在此不處理。（Quirk 等，1991：677～689）

　　然而，陳大寶在〈動詞 BE 的用法語含義〉（1995）講到 BE 動詞不一定譯為「是」，而它有很多種的含義。當英語句子的主語表達一個事件時，就不用「是」字，而要用適合狀況的詞彙。例 32 的英語句子根本沒有「start」，但「is」帶有這個隱義，所以華語用「開始」一詞加以補充。例 33 也一樣，句子中的「at」用華語的「開始」一詞加以補充「is」所帶有的隱義。

　　例 32：When is the game?　比賽幾點開始？

　　例 33：The game is at 5:00.　比賽五點開始。

（二）語境和隱義的對比

　　王曉馴的〈從「We are Busy.」結構的漢譯所想到的〉（1995）談到當一個英語句子的動詞為 BE 且謂語有 AP 時，譯為華語會有不同的翻譯。這些華語句子基本上表示同樣的意義，但都有不同的含義。英語的主＋BE＋AP 句子常見的句型有三種：（1）主＋形、（2）主＋是＋形＋的以及（3）主＋很＋形。

1. 主＋形

　　譯為華語時不一定需要「很」字。由於一般對話的句子會出現於一個語境，所以句子結構會受影響。例 34 的 They are busy 譯為華語時有兩個翻譯。例 34a 的華語句子比較單純，而例 34b 不加上「很」只能出現於一個語境做比較。例 34b 的隱義就是非「They」的人不忙。

　　例 34a：They are busy.　他們很忙。（王曉馴，1995）

　　例 34b：They are busy.　他們忙。（王曉馴，1995）

2. 主＋是＋形＋的

　　王曉馴認為例 35 也帶有比較的意義（桌子並不是方的），　例 36 的「他們」是忙的，並不是閒的。

　　例 35：The table is round.　桌子是圓的。（王曉馴，1995）

例 36：They are busy.　他們是忙的。（王曉馹，1995）

不過筆者認為例 35 不像例 36 一樣。「圓」本來就是個非謂 AP，所以必須用「是……的」來陳述桌子的形狀，並沒什麼比較的隱義。

3. 主＋很＋形

在這種句型「很」好像跟英語的「very」意義相同，但這要看說話者有沒有重讀。除非說者為了表示程度高而重讀「很」的話（例 38），否則「很」只充當虛義的聯繫詞　（例 37）。

例 37：They are busy.　他們很忙。（王曉馹，1995）

例 38：They are very busy.　他們很忙。（王曉馹，1995）

同樣地，薛揚和劉錦城（2008）談到母語為英語的學習華語的留學生常出現的語誤時，就指出這點：華語的性質形容詞為謂語時，除非後面的句子是跟前句做比較，不然主謂句子必須加上程度副詞，如「很」、「有點」等等。用「很」時，不需要重讀來加強，主要的功能是完成句子，如例 39 到例 41。例 40 不加上「很」，所以不符合語法。

例 39：今天很冷。

例 40：*今天冷。

例 41：今天冷，昨天不冷。

（三）表示非處所和非時間 PP 的對比

曾向紅（1998）談到 BE 動詞與 PP 合為謂語時，「具有強列的動詞色彩」。當 PP 不表示處所或時間時，不能直接用介詞「在」，如例 42 到例 46。譯為華語時，只好根據語境來選擇一個適當的詞彙，如例 43 的「is below」譯為「低於」。這種狀況很容易看出，因為大部分這些 PP 都算是片語或帶有比較抽象的意義。例 44 的「on　fire」並不是說房子在火之上！

例 42：It is against the rules.　那是違反規定的。（曾向紅，1998）

例 43：he land is below sea level.　陸地低於海平面。（曾向紅，1998）

例 44：The house is on fire. 房子著火了。（曾向紅，1998）

例 45：He is in trouble. 他遇到了麻煩。

例 46：The flowers are in bloom. 花正在盛開。

（四）表示全體意義介詞組的對比

李云（2008）談到英語和華語存現句的對比。華語的存現句常用「是」或「有」，兩者基本上有相同的意義，但帶有不同的含義。英語用 PP 表示全體意義時，譯為華語時可以用：（1）「有」表示物體客觀的存在，或（2）說者主觀地認為有很多東西，而在句子中用「是」代表全體的意義（比較例 47 的存限句、例 48 和例 49）。

例 47：房子裡有垃圾。There is trash in the house.

例 48：房子裡都是垃圾。The trash is all over the house.

例 49：垃圾在房子裡。 The trash is in the house.

四、研究方法

（一）對比分析（contrastive analysis）

對比分析的目標是找出兩個語言結構的差異，幫助學第二語言者的學習過程。Lado 在 1957 年的 *Linguistics Across Cultures* 指出學第二語言時，學習者將母語有的型式和意義移轉到第二語言（目標語言），這就是很多錯誤的來源。兩個語言的型式或意義越不相近，錯誤的機率越高。做母語和目標語的對比分析可預測以及描述哪些型式會造成學習者的困擾。Fries 也指出透過合乎科學的目標語描述並與母語的相似描述是最有效的教材。從此，對比分析變成第二語言教學的重要部分。（引自 Hong，1980：21～22）[10]

---

[10] 對比分析不能解釋所有的錯誤。透過錯誤分析也是很重要的部分。（劉紹龍，2000：78）

本研究將以英語中帶有 BE 動詞的句子對譯成華語的句子為例，並從對比分析方法來分辨英語帶有 BE 動詞句子的什麼狀況需要用什麼華語詞彙來翻譯。筆者的主要方法是用語法的原則將這些句子分類、再造例句作對比分析。英語的例句是筆者自己造的，盡量用常用的詞彙。華語的句子也是筆者翻譯的，並透過幾個華語為母語人的修改和校正。此研究處裡現在式（simple present tense）、陳述法語氣（indicative mode）、主動語態（active voice）結構的句子。

（二）進行對比分析而分類

由以上的語法原則，筆者將句子分成三大組：主＋BE＋NP、主＋BE＋AP、主＋BE＋PP。

1. 主＋BE＋NP

可以分成三組：肯定句、否定句以及疑問句。疑問句分成 wh- 問句和 yes/no 問句。

2. 主＋BE＋AP

這類句子比 NP 還複雜，先分成兩大組：①以英語的角度做分析和②以華語的角度做分析。

①以英語的角度做分析，可充當謂 AP 可以分成五組：（1）「a-」AP、（2）分詞 AP、（3）一般性 AP、（4）名形詞 AP 以及（5）表示人物來源的 AP。前三類可以分成兩組：（1）只能充當靜態 AP 和（2）能充當靜態和動態 AP。只能充當靜態 AP 還可以分成可分級的和不可分級的，而能充當靜態和動態 AP 都是可分級的。名形詞 AP、表示人物來源的 AP 只充當靜態不可分級的 AP。所有的句子種類可分成肯定句、否定句以及疑問句。疑問句分成 wh- 問句和 yes/no 問句。

②以華語的角度做分析，可以分成兩組：一般 AP[11]和非謂 AP。

---

[11] 在附錄裡，會以※號表示子句的 AP 以華語而言算是非謂 AP，不加上※號

3. 主＋BE＋PP

可以分成三組：（1）表示處所、（2）表示時間以及（3）表示有比喻性和抽象性的狀況。表示處所可以分成四組：（1）肯定位置 PP、維度 PP 和空間 PP。因為這三種用同樣的介詞，並且限於有 BE 動詞的子句，功能和意義相同，所以三種合為一組、（2）否定位置 PP、（3）導向 PP 以及（4）表示全體意義 PP。表示時間的 PP 可以分成：（1）表示一個時間點 PP、（2）表示時間週期、（3）表示一個未來的時間點以及（4）表示時段。所有的句子種類可分成肯定句、否定句以及疑問句。疑問句可以分成 wh-問句和 yes/no 問句[12]。

五、結果與討論

透過附錄裡的句子對比分析，筆者發現了以下的普遍規律：

（一）BE 動詞譯為「是」字

1. （肯、否、wh-、y/n[13]）句子是「主+BE+NP」，（參見附錄第13～14頁）如：

    I am a teacher.　我是老師。

    但 NP 為時間詞的時候，（肯、wh-、y/n）子句不需要「是」字，但否定句還需要「是」字（參見附錄第 13～14 頁），如：

    Today is Tuesday.　今天禮拜二。

    Today is not Tuesday.　今天不是禮拜二。

就表示是可充當謂 AP。

[12] 關於充滿意義的否定句和 yes/no 問句，子句極少，在此不處理。

[13] 括號裡為趨勢所包含的句型。「肯」代表肯定句、「否」代表否定句、「wh-」代表 wh-句、「y/n」代表 yes/no 句。

2. （肯、否、wh-、y/n）句子有一般性只能充當靜態不可分級的
　　AP，包括就華語而言的非謂 AP（參見附錄第 20～21 頁）。這
　　些 AP 常加上「的」，如：

　　　　The position is short-term.　這份工作是短期的。

　　　　有的華語非謂 AP 要先透過轉換才可以用在這種句型，如：

　　　　The necklace is gold（金）.　項鍊是金子做的。（「金」要
　　先轉換成名詞性的「金子」並加上適當的動詞「做」）。

　　　　這些 AP 大部分表示客觀並永久的狀況，但少部分表示主
　　觀或暫時的狀況，

　　　　就不用「是……的」，如：

　　　　This performance is wonderful!　這次表演很棒！

　　　　She is pregnant.　她懷孕了。

3. （肯、否、wh-、y/n）句子有表示人來源的 AP。表示人的來源
　　的 AP 有一個特點：譯為華語時，華語需要將這些補語轉換為
　　NP，如「I am American.」（American 為 AP）譯為華語時，必
　　須先將「American」轉換為 NP 性的「an American person.」，
　　然後譯成「我是美國人」。（參見附錄第 23 頁）。

4. （肯、否、wh-、y/n）句子有名形詞的 AP，常加上「的」（不
　　包含 AP 為疾病）（參見附錄第 22～23 頁），如：

　　　　The bowl is earthen.　這個碗是陶製的。

5. （肯、wh-）句子有全體意義的 PP，如：

　　　　What is all over the floor?　地板上都是什麼？

　　　　The leaves are all over the yard.　院子裡都是樹葉。

（二）BE 動詞譯為虛義的「很」字

1. （肯、wh-、y/n）句子有一般性只能充當靜態可分級的 AP。限
　　於譯為華語時，詞彙的本性是 AP 性的，而不是動詞性的。因
　　為「高」本性是 AP，所以可以用「很」。因為「餓」本性是動

詞（周何等，2009：2133），所以不需要聯繫詞。加上「很」反而會帶有程度高的意義。

I am tall.　我很高。

I am hungry.　我餓了。　*我很餓。

因為「生病」是由動詞性的「生」與名詞性的「病」（周何等，2009：1367、1384）組成動賓複合式合成詞，筆者認為「生病」算是動詞。因此，與「餓」一樣不受「很」充當虛義聯繫詞（參見附錄第 18～20 頁），如：

I am sick.　我生病了。　*我很生病。

2. （肯）句子有一般性只能充當靜態不可分級，並且本身帶有高程度意義的 AP，如：

This gift is wonderful!　這個禮物很棒！

My car is terrible!　我的車子很爛！

3. （肯、wh-、y/n）句子有「a-」開頭只能充當靜態可分級的 AP（參見附錄第 14 頁），如：

He is alone.　他很孤獨。

4. （肯、wh-、y/n）句子有一般性能充當靜態和動態 AP（參見附錄第 21～22 頁），如：

He is good.　他很乖。

（三）BE 動詞不直接翻譯，華語句沒有聯繫詞，但有「不」

1. （否）句子有「a-」開頭只能充當靜態可分級的 AP（參見附錄第 14 頁），如：

He is not alone.　他不孤獨。

2. （否）句子有「a-」開頭能充當靜態和動態的 AP（參見附錄第 15 頁），如：

He is not alert.　他不謹慎。

3. （否）句子有分詞只能充當靜態可分級的 AP（參見附錄第 16 頁），如：

Work is not tiring. 工作不忙。

4. （否）句子有一般性只能充當靜態可分級 AP（參見附錄第 18
～19 頁），如：

He is not tall. 他不高。

5. （否）句子有一般性能充當靜態和動態的 AP（參見附錄第 21
～22 頁），如：

He is not good. 他不乖。

（四）BE 動詞不直接翻譯，華語句沒有聯繫詞，但句子有「有」或「沒有」和適當的名詞或動詞

1. （肯、否、wh-、y/n）句子有表示疾病的名形詞 （參見附錄第
22～23 頁），如：

He is diabetic. 他有糖尿病。

He is not diabetic. 他沒有糖尿病。

2. （「What」開頭）句子有處所或時間的 PP（參見附錄第 24～27
頁），如：

What activity is at 5:00? 五點的時候有什麼活動？

What is on the table? 桌上有什麼東西？

（五）BE 動詞不直接翻譯，華語句沒有聯繫詞，但句子都有「在」

1. （肯、否、wh-、y/n）句子有處所的 PP（不包含陳述充滿意義
的 PP）（參見附錄第 23～25 頁），如：

I am at home. 我在家。

I am out of the water. 我不在水裡。

（六）BE 動詞不直接翻譯，華語句沒有聯繫詞，但句子都有「在」並有適當的動詞

1. （肯、否、y/n）句子有時間週期的 PP（參見附錄第 25～26 頁）。
   The ceremony is after breakfast. 典禮在早餐後舉行。
2. （肯、否、y/n）句子有未來時間點的 PP（參見附錄第 26 頁），如：
   The concert is in two weeks. 音樂會在兩個禮拜以後舉行。

（七）BE 動詞不直接翻譯，華語句沒有聯繫詞，但句子必有適當的動詞、名詞或形容詞

1. （肯、wh-、y/n）子句是「主+BE+NP」，NP 表示時間或年齡（參見附錄第 13～14 頁），如：
   I am 30 years old.　我三十歲了。（適當的名詞）
   It is August.　現在八月。（適當的名詞）
2. （肯、否、wh-、y/n）句子有「a-」開頭的只能充當靜態不可分級的 AP（參見附錄第 14～15 頁），如：
   He is awake.　他醒了。（適當動詞）
3. （肯、否、wh-、y/n）句子有分詞只能充當靜態不可分級的 AP（參見附錄第 17 頁），如：
   The bike is broken.　單車壞了。（適當動詞）
4. （肯、wh-、y/n）句子有一般性只能充當可分級的 AP，但限於譯為華語時，詞彙的本性是動詞性的（參見附錄第 18～22 頁），如：
   I am sick.　我生病了。（適當動詞）
5. （肯、wh-、y/n）　子句有一般性只能充當靜態可分級的 AP，但限於譯為華語時，詞彙有一個「好」字，或詞彙本身表示「好」的意義（參見附錄第 18～20 頁），如：
   This idea is good.　這個點子不錯。（適當形容詞）
   This game is fun.　這遊戲好玩。（適當形容詞）

六、結論

筆者原本的目的是找出 BE 動詞句子譯為華語時的規則，可以讓華語學習者知道最適當的翻譯。分析之後所找到的普遍規律在華語教學上是有價值的，並且可以當作更深入研究的起點。

基本上，一般「主＋BE＋NP」的句子譯為華語時都會有「是」字。這個「是」字很像英語的虛義聯繫 BE 動詞。有些英語的 AP 譯為華語時也適用「是」字，但這些 AP 一般陳述人物的永久並具體的本質，並且這些 AP 的語義很接近名詞性，如 plastic（塑膠）。這是肯定句、否定句、wh-問句以及 yes/no 問句的狀況。

句子譯為華語時有「很」字，大部分是一般性只能充當靜態可分級的 AP、一般性能充當靜態和動態 AP 以及「a-」開頭只能充當靜態可分級的 AP。這是肯定句、wh-問句以及 yes/no 問句的狀況。在這些句子裡「很」只充當虛義的聯繫詞。筆者認為因為「很」本來帶有程度高的意義，所以已經習慣用在可分級 AP 的前面，而不充當聯繫詞在不可分級 AP 的前面。不可分級的 AP 譯為華語時，一般可看成動詞性的或名詞性的詞彙，用「是」字或適當的動詞充當主語和謂語聯繫的功能，所以不需要「很」這個聯繫詞。

在可分級的 AP，一般的否定句用單獨的「不」（不加上任何充當聯繫功能的詞彙）。在這裡，筆者認為「不」不只帶有「not」的意思，而可以帶有「BE＋not」的意思。對一個母語為英語的人而言，「不」可以滿足聯繫詞的需求。

表示處所或時間的 PP 句子也是如此。筆者認為「在」不只帶有「at, in, on……等」的意義，而可以帶有「BE＋at, in, on……等」。對一個母語為英語的人而言，「在」可以滿足聯繫詞的需求。

關於 PP 表示有比喻性和抽象性的狀況，筆者找不到任何的一致性。或許更大量的例句對比是需要的，但這些英語子句算是熟語

（phrase）或固定片語（idiomatic expression）的話，或許永遠找不到普遍規律。

　　以上的結果雖然陳述例句的普遍規律，但筆者認為還要用更大量的例句，才可以將此普遍規律看成為語法上真正的規則。相當重要的是找出普遍規律例外句子的共同點，找出它們不同的緣由。

附錄

一、主 + BE + NP

（一）肯定句

I am a doctor.　我是醫生。

This is my dog.　這是我的狗。

That is his car.　那是他的車子。

I am a boy.　我是男孩子。

I am 30 years old.　我三十歲了。

This is my idea.　這是我的點子。

It is 5:00 now.　現在五點。

Today is Thursday.　今天星期四。

It is the year 2009.　現在 2009 年。

（二）否定句

I am not a doctor.　我不是醫生。

This is not my dog.　這不是我的狗。

That is not his car.　那不是他的車子。

The baby is not a boy.　那個嬰兒不是男孩子。

I am not 30 years old.　我不是三十歲。

This is not my idea.　這不是我的想法。

It is not 5:00 yet.　還不到五點。

Today is not Thursday.　今天不是星期四。

It is not 2009.　現在不是 2009 年。

（三）疑問句

1. wh-問句

Who is a doctor?　誰是醫生？

Whose dog is this?　這是誰的狗？

Whose car is this?　那是誰的車子？

What is this?　這是什麼？

What color are apples?　蘋果是什麼顏色？

Who are you?　你是誰？

What are you?　你是做什麼的？

Whose idea is this?　這是誰的想法？

What time is it?　現在幾點？

Who is 30 years old?　誰滿了三十歲？

2. yes/no 問句

Is this your car?　這是你的車子嗎？

Is that a snake?　那是蛇嗎？

Are you a doctor?　你是醫生嗎？

Are you 30 years old?　你三十歲（了）嗎？

Is this your idea?　這是你的點子嗎？

Is today Thursday?　今天星期四嗎？

Is it 2009?　現在 2009 年嗎？

二、主 + BE + AP

（一）「a-」AP

1. 只能充當靜態 AP

(1) 可分級 AP

A. 肯定句

My parents are alike.　我父母的個性很像。

He is alone.　他很孤獨。

I am ashamed.　我很丟臉。

I am afraid.　我很害怕。

B.否定句

My parents are not alike.　我父母的個性不像。

He is not alone.　他不孤獨。

I am not ashamed.　我不丟臉。

I am not afraid.　我不怕。

C.疑問句

　　a. wh-問句

　　　　Who is alone?　誰很孤獨？

　　　　Which people are alike?　哪些人的個性很像？

　　　　Who is ashamed?　誰很丟臉？

　　　　Who is afraid?　誰很害怕？

　　b. yes/no 問句

　　　　Is he alone?　他很孤獨嗎？

　　　　Are they alike?　他們的個性很像嗎？

　　　　Are you ashamed?　你很丟臉嗎？

　　　　Are you afraid?　你害怕嗎？

(2) 不可分級 AP

　A.肯定句

　　It is alive.　牠活著。

　　He is asleep.　他在睡覺。

　　He is awake.　他醒了。

　B.否定句

　　It is not alive.　他死了。

　　He is not asleep.　他不在睡覺。

　　He is not awake.　他還沒醒來。

　C.疑問句

　　a. wh-問句

　　　　Which plants are alive?　哪些植物活著？

Who is asleep? 誰在睡覺？

Who is awake? 誰已經醒了？

b. yes/no 問句

Is it alive? 牠活著嗎？

Is he asleep? 他在睡覺嗎？

Is he awake? 他醒了嗎？

2. 能充當靜態和動態 AP

(1) 肯定句

I am alert. 我很謹慎。

I am aware of the problem. 我知道有這個問題。

(2) 否定句

He is not alert. 他不謹慎。

He is not aware of the problem. 他不知道有這個問題。

(3) 疑問句

A.wh-問句

Who is alert? 誰很謹慎？

Who is aware of the problem? 誰知道有這個問題？

B.yes/no 問句

Are you alert? 你謹慎嗎？

Are you aware of the problem? 你知道有這個問題嗎？

（二）分詞 AP

1. 只能充當靜態 AP

(1) 可分級 AP

A.肯定句

I am bored. 我很無聊。

I am tired.　我累了。

Work is tiring.　工作很累。

I am surprised!　我很驚訝！

The end of the book is surprising.　書的結局讓我很訝異。

I am amazed he can do that.　我很驚訝他有這個能力。

His English is amazing.　他的英文很厲害。

Hot springs are relaxing.　泡溫泉讓我很放鬆。

I am scared.　我很害怕。

Thunder is frightening.　雷聲很恐怖。

This book is interesting.　這本書很有趣。

This game is boring.　這遊戲無聊。

Surfing is exciting!　衝浪很刺激！

B.否定句

I am not tired.　我不累。

Work is not tiring.　工作不忙。

I am not surprised.　我不訝異。

The end of the book is not surprising.　書的結局很普通。

I am not amazed he did that.　我不訝異他竟然做了這件事。

His English is not amazing.　他的英文不怎麼樣。

Hot springs are not relaxing.　泡溫泉沒讓我放鬆。

I am not scared.　我不害怕。

Thunder is not frightening.　雷聲不恐怖。

This book is not interesting.　這本書不好看。

That class is not boring.　那門課不無聊。

Baseball is not exciting.　棒球不刺激。

C.疑問句

a　wh-問句

Who is bored?　誰很無聊？

Who is tired?　誰很累？

What part is tiring?　哪一個部分讓你很累？

Who is surprised?　誰對這件事情感到驚訝？

Whose English is amazing?　誰的英文很厲害？

What is relaxing?　什麼東西讓你放鬆？

Who is scared?　誰害怕？

Which book is interesting?　哪一本書有趣？

What sport is boring?　哪一個運動無趣？

Who is interested in surfing?　誰對衝浪有興趣？

b yes/no 問句

Are you bored?　你很無聊嗎？

Are you tired?　你很累嗎？

Is work tiring?　工作很累嗎？

Are you surprised?　你感到驚訝嗎？

Is the end of the book surprising?　書的結局讓你驚訝嗎？

Is his English amazing?　他的英文很厲害嗎？

Are hot springs relaxing?　泡溫泉讓你放鬆嗎？

Are you scared?　你害怕嗎？

Is thunder frightening?　雷聲很恐怖嗎？

Is this book interesting?　這本書有趣嗎？

Is that class boring?　那門課無聊嗎？

Is surfing exciting?　衝浪刺激嗎？

(2) 不可分級 AP

A. 肯定句

The guests are gone.　客人走了。

My homework is finished.　作業寫完了。

The dog is lost.　狗不見了。

We are lost.　我們迷路了。

The bike is broken.　單車壞了。

B. 否定句

The guests are gone.　客人還沒走。

My homework is finished.　作業還沒寫完。

The dog is not lost.　狗沒有不見。

We are not lost.　我們沒有迷路。

The bike is not broken.　單車沒有壞。

C. 疑問句

　a　wh-問句

　　Who is gone?　誰走了？

　　Whose homework is finished?　誰的作業寫完了？

　　Who is lost?　誰迷路了？

　　Whose bike is broken?　誰的單車壞了？

　b　yes/no 問句

　　Are the guests gone?　客人走了嗎？

　　Is your homework finished?　作業寫完了嗎？

　　Is the dog lost?　狗不見了嗎？

　　Are we lost?　我們迷路了嗎？

　　Is the bike broken?　單車壞了嗎？

2. 能充當靜態和動態 AP

(1) 肯定句

He is annoying.　他很煩。

The kids are excited.　小孩子很興奮。

I am relaxed.　我很輕鬆。

He is boring.　他很無趣。

He is embarrassing.　他讓人覺得丟臉。

(2) 否定句

The kids are not excited.　小孩子很無聊。

I am not relaxed.　我不輕鬆。

He is not boring.　他不是無趣的。

He is not embarrassing.　他不讓人丟臉。

(3) 疑問句

A.wh-問句

Who is annoying?　誰很煩？

Who is excited?　誰很興奮？

Who is relaxed?　誰感覺輕鬆？

Who is boring?　誰很無趣？

Who is embarrassing?　誰讓人覺得丟臉？

B.yes/no 問句

Is he annoying?　他很煩嗎？

Are the kids excited?　小孩子很興奮嗎？

Are you relaxed?　你輕鬆嗎？

Is he boring?　他無趣嗎？

Is he embarrassing?　他讓你覺得丟臉嗎？

（三）一般性 AP

1. 只能充當靜態 AP

(1) 可分級 AP

A.肯定句

I am old.　我老了。

That car is old.　那是舊車。

They are similar.　他們的個性很像。

They are different.　他們（是）不一樣。

I am sick.　我生病了。

I am cold.　我很冷。

I am hungry.　我餓了。

He is dark(skin color).　他很黑。

He is tall.　他很高。

This job is important.　這份工作很重要。

Surfing is difficult.　衝浪很難。

This speech is good.　這次演講不錯。

Surfing is fun.　衝浪好玩。

B.否定句

I am not old.　我不老。

That car is not old.　那不是舊車。

They are not similar.　他們的個性不像。

They are not different.　他們不是不一樣。

I am not sick.　我沒有生病。

I am not cold.　我不冷。

I am not hungry.　我不餓。

He is not dark　（skin color）.　他不黑。

He is not tall.　他不高。

This job is not important.　這份工作不重要。

Surfing is not difficult.　衝浪不難。

This speech is not good.　這次演講不好。

Surfing is not fun.　衝浪不好玩。

C.疑問句

a　wh-問句

Who is old?　誰很老？

Which car is old?　哪一輛是舊車？

What is similar about them?　他們有什麼相似點？

What is different about them?　他們有什麼不一樣？

Who is sick?　誰生病了？

Who is cold?　誰很冷？

Who is hungry?　誰餓了？

Who is tall? 誰很高？

Which jobs are important? 哪些工作很重要？

Which game is difficult? 哪一個遊戲很困難？

Which teacher is good? 哪一位老師好？

Which game is fun? 哪一個遊戲好玩？

B yes/no 問句

Is he old? 他老了嗎？

Is that car old? 那是舊車嗎？

Are they similar? 他們的個性很像嗎？

Are they different? 他們不一樣嗎？

Are you sick? 你生病了嗎？

Are you cold? 你很冷嗎？

Are you hungry? 你餓了嗎？

Is he dark （skin color）？ 他很黑嗎？

Is he tall? 他很高嗎？

Is this job important? 這份工作很重要嗎？

Is surfing difficult? 衝浪很難嗎？

Is that teacher good? 那個老師好嗎？

Is surfing fun? 衝浪好玩嗎？

(2) 不可分級 AP

A.肯定句

The bottle is plastic（塑膠）. 瓶子是塑膠的。※

They are male（男）. 他們是男的。 ※

My necklace is gold（金）. 我的項鍊是金子做的。※

This position is short-term（短期）. 這份工作是短期的。 ※

She is pregnant. 她懷孕了。

That apple is red. 那顆蘋果是紅色的。

Apples are red. 蘋果是紅色的。

This is impossible. 這是不可能的。

This concert is wonderful! 這次音樂會很棒！

This concert is terrible! 這次音樂會很爛！

He is Caucasian. 他是白人。

He is blind. 他是瞎子。

He is deaf. 他是聾子。

He is lame. 他是瘸子。

B. 否定句

The bottle is not plastic（塑膠）. 瓶子不是塑膠的。※

They are not male（男）. 他們不是男的。※

My necklace is not gold（金）. 我的項鍊不是金子做的。※

This position is not short-term（短期）. 這份工作不是短期的。 ※

She is not pregnant. 她沒有懷孕。

That apple is not red. 那顆蘋果不是紅色的。

Apples are not blue. 蘋果不是藍色的。

This is not impossible. 這不是不可能的。

He is not Caucasian. 他不是白人。

He is not blind. 他不是瞎子。

He is not deaf. 他不是聾子。

He is not lame. 他不是瘸子。

C. 疑問句

a wh-問句

Which bottle is plastic（塑膠）. 哪一個瓶子是塑膠的？※

Which cat is male（男）？ 哪一隻是公貓？ ※

Which necklace is gold（金）？ 哪一條項鍊是金子做的？※

Which position is short-term（短期）？ 哪一份工作是短期的？ ※

Which person is Caucasian? 哪一個人是白人？

Who is pregnant? 誰懷孕了？

Which person is blind? 哪一個人是瞎子？

Which person is deaf? 哪一個人是聾子？

Which person is lame? 哪一個人是瘸子？

b yes/no 問句

Is the bottle plastic（塑膠）？ 瓶子是塑膠的嗎？※

Are they male（男）？ 他們是男的嗎？。※

Is your necklace gold?（金）. 你的項鍊是金子做的嗎？ ※

Is this position short-term?（短期）. 這份工作是短期的嗎？※

Is she pregnant? 她懷孕了嗎？

Is that car red? 那輛車子是紅色的嗎？

Are mangoes red? 芒果是紅色的嗎？

Is this impossible? 這是不可能的嗎？

Is he Caucasian? 他是白人嗎？

Is he blind? 他是瞎子嗎？

Is he deaf? 他是聾子嗎？

Is he lame? 他是瘸子嗎？

2. 能充當靜態和動態 AP

(1) 肯定句

He is shy. 他很害羞。

He is slow. 他很慢。

He is stupid. 他很笨。

He is careful. 他很小心。

He is brave. 他很勇敢。

He is quiet. 他很安靜。

He is good. 他很乖。

He is nice. 他很善良。

He is funny. 他很有趣。

He is angry. 他生氣了。

This music is loud. 這個音樂很吵。

(2) 否定句

He is not shy. 他不害羞。

He is not slow. 他不慢。

He is not stupid. 他不笨。

He is not careful. 他不小心。

He is not brave. 他不勇敢。

He is not quiet. 他不安靜。

He is not good. 他不乖。

He is not nice. 他不善良。

He is not funny. 他不有趣。

He is not angry. 他沒有生氣。

This music is not loud. 這個音樂不吵。

(3) 疑問句

A.wh-問句

Who is shy? 誰害羞？

Who is slow? 誰很慢？

Who is stupid? 誰很笨？

Who is careful? 誰很小心？

Who is brave? 誰很勇敢？

Who is quiet? 誰很安靜？

Who is good? 誰很乖？

Which book is funny? 哪一本有趣？

Who is funny? 誰有趣？

Who is nice? 誰很善良？

Who is angry? 誰生氣了？

Whose music is loud? 誰的音樂很吵？

B.yes/no 問句

Is he shy?　他很害羞嗎？

Is he slow?　他很慢嗎？

Is he stupid?　他很笨嗎？

Is he careful?　他很小心嗎？

Is he brave?　他很勇敢嗎？

Is he quiet?　他很安靜嗎？

Is he good?　他很乖嗎？

Is he funny?　他有趣嗎？

Is he nice?　他善良嗎？

Is he angry?　他生氣（了）嗎？

Is the music loud?　這個音樂很吵嗎？

（四）名形詞 AP

1. 肯定句

He is diabetic.　他有糖尿病。

The rock is volcanic.　石頭是火山造成的。

He is autistic.　他有自閉症。

The floor is wooden.　地板是木製的。

2. 否定句

He is not diabetic.　他沒有糖尿病。

The rock is not volcanic.　石頭不是火山造成的。

He is not autistic.　他沒有自閉症。

The floor is not wooden.　地板不是木製的。

3. 疑問句

（1）wh-問句

Who is diabetic?　誰有糖尿病？

Which rock is volcanic? 哪一塊石頭是火山造成的？

Which toy is wooden? 哪一個玩具是木製的？

Who is autistic? 誰有自閉症？

(2) yes/no 問句

Are you diabetic? 你有糖尿病嗎？

Is the rock volcanic? 石頭是火山造成的嗎？

Is he autistic? 他有自閉症嗎？

Is the floor wooden? 地板是木製的嗎？

（五）表示人物來源的 AP

1. 肯定句

He is American. 他是美國人。

This car is American. 這輛是美國製的。

2. 否定句

He is not American. 他不是美國人。

This car is not American. 這輛不是美國製的。

3. 疑問句

(1) wh-問句

Which person is American? 哪一位是美國人？

Which car is American? 哪一輛是美國製的？

(2) yes/no 問句

Is he American? 他是美國人嗎？。

Is this car American? 這輛是美國製的嗎？

三、主 + BE + PP

（一）表示處所的 PP

1. 維度、肯定位置、空間

(1) 肯定句

I am at home.　我在家。

I am in the car.　我在車上。

He is by the door.　他在門邊。

The pencils are with the erasers.　鉛筆在擦子那邊。

The cat is between the trees.　貓在那兩個棵樹的中間。

The kids are around the house.　孩子在家附近。

The rope is around the tree.　繩子繞著樹。

(2) 否定句

I am not at home.　我不在家。

I am not in the car.　我不在車上。

He is not by the door.　他不在門邊。

The pencils are not with the erasers.　鉛筆不在擦子那邊。

The cat is not between the trees.　貓不在那兩棵樹的中間。

The kids are not around the house.　孩子不在家附近。

(3) 疑問句

A. wh-問句

Where are you?　你在哪裡？

Which car are you in?　你在哪一輛車上？

What is by the door?　門邊有什麼東西？

Who is at home?　誰在家？

Who is with you?　你跟誰在一起？

What is between the trees?　那兩棵樹的中間有什麼東西？

Who is between the trees?　誰在那兩棵樹的中間？

Who is around the house?　誰在房子附近？

What is around the tree?　繞著樹的是什麼？

B.yes/no 問句

Are you at home?　你在家嗎？

Are you in the car?　你在車上嗎？

Is he by the door?　他在門邊嗎？

Are the pencils with the erasers?　鉛筆在擦子那邊嗎？

Is the cat between the trees?　貓在那兩棵樹的中間嗎？

Are the kids around the house?　孩子在房子附近嗎？

Is the rope around the tree?　繩子繞著樹嗎？

2. 否定位置

(1) 肯定句

I am away from home.　我不在家。

I am out of the water.　我不在水裡。

(2) 否定句

He is not away from home.　我還在家。

He is not out of the water.　他還在水裡。

(3) 疑問句

A.wh-問句

Which one of your kids is away from home?　哪一個孩子不在家？

Who is out of the water?　誰不在水裡？

B.yes/no 問句

Is Matt away from home?　Matt 不在家嗎？

Is he out of the water?　他從水裡出來了嗎？

3. 導向

(1) 肯定句

My house is past the bridge.　我家在過了橋的那一邊。

(2) 否定句

My house is not past the bridge.　我家不在過了橋的那一邊。

(3) 疑問句

A. wh-問句

What is past the bridge?　過了橋有什麼？

Whose house is across the street?　對面是誰的家？

B. yes/no 問句

Is your house past the bridge?　你家在過了橋的那一邊嗎？

4. 表示全體意義

(1) 肯定句

The leaves are all over the yard.　院子裡都是樹葉。

(2) wh-問句

What is all over the floor?　地板上都是什麼？

（二）表示時間的 PP

1. 一個時間點

(1) 肯定句

The game is at 5:00.　比賽五點開始。

(2) 否定句

The game is not at 5:00.　比賽不是五點開始。

(3) 疑問句

　A.wh-問句

　　What activity is at 5:00?　五點的時候有什麼活動？

　B.yes/no 問句

　　Is the game at 5:00?　比賽五點開始嗎？

2. 時間週期

(1) 肯定句

　　The game is from 5:00 to 6:00.　比賽是五點到六點。

　　The game is between 1:00 and 9:00.　比賽在一點和九點之中。

　　The ceremony is after breakfast.　典禮在早餐後舉行。

　　The game is on the weekend.　比賽在週末的時候舉行。

　　The game is at night.　比賽在晚上的時候舉行。

　　The game is in August.　比賽在八月的時候舉行。

(2) 否定句

　　The game is not from 5:00 to 6:00.　比賽不是五點到六點。

　　The game is not between 1:00 and 9:00.　比賽不在一點和九點之中。

　　The ceremony is not after breakfast.　典禮不在早餐後舉行。

　　The game is not on the weekend.　比賽不在週末的時候舉行。

　　The game is not at night.　比賽不在晚上的時候舉行。

　　The game is not in August.　比賽不在八月的時候舉行。

(3) 疑問句

　A.wh-問句

　　What activity is from 5:00 to 6:00?　五點到六點有什麼活動？

　　What activity is between 1:00 and 9:00?　在一點和九點之中有什麼活動？

　　What activity is after breakfast?　早餐後有什麼活動？

What activity is on the weekend? 週末的時候有什麼活動？

What activity is at night? 晚上的時候有什麼活動？

B.yes/no 問句

Is the game from 5:00 to 6:00? 比賽是五點到六點嗎？

Is the game between 1:00 and 9:00? 比賽在一點和九點之中嗎？

Is the game after breakfast? 比賽在早餐後舉行嗎？

Is the game on the weekend? 比賽在週末的時候舉行嗎？

Is the game at night? 比賽在晚上的時候舉行嗎？

Is the game in August? 比賽在八月的時候舉行嗎？

3. 未來的時間點

(1) 肯定句

The game is in two days. 比賽在兩天以後舉行。

(2) 否定句

The game is not in two days. 比賽不在兩天以後舉行。

(3) 疑問句

A.wh-問句

What game is in two days? 兩天以後有什麼比賽？

B.yes/no 問句

Is the game in two days? 比賽在兩天以後舉行嗎？

4. 時段

(1) 肯定句

The ceremony is for five hours. 典禮的時間是五個小時。

The ceremony is until 8:00. 典禮到八點結束。

(2) 否定句

The ceremony is not for five hours.　典禮的時間不是五個小時。

The ceremony is not until 8:00.　典禮不是到八點結束。

(3) 疑問句

A. wh-問句

What activity is for just a few minutes?　哪一個活動只要幾分鐘的時間？

What activity is until 8:00?　哪一個活動是到八點結束？

B. yes/no 問句

Is the activity for a long time?　活動的時間很長嗎？

Is the activity until 8:00?　活動是到八點結束嗎？

（三）表示有比喻性或抽象性狀況的 PP

1. 肯定句

I am in a club.　我是俱樂部的會員。

I am in trouble.　我遇到了麻煩。

I am in the first group.　我在第一組。

His work is above average.　他的功課中上。

The house is under construction.　房子在建造中。

This is from me.　這是我給的。

The patient is past recovery.　病人已經沒有復原的可能。

The war is between Israel and Egypt.　這是以色列和埃及的戰爭。

We are through with class.　我們下課了。

2. 否定句

I am not in a club.　我不是俱樂部的會員。

I am not in trouble.　我沒遇到麻煩。

I am not in the first group.　我不在第一組。

His work is not above average.　他的功課中下。

The house is not under construction.　房子不在建造中。

This is not from me.　這不是我給的。

The patient is not past recovery.　病人還有復原的可能。

The war is not between Israel and Egypt.　這不是以色列和埃及的戰爭。

We are not through with class.　我們還沒下課。

3. 疑問句

(1) wh- 問句

Who is in trouble?　誰遇到了麻煩？

Who is in the club?　誰是俱樂部的會員？

Who is in the first group?　誰在第一組？

Which students are above average?　哪些學生的功課中上？

Which house is under construction?　哪一棟房子在建造中？

Which gift is from you?　哪一個禮物是你給的？

Which patient is past recovery?　哪一個病人已經沒有復原的可能？

Who is the war between?　這是哪一國與哪一國的戰爭？

Who is through with the homework?　誰把作業寫完了？

(2) yes/no 問句

Are you in a club?　你是俱樂部的會員嗎？

Are you in trouble?　你遇到了麻煩嗎？

Are you in the first group?　你在第一組嗎？

Is his work above average?　他的功課中上嗎？

Is the house under construction?　房子在建造中嗎？

Is this from you?　這是你給的嗎？

Is the patient past recovery?　病人已經沒有復原的可能嗎？

Is the war between Israel and Egypt?　這是以色列和埃及的戰爭嗎？

Are we through with class?　我們下課了嗎？

參考文獻

一、期刊論文

王曉馳（1995），〈從「We are Busy.」結構的漢譯所想到的〉，《新鄉師範高等專科學校學報（社會科學版）》，9 卷 1 期，39～40。

李云（2008），〈英漢存現句對比研究及其翻譯〉，《鄖陽師範高等專科學校學報》，28 卷 6 期，132～133。

沉秀麗（2007），〈區別詞與形容詞的界限淺討〉，《現代語文（語言研究版）》，6 期，49。

邱凱瑞（2003），〈「是」字結構在英語與香港書面漢語的應用〉，《漳州職業帶學學報（技術學院外經貿系）》，1 期，79～81。

侯　娜（2002），〈淺議英語動詞 BE 的句法功能〉，《遼寧師專學報（社會科學版）》，3 期，70～72。

陳大寶（1995），〈動詞 BE 的用法語含義〉，《紡織高校基礎科學學報》，8 卷 3 期，308～311。

陳　偉（2003），〈從動詞 BE 談相關譯文的可接受性問題〉，《揚州教育學院學報》，2 期，80～83。

常國萍（2008），〈程度副詞「很」的非程度義〉，《廣西師範學院中國語言文學學院（人文社科）》，21 期，112～113。

曾像紅（1998），〈「be+介詞（介詞短語）」結構的動詞色彩〉，《玉林師專學報（哲學社會科學）》，19 卷 21 期，105～107。

謝達生 （2007），〈論把「非謂形容詞」歸入「區別詞」〉，《湖北廣播電視大學學報》，27 卷 5 期，140。

劉紹龍（2000），〈英語中介語錯誤及其動態範式——兒童及大學生 BE 動詞習得錯誤的個案調查〉，《現代外語（季刊）》，23 卷 1 期，77～78。

薛揚、劉錦城（2008），〈母語為英語的留學生習得程度副詞「很」的偏誤研究〉，《北京師範大學漢語文化學院，黑龍江科技信息，編輯部郵箱》，32 期，198。

二、圖書

呂叔湘（2008），《現代漢語八百詞（增訂本）》，北京：商務。

周何、邱德修（2009），《國語活用詞典》，臺北：五南。

劉月華、潘文娛、故韡（2006），《實用現代漢語語法（增訂本）》，北京：商務。

Biber, D., Johansson, S., Leech, G., Conrad, S. & Finegan, E. (Pearson Education Ltd. 1999)/(2000). Longman Grammar of Spoken and Written English. Beijing: Foreign Language Teaching and Research Press.

Hewings, M. (1999). Advanced Grammar in Use. Cambridge: Cambridge University Press.

Quirk, R., Greenbaum, S., Leech, G., & Svartvik, J.(1991). A Comprehensive Grammar of the English Language. New York: Longman.

Schrampfer Azar, B. (1989). Understanding and Using English Grammar. Englewood   Cliffs, New Jersey: Prentice-Hall, Inc.

三、博士論文

Hong, G. (1980). Contrastive Analysis, Error Analysis, and Interlanguage in Relation to Adult Chinese Speakers Learning English As a Second Language. Simon Fraser University Ph.D. Thesis: National Library of Canada. 21-22，33～37。

四、網路資源

Microsoft□Encarta□Online Encyclopedia (2008). *Rene Descartes*.

http://uk.encarta.msn.com. Date read: 2009.4.1

Qiu, G. (2009). *Mandarin Chinese Grammar Adjectives*. About.com: Mandarin Language(a part of The New York Times Company).

http://mandarin.about.com/od/grammar/a/adjectives.htm. Date read: 2009.4.1

原住民語文字化的難題發微

巴瑞齡

摘要

原住民在臺灣整體人口比率僅佔 1.87%，其政治、經濟、社會文化各方面資產與發展程度，均處於不利之情境。在三、四百年來，以漢系族群為主軸的臺灣居民，在其教育語文化的種種施政作為上，直接與間接的要促使原住民接受其文化及價值觀念，加上主客觀的因素，原住民未能發展其文字的系統，在文獻的形式上，無法累積足夠的歷史文化資料，因此在民族集體的文化力量上，無法與擁有數千年文字歷史的漢系族群相抗衡；同時由於無法累積歷史文化的資產，其文化的傳承與實際生活需求的愜足，都要附從其他優勢族群的動向，無法自行解決自己在現實與精神層面的需求。

社會發展日趨複雜多元，人類的生活內涵更為細緻，而人與人、群體與群體之間的交往越來越密切，伴隨新文明創造的新觀念、物品等詞彙，原住民族群在無法隨之轉化、調整其形式與內涵的情況下，外來語直接進入族語的應用裡，相當程度襲奪族語應有的運轉流脈，保持較為純粹族語的奢望，已成為不可能。

在族語內部也逐漸遭受「入侵」或「殖民」的情況下，族群語言的主體與純粹性質，勢將遭到扭曲與削弱。民族語言逐漸失去正常運轉而「失能」之際，基於現實的需要，不得不學習優勢族群的語言文字系統，在這樣的情況下，漸漸減少族語的試用，導致對族語的疏離；

同時會進一步遲滯族語的創造力。而最重要的是，使用外來語言對於族群文化和價值體系的詮釋權，往往旁落，即使由族群成員進行歷史文化內涵的詮釋，也會因為對於優勢族群語言的陌生而陷入含混不清的窘境。

因此，有必要從原住民語言文字化的源起及其相關倡議做分析、比較，並舉出現今母語教材的推行狀況以探討原住民語文字化的前景與未來方向。

關鍵詞：原住民語、文字化、母語教材、難題、歷史文化

一、前言

　　過去由於政府政策上對於原住民語言施予相當程度的禁制，對於該語言延續與發展造成嚴重的負面效應，這是屬於後天的限制因素；而原住民語言文化本身由於其系統與內涵力量相對弱小，以及未能發展成為具體的文字系統，成為其在臺灣社會中就要淪為最弱勢語言的先天因素。

　　語言文化力量的薄弱，語言系統發展步驟的遲緩，以及族群或部落間語言差異的顯著，成為原住民語言要爭取資源、交流溝通以及形成文化共識的重要藩籬。

二、原住民文字化的源起

　　最早的臺灣人，是馬來族的原住民，他們在臺灣已有幾千年之久，幾千年來他們以部落群居。臺灣原住民的語言為南島語系，這些馬來族的原住民，又因不同種族，而各自擁有不同的語言，當時的南島語並沒有書寫的文字。

　　直到十七世紀，荷蘭、西班牙佔領臺灣的歷史因素，改變了臺灣原住民的語言歷史。當時，來臺灣的第一任荷蘭傳教士干治士（candidius1627～1637）因為傳教之故，便努力的學習新港的原住民語言，並用羅馬字拼音書寫，爾後的牧師也接續干治士的方式，教原住民書寫。

　　因此，原住民開始以羅馬字母拼寫他們的語言，使得臺灣原住民語言出現了「文字化」。

　　其後又歷經了鄭、清時期、日據時期乃至臺灣光復時期，這些時期原住民文字並無持續性的發展，反而因各時期統治者為了便於統治，而實施許多「教化」政策，終使原住民逐漸趨於被同化的命運。

三、相關倡議及其實踐狀況

（一）針對一些對原住民文字化的研究的分析、比較

1.〈文化差異、民族認同與原住民教育〉（張耀宗，2006）

當臺灣原住民身處極大漢化壓力的環境下，要透過自己的眼睛與心靈，找回自己詮釋世界的能量，則需要一套完整可靠的紀事工具。原住民並不是沒有所謂的紀事系統，只是身處視「文字」為「文明」的時代裡，擁有自己的文字記載系統，可能是成為「自我決定行動者」（self-determining agents）的第一步。當外來者使用語言作為殖民的工具時，被殖民者更需要以語言，特別是屬於自己的語言，來解構宰制的殖民關係。當擁有民族的書寫文字，知識的生產將有製造與承載的工具，進一步形成論述（discourse）的能力，才能與漢人優勢的論述相抗衡。

曾經在臺灣歷史上出現的「新港文書」，就是原住民自我書寫的顯例。雖然，當時是借用羅馬字母來拼寫，但寫出來的卻是西拉雅族的語言（新港社係西拉雅族四大社之一）。直到漢人大量入臺，西拉雅族人為確保權益，於是便出現漢羅文字並列的土地契約。西拉雅族人為避免漢人主宰契約的解釋權，藉由新港文書來彰顯自己的主體性；反觀至今，經由基督傳教士的多年努力，大多的聖經與福音書都有羅馬拼音的原住民語版本，這與荷蘭傳教士對西拉雅族人傳播福音的狀況類似，以此為基礎，其實可開創原住民自我書寫的起點。這幾年已經出現不少以羅馬拼音所書寫的原住民文學作品，如余錦虎、歐陽玉合著的《神話・祭儀・布農人》，游霸士・撓給赫（田敏忠）著的《泰雅的故事》等，這對於原住民主體觀點的建構，有了相當不錯的起點。

外來的殖民者在教育的歷程裡，逐漸剝奪原住民說自己母語的機會，讓原住民自然地成為只說殖民者語言的「單語者」，德希達（Jacques

Derrida）認為「單語者說的是一個他被剝奪發言權利的語言」，他沒有任何可依歸之處，忘了祖先所說任何一種語言，這樣的單語者可說是患了「失語症」（aphasic）。除了說殖民者的語言之外，如再加上使用殖民者的文字來書寫，只是一種臣服的象徵；當擁有屬於自己族群的文字，才有可能去挑戰與抗拒權力結構，勇於面對漢人的文化入侵。原住民有了文字，建立自己的話語，才能維持與漢人的「不同性」（difference），當差異愈多，愈能形成自身的主體性。當愈精熟漢人的語言與文字，只是愈加快被同化的速度。當擁有文字之後的原住民，才可能與漢人處於平等的地位，不同族群間的對話才有可能。文字的產生必須與土地作一結合，如此才能為文化提供堅實的基礎，原住民的書寫文字需與生存的空間作一結合，才能顯現其意義。

2.〈從漢字文化圈看語言文字與國家認同之關係〉（蔣為文，2006）

當共同的認同體現於教育中，確實可以使原住民教育受到明顯改善；至少，他們不必在委屈地屈服於漢民族的專橫之下。可惜的是所謂「中立」本身就是很虛妄的立場，在現行的教學課程中，想要呈現一個各族群能普遍接受的價值觀，是一項很艱鉅的工程，甚至有點是在自欺欺人。因此，退而求其次，至少讓原住民在受教育的過程中能保有自身的文化傳統及民族尊嚴，就如同「原住民族教育法」第二條所宣示的「原住民族教育應以維護民族尊嚴、延續民族命脈、增進民族福祉、促進族群共榮為目的」。假如我們承認原住民文化是臺灣的重要文化資產之一，那麼在現行教育體制外，另設一軌原住民專用的教育管道，以挽救日漸凋零的文化。此種保護的觀點，可以搭配「原住民民族自治區」的政治立場而獲得實現。臺灣要建立獨立的文化、避免淪為中華文化的邊陲，就要進行脫漢運動，並推廣已經土著化且具臺灣代表性的原住民語、客家臺語、及 Ho-ló 臺語才能收到事半功倍的效果。這裡所謂的「脫漢」是指脫離漢字文化共同體的想像以建立政治及文化獨立的臺灣民族國家。脫漢的基本原則是跳脫漢字的迷思

以建立在地語言文化的主體性。譬如，對於臺灣母語的書寫方式，要揚棄「漢字本字」的迷思才可能替臺灣母語文學開創出一條寬闊的大道。脫漢並不是排斥所有的中國文化，而是拒絕以中國為主體的文化思考模式。中國文化和日本文化、歐美文化一樣，可以是臺灣文化的一部分，但絕不是她的主體。推廣原住民語、客家臺語、及 Ho-ló 臺語就是建立臺灣文化主體性的最佳方法之一。

3.〈用筆來唱歌：談原住民文學〉（孫大川，2006）

原住民文學所引發的能量，還不僅於此。語言文字可以是另一個具有爆炸性爭論的議題。語言文字的問題，也是《山海文化》必須克服的難題。原住民過去沒有嚴格定義下的「書寫」系統，因此「雜誌」呈現，對原住民各族原來的「言說」傳統，其實是一個極大的挑戰。通常我們可以嘗試兩種策略：或用漢文，或創製一套拼音文字來書寫。《山海文化》的立場，願意並同時鼓勵這兩種書寫策略；而且為尊重作者本身所習慣使用的拼音系統，我們不打算先釐訂一個統一的拼音文字，讓這個問題在更充分的實踐、嘗試之後，找到一個最具生命力的解決方式。

漢文書寫方面，在語彙、象徵、文法以及表達方式的運用上，我們也將採取更具彈性的處理原則。因為，我們充分理解到原住民各族皆有其獨特性的語言習慣和表達手法；容許作者自由發揮，不但可以展現原住民語言的特性，也可以考驗漢語容受異文化的可能邊界，豐富彼此的語言世界。這牽涉到臺灣原住民文學的語言問題，我們可以從三個方面來討論：第一，是漢語寫作的問題。花蓮阿美族耆老，剛過世不久的李來旺校長，生前強烈的質疑原住民文學用漢語寫作的正當性，並認為這對原住民語言文化具毀滅性的威脅。我們認為這是一個相當嚴肅的問題。從日治時代以來，現代教育的引進，使國家可以絕對有效地按其目標改造其國民。事實證明，近百年來，臺灣原住民兒童，一旦進入學校教育體制，正是他向其母體文化說再見的時刻。目前臺灣原住民語言的嚴重流失，大抵與此有關。李校長擔憂漢語書

寫的提倡，正好成了加速扼殺母語的幫兇。這當然不是我們樂見的事。而現實的狀況是，年輕的世代早已喪失族語日常使用的能力，更遑論要拿它來進行文學語言的操作。漢語有它的方便性，也能夠作為與主流社會對話的工具。

第二，是拼音符號的問題。不僅原住民，閩、客也面臨了同樣的困境。在臺灣，這四、五年來，拼音符號的爭論是熱門話題。這牽涉到本土化、主體性與相關的意識形態問題，要徹底的解決它，有一定的困難度。而原住民各族原來沒有文字，彼此間語言又不能互通，要拿它當文學語言來使用，實在困難重重。

第三，是語言創造性干擾的問題。早在吳錦發討論「山地文學」的時代，他便注意到拓拔斯·塔馬匹瑪（田雅各）布農語法、語彙與象徵在漢語使用中的美學特性，並認為這是原住民文學的重要資產。這一個觀察是正確的。我們的上一代，其實早在日治時期，便已嘗試干擾日文了。

就原漢關係看，原住民文學採取了兩種書寫策略；其一是某種悲情的控訴，旨在喚起對方的同理心或原罪感；其二是進行某種語言的顛覆，旨在運用自己本族的語言，去干擾主流族群中心語言的成規。關於前者，由於其目的在爭取他者的共鳴，在語言上因而必須向「中心」模仿、靠攏；其創作的效力並不涉及文學的本質。而後者，則牽涉到原住民語言和文學的本質問題，需要進一步的討論。

原住民只有口語而沒有文字，在生番和百浪不對等的緊張關係中，原住民必須尋求主流文化溝通與對話的管道。使用族語拼音書寫，對溝通和對話並沒有太大的幫助，這不單是漢人是否有學習原住民族語的誠意問題，還牽涉到原住民各族語言生態已遭逢破壞的事實限定。夏曼·藍波安在他的《八代灣的神話》和《黑色的翅膀》二書中，曾大量使用族語拼音和漢譯並列的策略，而且其間還常常被迫夾譯或加註，這當然有跨文化語言使用時不得已的苦衷。阿美族的阿道·巴辣夫，也面對了同樣的難題。他那充滿阿美族歌舞韻律的詩作〈彌伊禮信的頭一天〉，有兩個段落是這樣寫的：

自小曾放牛在阿多毛的溪邊

你搭草寮我找野菜

你網魚　我生火…

牛入水了　我們奮泳…

伊娜噢　伊娜

好喜歡捏黏土啊你

長大定為我做大的古嫩　你說

古嫩可醃 siraw（醃肉）

古嫩可釀 kolah（糯米酒）

伊娜噢　伊娜

看了花花一畚箕的幣啦就

心癢癢

何不把茅屋摧倒

蓋個漂亮的鋼筋水泥房

不行　大聲地你說

茅屋是僅存的旎雅廬的啊

從題目就開始加註。「彌伊禮信」（mi-ilisin）是豐年祭的意思；「古嫩」（koren）即陶罐；「伊那」（ina），媽媽；「幣啦」（pila），錢；「旎雅廬」（niyaro），即部落，又有籬笆的意思。文中 siraw、kolah 的拼音，作者被迫夾漢譯。我們說這樣的書寫策略有它不得已的苦衷。但這不是完全沒有突破的空間，問題的關鍵就在我們是否能放下漢語語法的成規，並接受漢語語彙的生長？在我看來，這並不是不可能的，也符合日常語言發展的規律。外來語、語言的創構和語義在不同時空的轉換，乃是語言的普遍現象。所以我完全同意瓦歷斯・諾幹在那篇贏得「臺灣文學獎」的著名散文詩〈Ataya（爭戰 1896～1930）〉所運用的書寫策略：對其所使用的泰雅族語、神話傳說和歷史典故不再加上任何註解我認為這是臺灣原住民漢語文學最具挑戰性的一面。這樣看來上引阿道・巴辣夫的那首詩，是可以將註解和夾譯完全刪除的，恢復其可讀可誦的自然風格。倘若因而造成隔閡，正好可以逼使

讀者對文本進行語義的檢索和文化背景的探究，這才是原住民文學對漢語文學的介入溝通和對話，因而是平等、雙向的。

4.比較、分析

從以上三篇針對原住民文字化現象所作的研究來看，可探究出原住民在遭受許多異文化的入侵之下，自身的體系不論是語言或文化，正在不斷的瓦解當中，一旦所依附的母體消失，原住民就失去了對自身的價值的判讀，也喪失了需保存自己傳統的必要性。

而現今本土意識高漲的時代，不僅是強調各族群的差異與獨特性，更需訴求如何維護保有傳統文化，在去除掉許多外來文化、語言的干擾後，原住民是否能依舊保有文化的純粹性，而不是去強化經由另一個語言文字來創造屬於自己的一套書寫系統，進而鞏固並延續自己的文化。

（二）對母語教材的推行狀況分析

原住民族語言教材的發展與編製，自 1991 年前後，臺北縣烏來國中小學率先開始實施母語教學並編成「泰雅母母語教學教材」以後，就陸續有各族群的教材出現，只是其間的差異極大，教學適用性也有不同。

九年一貫課程教學實施後，由於市場利益及能力問題，原住民族語言課程教材的發展，對於一般的出版廠商沒有太多的吸引力，因此原住民各部落或部落學校是必須自行提升對族語教材的發展與編輯能力。行政院原住民委員會在 1998 年度開始進行族語振興計劃，將各族語言的調查語研究列為計劃的首要工作，期望先行蒐集豐富的語言材料以及歷史文化習俗的文本，進而逐步發展教材、讀本及辭典等；而各族群不乏語言文化工作者，長年對於語言文化進行調查蒐集與分析的工作，也累積豐碩的成果。這些民間的經驗與成就，也能進行彙整與分享；這些已有的人力與課程教材，應善加運用。原住民語言課程

教材的發展與編製，必須按照學習心理學的理論進行設計，包含平面及聲光的教材，其編製以學生的興趣及需要為依歸，內容應生動、活潑、有趣，分階段逐步落實族語有關聽、說、讀、寫的能力。部落與學校主體性的建立，也意味著本身自主擔負的必然性，即使有統編的教材，但是基於族群、部落、學校間的差異，負責編製與實際教學者，必須負擔自行詮釋與轉化的步驟，以符合實際需要。

　　教育部在 2001 年開始實施國中小九年一貫課程，將閩南語、客家語與原住民語列入正式必選課中。實施原住民語言的教學，族群意願與臺灣整體環境的條件已逐漸成熟，而真正關鍵的課題是族語師資的培育與進用、課程教材的發展、語言使用環境的營造以及原住民社會能否真正體認本身的語言文化即將消亡的認知。倘若這些課題在理論與實務上可以獲得解決，則原住民族語言的教學可期待看到成效；藉由教育機制與整體語言環境及相關條件的推波與牽引，促使族語逐步獲得再生的夢想可能有實現的一天。

四、原住民語文字化的難題

（一）如何有效重新造字

　　由於缺乏文字系統，各族群勢必要運用拼音系統以進行教材的編纂與教學，儘管教育部在 1990 年已委託中研院史語所李壬癸編訂「臺灣南島語言的語音符號系統」，卻因各族群或者已經習慣用教會羅馬字的拼音，或者習慣使用英語的發音方式，甚或自行增補拼音系統，導致在觸及該使用何種拼音系統時，總會出現各方各持己見、互不相讓的情況。語言文化的學習傳承，有著「約定俗成」的規律，如何使各族拼音系統趨向一致性，勢必是原住民語文字化首須克服的難題。

（二）如何推廣使用率

1. 原住民作家的難題

原住民除了口傳文化外，近年來開始有許多原住民創作文學出現，而這些原住民作家都遭遇了如何選擇書寫文字的問題。從技術上來說，可能問題不大，比如可以以羅馬拼音或國語拼音來造字，但是可能會造成語音上的干擾情形；又因原住民族各族語言殊異，讀者可能還必須再多一道繁瑣、翻譯的過程，造成閱讀的中斷。這樣的不方便性，使得拼音書寫恐怕很難找到讀者。

此外，還可借用漢語來書寫，或拼音、漢譯對照併排書寫來創作，這也是現今原住民作家最常使用的書寫方式；但它仍有隱憂，就是唯恐成為漢人文學市場的俘虜，而逐漸喪失其主體位置。

2. 原住民生活世界的瓦解

在過去統治者或政府的偏執語言文化政策，原住民受到強大的壓力，於是對其語言與文化產生嚴重的疏離與隔閡，甚至無法認同自屬的族群，經過百年的歷程，原住民自家庭、部落乃至於族群生活領域所建構的「習得語言」環境，已經完全瓦解，使得現今許多原住民部落經驗缺乏，無法了解自己的文化，甚至早已喪失母語使用的能力。對於族群只能產生單一族群的認同，無法活出族群真正的主體性。語言一旦喪失了，又從何而談文字化的問題。

五、無文字原住民語的前景與展望

在布農族與阿美族分別流傳一個有關失去文字的故事，意思大致是該族本也有文字，有一回要渡河的時候，因為文字是寫在石頭或木片上，一不小心，石頭沉入水裡或木片漂走，所以他們就沒有文字了。

　　缺乏文字一直是許多人認為原住民文化發展無法向像漢族那樣繁複龐雜而豐厚的主因。也因為如此，原住民歷史記憶的脈絡無法綿延貫串，成為今日重構原住民傳統社會文化全貌與歷史長河的障礙。「十口相傳」為古，經歷十人的口耳相傳，所經過的時間已經很久了，所以沒有文字確實成為文化傳承在時間上與空間上難以凌越的難題；隨著整體社會文化的變遷腳步日益加速，原住民已能逐漸尋找出策略，以因應口傳文化時代的結束。

　　族語標音字母的研究設計、口傳資料的文字化（包括神話傳說歌謠詞的文字記錄、祭儀影像、歌謠曲錄音等）、族語與漢文創作、報紙刊物的編輯出版、族語資料整理與辭典編纂、雕刻陶器等藝術的重整與創新等，這些都顯示原住民嘗試打破昔日傳統文化的窠臼，期望適應新的文化發展環境。再者，如何維護更是未來展望的重要指標，並提出以下兩點來說明。

（一）營造學習環境

　　營造良好的習得環境將是促進語言推廣的重要一環。首先在家庭，父母應在日常生活中擔負起母語教學的責任；另外部落或社區在平日的集會、廣播與街道佈置上，盡量使用母語；還有學校母語課程、以至廣播頻道媒體（如原住民電視臺）、網路等都能開拓學習環境的空間。

（二）政府機關的支持

　　原住民中央主管機關應持續其對各族語言的調查研究、教材、讀本的發展，對於推動母語有功績的個人、團體、部落或社區，可給予優渥的獎助金或建設經費。

六、今後還需要文字化嗎？

　　原住民有著非常豐富且源遠流長的口傳文化，許多原住民耆老並不乏歷史意識。他們不必透過文字、書籍的媒介，仍然可以展現驚人的記憶力，幾百句的記點古調、冗長的巫術咒語、禱詞，成串的部落、氏族系譜，對草木鳥獸蟲魚的完備知識，以及有關各項禁忌、祭儀的理解等；或也顯示出口耳相傳並不是造成原住民歷史斷層的主因。

　　問題的最大關鍵應是原住民「生活世界」的喪失。原住民一直以來的歷史記憶與族群價值的傳承，其實是以部落社會各式各樣的儀式活動、風俗制度等機制為「載體」，而被集體傳遞的。這個載體一旦瓦解，原住民便立刻喪失其存在感，口傳文化頓失憑藉，無法形成共感，歷史線索因而斷減。語言的流失，只是此一共同的「生活世界」崩塌後的必然結果。

　　優先或單獨挽救母語，或創一套文字系統以期重見族群歷史或喚醒族群認同感是否有其價值及其必要，其先決條件需建構在一個母語生活世界之下；如果此一條件喪失了，或口傳的主體不再以自己的族語為母語，那麼我們的「書寫活動」，不論是口傳或文字的勢必會隨著時間與社會體系的轉變而消失殆盡。

　　而就如前述，現今原住民族應不僅為完整保存其原有的獨特性而努力，更需訴求如何維護保有傳統文化；在去除掉許多外來文化、語言的干擾後，原住民是否能依舊保有文化的純粹性，而不是去強化經由另一個語言文字來創造屬於自己的一套書寫系統，進而鞏固並延續自己的文化。

參考文獻

巴蘇亞‧博伊哲努（浦忠成）（1996），《臺灣原住民的口傳文學》，臺北：常民。

巴蘇亞‧博伊哲努（浦忠成）（1999），《原住民的神話語文學》，臺北：臺原。

巴蘇亞‧博伊哲努（浦忠成）（2002），《思考原住民》，臺北：前衛。

孫大川（2000），《夾縫中的族群建構：臺灣原住民的語言文化與政治》，臺北：聯合文學。

孫大川（2006），〈用筆來唱歌：臺灣當代原住民文學的生成背景、現況與展望〉，http://www.ezsell.com.tw/ch018_folder/8_1_95.5.4-thegist.doc，點閱日期：2008/10/21。

張耀宗（2006），〈文化差異、民族認同與原住民教育〉，《屏東教育大學學報》，26：195～214。

黃秀仍（2005），〈荷據時代臺灣原住民語言政策及教育〉，《遠東學報》，22：1，49～56。

蔣為文（2006），〈從漢字文化圈看語言文字與國家認同之關係〉，臺灣國際研究學會主辦「國家認同之文化論述學術研討會」論文，臺北。

標點符號的語法與社會文化功能

王韻雅

摘要

　　每一個標點符號都有其個別、獨特的語法作用，且依其自身的語法作用對篇章及話語產生功效，是篇章及話語中的重要組成部分，也因此標點符號產生了社會功能，在信息傳達中扮演了重要的角色，背負著信息傳達正確與否的重要使命。此外，漢語本無標點符號，僅有簡單的句讀來為語句做停頓及結束的標示，而現行的新式標點符號則是藉由中西文化交流傳入後，加以增修而產生。因此藉由標點符號的由來，探究出標點符號所顯示出的中西文化差異。

關鍵詞：標點符號、語法功能、社會功能、文化功能

一、標點符號的由來

標點符號的起源，最早可追溯至殷商時期，在此時期的甲骨刻辭中，可發現使用「間空」或「符號」來分辭或分段。以「間空」而言，有學者提出在《殷商粹編》中有這樣的一段內容「北土受年吉　西土受年吉　東土受年吉……」（林穗芳，2002：67）由此一段內容可推測，在殷商時期以「間空」來做為語句的斷句劃分。到了漢代開始出現「句讀」，為漢代經書的標點法。「句讀」一詞最早出現於漢代何休《公羊傳解詁》，序中提到「援引他經，失其句讀，以無為有，甚可閔笑者。」而漢代所使用的句讀符號包涵「、」及「√」，在《說文解字》中有對這兩個符號做註解：「、，有所絕止，、而識之也。」所以可知「、」在漢代是用來標記語句的停頓處，類似現今「，」的用法；「√，鉤識也。」但在此處我認為並無對「√」的功用做明確的說明，所以引用《流沙墜簡・屯戍叢簡》中「隧長常賢√充世√縮……。」為例，可知「√」的功能類似現今「、」的功能。到了唐代，學者繼續對句讀提出見解。唐沙門湛然在《法華文句記》中提到：「凡經文語絕處謂之『句』，語未絕而點之以便誦詠謂之『讀』。」因此在唐代「句」的功能類似現今的「。」，而「讀」的功能則類似現今的「，」。此外，韓愈在〈師說〉中提出「句讀之不知，惑之不解，或師焉，或不焉，小學而大遺，吾未見其明也。」孔穎達《禮記正義》：「學者初入學一年，鄉遂大夫于年終之時考視其業。離經，謂離析經理，使章句斷絕也。」可看出唐代學者對於句讀學習的重視。（同上，65～66）

宋代出版業興盛，成為我國標點符號史上的一個重要階段，而句讀符號的使用規範大致在此時確立。（林穗芳，2002：73）學者毛晃在《增韻》中說到「今秘省校書式，凡句絕則點于字之旁，讀分則微點于字之中間。」其中「句絕」為句末，「讀分」為句中停頓，由此可知宋朝在句讀符號的使用，於句中停頓處標記「、」，句末處則須加上

「‧」。書籍中以「圈點」表示句讀是從建安（今福建建甌一帶）余氏刻印《九經》開始，岳珂在《九經三傳沿革例》中留下明確的記載，「監蜀諸本皆無句讀，惟建本始仿館閣校書或從旁加圈點，開卷了然，于學者為便。然亦但句讀經文而已。惟蜀中字本與興國本並點注文，益為周盡。」因此，自宋代開始「、」和「。」成為正式的句讀符號，並成為現今頓號和句號的來源。（同上，73）

　　清代時期，隨著中西文化的交流，留學生自國外帶回西式標點符號的用法，至清末民初時，新式標點符號逐漸取代傳統標點符號且廣為使用。第一位介紹西式標點符號的是張德彝，他曾在清同文館受過三年的西式教育，隨後從事翻譯及外交工作，在他所出版的《歐美環遊記》一書中，曾介紹了西方的九種標點符號用法，內容如下：

> 各國書籍，其句讀勾勒，講解甚煩。如果句意義足，則記「‧」；意未足，則記「，」；意雖不足，而又與上句黏合，則記「；」；又意未足，外補一句，則記「：」；語之詫異嘆賞者，則記「！」；問句則記「？」；引證典據，於句之前後記「""」，另加注解，於句之前後記「〈 〉」；又於兩段相連之處，則加一橫如「—」。（引自雷智勇，1996：60）

在上文中雖可見貶低之語，但也因為此篇文章的介紹，開啟了國人對於標點符號使用的新視野。最早出現的新式標點符號方案是由清末切音字運動推動者王炳耀所創制（林穗芳，2002：78），他在所出版的《拼音字譜》（1897 年）中，自擬了一套標點系統，內含十種標點，並在自己的著作中使用。1904 年商務印書館出版嚴復所著的《英文漢詁》，為我國最早改用橫排並使用新式標點的書籍，隨後新文化運動時期的代表刊物如《科學》、《新青年》等，也採用了新式標點符號。

　　1919 年 4 月，馬裕藻、周作人、朱希祖、劉復、錢玄同及胡適六人在國語統一籌備會第一次大會中，向教育部提出《請頒行新式標點符號議案》，議案通過後，教育部於 1920 年 2 月正式頒行十二種標點符號用法，包含「句號」、「點號」、「分號」、「冒號」、「問號」、「驚嘆

號」、「引號」、「破折號」、「刪節號」、「夾注號」、「私名號」及「書名號」，並聲稱此十二種標點符號「遠仿古昔之成規，近採世界之通則，足資文字上辨析義蘊，輔助理解之用」（林穗芳，2002：81），至此標點符號的使用開始有了統一的規範。

二、漢、英標點符號用法的差異

　　新式標點符號自頒布後，歷經幾次修正，現行供漢語所使用的標點符號共分十五種，分別是「句號（。）」、「逗號（，）」、「頓號（、）」、「分號（；）」、「冒號（：）」、「引號（「」、『』）」、「夾注號（（　）或——）」、「問號（？）」、「驚嘆號（！）」、「破折號（——）」、「刪節號（……）」、「連接號（—）」、「書名號（﹏或《　》、〈　〉）」、「專名號（＿＿）」及「間格號（‧）」。

　　英文標點符號大致可分為十四種，包含「逗號（,，comma）」、「句號（.，period/full stop）」、「分號（;，semicolon）」、「問號（?，question mark）」、「驚嘆號（!，exclamation mark）」、「冒號（:，colon）」、「破折號（--，dash）」、「引號（" "或 ' '，quotation mark）」、「撇號（'，apostrophe）」、「圓括號（（　），parenthesis）」、「方括號（[　]，brackets）」、「連字符號（-，hyphen）」、「省略號（…，ellipsis）」、「斜線號（/，slash/virgule）」，以及以特殊書寫方式來呈現標點的作用的三種，分別是「大寫體（capitalization）」、「斜體字（italics）」以及「字和字之間的間空」。在這些標點符號中，漢、英都有的標點符號有十一種：逗號、句號、分號、問號、驚嘆號、冒號、破折號、引號、圓括號、連字符號及省略號；漢語獨有的標點符號有：頓號、書名號、專名號及間格號；英語獨有的標點符號有：撇號、方括號、大寫體及斜體字。以上整理如表一：

表一　漢、英標點符號名稱、圖像對照表

漢語標點符號名	漢語標點符號圖像	英語標點符號圖像	英語標點符號名
句號	。	.	句號
逗號	，	,	逗號
分號	；	;	分號
冒號	：	:	冒號
引號	「　」、『　』或"　"、'　'	"　"、'　'	引號
夾注號	甲式：（　）乙式：——　——	（　）	圓括號
問號	？	?	問號
驚嘆號	！	!	驚嘆號
破折號	——	--	破折號
刪節號	……	…	省略號
連接號	—	-	連字符號
頓號	、	無	
書名號	甲式：﹏﹏乙式：《　》、〈　〉	無	
專名號	—	無	
間格號	·	無	
	無	'	撇號
	無	[　]	方括號
	無	/	斜線號
	無		大寫體
	無		斜體字
	無		字和字之間的間空

資料來源：程麗（2007）

在上述所提及的十一種漢英都有的標點符號中，大部分為代表的圖示相同或是符號名稱相同，在用法方面大體上是相似的，但仔細探究，可以發現還是有些許的差異存在，以下將逐項做說明：

(一) 句號：漢、英語的句號是以不同的圖示表示，漢語以中空圓圈「。」呈現，英語則是以實心黑圓點「.」呈現，二者都用來表示整個句子的結束，但在英語中，句點還多了兩項功能：

　　1. 用於某些縮略詞和姓名的首字母之後。例如：Dr. Smith、P.M. 及 U.S.A.等。

　　2. 可做小數點用。例如：9.5 dollars

(二) 逗號：漢英的逗號圖示相同，且都用以表示句中停頓，不同的是英語中的逗號還多了其他用法，分述如下：

　　1. 用於分隔三個或三個以上的並列詞，等同於漢語頓號「、」的用法。例如：

　　I have pens, pencils, a ruler and an eraser in my pencil case.

　　我的鉛筆盒裡有原子筆、鉛筆、尺和擦子。

　　2. 用來分隔插入語、同位語、獨立成分，漢語無此用法。例如：

　　The boy, I think, is a good student.

　　我想那個男孩還是個好學生。

　　The boy, Mark, is a good student.

　　馬克這個男孩是個好學生。

　　He went out early, with a bag.

　　他一大早就帶著帶子出門。

　　3. 引用話語時，倘若說話人放在話語前，則二者之間所標示的標點符號，英語為「逗號後加引號」，漢語則是「冒號後加引號」。例如：

　　Mother said, "Don't do that."

　　媽媽說：「不要那麼做！」

　　4. 英語用逗號來分隔日期中的年和日，以及地址中的街道、城鎮、省或州，漢語則無此用法。例如：

I was born on April 15th, 1984.

我出生於 1984 年 4 月 15 日。

My address is at #100, Taitung Rd. Taitung City,Taitung County,
Taiwan ,R.O.C.

我的地址是：中華民國臺灣省臺東縣臺東市臺東路 100 號。

(三) 引號：引號在漢語和英語中都用來做為話語引用的標示，除此之外，在英語中，引號還可用來標示短篇作品的名稱，如文章、故事、歌曲和書中章節標題的名稱，而在漢語中則是以書名號來標示。例如：

"Youth"was a famous essay written by Samule Ullman.

《青春》是由賽繆爾‧厄爾曼寫的一篇著名的散文。

(四) 省略號：漢語和英語中的省略號都是用來標示語句的省略，不同的是，漢語的省略號是六個實心圓點，以三個實心圓點為單位，分佔兩個字格，且位在字格的正中央；英語的省略號只有三個實心圓點，位於字格的下方。例如：

Lying in bed, he thought, and thought, and thought…...

他躺在床上想啊，想啊，想啊……

透過以上比較可知漢語和英語在標符號使用上的差異性，二者對於共同擁有的標點符號，在用法上卻不盡相同，此外還各自擁有對方所沒有的標點符號。這顯示了漢語和英語有各自對標點符號使用的需求，因此即便漢語的標點符號源自英語，在使用上仍然有差異性存在。

三、標點符號的語法功能

現行使用的新式標點符號共十五種，可分為「標號」及「點號」。「標號」是用來「標示語詞或句子的性質和作用」，包含「引號」、「括號」、「破折號」、「刪節號」、「書名號」、「專名號」、「間格號」及「連

接號」;「點號」是用來「標示語句的停頓」,包含「句號」、「逗號」、「頓號」、「問號」、「驚嘆號」、「分號」及「冒號」,詳細內容如表二:

表二　新式標點符號一覽表

名稱	圖例	位置	說明
句號	。	佔一個字的位置,居正中。	用於一個語義完整的句末,不用於疑問句、感嘆句。
逗號	,	佔一個字的位置,居正中。	用於分開句內各短語或表示語氣的停頓。
頓號	、	佔一個字的位置,居正中。	用於並列連用的單字、詞語之間,或標示條列次序的文字之後。
分號	;	佔一個字的位置,居正中。	用於分開複句中平列的句子。
冒號	:	佔一個字的位置,居正中。	用於總起下文,或舉例說明上文。
引號	「」、『』	前後符號各佔一個字的位置,居左上、右下角。	一、用於標示說話、引語、專有名詞,或特別用意的詞句。 二、引號分單引號及雙引號,通常先用單引號,如果有需要,單引號內再用雙引號,依此類推。 三、一般引文的句尾符號標在引號之內。 四、引文用作全句結構中的一部分,其下引號之前,通常不加標點符號。
夾注號	甲式:（ ）乙式:--	甲式:前後符號各佔一個字的位置,居正中。乙式:前後符號各佔行中兩格。	用於行文中需要注釋或補充說明。
問號	?	佔一個字的位置,居正中。	一、用於疑問句之後。

			二、用於歷史人物生死或事件始末之時間不詳。
驚嘆號	！	佔一個字的位置，居正中。	用於感嘆語氣及加重語氣的詞、語、句之後。
破折號	──	佔行中二格。	用於語意的轉變、聲音的延續，或補充說明。
刪節號	……	佔行中二格。	用於節略原文、語句未完、意思未盡或表示語句斷斷續續等。
書名號	甲式：﹏﹏ 乙式：《 》、〈 〉	甲式：直行標在書名左旁，橫行標在書名之下。 乙式： 1. 《 》多用於書名，〈 〉多用於篇名。 2. 直行標在書名上下，橫行標在書名前後。 3. 每一種符號前半後半各佔行中一格。前半不出現在一行之末，後半不出現在一行之首。	用於書名、篇名、歌曲名、影劇名等。
專名號	──	直行標在專名左旁，橫行標在專名之下。	用於人名、族名、國名、地名、機構名等。
間格號	·	佔一個字的位置，居正中。	一、用於書名號乙式書名與篇章卷名之間。 二、用於書名號乙式套書與單本書名之間。 三、用於原住民命名習慣之間隔。 四、用於翻譯外國人的名字與姓氏之間。
連接號	─	佔一個字的位置，居正中。	用於時空的起止。

資料來源：教育部國語推行委員會（2008）

　　由上表可知，每一個標點符號都有其個別、獨特語法作用。標點符號源自英語系統，西方人發明標點符號，藉由標點符號的語法功能

來對表音文字定音、定義、定語氣、定敘述、定思維方式（周慶華，2007：332），例如以驚嘆號（！）表語氣、以冒號加引號（：「」）表敘述等。而標點符號自英語系統傳入漢語系統後，標點符號只對漢語系統產生定義、定語氣、定敘述、定思維方式的作用，而無定音的功能。

四、標點符號的社會功能

　　語言文字是人類在社會中進行人際互動的重要工具，用來與他人進行對談或溝通，背負著信息傳達的重要使命。人類用以傳達信息的媒介大致可分為兩種：一種是藉由嘴巴所說出的口語，我們稱為「話語」；另一種是藉由手寫在紙面上的書面語，我們稱為「篇章」。無論話語或是篇章都是由文字組成句子，再由一個個句子搭配標點符號組成話語或篇章，但不同的是篇章是由有形的文句及標點符號構成，因此我們可以藉由眼睛的觀看來了解篇章所要傳達的信息；而話語是由無形的文句及標點符號所構成，我們只能聽到文句的音，至於標點符號就只能以說話者的「語調」、「語氣」或說話的「停頓」來做判斷，以致以話語來傳達信息時聽話者必須先藉由聽覺的接收，再經由大腦將所聽到的文句以及語調、語氣或停頓，轉譯成一個個有形的文句及標點符號來了解說話者的話語所要傳達的信息。因此，無論是話語或是篇章，其組成的重要成分為文句及標點符號，透過文句及標點符號的搭配使用，讓信息能夠正確明瞭的傳達，以達成對談、溝通的目標，所以無論是文句或標點符號都肩負著信息傳達的社會功能。在此將針對標點符號來探討其在社會功能中的重要性。

（一）協助話語中信息的明確的傳達

　　在嘴巴說出話語之前，必須先透過大腦將所要傳達的訊息先轉譯成包含文句與標點符號的篇章，再傳送至嘴巴說出成為話語。由於話語是無形的，因此訊息接收者所接收到的只是一個個的「音」，為了不

使這一個接一個的音成為一串無意義的音流，必須在音流中加入「語氣」、「語調」或是「停頓」來輔助音流成為有意義的話語，並使話語能夠正確明瞭的傳達出訊息。話語中的「語氣」、「語調」及「停頓」的使用是由標點符號轉化而成，而每個標點符號在話語中的呈現不同，因此每一句話所使用的語氣、語調及停頓也不同，造就了話語豐富的表達性。以下舉例說明：

> 例 1：你坐下。
> 例 2：你，坐下。

例 1 和例 2 所用的文句相同，但斷句處與標點符號的使用不盡相同，因此所表達出的語氣、語調及停頓不同，所傳達出的信息也不同。

例 1 中，全句的斷句部分只有在句尾加上句號，因此說這一句話，必須要全句說完才停頓，由句尾所加的「句號」可知，說話者的語氣是平穩的，語調是較低沉、無起伏的，因此整句話純粹是信息的傳達，無附加任何特別的情緒。

例 2 的這一句話首先在「你」後面便以逗號來斷句，可知信息傳達者有意特別強調「你」來執行後面「坐下」的動作，因此在說這一句話時，要將重點放在「你」，也就是說，在說「你」這個字時，語氣要加重，語調要上揚，說完後要停頓。

> 例 3：放開你的手。
> 例 4：放開你的手！

例 3 和例 4 採用同樣的文句，斷句處也相同，不同的是例 3 以句號做結束，而例 4 以驚嘆號做結束，二者在結尾所使用的標點符號不同，所傳達出的信息也不同。

例 3 話語的傳達以「句號」做結束，可知信息傳達者（說話者）的語氣是冷淡的，語調是低沉的，所以推測此時信息傳達者的情緒是較平穩的；反之，例 4 的話語以「驚嘆號」做結束，可知信息傳達者的語氣是激動的，語調是高昂的，因此可推測此時信息傳達者的情緒是較為生氣的。

例 5：那有什麼好玩的？

例 5 中只有一句話，倘若我們將這一句話採用不同的語調或語氣說出，同樣是以問號做結束，但卻可以產生不同的語義，而傳達出不同的信息。

首先，倘若說話者以興奮的語氣配合高昂的語調，那麼這一句話便形成一句帶有「疑問」的話語，所傳達出的信息是「詢問對方某物或事件有什麼有趣之處」；倘若是說話者以冷漠的語氣配合低沉的語調來說這一句話，那麼這一句話便形成一句帶有「不屑」的話語，所傳達出的信息是「那個東西或事情哪有什麼有趣的」。

由以上五個例子可歸納出，在口語信息傳達中，同樣的文句配合不同的標點符號，會有語氣、語調及停頓的差異，而導致不同信息的產生，除此之外，即便是使用相同的文句與標點符號，倘若說話者以不同的語氣、語調來表達，也會傳達出不同的信息。

（二）以書面傳達信息時，可避免歧義產生

書面信息必須透過文句配合標點符號構成篇章來達到正確傳達信息的效果。篇章中倘若無標點符號存在，那麼就有如一個文字堆或是一個文字流，讀者隨著一行接一行的文字看過，看到的只是「字」，更明確的說是「字的形體」，既看不出字義，更遑論句子所要表達的意思，甚至是整個篇章所要傳達的旨意，造成閱讀紊亂的情形。倘若讀者在閱讀時自行加上標點，除了會拉長閱讀的時間，更重要的是，文章內容所要傳達的旨意會因為個人斷句的不同或是標點符號使用的不同而有差異，以下以「下雨天留客天天留我不留」為例說明：

例 1：「下雨天，留客天，天留，我不留。」
例 2：「下雨天，留客天，天留？我不留！」

例 1 和例 2 的斷句處相同，不同的是後半句的部分所使用的標點符號不同，分別是「天留，我不留。」及「天留？我不留！」例 1 所

傳達出的信息為「下雨天是留客人的日子，（這代表）老天爺要留（你），但我不留。」例 2 所傳達出的信息為「下雨天是留客人的日子，（這代表）老天爺要留（你）？但是我不留（你）！」二者所傳達出的信息不同。比較例 1 和例 2，由兩句所傳達出的信息可知，兩句的信息傳達者都為「主人」，其中例 1 的後半句「天留，我不留。」使用的是逗號和句號，因此信息中所涵蓋的主人的情緒是較平穩的；反之，例 2 的後半句「天留？我不留！」使用的是問號和驚嘆號，所以所傳達出的信息中，可明顯感受到主人的情緒是較激動的。

例 3：「下雨天，留客天，天留我不？留。」

例 4：「下雨天，留客天，天留我？不留。」

例 3 和例 4 兩句前半句斷句相同，但在後半句部分的斷句有小小的不同，一為「天留我否？留」，一為「天留我？不留。」例 3 所傳達出的信息為「下雨天是留客人的日子，（這是）老天爺在留我嗎？是的，是老天爺在留我。」例 4 所傳達出的信息為「下雨天是留客人的日子，（這是）老天爺在留我嗎？不，老天爺不留我（要我快離開）。」二者所傳達出的信息不同。由例 3 和例 4 傳達出的信息可知傳達者為「客人」。比較兩例可發現兩句的差異出在於「不」字和問號的關係。例 3 的「不」在問號前，發音為「ㄈㄡ∨」，通「否」，在問號前可用來表示詢問，因此例 3 的「天留我不？」和例 4 的「天留我？」語義是相同的，都是用來提問「（這是）老天爺在留我嗎？」所以例 3 的「留」和例 4 的「不留」（此處「不」發音為ㄅㄨ丶，當「否定」使用）便成了二者所傳達出的信息不同的關鍵。

例 5.「下雨天，留客天，天留我？不留？」

例 6.「下雨天，留客天，天，留我不留？」

例 5 和例 6 同樣是前半句斷句相同，後半句不同，分別是「天留我？不留？」及「天，留我不留？」例 5 所要傳達的信息是「下雨天是留客人的日子，（這是）老天爺在留我嗎？還是不留我（要我快離

開）？」例 6 所要傳達的信息是「下雨天是留客人的日子，老天爺，你是留我還是不留？」由以上可知信息傳遞者都為「客人」，由兩句結尾的問號可知，兩句都為疑問句，進一步來說，兩句都是客人所提出的疑問，但雖然如此，由於兩句後半句的斷句處和所加的符號不盡相同，因此所傳達出的疑問並不完全相同。例 5 的後半句「天留我？不留？」所傳達出的是客人在心中的自我提問，而例 6 的後半句「天，留我不留？」有明確的指出所詢問的對象是「天（老天爺）」，因此是客人對「天」提出的疑問。

例 7：「下雨，天留客，天天留？我不留！」
例 8：「下雨，天留客，天天留我？不留！」

例 7 和例 8 的斷句很明顯和前面例子不同。例 7 所傳達出的信息是「下雨，是老天爺在留客人，但你要天天留？我不留（你）！」由此信息可知，信息傳達者為「主人」；例 8 所傳達出的信息是「下雨，是老天爺在留客人，但你要天天留我？我不留！」而此信息的傳達者為「客人」。由以上可知，例 7 和例 8 的信息傳達者不同，而造成此一差距的原因在於問號的斷句處，也就是例 7 的問號在「我」之前；而例 8 的問號在「我」之後。

再經過八個例子的探討後，可證明書面信息儘管所使用的文句相同，但會因為斷句及所加的標點符號的不同而有所差異。因此，標點符號是信息正確傳達所不可或缺的重要工具。

然而，標點符號為英語系統使用者（西方人）根據表音文字的需求來創設，因此上述所提及的有關標點符號的社會功能適用於英語社會系統。以漢語社會系統來看，自古漢語中便無標點符號的存在，原因在於漢字「字字有義」甚至還有「一字多義」，因此在行文或談話間，可以讓信息接收者自行對所看到或所聽到的文句咀嚼、吸收、消化，來理解信息傳達者所要傳達的信息，增加信息內容的彈性，讓信息傳遞者和信息接收者有許多對談的空間，如上引例句「下雨天留客天天留我不留」，不斷句，則可憑人意會；而斷句後就會限定它的意義而少

了彈性。標點符號傳入漢語系統後，以自身的語法功能限制了漢語文句的語意，使得信息內容狹窄化，減少了信息傳遞者和信息接收者可對談的空間。

五、標點符號的文化功能

在前述標點符號的由來中有提到，漢語本無標點符號，僅有簡單的句讀來為語句做停頓及結束的標示，而現行的新式標點符號則是藉由中西文化交流傳入後，使用漢語的人們為了閱讀上的快速與便利，以及能夠更明確的掌握詞彙或語句的所要傳達的意義，加以增修而產生。因此，就「標點符號」而論，漢語系統本無標點符號的使用，現行的新式標點符號自英語系統傳入，所以標點符號原本是存在於英語系統。以文化的觀點來探討此一現象，要從漢、英兩種文字的內涵談起。

綜觀世界各國的文字現象，可將文字大致分為三類：「表形文字」、「表意文字」、「表音文字」。（程祥徽、田小琳，1989：111）文字發展的第一個階段為「表形文字」，此文字的產生源自於「事物的形體」，也就是將事物外型的線條加以簡化而形成的文字即為表形文字，由於表形文字只能用來描述具體的事物而無法傳達抽象的概念，難以滿足口語表達的需求，導致文字的功能受到侷限。後來人們便以現有的表形文字為基礎，在表形文字上增加一些指示性的符號，或是將兩個表形文字做結合，便形成了表意文字。「表意文字」是用來「傳達事物所表示的意義」，由此可知，表意文字和表形文字是具有關聯性的。「表音文字」為文字演進史上的一大轉變，完全脫離形和義的關聯，只和「語音」做連結。表音文字是由好幾個音素所組成，並為每一個音素設定一個或兩個字母，於是表音文字的形體便是由好幾的字母組合而成，與形或義無關。

漢字系統主要是由形、音、義三要素所組成。依照漢字的造字法則，可知其中象形文字為表形文字，指事及會意文字為表意文字，而

佔漢字多數的形聲文字，其組成結構包含形符和音符兩部分，但其中形符表示的只是一個模糊的義類，而音符的表音功能，據統計有效表音率只達 39%。因此，漢字中的形聲字並非表音文字，而只能說是意音文字。（程祥徽、田小琳，1989：113）然而，漢字中不論是表形文字、表意文字抑或是意音文字，每一個漢字所呈現出的都是方塊文字的形體，方塊漢字為單音節語素，一個語素以一個方塊漢字所表示；英語系統中，每一個單字中都是由多個音素所構成，每一個音素制定一至兩個字母來標示，將每一個音素所代表的字母結合起來便成了一個個的英文單字，因此英文單字為含有多音節語素的表音文字。

由以上可知，漢字和英文字是屬於兩個完全不同的系統，漢字為單音節語素的表形或表意文字，而英文字為多音節語素的表音文字，正因為如此，所以在書寫的方式呈現時，漢字是以一個字緊接著一個字的方式，而英文字則需要在字和字之間須留一格間空。由於漢字為單音節語素的文字，也就是說一個漢字代表一個音，所以就算是一個字緊接著一個字寫下來或是念下來，我們也能夠清楚的看到或聽到每一個字，因此當漢字組合成一個句子甚至是篇章時，我們不會因為沒有標點符號的存在而產生無法理解的問題；反之，英文字為多音節文字，每一個個別的英文字都包含了多個音節，因此在書寫時單字與單字之間必須要留一格間空，否則一行下來，會產生無法分辨出一行之中有幾個單字的問題，更遑論要將那一行英文字清楚明確的念出來了！所以在英文字中，字與字之間的間空具有標點的功能，並非隨意存在。至此，我們可以統整出由於英文字為多音節的表音文字，需要藉由標點來分辨出每一個單字的單獨存在，所以在英語系統中便產生標點符號；而漢字是方塊文字且一字一音，就算沒有標點符號的存在，我們也可以藉由自行斷句來理解語義，所以自古漢語系統便無標點符號的存在，頂多也只是簡單的句讀而已。

以文化學的角度來看，標點符號的使用體現出中、西文化的差異，使得標點符號產生了文化功能。以世界觀來標幟，中國文化為氣化觀型文化，認為宇宙萬有為陰陽二氣化合產生，宇宙萬有的起源及演變

因此自然進行著，這暗示漢民族的人們也該體會此一自然的價值，不做出違反自然的行為。（周慶華，1997：95）簡單的說，既然萬物都由氣化合而成，所以應隨著氣自然的運行。遵循氣化觀的世界觀，中國古人在文字的創造上，仿氣造字表意。（周慶華，2007：332）換句話說，萬物由氣化合而成，所以萬物都有氣，以致「仿氣」就是仿照有形物或無形物的形來造字，因此漢字為可讓人望字生義的表形文字及表意文字。此外，古人在文章的呈現也本著氣化觀的，將文章一氣呵成，讓氣在文章中隨著文字一字接著一字的自然流動，不另加文字以外的符號來干擾氣的流動，讓文章能夠自然的呈現，因此在古代並無標點符號的存在；西方文化為創造觀型文化，此文化中的上帝為全知全能全善的實體（周慶華，1997：84）；而人肯定上帝的至高無上，認為上帝是唯一的、偉大的神，祂創造萬物且所創造出的每一個人事物都是獨一無二、無可取代的，因此西方人持個人主義，強調個人的唯一、獨特。將此一創造觀型文化應用在西方人創造標點符號此一議題的分析上，由於英文為表音文字，在一個句子甚至是篇章中，為了凸顯單一文字的唯一、獨特，因此在字與字中間須留下一個具有標點功能的「間空」，目的是要達到字字分明、音音分判。此外，例如「斜體字」的使用在凸顯出書名、「引號」的使用在凸顯篇名，都強調書名及篇名的獨特、唯一，以「方括號」標明音標，證明了西方人重視音標的獨特存在。還有一個最顯著的證明為人名、對人的稱謂等字母的第一個字必須大寫，顯示西方人重視個體的唯一性、獨特性及不可取代性。因此標點符號所包含的不僅是我們在使用上所知道的語法功能，從其創造者（西方人）的以及需求者（表音文字）身上，可更深入的探究出標點符號所內含的文化背景。

六、重新看待標點符號

標點符號創自英語系統。由於英語為表音文字，因此需要標點符號來協助定音、定義、定語氣、定敘述、定思維方式。在篇章和話語

中，因為有了標點符號的輔助，所以能夠明確的傳達出信息傳達者所要傳達的信息，但相對的使得信息內容失去彈性，減少了信息傳達者和信息接受者可對談的空間，交談的機會減少了，自然人與人之間的互動就不熱絡。以文化學的角度來分析，由於西方文化為創造觀型文化，認同上帝是唯一的、不可侵犯的神，祂創造了萬物，所賦予萬物的第一個可使用的能力是說話，因此西方人遵從上帝的旨意，造出了表音文字。然而上帝所創造的每一個個體都是唯一、獨特的，表音文字似乎不符合這樣的規範，因此西方人接著又創造了標點符號，讓每一個字都能夠字字分明、音音分判。也因為標點符號的輔助，使得每一個信息都能夠非常明確的傳達出來，因此每一個信息也都是唯一、獨特的。

　　漢語系統本無標點符號。由於漢語包含表形、表意及意音文字，每一個文字都以方塊文字的樣式呈現，大致而言，每一個文字都有字義，因此在文句甚至是篇章、話語中，人們可以自行根據字義拼湊而成的語義來自行斷句，並不需要借助標點符號來定音、定義、定語氣、定敘述、定思維方式。也因為少了標點符號的限制，使得信息內容富有彈性，增加了信息傳達者和信息接受者的對談機會，交談機會增加了，人與人之間的互動也熱絡了。以文化學的角度來分析，中國文化為氣化觀型文化，認為萬物都由氣化合而成，中國人「仿氣造字」，不管是具體物或抽象物，都依照它所呈現的面貌來畫成字，所以漢字可以「望字生義」，也因此漢字為方塊文字，氣就在這方塊中流竄著，造就了字的筆畫出現。

　　由於標點符號並非由漢語系統創設，且漢語系統對標點符號也無絕對性的需求，但現今的漢語使用者卻將標點符號的使用視為理所當然。這樣矛盾的現象，顯示出漢語使用者必須重新看待標點符號。首先，漢語使用者對標點符號太過依賴，使得在交談中失去彈性，也易產生無謂的紛爭。由於大部分的漢字除了自身的本意外，尚有其他的延伸義，因此由漢字所組合成的文句、篇章或話語內容是富有彈性的，容許有多種語意的產生，形成了可談論的空間；但自標點符號傳入後，

漢語使用者開始試圖依賴標點符號來限制住文句、篇章或話語的語義，來讓語義能夠明確的呈現，使得交談失去了彈性。然而漢字所構成的文句、篇章或話語，語義並不會因為標點符號的限制而完全精確的呈現，而漢語使用者對於語義的精確度有所期待，於是便容易產生無謂的紛爭。第二，漢語使用者已將標點符號完全融入漢語書寫系統中，忽視了標點符號其實是由西方傳入的外來品，並非傳統中國文化所擁有的，而且也因為標點符號的廣為使用，使得人們漠視了中國傳統文化的精髓─包容，也就是對於一個文句、篇章或話語可以產生任何解釋的包容。這都是值得漢語使用者加以思考及反省的重點。

參考文獻

周慶華（1997），《語言文化學》，臺北：生智。

周慶華（2007），《語文教學方法》，臺北：里仁。

林穗芳（2002），《標點符號學習與應用》，臺北：五南。

教育部國語推行委員會（2008），《重訂標點符號手冊修訂版》，網址：
　　http://www.edu.tw/files/site_content/M0001/hau/c2.htm，點閱日期：
　　2008.11.3。

程麗（2007），〈英漢標點符號的差異〉，《鄖陽師範高等專科學校學報》，27（5），
　　131～133。

程祥徽、田小琳（1989），《現代漢語》，香港：三聯。

雷智勇（1996），〈略論標點符號的產生與演變〉，《武警技術學院學報》，12（4），
　　59～62。

中西方格律詩與自由詩的文化因緣比較

林靜怡

摘要

　　中國是詩的國度，自古至今流傳的好詩無數，在國際上，詩更可說是中國文化的代表之一。文化是一個歷史性的生活團體（也就是它的成員在時間中共同成長發展的團體）表現它的創造力的歷程和結果的整體，當中包含了終極信仰、觀念系統、規範系統、表現系統和行動系統等。也就是說，文化的組成要件共有五項，從個人的觀念思想及表現再到團體中的社會行為無一不是文化。而從不同的終極信仰也產生中、西方兩種不同形態的文化：中國的氣化觀型文化和西方的創造觀型文化。由於文學是在表現終極信仰、觀念系統、規範系統及它自身，也就是由技巧安排所形成的美感特徵，因此詩的內涵也就是文化。在西方的終極信仰，人是上帝依祂自己的形象所造，人的一切行為表現都是為了榮耀上帝；而中國的終極信仰，人是由天地間精純之氣化成，人與自然是一體的。就算是對同一主題的描寫也會因文化的不同，而有角度及創作技巧運用的差異，表現出來的詩就會有其文化的特色。研究者就以格律詩及自由詩這兩個中西方共有的詩的名詞來研究兩文化表現在詩作上的異同，期望對我們自己文化特色的認識來尋找未來詩的創作的方向。

關鍵詞：詩、格律詩、自由詩、文化

一、中國詩的起源與發展

「詩，是『詩的內容』採用『詩的形式』的東西。」（荻原朔太朗，1956：4） 詩的內容即是情感，詩的形式在詩的狹義表現是文字。情感是自人類誕生以來就存在的，詩的形式則隨著時間的演進而變化。原始人類的詩與樂舞合一，由於對大自然現象不了解而生敬畏崇拜之心，因而有祭祀行為，在此時詩的作用是媚神，可能以簡單的句子出現，沒有太多涵義，主要藉歌詞與樂舞凝聚眾人的情感。隨著智慧增長及文字的出現，人們才將口語文學收集記錄成冊，在中國這就是詩經的由來。詩經是中國最早的文學總集，為便於文字發明前的記憶傳唱，裡面篇章由韻文寫成，內容表現出當時的社會生活及人民的想法，也為後來詩的發展產生很大的影響。在西方的文學源頭──希臘史詩，也是起於吟唱詩人的傳唱之後記載為文字。中國詩起源於詩經的四言韻文，繼之發展為兩漢魏晉的五言詩，因佛教的傳入而使聲韻研究萌芽，也因為文字發展的成熟而在創作上強調詩的文字意義的對仗、平仄相調、押韻等，此一創作格律到了唐代為顛峰。在詩的分類上可以有一表如下：

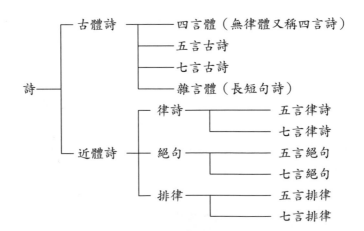

雖然之後詩的創作不絕，但是有宋詞、元曲及後來小說的出現，已不再是主要創作方式，表中除了絕句、律詩外，並無句數上限制，但排律通常指句數在十以上。

（一）中國格律詩

何謂格律？在辭書的解釋是「指詩詞歌曲關於對仗、平仄、押韻等方面的格式和規律。古典詩歌中的近體詩特別講究格律嚴整，因稱格律詩。」（辭源編輯部，1990：1567）近體詩又分為絕句和律詩，唐代初期形成，對仗、平仄、押韻、句式等都有一定的格律，不能任意更改。例如王之渙的〈登鸛雀樓〉：「白日依山盡，黃河入海流。欲窮千里目，更上一層樓。」（清聖祖敕編，1974：2849）為五言絕句，每五言為一句、共四句二十個字，有固定韻腳，這裡押「十一尤」韻，並且合乎平仄格式：仄仄平平仄，平平仄仄平。平平平仄仄，仄仄仄平平。在對仗上「白日」與「黃河」、「依山」與「入海」、「盡」與「流」對，整首使用對仗。絕句沒有嚴格的對仗的規定，但律詩除了絕句的格律要求外又注重對仗。現舉一七言律詩：柳宗元〈別舍弟宗一〉：「寥落殘魂倍黯然，雙垂別淚越江邊。一身去國六千里，萬死投荒十二年。桂嶺瘴來雲似墨，洞庭春盡水如天。欲知此後相思夢，長在荊門郢樹煙。」（同上，3938）全詩八句，共五十六個字，押「一先」韻，三、四句及五、六句各自對仗。其他另有七言絕句和五言律詩的格律，雖然律詩、絕句各有不同的平仄譜，但是特徵上都有嚴格的格律規定。

中國詩為何有格律的限制？這可由詩的節奏及內容形式來探討。在內容形式的演變有兩個重要關鍵：樂府五言的興盛；律詩的興起。樂府五言的興盛從古詩十九首起至陶潛詩為止，主要特徵是把詩經反覆詠嘆的句型變成較簡明直率的風味，有著整齊的句子。試看〈秦風·蒹葭〉：

> 蒹葭蒼蒼，白露為霜。所謂依人，在水一方。溯洄從之，道阻
> 且長；溯游從之，宛在水中央。
> 蒹葭淒淒，白露未晞。所謂依人，在水之湄。溯洄從之，道阻
> 且躋；溯游從之，宛在水中坻。
> 蒹葭采采，白露未已。所謂依人，在水之涘。溯洄從之，道阻
> 且右；溯游從之，宛在水中沚。

（孔穎達，1982：241～242）

及古詩十九首的〈涉江采芙蓉〉：

> 涉江采芙蓉，蘭澤多芳草。采之欲遺誰？所思在遠道。還顧望
> 舊鄉。長路漫浩浩。同心而離居，憂傷以終老。

（蕭統，1991：743）

兩首詩的情境相似，但寫法上前者以三章來複述同一情節，低迴反復
纏綿；後者只用一章寫完一個意境，一氣呵成，為整齊的五言。此轉
變是由於詩與樂歌的分離。第二個關鍵是律詩的興起，從謝靈運和「永
明詩人」起，一直到明清止。從這裡詩由詩人情感的自由展現轉變為
詩人有意展現技巧的刻畫。此時期的特徵是除去漢魏詩的渾厚古拙而
向精妍新巧發展，產生了字句間的排偶及對仗。從謝靈運開其端到梁
時向遜的作品才有工整的律詩。律詩的特徵在於意義排偶之外又講究
聲音對仗。聲音對仗用意在利用詩句本身的平仄變化顯現詩的音樂性
和諧。詩的節奏起源於詩歌樂舞合一的原始時代，但當詩歌獨立發展
脫離樂舞之後，就只有利用四聲的高低輕重及押韻來表現其節奏。中
國語言文字本來就有平、上、去、入四聲，只是要到佛教傳入，受到
梵音的拼音文字觀念的刺激才對字音有系統的分析研究，從拼音文字
的角度利用中文兩字拼成一音為反切，也指出四聲的分別。自此可說
是中國格律詩形式規則的完型。（朱光潛，1981：235）

　　唐代是格律詩的黃金時期，在這時段，詩的質與量都達到顛峰，
除了本身詩的成就外更是國際間中國文化的代表。唐代詩人成就最受

後人稱道者為詩仙李白、及詩聖杜甫。李白的詩歌是盛唐氣象的典型代表，豐富和發展了盛唐詩歌中英雄主義的藝術主題。把現實的理想投射到歷史上去，從而在詩歌中建立起英雄性格的人物。其英雄為傲岸不馴、堅持布衣尊嚴的名臣，如〈梁甫吟〉中的酈食其：「君不見高陽酒徒起草中，長揖山東隆准公；入門不拜騁雄辯，兩女輟洗來趨風。東下齊城七十二，指揮楚漢如旋蓬。狂客落魄尚如此，何況壯士當群雄！」（清聖祖敕編，1974：1681）他一生不以功名顯，卻高自期許，以布衣之身而藐視權貴，肆無忌憚地嘲笑以政治權力為中心的等級秩序，批判腐敗的政治現象，傲岸不俗，強烈顯示出他那種不與現實世界妥協的傲骨，其自由解放的思想情操和具有平民傾向的個性，使他能更深入地發掘社會生活中的各種人情美。又有對和平生活的嚮往之情，如〈子夜吳歌〉其三：「長安一片月，萬戶擣衣聲。秋風吹不盡，總是玉關情。何日平胡虜，良人罷遠征？」（同上，1711）他的詩也於曠放中洋溢著童真般的情趣，〈山中與幽人對酌〉：「兩人對酌山花開，一杯一杯複一杯。我醉欲眠卿且去，明朝有意抱琴來。」（同上，1856）李白詩歌表現出浪漫氣質及新意，盛唐詩歌革命即在他的創作上完成；在他之前的文體以華美為特色，重視文字修辭技巧，久而久之不免流於空洞疆化，而李白詩的出現，讓詩在講究華美的文字技巧下，也平添一股清新的新意。另有大貢獻者為詩聖杜甫，「杜詩」的偉大，不僅表現在形式、內容上，更難能可貴的是詩中有他的人格光輝存在。一部杜詩，就是一部用詩歌寫成的歷史，杜甫生在唐朝由盛而衰的年代，一生都不得志。但是他並不憤世嫉俗，也沒有自艾自憐，反而用寬厚慈愛的胸懷包容一切。他的詩篇當中，處處流露著廣博的同情，每一首都帶著自己的人生以及時代的影子。杜甫對於詩的要求很嚴格。他講究章法，精於練字，銳意創新。在〈贈李白〉中寫出李白的狂態與飄泊之感：「秋來相顧尚飄蓬，未就丹砂愧葛洪。痛飲狂歌空度日，飛揚跋扈為誰雄？」（同上，2392）其他詩中也表現出對妻兒的深情，在〈月夜〉中雖然是寫著妻子對自己的思念其實正是他自己的內心牽掛呀！：「今夜鄜州月，閨中只獨看。遙憐小兒女，未解憶長安。

香霧雲鬢濕，清輝玉臂寒。何時倚虛幌，雙照淚痕乾。」（同上，2403）
另一首〈登高〉：「風急天高猿嘯哀，渚清沙白鳥飛回。無邊落木蕭蕭
下，不盡長江滾滾來。萬里悲秋常作客，百年多病獨登臺。艱難苦恨
繁霜鬢，潦倒新停濁酒杯。」（同上，2467）全詩透過登高所見秋江景
色，傾訴了詩人長年飄泊老病孤愁的複雜感情，慷慨激越，動人心弦。
杜甫是中國偉大的詩人，除了詩藝精湛完美更表現出他憂國憂民的情
操。在這些例子中我們可以了解到詩不只是文學作品，更是一民族在
特定時間中社會文化的內涵。

（二）中國自由詩

　　自由，顧名思義意為能按己意行動，不受限制。在自由詩這文體
來說則是不求平仄、押韻、句數、對仗的詩，能按詩人自己的意思來
創作，打破格律的法式、標準，與古典的格律詩相對，是新時代的產
物。當然在自由詩的討論中也有形式的探求，只是形式在自由詩已不
是指單純的外在固定格律，而是詩的表現技巧，運用意象比喻、象徵
及暗示手法來擴大想像空間。如余光中的〈鄉愁〉：「小時候／鄉愁
是一枚小小的郵票／我在這頭／母親在那頭／長大後／鄉愁是一張窄
窄的船票／我在這頭／新娘在那頭／後來啊／鄉愁是一方矮矮的墳墓
／我在外頭／母親在裡頭／而現在／鄉愁是一灣淺淺的海峽／我在這
頭／大陸在那頭」（余光中，1992：270）沒有固定行數、字數、及押
韻的現象。自由詩的精神雖然是清末就有人提出，但它真正出現則是
到民國八年五四運動之後，因政治運動的改革也引起了文壇的革命，
強調擺脫舊詩的格律，向西方文化學習，追求詩的生機，因而出現許
多新興詩派。如浪漫派、現代派、鄉土文學、寫實主義、後現代主義
等，但其共同特色則是詩人們對舊詩的反動，強調情感的直接表現，
去除舊詩的平仄格律限制，勇於嘗試新的詩的語言。例：綠原〈小時
候〉：「小時候／我不認識字／媽媽就是圖書館／我讀著媽媽／有一天
／這世界太平了／人會飛⋯⋯／小麥從雪地裡出來⋯⋯／錢都沒有

用⋯⋯／金子用來做房屋底磚／鈔票用來糊紙鳶／銀幣用來飄水
紋⋯⋯／我要做一個流浪的少年／帶著一只鍍金的蘋果／一只銀髮的
蠟燭／和一隻從埃及國飛來的紅鶴／旅行童話／去向糖果城的公主求
婚⋯⋯／但是／媽媽說／現在你必須工作」（張默、蕭蕭主編，2007：
257），在詩開頭即用譬喻及轉化法來描述他的媽媽，利用想像力創造
他的夢想，最後還是媽媽來提醒他該回到現實。另一首夏宇的〈甜蜜
的復仇〉更是直接的寫出心中的恨：「把你的影子加點鹽／醃起來／風
乾／老的時候／下酒 」（同上，1112），在創作中沒有行數限制，利用
分行來製造出詩的節奏，也沒有韻腳存在，更遑論對仗這一項了。自
由詩的創作媒介也不再侷限於書面，電子網路發達的現今，人們利用
聲音、圖像等新法嘗試詩的創作，朝感官化、科技化發展，在語言的
應用也不再有雅俗之分。性器官、蛋炒飯可入詩，電冰箱、冷氣機也
是詩中的詞彙。自由詩在現代可說是將自由發揮的淋漓盡致。

二、西方格律詩與自由詩的發展

（一）西方格律詩

西文詩的節奏偏重在聲，由於西方文字構造多複音，一字數音時
的輕重自然不能一致，西文詩的音節就是這種輕重相間的規律，例如
英文詩中最普通的十音句的音節取「輕重輕重輕重輕重輕重」式；法
文中最普遍的十二音句的音節分「古典式」和「浪漫式」兩種。「古典
式」十二音之中有四個重音，第二第四兩重音必定落在第六和第十二
音上面，其餘兩重音可任意移動；「浪漫式」十二音之中只有三個重音，
除第三重音必定落在最後一音之外，重音的位置是可隨意更換，不過
通常都避免把重音放在第六音上面，因為怕和「古典式」相混。英文
詩中諸格律大都相當於古典詩的音步，側重於輕重音節及音量長短來
表現詩的節奏。韻在西洋詩中有多種運用方法，例：母音韻、子音韻、
輕音節韻和半韻、無音韻等，傳統上通常將韻押於行尾，連結性較富

於變化及趣味。〔費雷瑟（G.S.Fraser），1986：94；朱光潛，1982：179〕我們藉由彭斯（Burns）的蘇格蘭方言的詩看出韻於行尾的使用：

> O never look down, my lassie, at a,　　喔 不要自卑 女郎啊，
>
> O never look down, my lassie, at a,　　喔 不要自卑 女郎啊，
>
> Thy lips are as sweet ,and thy figure complete,　妳的嘴唇甜蜜 你的容貌秀麗，
>
> As the finest dame in castle or ha,　　　不遜宮中最美佳麗。
>
> （費雷瑟，1986：96）

「英文不像其他語言富於韻腳，而是利用子音團的韻腳來表達詩義，音韻亦趨於口語化，許多傳統上稱為『抒情詩』的詩歌，都有此特徵，如莎士比亞的十四行詩」（費雷瑟，1986：95）。十四行詩原是義大利情詩，起於佩脫拉克的宮廷愛情傳統的情詩。佩脫拉克十四行詩體是將十四行分成兩部分，前段八行，後段六行，兩段中的思想或敘述可以各自獨立，不必接續，每行約十一個音節，尾韻是前八行 a b b a a b b a，後六行 c d e c d e 或 c d c d c d。傳到英國之後發展出較為靈活的四段分法，即是三個四行體，敘述一個情境的三個層次，再以一個雙行體作結束，尾韻是 a b a b，c d c d，e f e f，g g，這是英國的十四行詩詩體。十四行詩的結構嚴密和中國傳統詩一樣格律謹嚴。莎士比亞的《十四行詩集》最為大家所熟知，其特點除了詞藻華麗，並且感情真摯不拘泥於習俗。試就以詩集中第七十三首來體會其格律：

> That time of year thou mayst in me behold
>
> When yellow leaves, or none, or few ,do hang
>
> Upon those boughs which shade against the cold,
>
> Bare ruined choirs, where late the sweet birds sang.
>
> In me thou seest the twilight of such day
>
> As after sunset fadeth in the west,
>
> Which by and by black night doth take away,
>
> Death's second self, that seals up all in rest.

In me thou seest the glowing of such fire,

That on the ashes of his youth doth lie,

As the death-bed whereon it must expire,

Consumed with that which it was nourished by.

This thou perceiv'st, which makes thy love more strong,

To love that well which thou must leave ere long.

在我的詩篇，你可以看見那季節：

傾圮的教堂荒蕪淒冷，猶記鳥兒歡唱；

也許沒有　，也許還有泛黃的樹葉

掛在唱詩壇廢墟，憑牆搖動的枝幹上。

在我的詩篇，你看見落日的餘暉

在西方消逝後，黑色夜晚，另一種死亡，

把一切的一切禁閉在靜寂之內，

急急，急急帶走一日僅存的微光。

在我的詩篇，你看見泛紅的火光

業已消耗，在那曾經給予光熱的材薪；

猶如生命終必熄滅之時的臥床，

曾經年輕，火苗初長的地方，已是灰燼。

凡此你所見，讓你的愛情更堅韌。

你不久終需離去的，請好好愛戀。

〔法蘭斯‧拉奧奎（Francois.Laroque），1977：144〕

（二）西方自由詩

　　自由詩因惠特曼而成為詩壇中名正言順的詩歌，強調句法和節奏，而不用韻與格，利用詩行的長短來創造詩的音律節奏。「並非隨心所欲，雜亂無章，例如它常常抑揚頓挫，聲調悠揚，但是完全的韻和固定的格不再是必不可少的條件」〔菲利普‧丁‧戴維斯（原名未詳），

1992：287〕。「自由詩」這一詞與實際上的自由詩的自由不符合，因為大多數的自由詩仍存在著某種格律，只是將格律規則巧妙運用在詩中。「例如艾略特在〈普魯弗洛克的戀歌〉中採用了音節—重音的方式，而在〈四重奏〉中採用了純重讀的方式，龐德在寫詩時十分注重音量、而馬利奈・摩爾則按每行音節數而不按重音安排詩行。」〔羅吉・福勒（R.Fowler），1987：113〕打破了傳統格律、排斥用韻，不再限定於固定音節數的創作，只利用與口語一致的抑揚頓挫，達到詩的節奏。自由詩強調詩行的停頓，在紙上留下大量的空白和凹入記號，表示停頓，這可稱為「視覺律讀」。具體詩和圖象詩就是此類，例：威廉斯（W.C.Williams）的作品：

ta tuck a	踏　踏　卡
ta tuck a	踏　踏　卡
ta tuck a	踏　踏　卡
ta tuck a	踏　踏　卡
ta tuck a	踏　踏　卡

（孟樊主編，1993：91）

三、差異

「文化」一詞是指人類生活的總體表現，它包含了哲學、科學、倫理、道德、宗教、文學、藝術以及政治、經濟、社會制度等的人類活動與思想。由此歸納出五個系統：終極信仰、觀念系統、規範系統、表現系統和行動系統。其中文學屬於表現系統下的一支。在西方長久以來就受古希臘哲學傳統和基督教信仰的影響，認為人是神依自己的形體所創造，提倡個人主義，形成西方創造觀型文化；在中國，認為人是偶然氣化而成，以血緣遠近分親疏，以家庭為組成社會的單位，即成氣化觀型文化。（沈清松，1986；周慶華，2004a）以下就以社會文化的觀點來看中西方詩的差異。

（一）篇幅長短

　　西方文學源自希臘敘事史詩，內容多是以戰爭或歷險為題材，充滿了人與神之間的糾葛，場面浩大，極盡鋪陳之能事，因此詩作動輒上千上萬言；而中國的詩自詩經起至今，最長的詩歌作品為〈孔雀東南飛〉，雖是中國第一首長篇敘事詩，但其與西方史詩比較後，卻是「短」的詩作了。為什麼中國的長篇詩不發達，而西方卻有米爾頓的《神曲》、華茨華滋《序曲》等長篇？這應歸諸中國詩以「言志抒情」為「表現」來表達情感的理論，較重自然和諧思想「天地與我並生，萬物與我為一」，人只是萬物之一，要排除人為，「以物觀物」追求「真」，如此之一觀念表現於詩作中只能受限於抒己之情。即有所感於天地萬物才能發諸於詩，因為情感是瞬間產生的，留在心中的是濃縮的意象，所以表現在文字詩作中也難以單就修辭方法鋪陳。在西方，亞里士多德的「摹仿說」影響很大，認為文學是摹仿萬物而來，既是摹仿則重修辭技巧，再加上西方宗教觀念認為人是上帝依自己的形體所造，榮耀自己也等於榮耀上帝，因此利用修辭技巧來馳騁想像創作，達到「大、美」的效果，並且創作的背後有著強烈的宗教意識，自古希臘時代以來，就有對神的世界的想像的具體描述，擴大了想像力的發揮空間。再來是社會環境，「西方民族性好動，理想的人物是英雄；中國民族性好靜，理想的人物是聖人。……中國儒家所崇拜的聖人如二帝三王，大半都是在『土階茅茨』之中『端冕垂裳而天下治』的君主，敬天愛民之外，不必別有所為。」（朱光潛，1982：149）因此，中國缺乏史詩中的主角──英雄，沒有轟轟烈烈的英雄事蹟及人神情感掙扎，也就無法鋪陳文章。氣化觀型文化下是泛神信仰，「我們只聽到一些仙境地名，每地情形究竟怎樣，從來沒有一個詳明底描繪。說到仙境的神，有些我們知道他們的職掌，但大部分沒有一個有系統底譜牒或官階圖。」（同上，126）繼而中國人的道家哲學，崇尚與自然合而為一、強調「無為」，自然就不會積極構設其他可能的世界。作品中少有西方

的客觀的想像力展現，也與儒家重視人與人間的現實關係有關，在「不語怪、力、亂、神」的先決條件下，沒有強烈的動機與精神，是無法構成長篇史詩的。

（二）在內容方面

1.愛情

　　「西方關於人倫的詩大半以戀愛為中心。中國詩言愛情的雖然很多，但是沒有讓愛情把其他人倫抹煞。」（朱光潛，1982：131）西方在創造觀型文化下，強調上帝造人，每個人都是獨立的個體，主張個人主義，愛情在個人生命中佔最重關係，所以詩歌所吟唱的主題多以愛情為主。例如：

Cantus Troili　　　　　　Geofferey Chaucer

If no love is, O God, what fele I so?

And if love is, what thing and whiche is he?

If love be good, from whennes comth my wo?

If it be wikke, a wonder thinketh me,

When every torment and adversitee

That cometh of him, may to me savory thinke;

For ay thurst I, the more that I it drinke.

And if that at myn owene lust I brenne,

Fro whennes cometh my wailing and my pleynte?

If harme agree me, wher-to pleyne I thenne?

I noot, ne why unwary that I faynte.

O quike deeth, o swete harm so queynte,

How may of thee in me swich quantitee,

But if that I consentes that it be?

And if that I consente, I wrongfully
Compleyne, y-wis; thus possed to and fro,
Al stereless withinne a boot am I
Amid the see, bytwixen windes two,
That in contrarie stonden evermo.
Allas! what is this wonder maladye?
For hete of cold, for cold of hete, I dye.

特羅勒斯的情歌　　　　杰弗雷‧喬叟

假使愛不存在，天哪，我所感受的是什麼？
假使愛存在，它就竟是怎樣一件東西？
假使愛是好的，我的悲哀何從而降落？
假使愛是壞的，我想卻有些希奇，
哪管它帶來了多少苦難和乖戾，
好以生命之源，竟能引起我無限快感；
使我愈喝得多，愈覺得口裡燥乾。

如果我已在歡樂中活躍，
又何處來這愁訴和悲號？
如果災害能與我相容，何不破涕為笑？
我要請問，既未疲勞，何以會暈倒？
啊，生中之死，啊，禍害迷人真奇巧，
若不是我自己給了你許可，
你怎敢重重疊疊壓在我心頭。

可是我若許可了，我就不該
再作苦訴。我終日漂蕩，
像在無舵的船中浮海，
無邊無岸，吹著相反的風向，

> 永遠如此漂逐，忽下又忽上。
> 呀，這是一種什麼奇特的病徵，
> 冷中發熱，熱中發冷，斷送我生命。

（孫梁編選，1993：2）

中國社會雖以家庭為主，但是在儒家思想的教育薰陶下，文人皆是抱著入世為官的理想，重視功名事業，因此人際中交往最頻繁的反而是同僚及文友，而疏於男、女情愛了。再加上中國的婚姻關係，結婚之後才是男女雙方了解的開始，當然就不會有西方詩中表現出來對愛慕對象的想望與描寫了。也由於如此，在中國最好的愛情詩常是惜別悼亡之作或訴「怨」，例如：李白的〈春思〉：

> 燕草如碧絲，秦桑低綠枝。當君懷歸日，是妾斷腸時。春風不相識，何事入羅帷？

（清聖祖敕編，1974：1710）

中詩的委婉與西詩的直率由詩的用字及描寫可以看出。西方常把「愛」字直接寫出，而在中詩則是藏於字背後的。

2. 自然

在自然方面中西都有山水詩。這裡所謂山水詩是指以山水為詩的主題，例如：陶潛的〈歸田園居〉：

> 采菊東籬下，悠然見南山。山氣日夕佳，飛鳥相與還。此中有真意，欲辯已忘言。

（逯欽立輯校，1964：998）

在這裡，詩人已與大自然融為一體，不需要語言文字的存在。為何會有如此的觀念？這該追溯到道家的哲學思想，道家認為一切人為的假定和概念都是假象，「天不產而萬物化，地不長而萬物育」（王先謙，1983：83），天地萬物始成於氣，氣無形體，無法以人為方法來規定限制，萬物自蘊而生。表現於詩，則是不以言害意，「語之所貴者意也，

意有所隨。意之所隨者，不可以言傳也」（同上，87），又豈是人為的語言所能說明限制的呢！「莊子和郭象所開拓出來的『山水即天理』，使得喻依和喻旨融合為一：喻依即喻旨，或喻依含喻旨，即物即意即真，所以很多的中國詩是不依賴隱喻不借重象徵而求物象原樣興現的，由於喻依喻旨的不分，所以也無需人的知性的介入去調停。」（葉維廉，1983：149）脫離了種種思想的累贅以後，才能感受物的本性，「在這種詩中，靜中之動，動中之靜，寂中之音，音中之寂，虛中之實，實中之虛……原是天理的律動，所以無需演繹，無需費詞，每一物象展露出其原有的時空的關係」（同上，157）。因是無處不體現天理的律動，故而中國的詩是將空間時間化，就是一首寫景的詩也可感覺到時間的流動及一種未了的韻味。例如柳宗元的〈江雪〉：

> 千山鳥飛絕，萬徑人蹤滅。孤舟簑笠翁，獨釣寒江雪。
>
> （清聖祖敕編，1974：3948）

詩中除了鳥飛的動態，也藉「舟」感受到水流動晃動舟身，一位老翁在江上悠閒地釣魚，如一幅動態的畫作呈現眼前。在現代的自由詩中也有此特性，例如：敻虹的〈蝶舞息時〉：

> 哦，那是春天，是薔薇的蓓蕾
> 我們在雨中相遇──
> 記憶不起了麼？也許
> 日記焚了，再也尋不著往日的一絲兒
> 笑意。
> 哭泣吧，你怎不為垂幕之前的琴音哭泣？
> 而我，總思量著
> 墓上草該又青了；蝶舞息時
> 雖只二瓣黑翅遺下
> 說；

　　哦，那是春天
　　我們在雨中相遇——

（夐虹，2005）

整首詩結束後，仍可感受到未了的思緒，以及記憶中時間流動造成的餘韻。

　　西方詩的表現恰與中國詩的空間時間化相反，是為時間空間化。「當亞理士多德為維護詩人之被逐出柏拉圖的理想國，而提出詩中『普遍的結構』『邏輯的結構』作為可以達致的『永恆的形象』，但這樣一來，仍是把人與現象分離，而認定了人是秩序的主動製造者，把無限的世界化為可以控制的有限的單元，如此便肯定人的理智命名界說囿定的世界代替了野放自然的無垠……基督教義的興起，所有關於無限的概念必須皈依上帝……山水自然景物因此常被用來寓意，抽象化、人格化、說教化。」（葉維廉，1983：167）當華茨華斯等詩人描寫山水時，也只是將讚頌神的詞彙轉而用在山水詩罷了，無法越過知識論的範疇直達事物本質。在西方詩人用眾多修辭技巧來表達他們所看、所感的世界時，已經被「自我」這個概念給限制定格。「文學家往往會在有意無意之間運用其他藝術的手法來進行創作。法蘭克繼雷辛之後，曾以空間形式的理論來探討當代文學，發現艾略特、龐德、普魯斯特以及喬伊斯等作家經常運用意識流的手法，以共時、省略、並置和詞組迴映參照等技巧來打破依時間進行的閱讀習慣，從而創造一個空間邏輯的敘述結構。」（李達三、劉介民主編，1989：347）並且就和西方傳統畫的單向透視法同理，缺乏以物觀物、以物觀我的概念，因此與中詩在自然的描寫上有所差異。

　　在中西自由詩的發展背景上同樣是對傳統詩的改革，但彼此在整體詩的發展上有所不同。從下圖可清楚看出中西兩方文學的表現及關係：

文學的表現

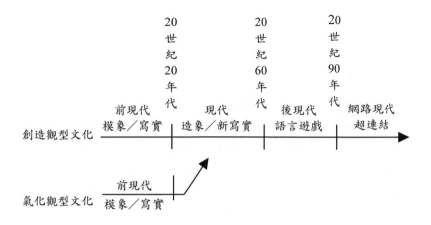

（周慶華，2007：175）

　　西方創造觀型文化一直都是在自己的文化系統下發展，鮮少受到外來的影響。中國氣化觀型文化的詩從二十世紀初以來就轉向西方學習，放棄了自身傳統。這點由五、六〇年代現代詩的特徵看出：「（一）喪失了中國傳統詩『溫柔敦厚』的特質，因其『認為新詩乃是橫的移植，而非縱的繼承』所以語言中摻雜了不少外來語，並且誇張……（二）詩語言音樂性的喪失……音樂性之所以喪失，乃現代詩不講究格律……（三）『純粹詩』的產生。所謂『純粹詩』乃指純為詩創作而創作的詩……純粹詩語的特色是：與現實社會脫節且富玄想與冥想性，主觀性的語義很強。」（孟樊，1998：25）這對於之後詩的創作影響很大，由上圖可清楚看出中國的文學轉而向西方文學取經。在橫的移植西方各種詩的理論後，讓自由詩一開始發展時有遵循的依據。兩種文化的自由詩都起因於對舊詩的不滿，但中詩多了政治改革的推動表現顯得更為積極，無論是優缺點，只要與舊詩有關一律摒除，在文化上也造成很大程度的衝擊。

四、結論

　　「現實環境的詭譎不定、資訊科技的瞬息萬變、生活步調的凌亂失序、身家性命的缺乏保障以及人生的前途的未見著落等等，都會讓他們難以消受。……因此，寫詩只是為了發出聲音，一圖短暫的快感，也藉機排除茫茫人海中無處攀援的寂寥。」（周慶華，2004b：101）這一段話有力地舉出臺灣的詩壇不會消失的原因，因為人們有著如此多的鬱悶，總是需要借詩的創作或欣賞來抒發。但是「除了新崛起的後現代略有新意外，現代的依然現代，寫實的仍舊寫實，即使是浪漫的還是一樣浪漫：如果說迄今為止的世紀末臺灣詩潮能找出其時代特色，那麼只能說其為創作的多元化，亦即是沒有主流的詩潮。」（孟樊，1998：349）在此也提到了後現代詩的價值，跳脫沿襲而創新詩體，但是後現代詩也只是詩壇中的一小支。我們的詩壇需要創新與進步，但如何創新？「開發一種（或多種）可以『匯入世界文學之流』的新作品類型和新批評方法；而它的『光大世界文學』的內在趨力（也就是合於世界文學運作的規律），也將是獲得普世認同的最佳保證。至於開發新的類型和新的方法的途徑，則有待大家勉為嘗試，或獨立猛闖，或合力經營；而藉來創新的資源，或古或今，或中或西，都無不可。」（周慶華，2004b：184）這條路堅苦長遠，我們已「做了過河卒子」，要像古詩那樣走回頭路已不大可能，因為對於古詩創作的格律的陌生，並且也與現實生活的口語差距大，要重新學習有其難處；但全盤西化也因前人的經驗而得知不可行，文化已成為我們身體的基因，外表上無法看出但卻是在骨子裡。在全球化的趨勢下，我們應該正視如何在新時代中擁有屬於我們自己文化的創作特徵，這需要有文化理想的支持（周慶華，2005），希望不久大家一同努力開創出能在國際文壇上佔一席之地的臺灣中文詩了。

參考文獻

一、中文文獻

王先謙（1983），《莊子集釋》，新編諸子集成本，臺北：世界。

孔穎達（1982），《毛詩正義》，十三經注疏本，臺北：藝文。

朱光潛（1981），《詩論》，臺北：德華。

朱光潛（1982），《詩論新編》，臺北：洪範。

余光中（1992），《余光中詩選》，臺北：洪範。

沈清松（1990），《現代哲學論衡》，臺北：黎明。

李達三、劉介民主編（1989），《中外比較文學研究》，臺北：學生。

孟樊（1993），《當代臺灣文學評論大系・新詩批評卷》，臺北：正中。

周慶華（2004a），《語文研究法》，臺北：洪葉。

周慶華（2004b），《後臺灣文學》，臺北：秀威。

周慶華（2005），《身體權力學》，臺北：弘智。

周慶華（2007），《語文教學方法》，臺北：里仁。

法蘭斯・拉奧奎（Francois Laroque）著，施康強譯（1977），《莎士比亞：人間大舞臺》，臺北：時報。

孫梁編選（1993），《英美名詩一百首》，臺北：書林。

清聖祖敕編（1974），《全唐詩》，臺南：平平。

荻原朔太朗著，徐復觀譯（1956），《詩的原理》，臺北：學生。

張默、蕭蕭主編（2007），《新詩三百首（下）》，臺北：九歌。

逯欽立輯校（1984），《先秦漢魏晉南北朝詩》，臺北：學海。

費雷瑟（G. S. Fraser）著，顏元叔主譯（1986），《格律、音韻與自由詩》，臺北：黎明。

菲利普・丁・戴維斯等編（原名不詳），馬曉光譯（1992），《沒門》，北京：
　　中國社會科學。

葉維廉（1983），《比較詩學》，臺北：東大。

蕭統（1991），《文選》，臺北：五南。

羅吉・福勒（Roger Fowler）著，袁德成譯（1987），《現代西方文學批評術語》，
　　成都：四川人民。

辭源編輯部（1990），《辭源》，臺北：莊嚴。

二、網路文獻

敻虹（2005），〈蝶舞息時〉，2007.12.15，詩路：臺灣現代詩網路聯盟：http：
　　//www.poem.com.tw/。

兒歌歌詞的文化象徵

陳詩昀

摘要

　　兒歌是孩子們的詩，也是陪伴孩子長大的文學作品。兒歌歌詞除了抒情寫實，在語文教學上也能利用來讓學生熟悉國語、鄉土語、英語；而在語言功能外，我們還可以深入探討歌詞的文化象徵，讓我們可以了解自身文化、西方文化，並從中比較中西兒歌的差異性，也藉為欣賞不同的文化之美。

關鍵詞：兒歌、中西兒歌、歌詞、文化象徵

一、引言

兒歌是每個人最早接觸的文學作品，而這種文學作品能歷久不衰，主要是受兒童、父母、文學家、教育家的喜愛，陳正治（1987）就認為兒歌對兒童有特殊的意義，包括：

(一) 愉悅兒童：兒童喜愛兒歌，最重要的因素是朗誦兒歌可以得到快樂。

(二) 充實知識：兒歌雖然不是特別以介紹知識為目的，但是有許多兒歌卻往往有充實兒童知識的效用。

(三) 啟發思想：兒歌是文學作品，也有很好的內容，因此可以啟發兒童的思想。

(四) 陶冶性情，培養高尚情操：好的兒歌可以引導人生，美化人生，陶冶兒童性情，使兒童具有高尚的情操。而其中敘述的事如果是好的，兒童念誦之後，會有見賢思齊的模仿傾向。

(五) 增進文學的修養，孕育創作的能力：兒歌是文學作品。兒童朗誦兒歌，不但可以增加詞彙，而且可以了解造句方法、修辭要領和各種表現技巧，無形中增進了文學修養，激發了創作能力。

(六) 發展兒童的想像力：兒歌有不少的想像素材，可以促進兒童的想像力。兒歌的內容包羅萬象，有意義的兒歌能使幼兒在念誦之間受到潛移默化的影響。

兒歌在孩童成長的過程中，扮演這一項舉足輕重的角色，不論是在認字、節奏、韻律教學上，都是很好的素材。催眠的搖籃曲，更是投入了父母對孩子的關愛及期望。本文將以中西方幾首兒歌，〈只要我長大〉、〈小小羊兒要回家〉、臺語〈搖子歌〉、〈Mary had a little lamb〉、〈London Bridge is falling down〉,〈Humpty Dumpty〉,〈舒伯特搖籃曲〉，探討它們背後的情意及文化意涵。

二、兒歌歌詞的情意表徵

　　一首兒歌，讓人琅琅上口，除了旋律好記，更重要的是歌詞。如
果以人體來比喻，曲子屬於骨架，而歌詞則是血肉。一首曲子有了歌
詞，更賦予它生命，而這生命又暗藏著許多讓人可以深入研究的內容。
以下先以〈只要我長大〉這首兒歌來探討其情意部分。〈只要我長大〉
一曲的歌詞如下：

> 只要我長大
> 哥哥爸爸真偉大　名譽照我家
> 為國去打仗　當兵笑哈哈
> 走吧　走吧　哥哥爸爸
> 家事不用你牽掛
> 只要我長大　只要我長大

這首耳熟能詳的兒歌，所要強調的是為國家犧牲奉獻的父親、哥哥是
小孩模仿學習的對象。可見這首歌是國家軍方的產品，想要深化、美
化從軍的形象，而且還可以「笑哈哈」。我認為這應該是合理化不合理
現狀的意識型態的體現。根據查詢字面意思：「意識」是指：心理學概
念。指覺醒的性質和情況。「意識型態」：是一種物質或稱試圖解釋世
界並改變世界的思想體系。（周慶華，2005：82～83）這首兒歌傳唱的
用意當然是鼓勵從軍報國，是把從軍的危險、恐怖化約成輕鬆、微笑，
可以輕而易舉的事！這是在 1950 年代，由當時的中華文藝獎金委員會
舉辦徵曲比賽，白景山以〈只要我長大〉四段詞曲獲選第一名的作品，
在蔣介石政權被共產黨逼到退守臺灣時，為了植入未來反攻大陸的思
想，並激起及強化反共意志，蔣介石所作的置入性行銷。從歌詞不難
了解，當時的政府是期許下一代，希望藉由歌曲，教化這些孩子長大
後，能像大人一樣勇敢保衛國家、貢獻社會。這也讓不少懵懂的孩子

們唱著唱著，真的希望能趕快長大，消滅朱毛萬惡共匪，解救苦難大陸同胞。這首歌詞內容是當時的政治產物；而當時有不少歌遭到禁唱，就是因為「政治不正確」而僅存一些無謂的聯想。一直到今天，人們還是很容易將藝術泛政治化。

接下來要比較兩組中西方兒歌，第一組為〈小小羊兒要回家〉和〈Mary had a little lamb〉，第二組為臺語〈搖子歌〉和〈舒伯特搖籃曲〉相比。第一組兒歌的元素都和小羊有關係，第二組都屬於催眠曲，可是在情感意義上確有很大的不同。以下是這兩組的內容探討：

〈小小羊兒要回家〉一曲的歌詞如下：

小小羊兒要回家　　作詞：秦冠　　作曲：姚敏

紅紅的太陽下山啦　　咿呀嘿呀嘿

成群的羊兒回家啦　　咿呀嘿呀嘿　　小小羊兒跟著媽

有白有黑也有花　　你們可曾吃飽啊　　天色已暗啦

星星也亮啦　　小小羊兒跟著媽　　不要怕不要怕　　我把燈火點著啦

情意探討：成群的小羊跟著母羊回家，象徵著傳統的大家庭，以前的小孩生的多，高的、矮的、胖的、瘦的，就好像歌詞中寫的「有白有黑也有花」，而母親在大家庭中扮演了很重要的角色，除了要和父親外出工作，回到家還需要張羅一家大小的晚餐，工作量不輸父親。歌詞裡的「你們可曾吃飽阿」，因為小孩生的多，教育方面可能就沒辦法像現在的父母這麼精細，可是小孩的肚子可是最基本要照顧的，吃飽了，他們就有力氣念書，也才能長高長胖。最後的「不要怕不要怕，我把燈火點著啦」，可以感覺出母親安撫小孩的樣子，小孩容易怕黑，為他們點亮一盞燈，透過這盞燈也傳達出母親的愛。

〈Mary had a little lamb〉歌詞：

Mary had a little lamb

Mary had a little lamb Little lamb, little lamb

Mary had a little lamb Its fleece was white as snow

And everywhere that Mary went Mary went, Mary went

Everywhere that Mary went, the lamb was sure to go

It followed her to school one day School one day, school one day

It followed her to school one day,That was against the rule

It made the children laugh and play Laugh and play, laugh and play

It made the children laugh and play To see a lamb at school

Why does the lamb love Mary so, Mary so, Mary so?

Why does the lamb love Mary so? The eager children cry

Why, Mary loves the lamb, you know lamb you know, lamb you know

Mary loves the lamb, you know, The teacher did reply

這首歌的由來（Alchin，L.K. Rhymes.org.uk，2007）如下：

Mary had a little lamb - use of language

The words of the American nursery rhyme Mary had a little lamb would appeal to a small children and introduces imagery of similes （white as snow） as part of use of the English language.（這首美國兒歌〈瑪莉有隻小綿羊〉是很吸引小孩子的，而且介紹了英語中明喻的使用）The words also convey the hopeful adage that love is reciprocated!（詞裡也傳達了希望性的諺語，那就是愛是互相的）No specific historical connection can be traced to the words of Mary had a little lamb but it can be confirmed that the song Mary had a little lamb is American as the words were written by Sarah Hale, of Boston, in 1830.（對於這首兒歌的詞並沒有詳細的歷史資料，但是可以確定的是，這首兒歌的詞是由波士頓 Sarah Hale 於 1830 年作）An interesting historical note about this rhyme - the words of Mary had a Little Lamb were the first ever recorded by Thomas Edison, on tin foil, on his phonograph（一個有關這首兒歌有趣的歷史事件，〈瑪莉有隻小綿羊〉的歌詞，第一次是被記錄在愛迪生的留聲機唱片上）

情意探討：和〈小小羊兒要回家〉相比，歌詞中都有提到羊，可是在數量方面，還有跟隨的對象是很不同的。〈小小羊兒要回家中〉，起碼超過四隻以上的小羊，跟隨的是母羊；而這首〈Mary had a little lamb〉只有一隻小羊，且跟隨的是 Mary 一個小女孩。在這裡就可以看出，西方社會裡強調個人主義，每個人都是一個個體，歌詞裡的小羊跟著Mary 到學校，和其他學生一起玩，也感覺不到牠的害怕，緊張和恐懼。〈小小羊兒要回家〉，則是一群小羊跟著母羊要回家。前者強調個人；後者則是附屬在家庭中，中西文化在這裡就可看到很明顯的差異。

再者，是兩首催眠曲的比較：〈搖子歌〉歌詞如下：

搖子歌

嬰仔嬰嬰睏，一暝大一寸；嬰仔嬰嬰惜，一暝大一尺，
搖子日落山，抱子金金看，你是我心肝，驚你受風寒。
嬰仔嬰嬰睏，一暝大一寸；嬰仔嬰嬰惜，一暝大一尺，
一點親骨肉，愈看愈心適，暝時搖伊睏，天光抱來惜。
嬰仔嬰嬰睏，一暝大一寸；嬰仔嬰嬰惜，一暝大一尺，
同是一樣子，那有兩心情，查甫也著疼，查某也著晟。
嬰仔嬰嬰睏，一暝大一寸；嬰仔嬰嬰惜，一暝大一尺，
細漢土腳爬，大漢欲讀冊，為子款學費，責任是咱的。
嬰仔嬰嬰睏，一暝大一寸；嬰仔嬰嬰惜，一暝大一尺，
畢業做大事，拖磨無外久，查甫娶新婦，查某嫁丈夫。
嬰仔嬰嬰睏，一暝大一寸；嬰仔嬰嬰惜，一暝大一尺，
痛子像黃金，晟子消責任，養到恁嫁娶，我才會放心。

情意探討：這首歌是戰後（第二次世界大戰）創作的歌曲，那時臺灣人每天面對躲空襲的恐懼，也目睹許多生離死別的悲劇。呂泉生作這首歌時，小孩也剛出世，對於生死感觸甚多，所以寫下這首歌。歌詞包含了從嬰兒、成年、婚嫁的三個階段，父母對子女的愛心，在這首歌中表露無遺。在臺灣，你一定聽過，作父母的會說：「我們的擔心要到闔眼的那一刻才會停止。」縱使現今社會深受西方文化影響，教養

孩子的方式也改變了，多是尊重他們的意思，讓他們自主；可是，為他們操心的態度依舊，就拿上學來說，很多家長捨不得讓小孩多走幾步，車子一定是停在大門口才讓小孩下車；有的還要幫他們開車門，下車後替他們揹書包。雖然這是愛的表現，但也是臺灣父母親的「大肩症」，替小孩做的太多了；或許也該讓他們學習自己的事情自己處理，遇到問題再適時的與他們溝通，幫他們一起解決才是。

〈舒伯特搖籃曲〉歌詞如下：

舒伯特搖籃曲

睡吧，睡吧，我可愛的寶貝，媽媽親手輕輕搖你睡。
靜養一回，休息一回，安安穩穩睡在搖籃內。
睡吧，睡吧，在這安樂窩裡，媽媽正用手臂保護你。
充滿熱忱，充滿希冀，懷著慈愛小心看守你。
一朵蘭花，一朵玫瑰，賞給寶貝陪著你安睡。

情意探討：與臺語的〈搖子歌〉相比較，表現出中西方文化的不同：臺語的〈搖子歌〉中，可以看出臺灣的父母對於小孩的期望，對於小孩的責任也是扛在肩上，一直要到眼睛闔上的那天，責任才覺得卸下。可是在這首〈舒伯特搖籃曲〉裡，只是單純的表現出希望孩子能夠安穩的睡著，沒有再給予多餘的期望，也反映出西方文化的個人主義，以及父母的教養方式不同，孩子長大成人後自然而然的就需要靠自己的力量維生，會離開家獨自生活，而不是向父母親伸手；不像在臺灣社會裡，父母親還要替孩子鋪路、規劃，感覺要照他們的路走，他們才會放心。

接下來是探討兩首英文兒歌，〈London Bridge is falling down〉，〈Humpty Dumpty〉這兩首兒歌由來歷時悠久，也可從中反映出西方的文化及特性。

〈London Bridge is falling down〉歌詞如下：

London Bridge is falling down

London Bridge is falling down,
falling down, falling down,

London Bridge is falling down,
My fair Lady.
Build it up with wood and clay,
Wood and clay, wood and clay,
Build it up with wood and clay,
My fair Lady.
Wood and clay will wash away,
Wash away, wash away,
Wood and clay will wash away,
My fair Lady.
Build it up with bricks and mortar,
Bricks and mortar, bricks and mortar,
Build it up with bricks and mortar,
My fair Lady.
Bricks and mortar will not stay,
Will not stay, will not stay,
Bricks and mortar will not stay,
My fair Lady.
Build it up with iron and steel,
Iron and steel, iron and steel,
Build it up with iron and steel,
My fair Lady.
Iron and steel will bend and bow,
Bend and bow, bend and bow,
Iron and steel will bend and bow,
My fair Lady.
Build it up with silver and gold,
Silver and gold, silver and gold,
Build it up with silver and gold,

My fair Lady.

Silver and gold will be stolen away,

Stolen away, stolen away,

Silver and gold will be stolen away,

My fair Lady.

Set a man to watch all nigh,

Watch all night, watch all night,

Set a man to watch all night,

My fair Lady.

Suppose the man should fall asleep,

Fall asleep, fall asleep,

Suppose the man should fall asleep?

My fair Lady.

Give him a pipe to smoke all night,

Smoke all night, smoke all night,

Give him a pipe to smoke all night,

My fair Lady.

這首歌有個很有趣的故事，歌詞也和故事息息相關。故事由來（Alchin, L.K. Rhymes.org.uk，2007）如下：

The Wooden Bridge

The 'London Bridge is falling down' Nursery Rhyme is based on the one of the most famous landmarks in London.（倫敦大橋這首兒歌是來自倫敦最有名的地標）It's history can be traced to the Roman occupation of England in the first century.（它的歷史可以追溯到當初羅馬統治時期）The first London Bridge was made of wood and clay and was fortified or re-built with the various materials mentioned in the children's nursery rhyme.（第一座倫敦橋樑是由木頭和水泥建成，之後又再以兒歌提到的材料加強和

重建）Many disasters struck the bridges - Viking invaders destroyed the bridge in the 1000's which led to a fortified design, complete with a drawbridge.（許多的災害都曾毀壞過這座橋樑，北歐海盜在 1000 年代毀壞過，以致於後來有吊橋的設計）Building materials changed due to the many fires that broke out on the bridge.（因為橋上發生過多起火災，所以造橋的材料改變了）

The Stone Bridge

The first stone bridge was designed by Peter de Colechurch and built in 1176 and took 33 years to build and featured twenty arches the dimensions of which were sixty feet high and thirty feet wide and was complete with tower and gates.（第一座石橋是由 Peter de Colechurch 設計，並在西元 1176 年開始建造，耗時了三十三年，以二十座拱形設計為特色，其規模為六十英呎高，三十英呎寬，是由塔和門所完成的）The flow of the Thames under the bridge was used to turn water wheels below the arches for grinding grain.（在橋下流動的泰晤士河被用來轉動拱橋下的磨穀粒的水車）By the 1300's the bridge contained 140 shops, some of which were more than three stories high.（到了 1300 年，這座橋周圍有一百四十家商店，有些甚至超過三層樓高）（The reference to Silver and Gold in the rhyme relates to the trading which was conducted on the bridge）.（在兒歌中出現的金和銀跟以前在橋上作貿易有關聯）London Bridge survived the Great Fire of London in 1666 but its arches and foundations were weakened.（倫敦大橋在 1666 年的火災中存了下來，但是其拱型組織和基礎已經被削弱了）（Buildings with thatched roofs were banned in London following the Great Fire of 1666 and this ban was only lifted with the construction of the New Globe Theater in 1994.（茅草屋頂的建築在 1666 年的倫敦大火後被禁止，這一禁令只在 1994 年新的環球劇院建立時取消）

The Modern Re-builds!

In the 1820s a new London Bridge was built on another site, north of the old one. （在 1820 年代，新的倫敦大橋在另一個地點重建，於舊橋樑的北方）This new bridge opened in 1831 and the old bridge was demolished. （新的大橋在 1831 年啟用，舊的大橋就被拆毀了） In the 1960s yet another London Bridge was built. （在 1960 年，又有另一個倫敦大橋被建立） The London Bridge of 1831 was transported, stone by stone, to Lake Havasu in Arizona, USA. （這座 1831 年的倫敦大橋被以一塊一塊石頭地運輸到亞利桑那 Havasu 湖）

情意探討：從這首兒歌的故事來看，可以知道倫敦大橋重建了不少次，但他們仍不放棄建造這座橋：一來是聯絡兩地；二來這座橋以塔和拱型的形式組合而成，而且高度有四十英呎高，似乎是有接近上帝的意味。西方建築喜歡高塔，如艾菲爾鐵塔，比薩斜塔，都隱藏著西方的通天塔情結。

〈Humpty Dumpty〉歌詞如下：

Humpty Dumpty

Humpty dumpty sat on a wall

Humpty dumpty had a great fall

All the King's horses

And all the King's men

Couldn't put Humpty dumpty together again

這首兒歌同樣有個很特別的故事，由來如下（Alchin, L.K. Rhymes.org.uk，2007）：

The imagery of Humpty Dumpty

Humpty Dumpty was a colloquial term used in fifteenth century England describing someone who was obese. （Humpty Dumpty

是一個英國口語用法，用來形容肥胖的人）This has given rise to various, but inaccurate, theories surrounding the identity of Humpty Dumpty. （這引起了很多人對 Humpty Dumpty 下了很多種但是不精確的定義）The image of Humpty Dumpty was made famous by the illustrations included in the 'Alice through the looking glass' novel by Lewis Carroll. （Humpty Dumpty 的形象是在愛麗絲夢遊仙境的故事中被塑造，經由 Lewis Carroll 的小說）However, Humpty Dumpty was not a *person* pilloried in the famous rhyme! （然而，Humpty Dumpty 在這首有名的兒歌中不是一個被羞辱的人物）

The History and Origins of the Rhyme

Humpty Dumpty was in fact believed to be a large cannon! （Humpty Dumpty 實際上被認為是一種大砲）It was used during the English Civil War（1642 - 1649） in the Siege of Colchester （13 Jun 1648 - 27 Aug 1648）. （它被用在英國 Colchester 被圍困的內戰中）Colchester was strongly fortified by the Royalists and was laid to siege by the Parliamentarians （Roundheads）. （Colchester 是由皇室人馬強力的維護，而國會議員要圍城）In 1648 the town of Colchester was a walled town with a castle and several churches and was protected by the city wall. （在 1648 年，Colchester 的城鎮被城堡和幾座教堂維護住）Standing immediately adjacent the city wall, was St Mary's Church.（在城牆的周圍是聖瑪莉教堂）A huge cannon, colloquially called Humpty Dumpty, was strategically placed on the wall next to St Mary's Church. （一種被稱作 Humpty Dumpty 的大砲，因戰略需求被放置在聖瑪莉教堂旁的牆上）The historical events detailing the siege of Colchester are well documented - references to the cannon（詳細的 Colchester 圍困事件可以參見以下大砲的資料）（Humpty Dumpty）are as follows:

＊June 15th 1648 - St Mary's Church is fortified and a large cannon is placed on the roof which was fired by 'One-Eyed Jack Thompson'（1648 年的 6 月 15 日，聖瑪莉教堂被加強維護，一具大砲被放置在屋頂上，是由 One-Eyed Jack Thompson 開火的）

＊July 14th / July 15th 1648 - The Royalist fort within the walls at St Mary's church is blown to pieces and their main cannon battery （Humpty Dumpty） is destroyed.（1648 年的 6 月 14 日、 6 月 15 日，在聖瑪莉教堂這個對於皇室人的要塞被打成碎片，他們重要的大砲砲臺 Humpty Dumpty 被破壞了）

＊August 28th 1648 - The Royalists lay down their arms, open the gates of Colchester and surrender to the Parliamentarians（1648 的 8 月 28 日，皇室人馬放下手臂，打開 Colchester 的大門，向國會議員投降）

A shot from a Parliamentary cannon succeeded in damaging the wall beneath Humpty Dumpty which caused the cannon to tumble to the ground. （從國會議員發射的大砲成功的毀壞了 Humpty Dumpty 下的城牆，使這個大砲滾落到地上）The Royalists, or Cavaliers, 'all the King's men' attempted to raise Humpty Dumpty on to another part of the wall.（皇室的人力，騎士，所有國王的人馬都想要把 Humpty Dumpty 移到城牆的另一位置）However, because the cannon , or Humpty Dumpty, was so heavy '（然而，因為 Himpty Dumpty 太重了）All the King's horses and all the King's men couldn't put Humpty together again!'（所有國王的人手和馬匹都沒棒法再將它拼湊在一起）This had a drastic consequence for the Royalists as the strategically important town of Colchester fell to the Parliamentarians after a siege lasting eleven weeks.（在接下來的十一個星期，當 Colchesteri 失守於國會議員，這對於皇室帶來很嚴重的後果）Earliest traceable publication 1810.（最早期可追朔的出版品於 1810 年）

情意探討：上述的兩首兒歌都有很具體的故事來由，相較於中方的兒歌，都屬於情感抒發較多。從這個故事可以知道 Humpty Dumpty 原是一種戰爭用的大砲，後來衍生為形容肥胖的人：像雞蛋一樣體型的人這也出現在有名的《愛莉絲夢遊仙境》的故事裡，一向注重邏輯的西方人，本是高度「理性」的，但在這裡反可看出他們的另一面：滑稽、怪誕的審美觀。這是超現實主義的表現； 在超現實裡，暗喻變成了真實，抹去世界上的邏輯和常識。（周慶華，2004：138）

三、情意表徵背後的文化意涵

在前一節已經探討了幾首兒歌的故事、內容、及情意的部分，可知每首兒歌都有它想傳達的情感和意圖。臺灣的兒歌，是由作者抒發情感或者是傳遞思想而作，〈只要我長大〉是當時政治下的產物，希望家中男人對於從軍、保護國家的使命，都是充滿榮譽感的；而在思想的控制外，也顯現出傳統文化重視家庭倫理的「延伸」到國家的連帶強調。臺語〈搖子歌〉是戰後的作品，作者抒發自身情感於歌曲中，除了感嘆戰爭中的生離死別，也希望孩子能夠在沒有恐懼的環境下長大。而從這點希望也透露出傳統文化的「和諧」欲求轉出大家渴望和平的感受。至於〈小小羊兒要回家〉這首看似簡單的歌詞，卻有很深的寓意「小小羊兒跟著媽，不要怕，不要怕」，顯示母親在小孩成長中是個不可或缺的角色（關於母親的兒歌也是不少，例如〈母親像月亮〉、〈遊子吟〉；即便是國臺語流行歌也有，例如文夏的〈媽媽請你也保重〉、洪榮宏 〈媽媽歌星〉、楊耀東〈天下的媽媽都是一樣的〉等，反倒是講述父親的較少）。〈小小羊兒要回家〉裡頭，小羊是跟著母羊，而不是跟著公羊，可見在家庭裡養育孩子是母親付出較為辛勞，也和傳統文化所規範的男主外、女主內有關。父親在外工作，和小孩的互動較少，回到家後，也是母親在張羅一家大小，母親的工作量不比父親少，難怪歌頌母愛的歌曲數量不勝枚舉。

比較起來，西方的兒歌就有具體的故事由來。〈Humpty Dumpty〉，是由英國內戰而來，皇室與國會議員交戰，皇室使用的大砲名為「Humpty Dumpty」，而後演變為《愛麗絲夢遊仙境》裡坐在圍牆上的蛋型人，他常常會掉落；可是破了，就算有大批人力，也無法拼湊回去，有點暗諷當初內戰的狀況。〈Mary had a little lamb〉，不像〈小小羊兒要回家〉使用擬人化的手法，它純粹敘述瑪莉帶著小羊上學的情形，稍微用到譬喻法：「Its fleece was white as snow」（牠的毛皮像雪一樣白），讓孩子可以學習到譬喻法中的明喻。這首歌是強調西方個人主義中「個別人」和寵物之間的感情， 跟〈小小羊兒要回家〉傳達的方向是不同的。〈London Bridge is falling down〉，是講述倫敦鐵橋一再改建的情形，跟〈Humpty Dumpty〉相似，帶有一點西方文化為反對妨礙美感而可以個人「隨興出之」的戲謔嘲諷的手法，配合輕快的旋律，而形成了這首兒歌。因為歌詞具有邏輯性，歌詞好記，所以傳唱度也高。和〈搖子歌〉同樣性質的〈舒伯特搖籃曲〉，並沒有透露出對於孩子關於未來的期望，只是純粹的希望孩子能夠安心、安穩的睡著，為孩子佈置溫暖的窩，讓孩子有安全感，就當下的目的給他們最基本的需求，可以看得出中西的家長對於孩子問題處理的方向的不同（見前）。

四、文化意涵在中西兒歌中體現的差異

文化是個很複雜的名詞，十八世紀七〇年代，泰勒（E.B.Tylor）重新為文化下定義，說文化是一種複雜叢結的群體；這種複雜叢結的群體，包括知識、信仰、藝術、法律、道德、風俗以及任何其他人所獲得的才能和習慣。（殷海光，1979：31）「文化」一詞在日常生活裡經常使用於各個層面，但它卻沒有一個具體或具有共識的意義。這裡為統攝材料方便，權且取一個外來且經國人增補的文化定義：文化是一個歷史性的生活團體（也就是它的成員在時間中共同成長發展的團體）表現它的創造力的歷程和結果的整體，當中包含了終極信仰、觀

念系統、規範系統、表現系統和行動系統等。（同上）這個定義，包含
幾個要素：（一）文化是由一個歷史性的生活團體所產生；（二）文化
是一個歷史性的生活團體表現它的創造力的歷程和結果；（三）一個歷
史性得生活團體的創造力必須經由終極信仰、觀念系統、規範系統、
表現系統和行動系統等五部分來表現的，並在這五部分中經歷所謂潛
能和實現、傳承和創新的歷程。文化在此地被看成一個大系統，而底
下再分五個次系統。這五個次系統的內涵分別如下：終極信仰是指一
個歷史性的生活團體成員，由於對人生和世界的究竟意義的終極關
懷，而將自己生命所投向的最後根基；觀念系統是指一個歷史性的生
活團體成員，認識自己和世界的方式，並由此而產生一套認知體系和
一套延續並發展他的認知體系的方法，如神話、傳說等。規範系統是
指一個歷史性的生活團體成員，依據他的終極信仰和自己對自身及對
世界的了解（就是觀念系統）而制定的一套行為規範，並依據這些規
範而產生一套行為模式，如倫理、道德等等。表現系統是指用一種感
性的方式來表現該團體的終極信仰、觀念系統和規範系統等，因而產
生了各種文學和藝術作品；行動系統是指一個歷史性的生活團體的成
員，對於自然和人群所採取的開發和管理的全套辦法，如自然技術和
管理技術。（沈清松，1986:24～29）這五個次系統，可以整編為下列
關係圖：

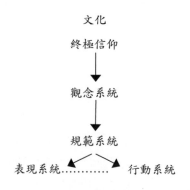

（周慶華，2007：184）

　　當中終極信仰最優位的，它塑造出了觀念系統，而觀念系統在衍化出了規範系統；至於表現系統和行動系統，則分別上承規範系統／觀念系統／終極信仰等。〔按：表現系統和行動系統之間並無「誰承誰」的情況；但它們可以「互通」（所以用虛線來連接）。如「政治可以藝術化」而「文學也會受政治／經濟／社會影響」之類〕。（周慶華，2007：185）

　　根據以上所述，兒歌也是文化下的產物，可以說是生活團體表現它的創造力的歷程和結果。然而中西文化中的生活團體不同，創造出的文化也不同。西方文化為創造觀型文化，終極信仰是神、上帝，觀念系統是哲學、科學，規範系統以互不侵犯為原則，表現系統是以敘事／寫實為主，行動系統是講究均權、制衡／役使萬物。我們屬於氣化觀型文化，終極信仰為道，觀念系統是道德形上學（重人倫、崇自然），規範系統強調親疏遠近，表現系統以抒情／寫實為主，行動系統講求勞心勞力分職／諧和自然。（周慶華，2005：226）因此，兒歌內的文化意涵自然會有差異。 我將上述的兒歌帶入這個文化系統內，可看出中西的差異。

〈只要我長大〉

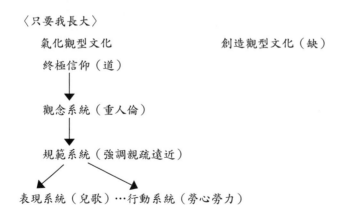

氣化觀型文化　　　　　　　　　創造觀型文化（缺）

終極信仰（道）

觀念系統（重人倫）

規範系統（強調親疏遠近）

表現系統（兒歌）…行動系統（勞心勞力）

　　〈只要我長大〉，是由傳統文化重視家庭倫理「延伸」到政治倫理，歌詞中的「家事不用你牽掛，只要我長大」，表示了長大後還是需要牽

掛家事；在西方強調個人主義，長大後就離家獨立生活的文化裡，是
很難看到這樣的情形，所以在這裡找不到相對應的兒歌。

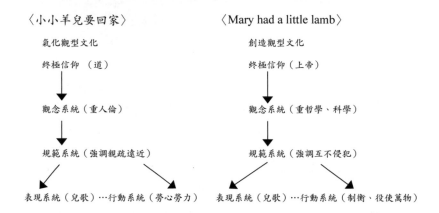

〈小小羊兒要回家〉中看的到母愛，也有傳統文化所規範的男主
外、女主內，符合觀念系統裡的重人倫；〈Mary had a little lamb〉歌詞
中可以感受得到線性思維的邏輯性，而人「各有所部屬」彼此互不侵
犯，且對動物有支配權而在行動系統上帶著役使動物的意味。

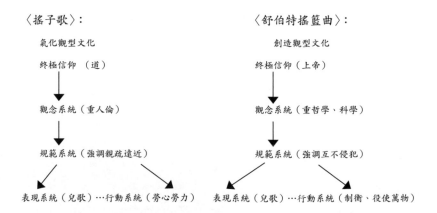

　　〈搖子歌〉在觀念系統上符合重人倫，行動系統上更符合勞心勞力，父母親對小孩期望，對小孩的付出和關愛，對於孩子的大小事都很注意。〈舒伯特搖籃曲〉純粹敘事，沒有過多的期望，也可以看出西方個人主義，尊重孩子意見，對自己負責，也符合在規範系統中互不侵犯的原則。

〈Humpty Dumpty〉、〈London Bridge is falling down〉：

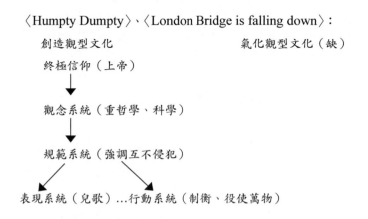

　　〈Humpty Dumpty〉和〈London Bridge is falling down〉，在觀念系統上都屬於科學，Humpty Dumpty 原是一種大砲的名稱，而倫敦鐵橋的建造也是需運用到技術學科；這兩首兒歌都是單一主角，沒有與其他人事物有所互動，規範系統屬互不侵犯，在行動系統方面，Humpty Dumpty 失去了平衡而落下，倫敦鐵橋的建造也需講求平衡。在氣化觀型文化並沒有找到相對應的兒歌，因為我們的兒歌裡偏向抒情，不是以寫實為主。

五、一個關於兒歌歌詞的「文化象徵學」的形成

　　過去我們可能認為兒歌歌詞只是表意、抒發情感，其實他們是文化的產物。一句歌詞，看似簡單，其形成卻是經過創作者的深入思考；

而直接影響思考的是大環境的規範系統，西方是互不侵犯，我們是強調親疏遠近，依附家庭；規範系統上承觀念系統，西方重哲學、科學，我們重人倫、崇尚自然；最上層影響最深遠的是終極信仰，西方是造物主的上帝，我們是自然氣化過程的道。大家可能不自覺，可是累積文化基因，代代相傳，自然「各行其是」的情況，就這樣成形了。因此，賞析一首兒歌，除了了解情意，更可發掘背後所隱含的文化因素。而使得一門我稱為兒歌歌詞的「文化象徵學」可以堂而皇之的成立，而為創作和賞析兒歌的新標竿。

六、相關成果在語文教學的運用

過去的音樂課，我們教唱兒歌，會去欣賞它們的旋律、拍打節奏，甚至配合樂器練習。現在又知道了兒歌有其文化象徵，因此我們還可以將兒歌運用在語文教學上。國語課，我們可以賞析〈小小羊兒要回家〉，除了分析字詞和修辭外，也能和學生討論這首兒歌想要傳達的意義（詳見第四節）。鄉土語言的閩南語課，讓學生習唱兒歌，可以讓他們更熟悉母語，如從〈搖子歌〉中，除了讓學生欣賞臺灣語文的美，也試著讓他們了解我們文化中的父母對小孩的期望。而在英文課裡，英文兒歌的利用更是迫切，習唱兒歌，可讓學生漸漸熟悉第二外語，還能訓練閱讀（在國小英語能力指標中，第七項文化與習俗的部分：C-0-5 能從多元文化觀點，了解並尊重不同的文化及習俗）。所以剛好可以從兒歌中了解西方文化，並且和我們的文化作一比較；進而還能鼓勵學生創作兒歌，從他們的創作中也能去印證這個文化系統，讓他們更能深刻體會兒歌傳遞的文化內涵。

參考文獻

王榮文（2008），〈只要我長大兒歌的由來〉，
　　網址：http://www.wordpedia.com/，點閱日期：2008.11.10。
沈清松（1986），《現代哲學論衡》，臺北：黎明。
周慶華（2004），《語文研究法》，臺北：洪葉。
周慶華（2005），《身體權力學》，臺北：弘智。
周慶華（2007），《語文教學方法》，臺北：里仁。
殷海光（1979），《中國文化的展望》，臺北：活泉
陳正治（1984），《中國兒歌研究》，臺北：親親。
Alchin, L.K. Rhymes.org.uk（2008），〈Secret History of Nursery Rhymes〉，網址：
　　http://www.rhymes.org.uk/， 點閱日期：2008.11.10。

越南與臺灣的檳榔文化初探

麥美雲

摘要

越南及臺灣都有嚼食檳榔的習俗，但它在越南卻是眾多民俗中最凸出的一項。隨時間與社會的變遷，檳榔在臺灣社會上的地位漸漸減弱了，甚至嚼檳榔被視為是一項不文雅的行為，這究竟是為何？本研究對此產生懷疑且想了解其原因，透過文獻分析及運用文化學方法、美學方法、社會學方法來探討兩國檳榔文化並發現存有諸多相似點，也就是兩國都以檳榔作為接待品、婚嫁禮品、祭祀品等。此點代表了兩國存有的文化特色。越南及臺灣原住民族的檳榔文化至此的地位還沒衰退過，就是因為其中有文化審美價值的存在。至於檳榔在臺灣存有負面印象也作了探討：嚼檳榔致「口腔癌」和「檳榔西施」的妨礙風化等，都是造成檳榔負面印象的主因，導致檳榔深深的傳統文化根柢被忽視，真是太可惜了。

本研究得出的結果希望能減少人民對檳榔的偏見。傳統民俗文化對一個國家來說是非常重要的一環，所以要傳承它的積極精華的部分，發揮它的特殊文明建設中的作用，為現實社會生活服務。

關鍵詞：檳榔文化、審美價值、口腔癌、檳榔西施

一、引言

　　檳榔樹在東南亞地區已有一段長達二千年的歷史，檳榔與東南亞各地域的文化關係十分密切。在臺灣也不例外，特別對臺灣原住民族來說，它是生活文化的一部分，可以用來接待客人、婚嫁、祭祀及巫術中使用。可是隨時間與社會的變遷，檳榔在臺灣社會上的地位也漸漸減弱了，甚至嚼嚼檳榔被視為一項不文雅的行為。由於這樣的成見，它背後深深的傳統文化根柢被忽視了，對檳榔產生了很多負面印象。因我來自越南，越南也有嚼食檳榔的習俗。現在臺灣求學，幸運的是在臺灣也能看到熟悉的檳榔。因為越南人對檳榔的認知與臺灣完全不一樣而產生研究興趣。越南檳榔習俗口傳資料非常豐富，它們是透過口述方式和祭典儀式來傳承的，成為越南眾多民俗文化中最為凸出的一項習俗。我透過文獻分析和運用文化學方法、美學方法及社會學方法來探討兩國檳榔文化，發現其中有很多異同之處。由檳榔作為接待品、婚嫁禮品、祭祀等現象及臺灣對檳榔的負面印象，兩者的差異，透過異文化的比較作文化初步的了解。

二、正文

　　檳榔習俗的源起與人類生存的自然環境有很大的關係。南亞熱帶地區適宜各種細菌滋生繁殖，於是對生活在此區域的人民的健康有很大的威脅。早期缺乏醫療，人類學會利用各種植物草藥來治病，檳榔就由此被發現並運用了。《鶴林玉露》載，檳榔的功用有四：一是醒能使之醉，嚼食檳榔後不久，則頭暈煩紅，似飲酒狀；二是醉能使之醒，酒後嚼檳榔，能寬痰下氣，醉意頓解；三是飢而食之，則感氣盛如飽；四是飽後食檳榔，則食物很快消化。檳榔能降氣、治痢殺蟲固持功能、

未成熟的果實有消食、寬胸腹、消痰、止咳、通經等功用，有如此多的絕妙之處，難怪受到人們的喜愛。

（一）越南檳榔文化

　　檳榔在越南社會現實生活中佔有重要的地位。自古以來廣泛流傳著一句民諺：「Miếng trầu là đầu câu chuyện。」（意思是吃一口檳榔是談話的開始。）可見越南人對檳榔有一分特殊的情感，也體會到越南人十分注重人際關係。只要有客人到訪，一定以經過加工的檳榔來接待。越南人加工檳榔非常講究，也以加工技巧來衡量少女的手藝，手藝好並得到讚賞與喜愛。此項在很多越南神話傳說中都有記載，尤其是在越南「灰姑娘」版的〈阿米與阿糠〉傳說故事中，屢次被陷害的阿米，最終以自己親手加工的「Trầu Cánh Phượng」（檳榔鳳凰款）來與丈夫團圓，丈夫一看到檳榔便能肯定是妻子做的檳榔。許多口傳文學中，檳榔是重要的象徵，因此可追溯出檳榔的源頭。在高棉，一位名叫 Prah Thong 的公主送給他的新郎丈夫檳榔，作為對婚姻忠實的象徵，而後世的人延續著這項傳統，檳榔果成為婚嫁中的必備物品，既是聘禮，也是定情信物，由此表達新婚夫妻渴望婚姻美滿的願望。檳榔也成為婚嫁喜事裡不可缺少的禮品。分析一些相關文獻發現不只越南、臺灣、中國大陸也視檳榔為婚嫁用品。檳榔象徵著男女愛情，其表現在越南的傳說故事中。檳榔在越南傳說裡有著一段感人的傳說故事。傳說記載在約成書於十五世紀的漢文小說《嶺南摭怪》的《檳榔傳》中：「從前，有一家兄弟倆長相一模一樣，哥名檳，弟名榔。兩兄弟感情非常好。村裡劉家有一女名叫璉，看到兩兄弟都是好人，所以決定嫁給其中一個。可兩兄弟非常相似，難易辨識。姑娘請了兩兄弟吃粥，可是桌上只放一碗粥，一雙筷。看到哥哥讓給弟弟吃，此時姑娘才辨出弟兄。檳一直想把劉家姑娘讓給自己唯一的弟弟，可是姑娘的心意已決，要嫁給哥哥為妻，過著幸福的生活。時間雖然過去，妻子仍然分不出誰是兄誰是弟。有一天兩兄弟從田裡幹活回來，弟弟

先進門，盼望了整天的妻子看到丈夫回來就非常開心，抱著小叔以為丈夫，哥哥看到誤會妻子與弟弟有私情，隨後幾天兄弟倆也變得很陌生。為了不要讓哥哥誤會，弟弟選擇離開。跑呀跑，跑到河邊哭，直到晚上因天氣太冷就被凍死了，變成一塊大石頭。哥哥沒看到弟弟的蹤影，非常著急，便跑去找，找了很久都找不到，只看到河邊的一塊大石頭就認出那是自己親愛的弟弟。傷心得很，於是也撞到石頭裡自盡，化成一棵挺直的樹。妻子沒看到丈夫回來很著急去找丈夫，看到河邊一塊石頭、一棵樹就一目了然，跟著投身石頭而死，變成一棵枝葉茂盛的葛藤，緊緊的纏繞著岩石和結滿果實的樹上。人們就說，他們三人死了還依然相親相愛。有一天國王經過此地，當地農民便把三人的故事與國王分享。國王聽後非常感動，便命人把果實及藤葉搗在一起放在嘴裡嚼，剛嚼有點刺鼻，越嚼發現味道既香又甜，最後把渣吐在岩石上變成鮮潤的紅色，因此國王命令嚼食檳榔一定要加入石灰，味道極佳。(Vũ Ngọc Khánh，2006)

檳榔故事在越南無人不知，也有人把檳榔的吃法包括檳榔果、藤葉、石灰一起吃來代表故事中的人物可以永遠在一起，永不分開。經過這傳說故事可看出越南人創作故事背後所在的文化意識是如何的，至於這點下一節會作更深入的探討。

檳榔民俗文化在現代越南人的婚禮中佔有重要地位，訂婚的聘禮總不可沒有檳榔，檳榔在整個婚姻習俗程序中無所不在。越南傳統婚俗中，定親比結婚更重要；定親程序中，女方母親要在檳榔盒裡選出最圓滿的檳榔。圓滿這裡指最大、最圓、完美無瑕的檳榔，放在祖先靈前，代表「選郎」的意思，剩下的檳榔會送給家族中的老年人。越南是多民族國家，不同民族會有不同的禮俗。越南宜安（Dĩ An）和河靜（Hà Tĩnh）還有婆媳初見的禮節，婚禮後由婆婆帶媳婦回新房，房內必備好檳榔、蔞葉、花果等。婆婆為新娘整被，無形中增進婆媳感情。從一些小小的禮節中表現了越南人非常注重人與人的感情溝通。(Trần Quốc Vượng，1998)

越南的京族（Dân tộc Kinh）、泰族（Dân tộc Thái）、埃迪族（Dân tộc Ê Đê）都有嚼食檳榔的特殊愛好，將檳榔加藤葉再抹上石灰放在嘴裡嚼。嚼檳榔通常是先苦後甜，刺激神經，提神醒腦。過去的京族還

有染牙齒的古風。京族是越南最大族群，過去男男女女只要到十七、八歲就開始染牙，每個人的審美觀都不一樣，有的覺得眼睛大才好看，有的覺得嘴唇厚才性感，可是對越南京族及北越汝族來說，把牙齒染的烏黑才算漂亮。把牙齒染的越黑、越亮，則代表越漂亮；尤其是女性們，牙齒不黑被認為不美，所以會定時補染。「美」對不同的國家、不同的民族的界定都不一樣。染黑牙才算漂亮，這點對西方人來說是不可思議的「美」。 西方人甚至視嚼食檳榔為不雅的行為，而對早期越南京族與汝族來說保持牙齒潔白如玉才是品質不良、作風不正的表現，他們視黑齒紅脣為傳統美的標誌。按照當時的習俗，嚼檳榔、染牙，象徵已經成年可以結婚了。

檳榔除了用以婚嫁及接待客人外，還用於一些祭祀禮儀。檳榔是越南人親切的植物，越南各地都可看到搖曳錯落的檳榔樹，在街上偶爾也會發現熟悉紅色的檳榔汁。如果認為檳榔在越南也像臺灣隨時隨地都買得到，那就大錯特錯了。只有在市場或市場旁邊的小攤販才看得到販售檳榔；在宗教禮品的商店也會看得到檳榔，這是越南跟臺灣最不同的地方。這些宗教禮品店只售結婚及喪葬用品，賣的都是金紙、香、蠟燭等拜拜用品。為何檳榔會出現在這種地方？其原因是檳榔是祭品之一，有的神明只要檳榔，有的神明除了檳榔以外，還需要蔞葉（藤葉）及石灰一起祭拜。所以宗教禮品店除了供應檳榔，蔞葉及石灰也要應景供應，顯然越南對宗教也屬泛靈信仰的意識模式。各族也以自己覺得是最好的食物來供拜神靈。檳榔在東南亞被當成超自然與人之間的媒介，與米同位的祭祀品，是人要請求鬼神時的「禮物」。因為土地肥沃與水源對從事農業的東南亞地域來說是十分重要的，所以檳榔常被用來祭祀水神與土地神，而傳承至今從沒消失。

越南政府從未禁止過人民嚼檳榔。現在越南農村和城市中一小部分人有嚼檳榔習慣，主要是老年人，食用的方法是把檳榔果切成小片與蔞葉再抹上石灰漿，而後加上一片味道怪怪的橘紅色的樹皮放在嘴中一起嚼。以上的東西跟唾液混合在一起變成血紅色，味道刺鼻帶甜而辣的味道，可使人興奮，嚼久了臉頰會發紅、上癮。現代的越南年

輕人已沒有嚼食檳榔的習慣了。嚼檳榔除了能提神及使臉頰、嘴唇變紅外，據說還有保持牙齒的功能，這是越南人的想法。嚼檳榔使口腔運動、牙齒紮實，理所當然也成了老年人嚼食檳榔的原因之一。越南的檳榔習俗隨時間的流變而嚼食檳榔人數有所減弱，可是不至於像中國大陸在生活中消失。越南的檳榔習俗中重在它的象徵意義，特別在婚俗方面，並伴著淒美的傳說故事，使檳榔民俗文化得到進一步的昇華，人們得到物質上的滿足也得到精神上的滿足。

（二）臺灣原住民檳榔文化

檳榔是南島民族共同的文化特徵，是原住民族的生命的一部分。臺灣原住民族因自然地理環境和傳統文化因素，種植檳榔歷史已相當悠久，也具有多元生活應用價值。如排灣族、魯凱族、布農族、卑南族、阿美族及達悟族等都有嚼食的歷史記載。檳榔除了是嘴嚼零食之外，其功用很多：如入藥、入菜、手工藝、天然染材等。隨現代的料理手法及飲食觀念的改變，利用檳榔心稱半天筍來開發部落風味的美食，並能增加檳榔多元化利用；此外也是接待貴客、婚嫁、祭祀及巫術不可缺的原住民文化的表徵。

傳統的排灣族部落，檳榔圍繞自家四圍，迄今都是自產自銷的。除了是交際應酬的食物，檳榔也是婚嫁裡不可缺少的禮品。以往排灣族人種的檳榔樹，初次第一把檳榔要獻給頭目作為繳納地租的象徵。排灣族人，認為檳榔能保護牙齒；嚼檳榔能讓口腔運動視為很好的刷牙方式。原來古時候沒有牙刷，一般人保持牙齒的乾淨不是用鹽巴洗牙，就是嚼檳榔。（曾寬，1995：14）此想法與越南嚼檳榔的想法一致，也算是越南現今老人家嚼食檳榔的原因之一。即使牙齒掉光的老人，都會將檳榔搗碎，放進口中享受檳榔的美味。早期受日本禁止嚼檳榔的時代，排灣族人以嫩根來代替，連睡覺時都要把檳榔放在枕頭邊，方便半夜睡醒有東西可嚼。可見檳榔在原住民的作息生活中密不可分的關係。

　　九族中的阿美族也是嚼檳榔的民族，它不僅是阿美族人重要的零食，在日常生活中也佔有重要的地位。檳榔在該族裡起很多功用：研究阿美族數十年的黃貴潮，指出檳榔在該族是祭祀品、酬勞金、訂結婚的珍貴禮品、招待品、賠罪時的代替品等。除了以上的功用以外，檳榔還具有很濃厚的象徵意義。檳榔裡有汁，味道甜很像媽媽的奶水，所以檳榔就是媽媽。另外阿美族話的檳榔與女性生殖器名稱相同，所以該族裡的媽媽嚇小女孩的時候很常罵：「你再不乖，就把阿嬤嚼過的檳榔渣塗在你的 XX 上」。（王蜀桂，1995：188）可見檳榔也成了陪伴阿美族小孩一起長大的恫嚇語。傳統的阿美族人，檳榔不可用刀切，對此點黃貴潮表示「刀切檳榔相似殺人，牙齒嚼代表相親相愛」。阿美族人對檳榔有一些禁忌：（1）孕婦不能吃怪形的檳榔，否則會生畸形胎、雙胞胎。（2）亂拿，偷別人的檳榔視同殺人。（3）年輕的女性吃檳榔不能切掉檳榔尾巴，尾巴切掉視同失去子宮，不能生孩子。除此之外，檳榔也成為男女示愛的信物。阿美族是母性社會，女性對愛情非常主動，送檳榔給異性代表看中、喜歡之意。且收下檳榔則代表接受愛意。檳榔象徵著男女愛情，藉以對檳榔極度的頌揚來表現他們對美好愛情、婚姻和幸福生活的追求。

　　卑南族的生活中，除了食用外，祭祀及巫術都用得上。卑南族的海祭，境界拒邪祭的祭品，檳榔是無可替代的物品。卑南族認為檳榔是人，蒂部像人的頭部，綠色的果實像人的身體，檳榔則像子彈會刺傷人。卑南族的巫師，施行巫術時，會使用珠子夾在檳榔內再加鐵鍋片、香蕉葉等可致人於死，稱檳榔陣。卑南族可說是臺灣原族民懂得檳榔術用處的族群之一。

　　雅美族稱吃檳榔為 mamahen，以檳榔象徵女孩，荖藤為男孩，石灰表示愛情或感情。所以少年男孩在夢中見到認識的少女種檳榔和荖藤，就表示和他有緣。當女人懷孕時，丈夫夢到自己種荖藤就代表太太會生兒子，夢到自己種檳榔樹，則是生女兒的預兆。

　　有關檳榔的臺灣文獻，也能找到一則淒美的傳說故事。故事源於原住民阿美族，故事內容與越南的檳榔故事的結局是相同的，只在故

事的前段略有不同。據說：「有一家兄弟倆，哥名賓郎，弟名嚴實，它們兩靠打獵為生。一天在山上打獵時聽到遠傳來的呼救聲，趕緊跑去問究竟，看到一名女人被一隻兇狠的老雕挖走了心臟和雙眼，老雕被賓郎射傷了就趕緊逃跑，兄弟倆想把姑娘救活，他們爭執著要獻出自己的心臟，誰也不讓誰，可看出兄弟倆感情特好。一隻小鳥飛來告知一定要找回姑娘被挖走的心臟及雙眼才是真正的辦法，聽後兄弟倆趕緊上路，三天內就把姑娘的心臟、眼睛帶回來了。告別了小鳥，把姑娘帶回家像親兄妹一樣對待。平時兩兄弟到山上打獵，藤蔓（原是姑娘的名字）在家裡做飯、舂米、釀酒及縫補衣裳。天長日久，兩兄弟都看上了美麗的姑娘，藤蔓也喜歡這兩個好心腸的小伙子，但是只能嫁給其中一個。藤蔓天天煩惱著，不久就生病了。每天，兩兄弟輪流在家伺候藤蔓。一天，嚴實聽到賓郎對藤蔓說希望她能嫁給嚴實，身為哥哥一定要把幸福讓給弟弟。嚴實聽了非常感動，為了讓藤蔓解除痛苦，讓哥哥得到幸福，便一頭撞死在門旁的山腳下。哥哥聽見動靜，看到心也碎了，也一頭撞到山腳下倒在嚴實的身邊。天色晚了，藤蔓不見賓郎和嚴實回來，拖著病體跑出來一看，看到兄弟倆倒在地上，心疼至極也撞到山腳下倒在兄弟倆的中間。後來，弟弟屍體變成一塊大岩石，哥哥屍體變成一棵結滿圓果的大樹稱檳榔樹。藤蔓的屍體變成一棵枝葉茂盛的葛藤，緊緊的纏繞著岩石和檳榔樹上。人們都說他們雖然死了仍然相親相愛，便把檳榔果、岩石、葛藤弄在一起含在嘴裡嚼，立刻就變成紅色」（範純甫，1996：206）從此後，原住民男女青年談情說愛的時候，嘴裡含著檳榔互相表達忠貞的愛情。用檳榔來接待客人以表達客主之間的親密感情。在不同的國家只要有檳榔的存在，其檳榔的用意及文化內涵都是相似的，最基本都是被作為接待客人、婚嫁及祭祀用品。

（三）檳榔傳說情意表徵背後的文化意涵

　　前一節已探討了檳榔傳說故事，以越南及臺灣原住民的傳說故事為例。透過故事的內容及情感可看出故事受文化背景所支配的文化模式。關於文化一詞，泰勒（Ebtaylor）重新為文化下定義，說文化是一種複雜叢結的全體；這種複雜叢結的全體，包括知識、信仰、藝術、法律、道德、風俗以及任何其他人所獲得的才能和習慣。（殷海光，197：31）又另一個外來且經增補的文化定義：「文化是一個歷史性的生活團體（也就是它的成員在時間中共同成長發展的團體）表現它的創造力的歷程和結果的整體，當中包含了終極信仰、觀念系統、規範系統、表現系統及行動系統等」。（沈清松，1986：24）這個定義包含幾個要素：（1）文化是由一個歷史性的生活團體所產生的；（2）文化是一個歷史性的生活團體表現它的創造力的歷程的結果；（3）一個歷史性的生活團體的創造力必須經由終極信仰、觀念系統、規範系統、表現系統及行動系統等五個部分來表現並在這五個分部中經歷所謂潛能和現實、傳承和創新的歷程。文化在這被看成一個大系統，而低下再分五個次系統。這五個次系統的內涵分別如下：終極信仰是指一個歷史性的生活團體的成員，由於對人生和世界的究竟意義的終極關懷，而將自己生命所投向的最後根基；如西伯來民族和基督教的終極信仰是投向一個有位格的造物主，而漢民族所認定的天、天帝、天神、道、理等等也表現了漢民族的終極信仰。觀念系統是指一個歷史性的生活團體的成員，認識自己和世界的方式，並由此而產生一套認知體系和一套延續並發展它的認知體系的方法，如神話、傳說以及各種程度的知識和各種哲學思想等都是屬於觀念系統，而科學以作為一種精神、方法和研究成果來說也都是屬於觀念系統的構成因素。規範系統是指一個歷史性的生活團體的成員，依據它的終極信仰和自己對自身及對世界的了解（就是觀念系統）而制定的一套行為規範，並依據這些規範而產生一套行為模式，如倫理、道德（及宗教儀軌）等。表現系統是

指用一種感性的方式來表現該團體的終極信仰、觀念系統、規範系統
等而產生各種文學及藝術作品。最後行動系統是指一個歷史性的生活
團體的成員,對於自然和人群所採取的開發或管理的全套辦法,如自
然技術及管理技術。(同上,24～29)此五個系統經整編為以下關係圖:

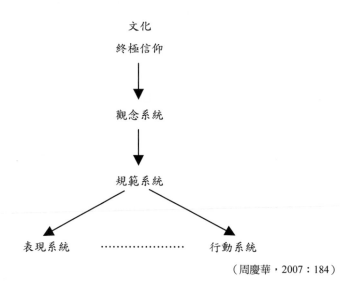

文化

終極信仰

觀念系統

規範系統

表現系統 ⋯⋯⋯⋯⋯⋯⋯ 行動系統

(周慶華,2007:184)

　　東方文化屬於氣化觀型文化,如越南與臺灣都屬氣化觀型文化。
所以以下只討論關於氣化觀型文化的功能。氣化觀型文化的終極信仰
為道(自然氣化過程),觀念系統為道德形上學(重人倫,崇自然),
規範系統強調親疏、遠近,表現系統以抒情/寫實為主,行動系統講
究勞心勞力分職/和諧自然。(周慶華,2005:226)因此,依據這樣的
文化模式支配,我將上述的檳榔傳說帶入這個文化系統內,可更深入
探討傳說中創造者的文化意識貫穿整個故事的內容。

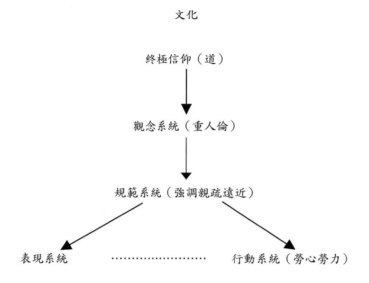

文化

終極信仰（道）

觀念系統（重人倫）

規範系統（強調親疏遠近）

表現系統 ⋯⋯⋯⋯⋯⋯⋯ 行動系統（勞心勞力）

　　檳榔傳說由傳統文化重視家庭倫理所支配，東方氣化觀型文化以家族組成社會為前題，所以傳說中哥哥要照顧家中的兄弟姊妹，照顧家庭。故事裡哥哥即使非常喜歡故事中的姑娘，多次讓給弟弟。最後看到弟弟投身自盡也毫不猶豫選擇一起「死」。強調親疏遠近的氣化觀型文化，即使是哥哥已成家但是仍然和弟弟住在一起。在西方強調個人主義，每個人都是獨立的個體，長大後就離家獨自過著自己的生活。已滿十八歲就算成年了，有權利選擇自己的人生，很難看到相似東方這種情形。這點在兩國的傳說故事中都受相同的意識所支撐著。倫理道德是氣化觀⋯⋯觀念系統強調的一點，東方的傳統家族裡的小孩以輩分為主，長子都被視為家中的「一家之主」來承擔家族中的責任。因此，故事中的哥哥必須顧慮弟弟的生活甚至幸福。很明顯的可看出故事中的姑娘選擇了哥哥的原因，即使兩兄弟的長相一模一樣，且都是好人，最後哥哥還是第一優先。東方的氣化觀型的觀念系統是著重感情，故事從頭至尾一直強調人與人之間的感情。故事最後將三人死了變成石灰、檳榔樹及荖葉混在一起食用代表相親相愛、永不分開，來解釋為何食用檳榔一定要把三者混在一起嚼。傳統文化所規範的男

主外、女主內，也符合觀念系統裡的重人倫及符合行動系統的勞心勞
力分職/諧和自然。男人在田裡耕種、在山上打獵，婦女在家打理家事。
故事中兄弟倆在外幹活，姑娘在家中做飯、舂米、釀酒及縫補衣裳，
傍晚盼望丈夫回來，各有各的責任，自然諧和了人與人之間的關係。
如此家庭和睦，家族才能持久下去。兩則淒美的檳榔傳說故事來自各
別的國家，但是內容卻極為相似，都是受到濃厚的氣化過程的道所影
響的。

（四）檳榔文化的審美價值

　　越南及臺灣原住民的檳榔文化至今還保留著美好的一面，不會斷
絕，是因為有「美」的存在。綠色檳榔文化滲透了人們的愛情生活，
人們藉檳榔表達心靈美好願望，藉檳榔讚美純潔忠貞的愛情。越南及
臺灣原住民所講述的「檳榔傳說故事」，他們在婚俗中對檳榔的看重，
卻是他們的思想感情的表達，也是他們審美觀的體現，都間接地反映
了人們的審美觀。人民如此依戀檳榔、厚愛檳榔，是因為檳榔是熱帶
風光的象徵之物。從「檳榔傳說故事」來看，雖然兩則「檳榔故事」
都流傳著為愛情殉身化為檳榔的優美而崇高的傳說，使得越南及臺灣
原住民族的檳榔文化至今也不衰退，是因為有著這麼「美」的傳說故
事不斷的將它推演，美感經驗將翻越生活的粗糙，使之更美。藝術品
的美可能顯現在比例、均衡、光影、明暗、色彩、旋律等等形式法則
上，而承載或身為文學作品的美的形式卻不得不關聯「意義」（內容）。
（周慶華，2004：134）凡是基於求「美」的前提而論說語文現象或以
語文形式存在的事物的意見，都可以把它歸到審美取向的方法論類型
這一綱目下來理解。（周慶華，1996：211～212）神話傳說是敘事性文
體其中的一類，寫作技巧是前現代的寫實模象美。這種寫實模像美又
規模出了優美、崇高和悲壯。傳說裡情節離奇及曲折，被挖了雙眼與
心臟的年輕姑娘居然不死，還得到復活成為其中一個救命恩人的妻
子。而越南的傳說裡因為兄弟倆的長相非常相似，過了一段長時間，

妻子還是無法辨認誰是哥哥、誰是弟弟，而造成誤會。兄弟間的感情從他們兩互相禮讓就看得出，都希望對方得到幸福，是多麼的崇高。這種對人性真實、對人生事件真實、對人生經驗真實的創造，留傳了多重深刻的意義的傳說故事。雖然兩則傳說的結局都帶有悲壯意味，可卻是感人的結局，因為裡頭帶有優美而崇高的愛情、兄弟情；使得一直以來還流傳著，從沒衰退過。人民把檳榔的氣質和精神同人們的美好愛情相聯繫，藉以對檳榔極度的頌揚，從而表現他們對美好愛情、婚姻和幸福生活的追求。兄弟之間的禮讓、謙虛，不但是道德上的美，它還可以美化人生、造福人群、提升道德作用。家庭和諧使得社會祥和。檳榔傳說有美學在背後支持，美學不斷的給人民留下了美好的印象。檳榔在婚俗和禮俗的象徵意義，它們都從一方面體現了民族的傳統美德和審美情趣。可以說越南人民及臺灣原住民自古以來就有著良好的檳榔文化生態。綠色生態檳榔文化傳承迄今，它在現實經濟社會更加凸顯出獨特的地位和作用。而由於社會風氣的變遷，臺灣社會出現了「檳榔西施」，身穿「西施裝」坐在透明窗前，對過往的大卡車司機們頻拋媚眼。「檳榔西施」給人的刺激原先是停留在視覺神經上，後來一些人逐漸演變為從事色情活動了。這種沒有審美價值提升的檳榔文化慢慢會變成負面，這也是檳榔在臺灣社會文化被認為是敗壞風俗的原因。

（五）臺灣檳榔的負面印象

檳榔對越南人來說不只是一種親切的植物，越南人還把它當成水果。飯後吃一粒即可，一天最多嚼三到五粒。所以在越南人的認知裡，檳榔是一種有益的植物。這想法剛好與臺灣社會一般人民的想法相反。認為檳榔不好的人也有他們的理由，在許多人眼裡，檳榔是一種危害健康、破壞環境的植物，嗜檳榔者容易致口腔癌，檳榔中含有機種植物鹼，促進唾液的大量分泌，因此要時常吐出檳榔渣汁，既不衛生又不雅觀。嚼食檳榔的人隨時亂吐檳榔汁，滿地污跡，嚴重污染環

境衛生及破壞國家形象。如果嗜食檳榔者不亂吐檳榔汁，也許是減少檳榔的負面印象的辦法之一。

臺灣媒體及政府機關經常以「嚼食檳榔會致口腔癌」的口號作宣傳，可是檳榔嗜好者完全沒被嚇到，反而食客越來越多。根據臺灣官方統計，臺灣共有五至十萬個檳榔攤，消費人口數則達三百萬人，因檳榔粗放、省功、栽培容易且可提神、驅寒、止瀉等。檳榔有提神作用，難怪嚼檳榔的都是開計程車及大卡車行業的人最多。經常長時駕駛，口嚼檳榔不容易打瞌睡，也因此檳榔攤在高速公路的交流道旁是無處不見的。

再來臺灣檳榔西施到處可見，我剛赴臺灣一直覺得奇怪，為何在馬路上，隨處都看得到一間間透明櫥窗，裝滿明亮的霓虹燈吸引著路過行人的目光？原來是販賣檳榔店。更不可思議的是販賣者卻穿著清涼的三點式泳衣的年輕女子。嚼檳榔可提神，此點上述已有提過，所以檳榔攤多半顧客為跑長途車司機，為了競爭檳榔帶來的高利潤，想取得顧客的注意，雇主便聘請了穿著性感的年輕女子去促銷。不知何時起，「西施」之名開始屬於穿著清涼、風情萬種的售檳榔女子們的稱號，也成為「臺灣最美麗路標」的號稱。因此，造就了檳榔西施行業。一般人常以「暴露」、「淫穢」等字眼來描述西施的穿著。就因為如此，買客與西施的互動之間製造出無比的遐想空間，使得西施們得以操作客人的想像慾望和吸引力。檳榔業主強調檳榔西施的服務態度，開車辛苦的司機到了檳榔攤，車都不用下就有人送上檳榔及飲料。因此，在臺灣的大街小巷處處都看得到檳榔攤與檳榔西施，這已成為臺灣特有的文化現象。除此以外，少數檳榔西施以裸露，被客人上下其手的方式來吸引顧客，成為性工作者。這種特殊服務不是單單提供給普通顧客，而是買了一定的數量才會有提供。除了治安影響外，許多司機開車時因只顧觀看檳榔西施性感服飾而忽略駕車的安全，造成諸多交通事故。以上的論述足以明瞭為何檳榔在臺灣會承擔不良的負面印象。

口腔癌就是造成檳榔負面印象的「元兇」之一。報導嚼食檳榔會致癌症的文章不勝枚舉。可是在王蜀桂的《臺灣檳榔四季青》一書中

卻是以不同的角度來看待檳榔。她說：從「紅唇族」（指嚼食檳榔者）日漸膨脹的趨勢來看，檳榔一定會有它的好處，才能吸引近三百萬的食客。如果與菸、酒相比，檳榔就好多了，至少嚼食檳榔是自己找死，不會傷害別人。吸煙的人吸多了不僅會得肺，癌還令周遭的人因二手煙而受害。喝酒更是車禍的主因之一，因司機酒醉而遭殃的行人或騎車、車輛，更是司空見慣。要說亡國，煙、酒比檳榔更有影響力，我們的政府機構公賣局，主要的生意，竟是戕害人民的生命，製造悲劇的源泉，沒有人質問公賣局，卻有人以「檳榔亡國」的罪名，譴責檳榔，這是什麼道理。（王蜀桂，1995：237）檳榔背上「檳榔亡國」的罪名實在太冤枉了。

王蜀桂又強調：儘管許多醫學報告指出，嚼檳榔易得口腔癌，可是廣大的紅唇族對這個警告並不在意，因為他們的親屬一輩子嚼檳榔，也都活到七、八十歲。對於這個問題，高雄醫學院公共衛生研究所研究檳榔好幾年的葛應欽教授，他的看法是嚼檳榔會不會致癌，就得看個人的遺傳基因。有人只嚼了半年就得口腔癌，有的嚼到死都沒有得病。相信檳榔並非致口腔癌的元兇，但還是覺得要讓紅唇族了解口腔癌和如何自我檢查，只要不隨便吐檳榔汁及檳榔渣及可。（同上）

三、結語

以上所述關於越南及臺灣的檳榔文化，首先探究檳榔在越南地位極高。越南人視檳榔為「聖果」。臺灣原住民也有同樣的認同，檳榔在早期原住民生活中非常貼切，這美好的生活習慣傳承至今還保留著。不論接待客人、婚嫁、祭祀及巫術是不可或缺的聖物。其次經探討發現越南及臺灣原住民都有著淒美的檳榔傳說故事，男女之間的感情、兄弟之間的禮讓可提升道德、行使教化之用，也代表了兩國人民存有的美德。最後論及檳榔的負面印象，先顧及檳榔非致癌的主因之一，此點也許作為研究者將來的研究方向之一。只要街道上不再看到

紅紅的一片，馬路上的檳榔攤盡量少看到穿著清涼的年輕女郎，希望
這樣能減少社會對檳榔的偏見。傳統民俗文化對一個國家是非常重要
的一環，所以要傳承它的積極、精華的部分，以新形式的藝術創造來
傳播，例如以雕刻、歌唱及繪畫等方面的創造來傳承，發揮它的精神
文明建設中的作用，為現實社會生活服務。

參考文獻

王蜀桂（1995），《臺灣檳榔四季青》，臺北：常民。

沈清松（1986），《解除世界魔咒──科技對文化的衝擊與展望》，臺北：時報。

周慶華（1996），《臺灣當代文學理論》，臺北：揚智。

周慶華（1997），《語言文化學》，臺北：生智。

周慶華（2004），《語文研究法》，臺北：洪葉。

周慶華（2005），《身體權力學》，臺北：弘智。

周慶華（2007），《語文教學方法》，臺北：里仁。

殷海光（1979），《中國文化的展望》，臺北：活泉 。

曾寬（1995），《走過檳榔平原》，屏東：屏縣文化局 。

範純甫（1996），《臺灣傳奇──原住民傳說 上》，臺北：華嚴。

Vũ Ngọc Khánh （2006），《kho tàng thần thoại Việt Nam 》，Hà Nội : NXB văn hóa thông tin。

Trần Quốc Vượng （1998），《Cơ sở văn hóa Việt Nam》，Hà Nội : NXB giáo dục。

飲料名稱的審美與文化意涵

顏玆育

摘要

　　品牌名稱是企業無形的資產，一個好的品牌也可以同時反映出企業文化和企業格調，而商品的品名亦是如此。一個好的品名不但要易讀、易記，更要富有新鮮感與獨特性；商品的命名已經不只是語言現象，更是審美與文化現象。也就是說，可以從飲料的命名中深掘出審美與文化意涵。商品名稱涉及語言學、修辭學、心理學、美學、文化學、廣告學、創意學等多方面的知識，好的商品命名可以帶給品牌良好的附加價值，而好的品牌名稱更會帶給企業漂亮的銷售成績。研究對象選擇統一超商所販售的飲料為樣本，研究方法除了語言學方法另外也涉及到美學方法和文化學方法等。在飲料的命名中，探究命名的奇特現象，最後還要考慮到消費族群和文化特性。結果發現，命名不但有一定的規則更暗藏玄機，這些都值得注意，並給予分析評論。

關鍵詞：飲料、飲料命名、品牌名稱、審美、文化意涵

一、前言

　　「飢求食，渴求飲」，這是人之常情，也是作為動物的人的本能。對於當今文明社會的我們，飲食不再只是單純的飲食，消費也不再只是單純的消費，飲食的背後藏有深厚的文化。而在眾多的飲料命名中，在這裡只挑取臺灣市面上常見的飲料作產品名稱的審美、文化探究。在語文教育的領域中，「命名的藝術」更是應用語言學的代表，畢竟打從我們一出生面對的第一件事情就是「命名」。至於命名難不難？重不重要？是否是門學問？根據 Quensis 創辦人巴荷耶說法：「命名對小公司來說問題不大，但對全球品牌來說，就是個大問題。以前命名像爬山丘，現在就像攀登喜馬拉雅山。」也凸顯出命名的重要性。（http://www.vorkon.com/detail2.php?main_id=123）

　　既然命名重要，那在眾多商品中哪一個物品是我們每天都會碰到的？那一個商品是我們不用花很多錢就可以擁有的？研究者本身是食品加工科畢業又食品科技系畢業，在跨足到語文教育的領域中，發現「命名」的學問高深卻至今仍未有人做透徹的研究；有些只探討語言部分卻沒考慮文化與藝術，有些考慮文化與藝術卻忽略語言學。所以決定先以「飲料命名」作為本次的研究。飲料佔臺灣每年數百億的市場，如此龐大的商機也成為眾家業者必搶食的大餅。既然有如此大的市場，如此大的商機，但是廠商們卻仍然不願意正視「命名」的問題，有的廠商仍一意孤行，只願意相信傳統文化的「算命命名學」，他們深信產品的名字若與負責人名字相合，則產品銷售一定會好；產品名稱若與負責人名字相剋，則產品必定賣不好。另外，近年來大陸市場偌大的消費人口數，使得臺商急進卡位，但是卻忘記文化背景的不同，執著的相信同樣的商品名稱、同樣的廣告、同樣的銷售手法在臺灣銷售成績亮眼，在大陸必也定會銷售呈現紅盤。由於廠商不願意另外再多花一筆小錢請專業的語言學家或語文學家來命名，將「臺灣模式」

原封不動直接轉移成「大陸模式」，所以也鬧出不少笑話。例如「道道道，人間道」這是臺灣某一泡麵令人琅琅上口的臺詞，因為業者的「不注意」直接轉換成「大陸模式」，「麵麵麵，非常麵」殊不知在大陸對「麵」的解讀，不但產品滯銷，連帶也賠上了企業形象，這樣的情形，不勝枚舉。在此，並不針對海峽兩岸的文化差異作為研究目標，而單就以臺灣現有的「飲料市場」做深入的「命名審美」與「命名文化」探討。在審美經驗的領域裡，所接受的心理歷程絕對不只是單憑主體隨心所欲的過程而是對直接感受進行研究，此種研究是以本研究建構的動機和發出的訊號為參考，另外也可以經由語言學加以描述。

當然，命名背後隱藏的文化背景與藝術價值更是重要，所以第二部分先探討飲料市場的龐大商機與創意品牌的高格化、審美消費與文化心靈象徵；第三部分針對命名的方式與類型作區別；第四部分針對飲料名稱內蘊的修辭技巧與審美的感興；最後延伸到飲料名稱內蘊的集體意識和其文化因緣，透過這循序漸進的步驟，讓大家能夠了解命名其中的奧妙。

這一篇研究，研究者所採用的樣本是統一超商（7-11）所販售的飲料。原因有兩點：第一，統一超商是臺灣飲料零售最大的通路商；第二，根據 2007 年 9 月 3 日《經濟日報》報導，統一企業上半年獲利高達五十億元，靠的是統一在大陸飲料市場的高毛利。可見飲料商品早已成為兵家必爭之地，更是創造獲利的重要捷徑。飲料佔便利商店整體銷售業績高達兩成以上，在夏季期間更可高達三成，想要拉高業績最簡單的方法，就是推出飲料促銷活動。由於飲料商品的毛利率相當高，便利商店近年來最喜歡推出飲料促銷活動，經常就是兩瓶八折。

因為上述兩個原因，所以研究者採統一超商飲料作為研究對象；但是這樣的研究仍不完善，需要更多的樣本數來證實研究的正確性。

二、飲料命名的商業考慮及其附帶效應

研究者選擇飲料命名作為研究對象，主要是緣於飲料的經濟利益的龐大；再來嘗試從消費者角度探討消費心理學中消費者購買飲料時所呈現的心態與矛盾，並將行銷的創意品牌高格化與審美消費結合討論；最後將審美擴展延伸與文化心靈的結合。

（一）飲料經濟利益

研究者在眾多的食品中選擇飲料做命名的研究分析，這是根據 2007 年 3 月 14 日《經濟日報》報導指出，飲料市場每年約有四百億元的規模；根據 2007 年 8 月 15 日《工商日報》指出國內包裝水市場今年約有六十億元的市場規模，並以每年 3%至 5%的幅度成長。臺灣，一個屬於海島經濟發展的國家，免不了要面對伴隨著經濟成長所帶來的文化衝擊。由這一段讓研究者深思，在經濟富裕的同時，屬於臺灣原有的味道，是否已逐漸在消失當中。又可以從下面這一篇報導看出經濟與文化的不可分割性：摘自 2007 年 8 月 13 日《元富投顧》（http://money.hinet.net/z/zd/zdc/zdcz/zdcz_2BFE5822-F7F0-4C91-8B7E-08BC22B1FC59.djhtm），臺灣飲料市場屬高度成熟市場，每年市場銷值約四百五十～五百億元之間，2006 年銷值約四百九十三億元，成長約 3.1%。其中以茶類飲料高達 36%的市佔率佔大宗；其次則是果汁與咖啡，各佔 13%及 12%。其中，水飲料比重雖僅 10%，但它卻是成長幅度最大的飲品；由於健康意識抬頭，消費者需求朝向健康化、機能化或產品回歸自然原味的影響下，碳酸飲料大幅衰退達 8%，未來趨勢將是水飲料、茶和咖啡飲品持續成長，碳酸飲品持續衰退。

2006 年整體飲料市場銷售值

	市值（億元）	比重	成長率
茶飲料	210.75	36.6%	5.6%
果蔬汁	74.53	13.0%	1.7%
咖啡飲料	66.14	11.5%	5.4%
水飲料	56.26	9.8%	8.8%
炭酸飲料	53.3	9.3%	-8.0%
運動飲料	32.57	5.7%	-2.8%

Sources:Masterlink

（http://money.hinet.net/z/zd/zdc/zdcz/zdcz_2BFE5822-F7F0-4C91-8B7E-08BC2
2B1FC59.djhtm）

　　根據上表 Masterlink 將飲料分為六大類別，分別是茶飲料、果蔬汁、咖啡飲料、水飲料、碳酸飲料和運動飲料。在 2006 年臺灣地區整體飲料市場總銷售值約四百九十三點五五（億元），而銷售成績最好的是茶飲料，最差的是運動飲料。這一個現象也可以印證，在統一超商的飲料銷售中，茶飲料的種類是最多的（六十九種），而運動飲料的種類是最少的（七種）。研究者試想，此一現象或許與文化有直接關係，因為茶在中華文化中有久遠的歷史，因此較容易被臺灣地區的消費者所接受，也凸顯出茶飲料命名的特別重要性。

（二）消費心理學

　　心理學是探討人類內在的心理和外在的行為現象，研究最終的目的在於認識和了解我們自己周圍的環境，使我們的生活更加美好。生活在現代的人們，沒有一天是沒有在消費的，無論是與人溝通的消費或是與物溝通的消費。也因為如此，使得研究者認為消費心理學必須在飲料命名的探討中加以淺談。

　　一個產品的完成，上市前的前置作業更是重要，前置作業做的好，對於產品必定會有莫大的加持作用；相對的，前置作業若是隨隨便便，馬馬虎虎，產品的銷售必會讓你「永生難忘」。以下是研究者以廠商的上市流程為主粗略畫就的簡化圖：

　產品命名→主打口號、產品功效、銷售目的→企劃書與銷售計劃→
　CF 廣告與平面廣告→產品上市。

　　而當消費者走進去超商選購產品時也有一個基本的圖：

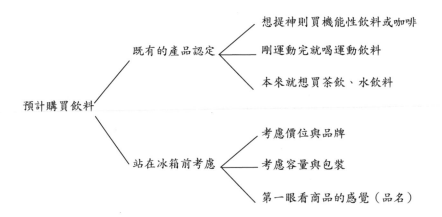

　　倘若你已預設立場要買茶類飲料，五花八門的茶類飲料中，你卻不知道要買哪一瓶，此時不外乎先憑第一眼看商品的感覺。第一眼看商品的感覺就是先看醒目的商品名稱，再仔細看包裝上所寫的功效等。不論你的心態是否與研究者的想法一樣，你在買商品的同時都不外乎要面對上述的問題；有時候在冰箱前挑三撿四，拿了飲料又放回去、再拿另外一瓶，看看還是本來那一瓶比較好，這也就是研究者所謂的消費心理學。不論你所扮演的角色是廠商或是買家，在你銷售（購買）前，都是先命（看到）產品名稱。所以產品名稱對一個產品有多麼的重要啊！

　　目前市面上的文獻幾乎把消費者心理學分為:(1)概念的構想;(2)概念測驗;(3)市場的認定;(4)產品的發展;(5)品牌的認定;(6)廣告的發展;(7)促銷的策略;(8)行銷策略效果的評估。而品牌在此研究者不做特別深入的研究,研究者只針對產品的名稱。有些產品名稱會以該品牌命名,但是絕大部分是不會的,而另外再給予新的名稱,這是為什麼?研究者試想,也許是希望消費者有太多品牌先入為主的觀念,而以該產品的其他項目為購買依據。

例如:

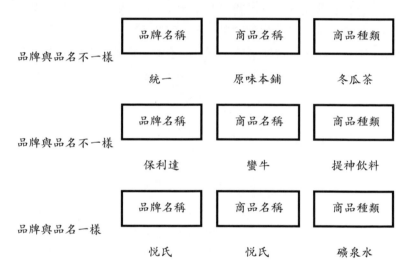

	品牌名稱	商品名稱	商品種類
品牌與品名不一樣	統一	原味本鋪	冬瓜茶
品牌與品名不一樣	保利達	蠻牛	提神飲料
品牌與品名一樣	悅氏	悅氏	礦泉水

（三）創意品牌高格化與審美消費

　　商品命名除了要具有獨特性外,更重要的是創意;創意與審美是密不可分的,創意溝通人類智慧和文化信息。研究者將創意分為「雅」和「俗」兩類。「雅」指的是文雅,有超脫氣質的深度,例如:乳香世家、御茶園、臺灣茶館等;這些都屬於雅字號;「俗」指的是俗氣,未經修飾的詞語,例如:蠻牛、威豹、黑面蔡等,這些都屬於俗字號。

在雅和俗強烈差異中使人增加印象，產品也方能盛行不衰。創意在這裡並不深究，這是因為研究者將創意與文化進行整合，一併談論。

其實我們在購買飲料的同時，也已經在消費產品命名的美感、消費包裝設計美、消費品牌企業美，只是我們並不知道。研究者將題目命為「審美」與「文化意涵」的目的是因為飲料被購買除了命名的重要，更深層在於消費美與消費文化。「美」有很多種，舉凡原始美、猙獰美、浪漫美，那審美？原來在山頂洞人撒紅粉活動（原始巫術禮儀）的延續與符號圖像化時就已經開始有了瘋狂的情感與超模擬的價值，那時審美意識和藝術創作就已開始萌芽；到了青銅器時代，發達成熟的漢字（甲骨文）更成為中國獨有的藝術部類和審美對象；到春秋戰國時期，由孔子代表的儒家、莊子代表的道家，互相衝突更是創造中國美學思想。而西方的美則是從巫術禮儀神力魔法的舞蹈、歌唱、咒語為美的代表。

（四）文化心靈象徵

「文化學方法是評估語文現象或以語文形式存在的事物所具有的文化特徵（價值）的方法」（周慶華，2004：120）。文化在我們的生活中不斷地出現，也不斷地在改變，而東西方的文化不同所呈現的生活型態也就不同；文化與社會、文化與家庭、文化與國家，每一個都是息息相關的。例如中國有神話（如中國民間故事），西方卻沒有神話只有童話（如格林童話），二者之間是互不相干卻也不會互相遷就的。這裡指的文化包含了民族文化與社會文化。

飲食的作用可從多方面呈現出來。從祭祖、禮神、敦親、睦鄰、外交、社交、養性、晤友等通同可以透過飲食達到；尤其在現今的社會中，常常會見老友時，就順口一說：「走吧！改天去喝杯『茶』。」為什麼要說喝杯「茶」？而不說喝杯「咖啡」？這也呈現出東西方文化的不同。而女生相約時會以「喝下午茶後去逛街」，但男生卻以「晚

上喝完酒之後去爽一下」，這也呈現出男女性別不同時的差異。這些都顯示出飲料命名時該列入考慮。比如說，替茶類飲料命名時，可先將消費族群淺略劃分為男性和女性，男性則可以採取較陽剛的命名，例如：御茶園、生活泡沫紅茶；而鎖定女性消費族群時，則可取為午後的午茶、美妍社玫瑰果茶、Le tee 法式果茶。但是若是要替酒精性飲料命名時？深受過去的包袱，傳統社會女性往往被定位在「不能喝酒、不能抽菸」，所以菸、酒商當然在產品命名時通常會以較多族群者命名，較不會以女性角度命名。有時候為了銷售，除了原本的字面取名外，更需要借由廣告、多媒體的多元視讀來增加人們的印象，此點在廣告中也相當明顯。例如：臺灣啤酒廣告詞中，主打「啊！最青的臺灣ㄅㄧˋㄌㄨˋ」。在此用「最青」給人新鮮的感覺，「ㄅㄧˋㄌㄨˋ」則是臺灣本土語，給人親切感，讓喝酒的人不會再把酒當作冷冰冰的東西。麒麟啤酒也是陽剛味十足（「麒麟」在現代漢語詞典中意思是指古代傳說中的一種動物，形狀像鹿，頭上有角，全身有麟甲，有尾。古人拿它象徵祥瑞簡稱麟）。（中國社會科學院語言研究所詞典編輯室，2006：1073）但近年來文化價值觀的轉變，女性地位提升，所以慢慢也有以女性命名的酒類。例如：思美洛、冰火、可樂那。而在西方社會中被用來當飲料的咖啡，咖啡的英文是 coffee，屬於全音譯，咖啡是外國人的主要飲料，而咖啡的命名也有頗妙的法則。通常咖啡的命名不像酒精性飲料會考慮性別，因為在西方的社會中男女性都可以喝咖啡。咖啡命名法則分為三大類：（1）以生產國家為名（巴西、哥倫比亞、肯亞、葉門、坦尚尼亞）；（2）以山脈為名（藍山、水晶山、吉利馬札羅、安地斯山）；（3）以出港港口為名（摩卡）。為什麼咖啡與牛奶較常以地區名稱、國家名稱取名？研究者認為，也許是希望讓消費者能夠立刻聯想到環境（地區或國家），另外咖啡的濃醇度與產地也密不可分，所以若再另外取名，易混淆視聽。

三、飲料命名的方式與類型

　　這一部分主要針對本土飲料命名的方式、外來飲料命名的方式、飲料命名的類型和飲料命名的方式與類型的系聯下去探討。不論是本土的命名方式或是外來語命名方式都隱藏著不同文化與美感，而飲料命名的方式又細分成數種不同的類型。研究者將飲料的命名類型區分為產地來源分類法、型態分類法、字數分類法、詞彙學分類法、產品性質分類法。每一種類型也都含有文化的意涵或是美感。首先研究者先將飲料簡單的區分為七大類別：

　　第一，碳酸飲料：曾經高居市場榜首，但呈下滑趨勢。碳酸飲料是指飲料中壓入二氧化碳，並添加甜味劑和香料的飲料。市場上主要的產品是：可口可樂、百事可樂。

　　第二，茶飲料：年成長迅速，成第二大賣座飲料。茶飲料不同於我們平常所說的茶葉，它的重點是「飲料」，通常是冷（冰）的。市面上常見的茶飲料可以分為兩種：一種是純茶飲料，如生活泡沫紅茶、御茶園；另一種是以茶為底添加其他物質的茶飲料，也就是混合茶類，如美妍社玫瑰果茶。

　　第三，果汁飲料：果汁營養豐富，研究證明可以幫助消化，含有豐富的有機酸，刺激胃腸分泌等功效，市場中不可缺少的飲料。這類飲料分為純果汁（鮮剖香椰原汁）、蔬菜汁（可果美野菜一日）和蔬果汁（蔬果 579 好精神蔬果汁）。

　　第四，奶（乳）製品：奶能補充人體營養（鈣），增強體力。這類飲料分為純牛奶類（一番鮮北海道優質特濃鮮乳）和混合牛奶類（荷蘭王室巧克力調味乳）。

　　第五，功能性飲料。如今功能性飲料市場上主要有運動功能飲料（舒跑、水瓶座）和保健飲料，也就是機能性飲料（蠻牛、威豹）。

第六，酒精性飲料：各國的飲料中一定都會包含酒精性飲料，且每年都佔有絕大部分的市場，又以男性居多，例如臺灣啤酒、麒麟啤酒、思美洛。

第七，咖啡：（伯朗咖啡、曼特寧、貝納頌），研究者將咖啡獨自歸一類，這是因為咖啡是外來的飲料，既不屬於茶類也不能算是機能性飲料，且在近幾年咖啡的成長是以倍數增加。由此可知，現今的飲食觀已漸漸可以接受西方（外來）的東西。

（一）飲料命名的方式

「善始者起於名，善終者成於名」，從這一句簡單的話中了解到產品名稱不只是個名稱，更是企業經營理念、商品特性、市場定位和消費心理的綜合表現，也是文化觀念、心理因素、生理因素、語言學等對應下的言語行為，也會表現出流行趨勢和社會觀念的差異。研究者將產品命名主要方式作簡單的分類：

1.本土飲料命名方式

根據彭嘉強〈商品品名的語言藝術及其規範〉將商品的命名規範分為四大類別，分別為因物規範命名法、因地規範命名法、因人規範命名法、因形規範命名法。（彭嘉強，1996）研究者認為此為商品的分類，套用在飲料中需要增加三類，分別為因時空規範命名法、因品牌規範命名法和其他命名法。研究者要讓所有的飲料品名都可以符合這裡面的任何一個規範，而且屬於排他性（只能符合其中一項）。

(1)因物規範命名法：這是以商品本身性能和功用替飲料取名，讓人快速理解商品的特性。例如：輕體瞬間（很快就理解到可能是有關燃燒或低卡路里的飲料）、絕世好茶（很明白告訴消費者，我的茶是絕世無可取代的）。

(2)因地規範命名法：這是以商品最出名的出產地命名，給人貨真價實、品質保證的感覺。例如：阿薩姆奶茶（阿薩姆是印度的

149

一個省）、林鳳營鮮奶（林鳳營產地的鮮奶，無污染的保證）、Vossi 加拿大冰河水（i-water）。

(3)因人規範命名法：這是以商品發明者或或對此產品有貢獻或影響力的人作為命名。例如：Mr.伯朗咖啡、韋恩咖啡。

(4)因形規範命名法：這是以商品的形狀命名，凸顯出商品的外部形象。例如：透明系（光看字面就可以直接聯想到產品與「透明」有關）、彈珠汽水（光看字面就可以直接聯想到產品內有彈珠）。

(5)因時（空）規範命名法：這是以商品的時間、空間直接或間接凸顯商品的懷舊感或新穎性。例如：每朝綠茶（時間）、古道梅子綠茶（古道給人空間的延伸感）。

(6)因品牌規範命名法：這是以商品品牌名稱直接轉變為商品品名，品牌的命名有另外的規範法，而特徵需語感好、短小精悍、有個性或特色。品牌名稱和產品命名還是有些微的差距，倘若以品牌名稱直接或間接當成產品名稱，則命名時需要更小心，也須兼顧彼此。例如：泰山冰鎮紅茶（泰山是品牌也是品名）、悅氏茶品（悅氏是品牌也是品名）。

(7)其他規範命名法：由詩、詞、文章中衍生意義或是不規則無厘頭的都列在此類。例如：卡打車（無法直接聯想到是身體補給水）、飲冰室奶香綠茶（飲冰室出自梁實秋〈書房〉）。

2. 外來飲料命名方式

隨著經濟全球化不斷進步，把自己的品牌推向世界是每一個廠商的最終目標，因為這樣品牌英文就成為新型的商業宣傳方式；而英文在命名時不但要考慮英文本身語意，更要注意英文在轉譯成中文時該如何轉換的問題。根據趙元任在〈借語舉例〉中說：「一種語言摻雜外國話跟真正的借語完全是兩回事。前者純粹用外國音的外國話，後者是遷就本國的音系來借用外國的語詞。」按照這個定義，我們就可以把 LCA 發酵乳等排除在外了。（轉引自陳光明，2001）又湯廷池《漢

語詞法句法續集》，將外來詞分成「轉借詞」、「譯音詞」、「譯義詞」、「音譯兼用詞」、「形聲詞」五種。「轉借詞」指將外國語詞彙直接借入而不作任何合音或義上的修正，如英文的「MTV」、日文的「立場」；「譯音詞」是利用本國語的音去譯成外國語的義，如理則學（logic）；「音譯兼用詞」指音譯義二者混用的情形，如蘋果派（apple pie）；「形聲詞」指利用部首偏旁的形符或聲符來翻譯外國語詞彙，如氧（oxygen）。（湯廷池，1989：96～99）此外，在陳光明則將外來詞的分類性質進一步彙整為「譯音」、「譯音加類名」、「半譯音半譯義」、「音義兼譯」、「借譯」和「義譯」。（陳光明，2001）在這裡姑且以後者的分類方式取相應的四類為例：

(1)譯音：用漢字對譯外來語音。例如：VODA VODA（芙達天然礦泉水）、Super Supau（舒跑）。咖啡這個名稱則是源自於阿拉伯語"Qahwah"，意即植物飲料。後來咖啡流傳到世界各地，就採用其來源地"KAFFA"命名 直到十八世紀才正式以"coffee"命名。

(2)譯音加類名：用漢字對譯外來語的語音再加上類別詞。例如：Vodka（伏特加）。

(3)半譯音半譯義：一半外來語譯音，一半漢語譯義。例如：蘇打水（soda water）。

(4)義譯：根據原詞的意義，用漢語的構詞法產生新詞來加以翻譯。例如：MORE WATER（多喝水）、Aquarius（水瓶座）。

這一部分主要針對的是外來的飲料翻譯成漢語時的奧妙，因為研究者採樣來源是統一超商，因此外來的飲品並不多，這一點仍待未來更多樣本加以證明。

（二）飲料命名的類型

飲料命名的類型有很多，研究者將它分為四大類，分別為產地來源分類法、型態來源分類法、詞彙學分類法、產品性質分類法、字數分類法。

1. 產地來源分類法

產地來源分類法是根據飲料命名規範中的因地命名法所延伸出來的。在產地來源分類中研究者又區分為三類：東洋來源、西洋來源和臺灣味來源。不同的來源會有不同的文化意涵，在審美中也會有不同的味道。

(1)東洋來源：東洋如韓國、日本，日本的文化通常會把「最棒」、「最新鮮」的日文（一番鮮）放在品名中，但是臺灣的命名卻不會如此白話，還會再經過修辭技巧，這個和文化背景或許也有些相關！例如：一番鮮北海道優質特濃鮮奶（一番是日文いちばん意思是指非常、最好、最棒的）、每朝健康黑烏龍（每朝是日文まいあさ意思是每天早晨）。

(2)西洋來源：西洋如美國、歐洲、法國等等，歐美國家的文化背景較自由開放與民主，這一點在命名中也可以看出端倪，因為他們的命名方式很混亂，找不出任何的規則，有點無俚頭、也會有點好笑。例如：亞利桑那水蜜桃冰茶。

(3)臺灣味來源：當然這就是臺灣本土，以往以中國當品名的飲料也都紛紛去中國化，由這一點不但看得出文化的歷史變遷，更可以看得到政治生態。例如：臺灣回味青草茶、中華茶館冬瓜茶、黑面蔡楊桃汁（此為臺灣本土語，給人親切感）。

2. 型態分類法

型態分類法在飲料中大致上可以區分為四項，分別為諧音詼諧型、健康取向型、雄壯威武型、一看就懂型。這四種型態在命名中也很重要，不同的類別會有不同的審美感覺，例如看到水管你雖然覺得有點俗氣但是卻有親切感，這樣子的美感是俗氣美；而多C多漂亮讓人感覺到崇高的美感，讓人不自覺就會想到是不是多吸（C）就會變的漂亮？針對項目作以下解說。

(1)諧音詼諧型：例如：水管你（水聽起來像是誰）、卡打車身體補給水（卡打車聽起來像是：腳踏車）。

(2)健康取向型：例如：輕體瞬間（看產品名字可以聯想到產品應該與「輕體」有關）、每朝健康（給人感覺像是每天都喝就可以每天都健康）。

(3)雄壯威武型：例如：威豹提神飲料、保力達蠻牛提神飲料、威德－IN 能量。

(4)一看就懂型：例如：多 C 多漂亮（聽起來像是多吸多漂亮，引申叫人一直多喝就會變得漂亮）。

3. 詞彙學分類法

詞彙學內涵的學問高深複雜，一個好的詞彙可以加速人的印象，這牽涉的審美，詞彙給人怎樣的感覺？是怎樣的美？不同的詞彙分析中會呈現不同的美。在不同文獻對詞彙會有不同的分類方式。以下是研究者根據劉月華《實用現代漢語語法》作歸類，漢語的詞從構造上可以分為三類：單純詞、合成詞和縮合詞（劉月華，2007：10～16）。可先將其依字數不同下去作區分，兩個字數的與兩個字數的相比，三個字數的與三個字數的相比，依此類推。

(1)單純詞：單純詞是由一個語素構成的，在語音上以單音節居多，例如：「天」、「地」等。但單純詞也有雙音節的，例如：「葡萄」、「咖啡」。三音節以上的單純詞多為外來詞，也叫譯音詞。而單純詞的飲料有：康貝特飲料。

(2)合成詞：合成詞是由兩個或兩個以上的語素構成的。構詞法就是研究語素構成合成詞的方法。漢語的合成詞由以下三種方式構成：

①重疊方式，有些合成詞用重疊的方式構成，重疊部分除了原先的意思外一般都還會引申為新的意思，可以當作新的詞綴。例如：津津蘆筍汁（津津有味的感覺）。

②派生方式（又叫做附加法），在合成詞中，具有詞彙意義的語素叫詞根語素。不具有實在的詞彙意義而只用來構詞的語素叫詞綴語素（附加語素）。由詞根語素加詞綴語素構成詞

的方法叫派生法，用派生法構成詞叫派生詞。派生詞的詞義
是由詞根語素和詞綴語素所合成的。詞綴語素在詞中，既有
抽象的語法意義，通常會具有一定限制和補充詞根語素意義
的作用。漢語派生詞構詞方式可分為三種：a.前綴式構詞：
在詞根語素前面的詞綴稱為前綴，這一種在漢語飲料命名中
並不多。常見的有「阿」、「老」、「第」、「初」、「小」等。例
如：阿薩姆奶茶。b.後綴式構詞：在詞根語素後面的語素叫
後綴。用後綴構成的詞在派生詞中佔大多數。常見的後綴有
「子」、「實」、「者」、「化」、「然」等。在飲料中屬於這一類
的命名，例如：悅氏礦泉水。c.前綴和後綴合用的複雜構詞
方式，C-1（詞根＋詞根）＋詞綴：奈奈子（蜂蜜檸檬飲料）
茶裡王（茶類飲料）；C-2 詞根＋（詞根＋詞綴）：可樂那（啤
酒）、超美形（蔬果汁）；C-3 詞綴＋〔（詞根＋詞綴）＋詞綴〕：
三葉茗茶、老虎牙子、乳香世家。

③複合方式，由兩個或兩個以上的詞根語素構成詞的方式稱為
複合方式，也叫複合法。用複合方式構成詞叫複合詞。複合
詞又可以根據詞根語素之間的關係分為並列式複合詞、偏正
式複合詞、動補複合詞、動賓複合詞、主謂複合詞以及複雜
複合詞等。在飲料產品中，絕大多數都屬於並列複合詞。

A. 並列複合詞（聯合複合詞）：並列複合詞是根據兩個意義
相同、相反或是相對的語素並列在一起構成的。在這類複
合詞中，各個語素是平等的、沒有分主次的。例如：朝日
（啤酒）、麒麟（啤酒）、古早（仙草寒天）。

B. 偏正複合詞：組成偏正複合詞的兩個語素中，前一個語素
修飾後一個語素，後者是中心成分。例如：蠻牛（提神飲
料）、古道（梅子綠茶）。

C. 動補複合詞（補充式複合詞、後補複合詞）：動補複合詞
是由一個動素或形素後面再加上一個補語性語素構成
的。按照動補複合詞的兩個語素之間的關係又可以分為：

3-1 結果動補複合詞。例如：鮮剖（香椰原汁）；3-2 趨向動補複合詞，此類複合詞用在飲料中未見。

D. 動賓複合詞：動賓複合詞通常由一個動語素和一個動詞語素具有動賓關係的名素構成的。例如：舒跑（運動飲料）。

E. 主謂複合詞：主謂複合詞的兩個詞根語素的結構關係類似句法的主語和謂語關係。例如：波蜜（果菜汁）、雪山（冰釀啤酒）。

F. 複雜複合詞：複合詞大部分是由兩個語素組成的，也有一些是由三個字和三個字以上的語素組成的，稱為複雜的複合詞。這類複合詞的結構關係與雙音節複合詞的結構關係大致相同，也有並列式、偏正式、動賓式、主謂式，只是在三個或三個以上的語素之間排列組合的關係有差異。常見的有：6-1 形素＋〔名素＋名素〕，富維他（光泉富維他）；6-2〔形素＋名素〕＋名素，御茶園、黑面蔡；6-3〔動素＋動素〕＋名素，無；6-4〔動素＋形素〕＋名素，無；6-5〔動素＋形素（動補關係）〕＋名素，飲冰室；6-6〔動素＋名素（動賓關係）〕＋名素，無；6-7〔名素＋動素〕＋名素，純喫茶；6-8〔名素＋名素〕＋名素，心茶園。

(3) 縮和詞：把短語縮減過語素在按照原來的次序組合的詞。

4. 產品性質分類法

適用於同屬性產品不同品種的分類方式，通常用於咖啡居多。從這裡也可以感受到文化的不同；在臺灣，我們就不大可能會將飲料命名取為「彰化茶」、「臺南綠茶」，這也是文化的差異。咖啡有可以因產地不同加以區分，例如：藍山咖啡，也是因其所在的山得名。藍山是牙買加島上的一座山。摩卡咖啡，也是以地名命名的。摩卡是阿拉伯共和國的一個港口。

咖啡產地來源不同，味道分析表

特性／品名	瓜地馬拉	曼特寧	摩卡	肯亞	爪哇	藍山
酸	強	弱	強	強	x	弱
甘	中	強	中	中	弱	強
醇	中	強	強	中	強	強
香	中	強	強	強	弱	強
苦	弱	強	弱	x	強	x

　　由上述可以知道，咖啡的命名多以產地命名分類，並會因為品種、產地、土壤、氣候不同而會有不同的特性與味道。

5. 字數分類法

　　字數分析著重在字數的統計，試想如果今天一個飲料的名稱長達十二個字，會不會讓你失去購買的慾望？為什麼會讓你失去購買的慾望？命名重點就是在於要易讀、易記，字數多的話不但不好讀也不好記，這也就是數字廣度和語音長度的關連性。

各語言數字廣度與語音長度關係表

語文	數字廣度	語音長度（秒）
中文	9.90	0.265
英文	6.55	0.321
威爾斯	5.77	0.385
西班牙	6.37	0.287
希伯萊	6.51	0.309
阿拉伯	5.77	0.370

（轉引自高尚仁，1996：457）

　　從上表可以發現中文的數字廣度是 9.90，也顯示了讀音持續時間變量和數字廣度的關連性很大。阿拉伯語中數字名稱的讀音持續時間最長，數字廣度最短；廣度與 Miller1956 年提出的 7 ± 2 短期記憶容量

符合。（Miller，1956，轉引自廉潔，2006）中國人對數字記憶存在著優勢，但我們不能由此直接推斷詞彙廣度也存在著相同的優勢，因為普通漢語詞彙不同於數字，漢語的詞彙廣度也不比英文大。（高尚仁，1996：458）有關眼動的研究證明指出，閱讀中文時的跳動廣度比閱讀英文時短。（同上，460）有研究認為，某一中樞加工機制對會呈現的詞彙呈現的信息加工方式，受到某種阻礙或限制，必須通過調整眼動數度來調適這種來自認知機制的限制。（同上，460）由這一個理論，研究者所採用的飲料樣本中，奶類樣本數十三項，平均字數約 7.77；茶類樣本數六十九項，平均字數約 6.57；果汁類樣本數二十二項，平均字數約 7.2；咖啡樣本數十八項，平均字數約 7.625；機能性飲料樣本數為七項，平均字數約 4.43、運動飲料樣本數六項，平均字數約 5，機能性飲料包含運動飲料。所以機能性飲料字數平均為 4.715；水類飲料樣本數為十五項，平均字數為 6.27；碳酸飲料樣本數七項，平均字數為 5.57；酒精性飲料樣本數共十七項，平均字數為 5.51（又區分為海峽兩岸酒精性飲料四項平均字數為 5、東洋酒精性飲料樣本數為四項，平均字數為 5.57、外國酒精性飲料樣本數九項，平均字數為 5.78），全部證實了飲料的字數都符合在 7^+_-2。

四、飲料名稱內蘊的修辭技巧與審美感興

這一部分主要針對飲料品名的修辭技巧作探討。修辭方式包含了：直敘技巧、譬喻技巧、象徵技巧和其他（如類疊）。而相對應的審美感興有優美、悲壯、崇高、滑稽、荒誕等等。通常在飲料的命名中不常出現悲壯與荒誕，這是因為不希望讓人有較灰暗的感覺，而希望消費者能夠用高興的心情去享用這一杯飲料。

在過去就已有人對中國菜餚作出命名，或依食材命名，例如：蛋包飯（用蛋包著飯）、魩仔魚炒莧菜；或依味道命名，例如：麻婆豆腐、香蒜雞丁；或依質感命名，例如：魚酥、一口酥；或依顏色命名，例

如：翠玉白菜；或依烹法命名，例如：竹筍炒肉絲；或依數字命名，例如：八寶飯、千層糕；或依典故命名，例如：文思豆腐。或依人命名，例如：東坡肉。或依地命名，例如：麻豆文旦（此為水果）。由此可印證命名很早以前就已經很重要了，而命名也不外乎圍繞在修辭技巧。用直敘、比喻、象徵的手法命名菜餚，可以呈現出意趣之雅。（王仁湘，2006：14～16）

在謝諷《食經》中所呈列出的菜名都是當時皇上的御膳，所以名稱也較華麗。由此可知，唐朝時期命名已可以從多角度方向去思考，並具有高度的藝術與審美趣味。到了宋代，菜餚命名慢慢趨向樸質與真實，且多以吉祥祈福方式命名。早在兩千五百多年前古人就已重視修辭。孔子說：「修辭立其誠。」便以誠意為修辭的原則。而修辭學更要打破「古今」成見與「中西隔閡」。所以研究者根據黃慶萱《修辭學》將修辭融入命名中。譬喻是一種「借彼喻此」的修辭法，理論架構建立在心理學「類化作用」的基礎上，利用舊經驗引起新經驗（黃慶萱，2000：227）。譬喻可用來「說明」，因此又有明喻、暗喻和假喻。在飲料命名中，也有許多是用譬喻手法，例如蠻牛（比喻像野蠻的牛）、威豹（比喻像威猛的豹）。

直敘是直接成敘，也就是完全不用任何的修辭方法，絕大部分的飲料名稱需要讓人在「黃金三秒」內立刻有購買慾，所以通常都用平鋪直敘的方式來命名，例如：黑松沙士、波蜜果菜汁。「象徵是指任何一種抽象的觀念情感與看不見的事物，不直接予以指明，而由理性的關聯、社會的約定，從而透過某種意象的媒介，間接加以陳述的表達方式」（黃慶萱，2000：337）。另外，象徵必需出於理性的關聯或社會的約定，例如深命力100%海洋深層水（象徵生命力）、一番鮮北海道優質特濃鮮乳（象徵一級棒的新鮮）、古道梅子綠茶（在劉明儀〈送別〉中有長亭外，古道邊，芳草碧連天，用古道象徵久遠的過去）。

要將修辭轉移到審美性經驗必須要從中獲得感受，這種感受又得從現實的喜怒哀樂混合醞成。根據周慶華《語文教學方法》將美分為模象美（前現代）、造象美（現代）、語言遊戲美（後現代）與超鏈結

美（網路時代）。而從模象美可衍生出優美、崇高和悲壯；從造象美可衍生出滑稽和怪誕。（周慶華，2007：250）飲料的命名通常圍繞在優美、崇高和滑稽，這是因為希望消費者在消費產品的同時也能有另外超層次的感受。優美指的是形式的結構和諧、圓滿，可以使人產生純淨的快感，例如：優鮮沛蔓越莓汁、雪山冰釀啤酒（雪山給人白淨的感覺）；崇高指的是形式的結構龐大、變化劇烈，可以使人的情緒振奮高揚，例如：荷蘭王室巧克力調味乳（給人有種品嚐荷蘭王室御用牛奶）；滑稽指的是形式的結構含有違背常理或矛盾互相衝突的事物，可引起人的喜悅和發笑，例如：卡打車身體補給水（卡打車會讓人有發笑的感覺）。

五、飲料名稱內蘊的集體意識及其文化因緣

在周慶華《身體權力學》中提到，包括古希臘時代「神造」世界觀，中古世紀基督教的「神學綜合」的世界觀和十八世紀以來「機械」世界觀通稱為「創造觀」。這種觀念長期支配西方人的心，並在十九世紀後逐漸蔓延到全世界。至於東方兩種較為可觀的世界觀，分別為流行於中國傳統的「氣化觀」（自然氣化宇宙萬物觀）和印度由佛教所開啟而多重轉折發展的「緣起觀」（因緣和合宇宙萬物觀），透過這三大「世界觀」的衍化，就成三大文化系統：「氣化觀型文化」、「創造觀型文化」、「緣起觀型文化」。（周慶華，2007：95～102）

在飲料名稱內蘊涵有多種意識也含有社會文化的縮影。在每一個不同時期的文化下名稱、包裝甚至傳銷也都會有不同的手法。例如：在四、五零年代最著名的三大汽水（東方汽水、彈珠汽水、黑松汽水），這樣的命名潛藏著東方的氣化觀型文化傳統和緣起觀型文化傳統。這兩大傳統以「諧和自然，綰結人情」和「自證涅槃，解脫痛苦」為旨趣。（周慶華，2007：196）「東方」直接表述我們的所在地、人種，以直述的方式直接傳達，彈珠一看就可以猜出來，汽水中含有彈珠；而

黑松汽水就是以較俗的口語來貼近人們。直到現在，西方的文化侵入本地，致使現在很少看到飲料名稱會以「東方」來取名，反而會以「西方」（他國）來取名，例如：荷蘭王室巧克力調味乳。為什麼不命為臺灣王朝巧克力調味乳？是因為牛奶是從荷蘭來的嗎？研究者並不這樣認為。反而覺得是網路時代來臨後讓資訊快速流通，人總是身在福中不知福，所以常會有崇洋媚外的心態。而當今創造觀型文化重在語言遊戲、網路超鏈結，就修辭的審美來說又以敘事、寫實為主，看看現在較常見的市售飲料中幾乎都被「創造觀型文化」所佔據，但是我們卻不能忘記我們的根。（傳統中國儒家思想的「氣化觀」與從印度傳來也已深入人心的「緣起觀」）。每年大甲媽祖遶境時，眾信徒在鑽神轎和搶平安米與用平安水淨身中讓研究者發現，其實在臺灣仍有絕大多數的人是很虔誠的媽祖信徒（東方人統稱神明）。上網查閱佛教系統所販售的飲料中也不乏以「平安」或「能量」來取名，這也牽涉到人們深層的冀望和心靈的滿足慰藉。有人常說吃有機食品對人體零負擔，這真的是如此嗎？研究者學食品近八年的經驗卻不這麼認為。研究者本著「飲食均衡」的心去質疑，如果單吃肉不吃菜不好，如果單吃菜不吃肉也不好，但是當作聖品的神明卻是宏觀的緣起觀與氣化觀。

　　研究者將創造觀型文中的飲料定位為西方或外來的，而所蒐集的樣本中奶類有首席藍帶全脂牛奶。為什麼要用「首席」而不用「最佳藍帶」或「第一藍帶」？「首席」與「藍帶」皆是外來詞彙，而這兩個字的來源起於西方近代，而西方首席等同於東方的「主席」、「領導人」甚至「將軍」；相反的乳香世家，「世家」是中國傳統儒家的詞彙，指的是含有兩代或兩代以上才能稱為世家，在過去用法都與好的事物相連用，例如：書香世家。這也是「氣化觀型文化」中的最佳例子。根據研究者收集到的，創造觀型文化中的品名佔絕大多數，這是文化的相互融合亦或是文化的相互侵蝕？是喜亦或是悲？留給看倌者自己評斷。而此三大類型文化也藏著無限的美。

六、結論

在購買產品時，不知不覺中已經產生消費心理學，當你選定產品付錢時，你不只是在消費產品本身，你也在消費商品名稱、商品的美、商品的文化。經過研究發現在中西方不同的文化，對飲料的需求量也不同，東方就以茶為主，西方則以咖啡為主，而茶的命名與咖啡的命名，東西方又有不同的方式。命名時的美，東西方也都不同，西方因為牽涉到翻譯，研究者對這方面不夠了解，期待未來能在翻譯上面再多加強。而本土命名的方式研究者歸納七種，要將所有的飲料名稱均能符合研究者所歸納的七個項目中，而且屬於排他性；而外來的飲料名稱幾乎都屬於譯音或義譯居多，研究者的外來飲料樣品也不夠多，需要更多的樣品數來證實研究。而飲料的類型中，研究者將其分為四大項目，分別為產地來源分類法、型態分類法、詞彙學分類法、字數分類法、產品性質分類法。每一種分類法都隱藏著文化或藝術，字數維持在七個字內，簡潔有力，讓讀者易讀、易記。

此外，在修辭技巧部分，研究者所蒐集到的樣本中，幾乎都用直敘或象徵的修辭技巧居多，這是因為要讓消費者能夠一看就明瞭，不要耗費太多的時間在思考飲料品名背後隱藏的涵義。而將修辭延伸到審美感興，這部分研究者尚未理清楚，需要更多的文獻加以輔助，最後談到飲料內蘊的集體意識及其文化因緣，將相關的取向分為三大文化系統，分別是「創造觀型文化」、「氣化觀型文化」、「緣起觀型文化」。西方有許多昂貴的葡萄酒、洋酒，礙於時間因素與文章限定，無法收集洋酒替創造觀型文化下更多的註解，研究者深感遺憾，在洋酒的世界中，蘊藏的審美和文化背景，這些都很值得去加以研究。而緣起觀型文化中，臺灣的佛、道教系統所販售的飲料、食品，這部分研究者沒有找尋這方面的樣本，無法詳加為緣起觀型文化下結論，這些都是需要未來多找樣本數來佐證。

參考文獻

一、中文文獻

王仁湘（2006），《往古的滋味——中國飲食的歷史與文化》，濟南：山東書報。

中國社會科學院語言研究所詞典編輯室（2006），《現代漢語詞典》北京：
　　商務。

周慶華（2004），《語文研究法》，臺北：洪葉。

周慶華（2005），《身體權力學》，臺北：弘智。

周慶華（2007），《語文教學方法》，臺北：里仁。

高尚仁（1996），《心理學新論》，臺北：揚智。

陳光明（2001），〈國中基本學測國文科試題解析（一）〉，於《中國語文》第 3
　　期，47～49。

湯廷池（1989），《漢語詞法句法續集》，臺北：學生。

黃慶萱（2000），《修辭學》，臺北：三民。

廉潔（2006），〈美英著名品牌名稱的語音特徵辨析〉，於《佛山科學技術學院
　　學報》第 24 期，1～5。

劉月華（2007），《實用現代漢語語法》，北京：商務。

二、報紙類

2007 年 3 月 14 日《經濟日報》。

2007 年 8 月 15 日《工商日報》。

2007 年 9 月 3 日《經濟日報》。

三、網路資源

《本業獲利持平，土地資產開發延後》，2007 年 8 月 13 日元富投顧，網址：

http://money.hinet.net/z/zd/zdc/zdcz/zdcz_2BFE5822-F7F0-4C91-8B7E-08BC22B
　　1FC59.djhtm.

《行銷觀測站》產品命名　學問大，網址：http://www.vorkon.com/
　　detail2.php?main_id=123。

彭嘉強（1996），〈商品品名的語言藝術及其規範〉，網址：http://
　　cnki50 .csis.com.tw/kns50/detail.aspx?QueryID=6&CurRec=1。

電影命名的文化意涵

陳美伶

摘要

　　電影是重要的文化產業，也是生活中重要的娛樂之一。因應時代需求，電影的產量愈來愈多，觀眾群也從區域擴展到全球，於是對電影的要求不只是拍得好看、劇情精彩、卡司陣容堅強，更重要的是，適當的電影命名也能讓電影加分，在第一時間刺激觀眾選看的動機。然而，命名技巧上的推陳出新固然是命名成功的原因，但命名背後隱而不見的文化的影響卻是看不見的推手。是以從文化的角度切入，也就對電影命名的研究有一番新的詮釋理解。

關鍵詞：電影、文化產業、娛樂、電影命名、文化意涵

一、電影命名學的思考

　　西元 1895 年電影誕生後，電影成為這個時代中最具影響力的大眾傳媒。起初電影只在勞動階級的顧客中找到票源，民眾用小額的金錢就可以進到戲院中欣賞電影，而當時電影只是單純的娛樂工具，人們還沒意識到電影的藝術價值，所以就如同「電視」這種傳媒一樣，較不被具有身分、地位、教養的人重視。（Gerald Mast，1985）然而在今日的社會中，看電影不再是不入流的娛樂活動，全世界有成千上萬的人都在看電影，電影院每年就吸引了一百五十億名左右的觀眾入場。2008 年 8 月上映一部由臺灣導演的電影──《海角七號》，票房突破四億五千萬，可見喜好觀賞電影的觀眾群不在少數。雖然隨著時間的流逝，《海角七號》不再是人們呼朋引伴、爭相進電影院觀賞的電影，但是透過其他的傳播方式，如：電視節目、網際網路、錄影帶和 CD-ROM，電影的魅力仍持續以不同的管道燃燒著。人們依賴電影逃避現實、了解現實，從電影中反映夢想與浪漫的渴望，它儼然成為生活中不可或缺的娛樂了。（Andrea Gronemeyer，2008）

　　從電影的產出來說，它是一種產業，包含初始而簡單的創作想法，經過有效的組織，形成不同形式的文本，包括小說、劇本、寓言或傳說，進一步發展成電影的腳本後，透過演員的呈現，加上科技設備的加工，才能完成一部電影。然而看似簡單的過程，實際上卻是一項龐大的工程，從前置作業的評估、劇本選材、演員選擇，到拍攝、後置的剪輯、整理、宣傳、發行、上映，無一處不需要專業人士來完成。愈是精緻的電影，愈是講究製片的效果，其付出的成本也就愈高，而產品的銷售好壞，就成了決定成敗的關鍵因素。以商品的角度來看，電影是需要被購買的商品，有觀眾的消費才能回收成本，同時籌措下一部影片的資金；電影是競爭型商品，在數種娛樂項目中，要富有足夠的競爭力，才能脫穎而出為顧客選擇。（程予誠，2006）若是從消費

者的角度來看，觀眾選看電影的取決要素，除了是影片的卡司陣容、知名導演主導，或是精彩劇情的預告片外，他對影片所能截取到的最直接印象，莫過於電影的片名了。好的片名是電影的美麗外衣，可以留給顧客深刻的印象，引起顧客足夠的興趣前往電影院選看。另一方面來說，片名也是凸顯這項產品的風格競爭力的一部分，形同商品的品牌一般的重要。因此片名是電影的「門面」，也是電影本身最好的廣告。

　　隨著電影在娛樂生活所扮演的角色日益重要，電影的產出量不斷升高，有關電影的研究也逐漸出籠。有人從歷史角度切入，探討短短一百餘年的電影發展史；有人從電影的內容與形式探討電影的類型與分類問題；有人把電影視為另一種人生的體現，論述電影與人生的關係。由於電影業的蓬勃發展，尤其目前美國又為電影輸出大宗，當外國片進到國內時，除了在宣傳品上印製電影原名外，也需要提供顧客一個可理解、具有吸引力的翻譯命名，以利普羅大眾作選擇。於是如何給予電影命名便成了一大問題。陳定安（1992）指出有三種片名的譯法：（1）直譯法，直接就電影的原名作文字上的解讀，如：《Two Much》──《兩個太多》、《Jingle all the Way》──《一路響叮噹》、《Anna and The King》──《安娜與國王》（2）以作品中的故事情節命名，如：《The Craft》──《魔女遊戲》，描寫四個女孩受到巫術作用，施展出內在的超能力現象的驚悚片；《Clueless》──《獨領風騷》，描述新人類女主角秀出獨特品味並愛上同品味男同性戀。（3）誇張譯法，如：《Fly Away Home》──《返家十萬里》，描述主角訓練野雁飛行回故鄉的故事，卻以「十萬里」誇飾返家路途的遙遠。

　　繼上述三種片名的分類之後，許慧伶（1997）又歸納出十四種電影命名的方法：（1）半直譯加半以故事情節的翻譯，如：《Stolen Hearts》──《偷心計劃》、《Hellraiser 4》──《養鬼吃人》（2）非語言因素，如電檢對片名的干涉而改變譯名、電影衍生性商品的考量。以前者而言，如：《Mighty Aphrodite》原譯為《強力春藥》，後被迫改成《非強力春藥》。（3）電影譯名與時代關係：片名更白話、情愛不含蓄，如：

《In love and War》被譯成《永遠愛你》。(4)四字成語的利用，如：《An Eye for An Eye》譯成《消遙法外》。(5)譯名中的方言、外來語、及中英文夾用，如：《The Monster》譯成《IQ 本色》。(6)摹仿舊譯，如：《Before Sunrise》譯成《愛在黎明破曉時》，類似《愛在烽火蔓延時》。(7)時間加上舊片名，如：《Mr. Holland's Opus》譯成《春風化雨 1996》，是仿舊片《春風化雨》。(8)套用排行榜上的書名、受歡迎的電視節目、人氣旺的歌手、或廣告流行語，如：《Manneken Pis》直譯應是「尿尿小童」，後以《遇見百分百女孩》定名。(9)片名有地名的中的翻譯，若是大城市就直譯，如：《Las Vegas》譯成《拉斯維加斯》。(10)片名為動物、人物姓名時的翻譯，以屬性或情節定名，如：《Nixon》譯成《白宮風暴》。(11)明星與譯名約定俗成的指涉系統，如「魔鬼」已成阿諾史瓦辛格的代名詞，所以其相關電影都有「魔鬼」二字。(12)同一製作群或導演的慣用譯名，如：《法櫃奇兵》、《聖戰奇兵》都有「奇兵」二字。(13)明星偶像化，如：《The Shootist》取周潤發的「英雄本色」而譯成《英雄本色》。(14)電影界「當紅炸子雞」的片名，如：《第六感生死戀》後，有《夜未眠生死戀》。

莊柔玉（2006）以香港英語片名為例，說明電影的譯名不可以抽離譯人文化的詩學規範或觀眾期望而獨立存在，所以電影譯名與原名出入甚大是很正常的。因為譯者的作用是進行跨文化的溝通，自然在譯名時會加入系統的文化色彩及語篇傳統，所以直譯原文的譯名不多，絕大多數是採用意譯的手法，以達到譯者所期待的目標效果。其使用的細部方法是：（1）片種的提示，在片名中凸顯影片的類別，吸引觀眾入場。以驚慄片為例，常以「恐」、「嚇」字眼來標示，如：《長途嚇機》。（2）劇情的提示，以情節作賣點，如：《靈魂樂與怒》，用以強調流行樂的主題。（3）提示陣容，在片名中加入前片的連繫，如：《玩轉男人心》與《偷聽女人心》相呼應，標示著都屬於 Nancy Meyers 執導的浪漫喜劇。（4）模仿複製叫好叫座的電影以博取好感。（5）推銷激情，用情感極濃的文字作譯名。（6）製造懸疑，把片名問題化，如：《BJ 單身日記：愛你不愛你》。（7）利用道地的熟語或雙關語玩文

字遊戲，如：《誘心人》（有心人）。（8）從其他流行文化進行文本互涉，如：《我和春天有個約會》，取自舞臺劇《我和茉茉有個約會》。（9）凸顯流行文化的價值觀念以爭取認同，如：《音樂型人》，其中「型」字表示冷峻、有性格或是有個人風格。（10）以粗俗為美或是戲謔化的美學取向的表達方式，如：《美國癟 Gun 檔案》。

電影命名的過程必定是以商業為導向，透過上述各研究所歸納的技巧方法取得觀眾的喜愛。然而，當觀眾群看到這些類別的命名時，何以他會受到這些方法的刺激，並能夠感召內在的認同感？當譯者在進行原名轉譯的過程，他能投觀眾所好，想出合適的命名時，他如何能知道觀眾的需求？是否在譯者的潛意識中，就存在與觀眾相同的文化意識，所以他能從舊經驗中抽離深藏在後的共同元素？那麼這個共同元素又是什麼？前人的研究著重在現象的整理分類，而筆者認為在現象的背後必然有文化的驅力促使現象的發生，所以嘗試從文化角度，解釋多樣化的命名可能隱含的意圖，以達成多樣化命名的合理性。本文中不直接探討電影內容與電影名稱的關係，重點也不是探究近期電影命名時所使用的新策略，主要是從電影的名稱出發，探究電影命名的「特色」，進一步研究其背後可能存在的文化意識，找出真正影響命名的關鍵因素。

二、電影命名的系統差異性

東方人在處理片名時，往往是需要大費周張，絞盡腦汁，以求一個「響叮噹」的稱號。譬如以人物為片名的電影也有幾種處理方式：（1）看到《武狀元蘇乞兒》，我們可以猜想這是一個有關乞丐的故事，但是如果只取名為「乞丐」，可能這部電影就會乏人問津，於是用「乞兒」說明主角是較年幼者，也許較能惹人憐愛而生引同情心；不但如此，還要標出他的驚人成就——武「狀元」，與他的出身「乞丐」形成強烈對比，如此才可算是大功告成。（2）若是講到生活中進行某種活動的

人，通常是以動詞加上後綴來表示這個人的身分，例如：撰寫文章的人稱為「作家」；記錄、報導時事的人稱作「記者」；稱呼賭博的人自然就是「賭徒」了，然而訴說一個經常沉溺在賭博生活的人並沒有特別的可看點，但是如果能在賭圈當中出類拔萃，倒也算是個奇人，值得提上檯面一談。又在一個領域中能成為佼佼者，必然是個能將技能運用到出神入化，達到神格的境界的人，那麼即使是「賭徒」也可以昇華為「賭神」了。（3）再者，平凡的工作也能有不凡的作為，身為普通的警察也能在工作中嶄露頭角，成為「超級警察」！

不過西方人在處理電影命名的作法就與東方人大相逕庭，他們不喜歡太多的陳述或是過分的描寫。從電影的命名中給予觀眾的是「方向」，而不是太多主觀的想法。《The Mummy》——《神鬼傳奇》我們擁有的訊息是「跟木乃伊有關」的故事，不過故事情節到底是木乃伊的由來、木乃伊與當地人文的關係，還是關於木乃伊造成的社會影響？就得要觀眾進了戲院才知道。《The Insider》——《驚暴內幕》字面意義指「內部的人」，然而內部的人發生了什麼事？是什麼類型的事？是正面或是負面的？是喜劇？動作片？還是驚悚片？單憑閱讀片名，實不容易作進一步的解讀，但觀眾可以試一試運氣，也許看了才發現有驚為天人的結局。還有像《Babe》——《我不笨，所以我有話要說》這樣的片名也相當耐人尋味，一個以 babe 為主題的電影片名，沒有其他的修飾語，沒有任何關於主角的線索，唯一能確定的是，它絕對是緊扣 babe 這個主角，如果喜歡 babe、想要多了解 babe 的世界的人，是絕對不會錯過這部片的。

「堅持原味，不假雕琢」是西方人一貫的作風。當富有「味道」的東方片飄洋過海時，同時也必須退去一些過多的裝飾，以符合西方人的口味。曾經紅極一時的電影《倩女幽魂》是描述一個關於東方美麗女子的故事，重點不在她活在世上的生活，而是述說她往生後的一切，屬於帶有一些些悽美的故事，然而這樣的名稱有較多的命名者的主觀色彩，因而簡化為「中國鬼故事」（《A Chinese Ghost Story》）。《牯嶺街少年殺人事件》給予觀眾提示，這是一段發生在牯嶺街的少年身

上的故事，而且是負面消息，但若是什麼都讓觀眾知道了，可看性也許就降低了，於是改成「晴朗的夏日」（《A Brighter Summer Day》。）從《春光乍洩》四個字看來，這應該是跟親密關係有關的電影，因為「春」在東方人的社會中，除了代表開始、欣欣向榮之意，同時也具有情色的意涵，不過轉譯後，特殊性不見了，就只剩下「快樂的相處」《Happy together》。

反觀東方處理西片時，不改文化傳統，崇尚豐富而有創意的標題，於是符合東方熱鬧氣息的命名，才能獲得好評。像《Matrix》，一種能夠直接交換電子郵件，或者透過閘道（gateway）交換電子郵件的「全球網路系統」，聽起來生硬又沒有活力，很難引起東方人的共鳴，但是變身為《駭客任務》後，不只提升了懸疑性，也增加影片的看頭，而能引起更多人的目光。再者如電影《Ratatouille》也一樣，如果從片名的提示是「內含茄子、洋蔥、番茄、青椒、義大利絲瓜等」的燉燜蔬菜，大家可能以為這是一部把「傅培梅」搬上大螢幕的料理影片，那麼可能只能獲得媽媽群的認同而已，但搖身變成《料理鼠王》後，評價就大不同了。還有像《Bad boys》，只說是關於壞男孩的故事，力道不夠強勁，沒有引人入勝之處，但是《絕地戰警》加了一點主角處境的提示與身分的描述，雖然影片對外的線索變多了，卻仍增加緊張、刺激的成分，而能提升影片的價值。

有些人認為臺、港、陸三地電影的翻譯命名大不同，有人半嘲諷其中一處的命名有時不夠雅緻，如《The Insider》臺灣譯成《驚暴內幕》，香港譯成《奪命煙幕》；《Mission Impossible》臺灣譯成《不可能的任務》，大陸譯成《碟中諜》；《Matrix》臺灣譯成《駭客任務》，香港譯成《二十二世紀殺人網絡》（其他如下表所示）。

英文名	香港譯名	臺灣譯名	大陸譯名
《Borat》		《芭樂特：哈薩克青年必修（理）美國文化》	《寶拉西遊記》
《Casino Royale》	《新鐵金剛智破皇家賭場》	《007 首部曲：皇家夜總會》	
《The Savages》	《沙煲兄妹日記》	前譯《以父之親》，現譯《親情觸我心》	《薩維奇一家》
《Hellboy》	《天魔特攻》	《地獄怪客》	《地獄男爵》
《Penelope》	《豬法奇緣》	《真愛之吻》	
《101 Dalmatians》	《101 斑點狗》	《101 忠狗》	
《Ratatouille》	《五星級大鼠》	《料理鼠王》	《美食總動員》
《Wild Hogs》	《暴走四壯士》	《荒野大飆客》	
《Exte》		《美髮屍》	《恐怖爆髮》

資料來源：整理自開眼電影網（2000）

　　如果深究三地的電影命名哲學，不難發現三地都有的共通性，就是一定會在原名上「加油添醋」，在簡單的原名上增加東方人的色彩，運用各種技巧，改變原名單純的面貌，以符合東方人的訴求。只是運用修辭的技術上，巧妙各有不同，技巧運用得宜，能夠彰顯電影的特色；技巧運用較弱時，戲劇的美學張力降低，自然較無法博得好感。

三、相關差異性的文化現象

　　從電影片名來看，中西方的命名方式確實有很大的差異，如果不明白造成差異的真正原因，那麼從西方人的角度看來，中國人真是個「囉哩叭唆」的民族，在片名中提示愈多，影片的價值就愈是降低；

反觀從東方人的角度看西方人，片名都是單以人或物為主，少有像東方使用大量的修飾語，那麼每部影片片名給人的第一印象都是一樣的，就會批評西方人的命名「沒創意」，最後演變成東西互相貶抑的情況。事實上，既不是東方人「囉哩叭唆」，也不是西方人「沒創意」，而是文化的根本因素演變成今日的差異，所以若要進一步分析因由，得從「文化」角度說起。

　　所謂的「文化」，沈清松（1986：24～29）設定為「一個歷史的生活團體表現他們的創造力的歷程和結果的整體」。在這整體下可分出終極信仰、觀念系統、規範系統、表現系統和行動系統等五個次系統。所謂終極信仰，是指一個歷史性的生活團體的成員由於對人生和世界的究竟意義的終極關懷而將自己的生命所投向的最後根基；如希伯來民族和基督教的終極信仰是投向一個有位格的造物主，而漢民族所認定的天、天帝、天神、道、理等等也表現了漢民族的終極信仰。所謂觀念系統，是指一個歷史性的生活團體的成員認識自己和世界的方式，並由此而產生一套認知體系和一套延續並發展他們的認知體系的方法；如神話、傳說以及各種程度的知識和各種哲學思想等都是屬於觀念系統，而科學以作為一種精神、方法和研究成果來說也都是屬於觀念系統的構成因素。所謂規範系統，是指一個歷史性的生活團體的成員依據他們的終極信仰和自己對自身及對世界的了解而制定的一套行為規範，並依據這些規範而產生一套行為模式；如倫理、道德（及宗教儀軌）等等。所謂表現系統，是指一個歷史性的生活團體的成員用一種感性的方式來表現他們的終極信仰、觀念系統和規範系統等，因而產生了各種文學和藝術作品。所謂行動系統，是指一個歷史性的生活團體的成員對於自然和人群所採取的開發和管理的全套辦法；如自然技術（開發自然、控制自然和利用自然等的技術）和管理技術（就是社會技術或社會工程，當中包含政治、經濟和社會三部分：政治涉及權力的構成和分配；經濟涉及生產財和消費財的製造和分配；社會涉及群體的整合、發展和變遷以及社會福利等問題）等。

　　以上五種系統又可以整合為這樣的關係圖（周慶華，2007：184）：

依據這個關係圖則可以將西方電影命名的文化現象用下圖解釋：

　　簡單的命名可以呈現事物原本的面貌，目的在於提示觀眾影片的中心（主角）所在，製作人不必嘔心瀝血在命名上下工夫，因為告訴觀眾主角是誰之後，只要尋著主角的動向，就可以在接下來的劇情中看到觀眾想看的，同時製作人會假故事人物之力，盡情在情節上發揮，保證讓觀眾值回票價。如果在命名上多有著墨，一來會用主觀意識干擾觀眾選看影片的自主權，再來也容易受到主題以外的資訊影響，降低情節的可看性，也不免讓人懷疑是不是內容不好才需要過度包裝。這是個人主義規範思維造成的生活模式，每個人都是獨立的個體，自然有獨立的意志與特質，不依附在其他的外包裝，才能夠完整呈現獨立（特）性。其中隱含的是創造觀型文化的觀念。當上帝創造了萬物，萬物都生而平等，同時各自發展；能力好的人可以表現比較好、會的

多、學得快而成就非凡,但學習的好壞主要決定於個人努力,不是靠外在給予大量的提示幫助。因此在創造觀型文化下,重視個人的感受、感覺與體會,而他人盡量扮演中立(旁觀者)的角色,以避免干涉到別人的自主權利。

再看東方的文化型態與西方是截然不同的,是以在電影命名的表現方式也相異。以下將東方電影命名的文化現象用下圖解釋:

東方社會文化中慣用複雜的命名,喜歡用各種技巧(見第一節所述)使主題更加生動,尤其要傳遞出美感意涵才能凸顯其價值。不論是雅俗美或是意境美,大致能夠脫俗者都較能為人注意。以集體生活為主的東方,要取得認同不只是要尋得一人的肯定,而是必須獲得大家族的集體肯定才能獲得認同,而取得認同的方式就是要「釋出善意」,提供「足夠的訊息量」以博取好感。中國傳統有句話:「禮多人不怪。」初次見面時,太多的善意對西方人來說是很彆扭的,但是東方人習慣不斷運用外在事物作輔助,起初就給予良好的「印象」,日後再憑此印象順勢發展,如此才能加速彼此關係的成長。追溯到東方人的氣化觀型文化,氣化運行之下,對美感的要求著眼在意境的營造,然而單純沒有加料的「原汁原味」難以構設美的圖像;又受到氣化的作用,萬物的分別不大,唯有透過複雜的表現方式,才能令人耳目一新,於是表現在電影命名上,以應用多種方式達到吸引觀眾的目的。

四、文化現象探討的意義與價值

（一）文化現象是學習族群溝通的平臺

　　未從文化角度探究不同族群的文化差異時，往往不能以持平的態度嘗試了解異文化的現象。陳國明（2003：59）分享了一個他個人的經驗：「有一次在美國超市欣喜望外地發現了該站竟然出售雞腳，有如久逢知己，一口氣了買了三包。付帳時，櫃臺的年經金髮小姐看到了雞腳，除了馬上露出一臉嫌惡的表情之外，同時把一包雞腳高舉在上，叫隔壁櫃臺的小姐欣賞，對方也毫不思索地做出捧心欲嘔的樣子。我看了心生不快，覺得身為教授，有必要藉此機會教育一下這位小姐。乃輕聲問她是不是本校學生在此打工。既然是，我續問她主修什麼，發覺竟然是我們系的學生。再問說知不知道我是系上教授，她說不知。我說現在妳已知道，希望妳下學期一定要選修我的文化間傳播學，在那堂課裡我將向妳解釋為何在許多其他地方雞腳是美食，而且比雞肉貴的原因。我話尚未說完，此小姐已如喝了半瓶高粱酒，自知做錯了事，羞得面紅耳赤，無地自容了。」不了解異文化的情況下，多數人採取的做法是用舊有的個人認知體系詮釋現象的發生原因，如此不但不能給予事件合理的解釋，反而會凸顯個人認知的短淺，演變成例子中金髮小姐的窘況。

　　電影命名上的差異只是各種文化比較後發現到的不同點的其中一部分，藉小觀大，推演到終極的解釋，找到根本的起始源頭。那麼在文化溝通的過程，我們會更懂得遵守文化間的溝通原則：（1）相互性，溝通要建立在彼此可以暢所欲言的空間，不是單以一方的文化基礎為考量，如此才有足夠的彈性以利溝通橋樑的暢通。（2）不妄加臆斷，用開放的心靈適當的表達個人的心思以及接納他人的表達意願，加強體認及接受他人意見的素養。（3）誠實，誠信不欺才能看待事物的本然，了解個人及文化上可能存在的偏見。（4）尊重，以持平角度看待

文化差異性造成的多樣性溝通，以維護彼此基本的表達空間。（陳國明，2003：20～21）

（二）文化現象是加速探知世界的管道

人常言現在是地球村的時代，天涯若比鄰，透過大眾運輸工具往來世界各地，不論是飛機或是輪船都很方便；或是經由網際網路的連線，世界和我只是指尖的距離而已，可說是達到「人人不出門，能知天下事」的世紀。可喜的是訊息不再受限於有限的時空，已經有很多機會接觸到異系統的文化；但是面對這麼多的外來資訊與異系統文化的衝擊，我們又該如何去詮釋、整理，而不致於陷入「知其然，而不知其所以然」的困惑中？

以動物的命名的過程來說，現行動物學名的寫法是採 C.Linnaeus建議的「二名法」，使用的語言提議以拉丁語、拉丁語化的希臘語，或其他拉丁語化的各國語言來命名，後來他的建議也獲各國的認同。得到認同的原因是拉丁語是古羅馬帝國時期使用的語言，但隨著西羅馬帝國及東羅馬帝國相繼滅亡，拉丁語也有三百年不屬於各國的語言，如此才不會刺激到各國學者專家的民族意識。（朱耀沂，2008：10～12）如果那時東方人也加入其中討論的行列，當然也很希望以我們使用的語言為主，但是語言最重要是溝通，如果使用大家都已經熟悉語言，不是皆大歡喜嗎？何必一定得非「我」不可？我們可能就不這麼堅持固守自己的想法。由此可見，文化現象的差異不單表現在的電影的命名上，在其他領域的命名也是如此。電影的命名是個起點，藉由電影命名的探索，發現文化現象的不同後，進一步可以類推到其他的命名學上，如：人的命名、物的命名、自然界的命名……從電影命名只是方便，藉以建構理論而已。好比了解了創造觀型文化下的文化特色後，我們就可以解釋為何有的外國人姓名叫 Blacksmith（鐵匠），還有人情願花錢買破舊不堪的房子，而捨棄美侖美奐的新房了（為媲美上帝造物，用行動證明個人的才幹，在技藝上大肆展現）！

（三）文化現象是創意產業升級的憑藉

　　過去物質享受比較匱乏的年代，人們的需求在於「求有」即可，不重質也不重量；工業發展以後，生產工具及技術的提升，生產大量的產品不成問題，在量的部分已達到滿足。時至今日，人們的需求已不再是求「有」、求「多」，而是要求「精緻」，產業隨著消費取向而走向精緻化路線，不只是精緻，甚至要有「創意」才能吸引人。我們可說現在是「搞創意」的年代，產業沒有創意很難生存下去。除了在實質內容發揮創意外，建立一個創意的品牌也很重要。以文化創意產業來說，文化創意商品在執行品牌策略的目的時，是要建立品牌價值讓自身的商品與其他類似的商品產生差異性，進一步使顧客產生認同而選擇該商品。當一個好的品牌建立後，透過母品牌建立的消費者認知、還有品牌知名度等品牌的權益，能將消費者對母品牌的認知延伸到新開發的產品上，這是達到公司獲取成長的方法之一。其產業著重打動人心的文化思想或美學氣氛，而產品背負品牌歷史、理念和創意價值，使這件產品和其他產品在消費者的心理產生差異，所以消費者購買的不只是產品，更是來自於產品背後的文化意義及品牌的文化意義。（夏學理主編，2008：295～197）因此產業在發揮創意前，得先對文化現象有所了解，才能感召消費者潛在的文化認同意識，使產業得以順利發展。在電影命名上，從文化現象角度切入，運用適當的創意可以獲得更多回響。擴及到其他的領域，如：食品的命名、飲料的命名、各類產品的命名上，都有從文化切入發揮的空間，這個部分還在持續開發努力中。

五、一個後電影命名學的形式

　　先前的電影命名學是將既有的電影命名整理、歸納、說理形成的學問論述。其操作的模式是先搜集所有的電影名稱，然後歸納同類型的電影命名，接著分析各類命名可能的形成原因，主要從兩個方向作出發：（1）內部連結，命名取決於與該部電影的內部關連，包含劇情內容、劇情屬性、演員陣容、電影製作人或導演。（2）外部連結，電影順應潮流的推進，把時代文化下的產物納入命名之中，包含引用別人用過的電影的命名形式、相關著作的命名、時代的價值觀、美學概念、潮流趨勢等。以上的命名學是已存的一種形式；而提出從文化現象看電影命名，是希望在現有的模式下找到新的命名出路，也是要從文化體系出發，試探一個「後電影命名學的形式」的可能性。既然標示為「後電影命名學」，就不是為了承繼先前已成形的命名學，在現有的基礎上再加論述成為「後設」的電影命名學；而是要另闢新的論述形式，從文化角度追本溯源，針對命名而發的深度思考。後電影命名學不單可以探討表現形式，還可以上溯到潛在的觀念系統，進而推至到終極信仰，使論述趨向完整，如此才可說是使「命名」這個命題得到適當的解釋以及深刻的評價。

參考文獻

Andrea Gronemeyer，陳品秀譯（2008），《電影小史》，臺北：三言社。

Gerald Mast，陳衛平譯（1985），《世界電影史》，臺北：中華民國電影圖書館。

朱耀沂（2008），《動物命名的故事／博物學家的學名解碼》，臺北：商周。

沈清松（1987），《解除世界魔咒──科技對文化的衝擊與展望》，臺北：時報。

周慶華（2007），《語文教學方法》，臺北：里仁。

夏理學主編（2008），《文化創意產業概論》，臺北：五南。

陳定安（1992），《翻譯精要》，臺北：商務。

陳國明（2003），《文化間傳播學》，臺北：五南。

莊柔玉（2006），〈原文垂死，翻譯催生？目的論、食人論、與電影名稱的翻譯〉，《當代》第 231 期，92～113。

許慧伶（1997），〈從社會語言學角度探討美國電影片名在臺灣的翻譯〉，臺灣師範大學主辦「中華民國第一屆國際翻譯學研討會」論文，29～49 臺北。

程予誠（2006），《行銷電影》，臺北：亞太。

開眼電影網（2000），〈中港臺驚人譯名比一比〉，網址：www.atmovies.com.tw，點閱日期：2008.11.15。

國小原漢學童作文病句的差異現象分析及補救

曾振源

摘要

　　說話的時候，難免會有口誤的的情形發生，發生一兩次是在所難免，說錯話是很好改的。但如果在創作文章時發生的錯，就很難改了！國小學童在文章中常見的錯誤有：詞類誤用、用詞不當、生造詞語……等，是眾多教學者極力探討的內容，期待經由大家的努力，讓學童的文章中出現較少的錯誤。而這在學漢學童又有某些細微差異，必須額外費心找出原因而予以補救。

關鍵詞：國小學童、原漢學童、作文病句

一、引言

在日常生活中，語文是溝通最重要的工具，倘若沒有了語言，文化就無法傳承，歷史也無法記載。如何用語文來表情達意成為學生學習語文所欲達到的重要目標。原漢學生學習語文的過程中，產生病句是無可避免的。因此教師與學生都應正視語文錯誤，藉由了解錯誤的類型，設計適當的練習去減少錯誤的產生。

教育部（2003：21）九年一貫課程綱要中明白指出：本國語文的基本理念在於培養學生正確理解和應用本國語言文字的能力。為達到此理念，在國小語文教學中，教師透過聽、說、讀、寫的練習，培養學童能充分運用語文來進行學習和表達。而作文正是統合聽、說、讀、寫等能力的實踐，也是最能檢驗出學生語文能力的指標，因為作文必須能妥善運用所學的詞彙及文句，將心中所欲表達的話以合理的邏輯、正確的文法結構，書寫出句子、組合成段落再構成完整的文章。（孫麗翎，1988）因此，作文能力的好壞與語文能力的高低有直接的相關。近年來，學生作文常出現語意不明、文句結構紊亂的情形，作文能力逐漸低落，令人感到憂心，以致加強語文能力成為當務之急。

本文以內容分析法對國小原漢學童的病句進行分析研究，以歸納出語誤的類型及其多寡。內容分析法主要用來解釋在某特定時間某現象的狀態，或在某段期間內該現象的發展情形。其運用在教育研究時可達到以下目標：（1）描述現行的實際業務和條件；（2）發現重要的或有趣的若干問題或主題的關聯性；（3）發現教科書或其他出版品內容的難度；（4）評鑑教科書導入的偏見或宣傳成分；（5）分析學生作業錯誤的形式；（6）指認作家的文學風格、概念或信度；（7）解釋可能引發某項結果、行動或事件的有關因素。（王文科、王智弘，2005：404）本研究的目標與上述第五項「分析學生作業錯誤的形式」相符，就是對學生作業上所犯的錯誤進行分析。國內也有學者利用「錯誤分

析」進行語文方面的研究。如艾偉（1965）、孫麗翎（1988）與曾雅文（2004）等都是收集學生作文，統計其中出現的錯誤類型與錯誤率，並依數據提出教學上的建議。

　　分析探討後，本文試圖回答以下問題：國小原漢學童作文中，在語詞運用、句子結構、語意表達方面會出現哪些病句類型？以及國小原漢學童作文病句的差異現象？

二、作文病句的界定

　　所謂病句，是指句子的語法不合乎規則，如錯別字、標點符號誤用、用詞不當等毛病。講話時如果有明顯的錯誤，憑著我們對語言的認知再把它念一兩遍會發現；有時候毛病比較隱晦，似是而非，憑感覺不一定能看出問題在哪裡。如果有一些語法知識，分析一下句子結構，那就能幫助我們找出問毛病所在。廖茂村（2005）在〈增進學生造句能力的有效教學策略〉的研究中認為病句就是念起來很拗口的句子，文法、語式、標點使用、語意表達等方面，都有或多或少的缺失。而病句發生的原因與型態為詞語應用不當、用詞重複、誤寫錯別字、不符合約定俗成的習慣用法、國語和方言夾雜使用、語意表達不夠完整、用詞不雅、轉折銜接不順暢、成語誤用、濫用、標點符號誤用或脫落。

　　高葆泰（1981：197）對病句的定義是：「病句，顧名思義，就是有毛病的句子，沒有把意思正確地、通順地表達出來的句子。」他認為病句分成思想內容方面及語言運用方面的病句，而語言運用方面的病句又因不同的情況，可細分用詞方面、造句方面，標點符號方面及修辭方面的病句。他認為有毛病的句子是病句。話說，病句是因為句子有語病而造成的。

　　孟建安（2000：2）認為，病句指的是在詞語、語法、邏輯、修辭方面有錯誤的句子，也就是不合用詞規則、不合語法、不合邏

輯、不合修辭，又不能準確表達語意，令人費解的語句、語段，都可稱為病句。

綜合以上所見，運用語言時必須遵守一定的語言法則、語言規範。倘若違反，所表達的句子將會出現不通順、表達不明確、意思不清晰等情形，我們稱此種句子為「病句」。

三、國小原漢學童作文病句的成因

孫麗翎（1988）在《國小兒童作文常犯錯誤分析研究》中，研究整理了臺灣各地區共四十七所國小一至六年級的國小兒童作文，以「表面結構」與「語項」兩項度對國小兒童作文進行錯誤分析，來檢視其中的語法錯誤，並歸納出語法錯誤類型及各語法錯誤類型在各年級出現率的變化。從研究中發現國小學生作文最易出現的表面結構策略錯誤中，以「贅加型」、「替代型」錯誤出現的比例較高。這與小學生正在進行詞語的學習，對新詞語的用法不熟悉，在許多想法無法有系統地表達的情形下，常在句中重複或隨意添加習得的詞語，或以某些習得的詞語來替代未習得的詞語的緣故。以語項來看國小學生作文常見的錯誤，則副詞、名詞、代詞、動詞、「就」、連詞等語項最易犯錯。而各年級出現的錯誤類型差異不大。在各語項上以名詞及代名詞錯誤的出現率高居各年級之冠，孫麗翎（1988）指出此可能與名詞及代名詞的辭彙碩多，小學生難以確實掌握有關。值得憂心的是，在研究中發現學生的錯誤，如動詞以替代型出現、副詞以贅加型出現及來／去的用法不但沒有隨著年級升高而改善，反而因作文中欲表達的意念愈來愈複雜，使錯誤率高居不下。

孫碧霞（2005）在《國小高年級學童國語習作語法錯誤類型研究》研究國小高年級學童國語習作中語法的錯誤現象。此研究以研究者任教班級的二十四名學生為研究對象。首先，收集學童習作中錯誤的句子，並將總數一百五十二個包含錯誤的句子，以「表層結構策略分析」

歸類，分為「贅加型」、「省略型」、「替代型」和「倒置型」四個錯誤類別，分別計算其所佔比率；其次再以內容分析法進行質的分析。其研究結果如下：(1)國小高年級學童國語習作的錯誤，以「贅加型」和「替代型」問題最為嚴重。「贅加型錯誤」比率為 45.2%，「替代型錯誤」比率 15 是 35.1%，二者合計達 80.3%，顯示「添加」和「代替」為學童最常使用的語文表達策略。(2)贅加情形明顯受到方言語法影響；另外還出現「重複標示」、「虛詞贅加」和「重複使用同一詞語」等型態的問題。(3)「替代型錯誤」多數是「方言直譯」所造成。(4)「省略型錯誤」佔總數之 13.3%，倒置型錯誤佔 6.4%，此二者比率較低，可見國小高年級學童對詞語的正確位置多能掌握，「省略詞語」或「顛倒詞語」的情形也較少。

高維貞（2006）在《國小中年級學生造句練習及寫作病句之分析——以臺中縣太平市國小為例》研究中，以臺中縣太平市五所學校三百零名學生為研究對象。收集學童造句練習及作文病句，並將三百零篇作文及造句練習一萬多個句子，以錯誤分析法中的「表層結構策略分析」歸類，經編碼、錯誤界定、抄錄等整理過程後，分為「贅加型」、「省略型」、「替代型」和「倒置型」四個錯誤類型，分別計算其所佔比率；其次再以內容進行質的分析。此研究旨在了解國小中年級造句練習及作文病句的現象。研究的結果為：(1)國小中年級造句練習及作文病句的錯誤，以「贅加型」、「替代型」問題最嚴重。造句練習及作文病句的「贅加型錯誤」比率分別為 33%及 40%，「替代型錯誤」比率分別為 29%及 32%，二者合計分別為 62%及 72%，顯示「贅加」和「替代」為學童最常使用的語文表達策略。(2)贅加情形出現「重複使用相同詞語」、「意義重複」、「虛詞贅加」及「臺灣國語贅加」等型態的問題。(3)「替代型錯誤」多數是「方言直譯」、「關聯詞錯用」、「語詞錯用」、「搭配失當」所造成。(4)「省略型錯誤」造句練習及作文病句的比率分別為 25%及 19%，「倒置型錯誤」比率分別為 7%及5%，此二者比率較低，可見國小中年級學童對詞語的正確位置多能掌握，「省略型錯誤」由於造句練習缺少語境的關係，所以犯錯的比率較作文病句略高。

綜觀上述研究病句的文獻，都以平地生的語料為主，本文在此收集了國小原漢學童作文語料進行分析後，歸納出以下幾點作文病句成因：

（一）學校因素

語文教育是一切學科教育的基礎，舉凡數學、社會、自然、物理化學，如果沒有具備相當語文能力，我們將無法理解該學科的精隨。「句子」在語文學習中佔極重要地位，我們應該知道當一個幼兒從認識「字」到「詞」到「句」的表達，這段歷程意義由模糊到清楚，必須經歷、嘗試許多錯誤、校正才能學得一套正確的語法。對平地學童而言，國語應算是學童的母語，「國語課」對學童來說應該是一門基礎而且簡單的課程，學童可以藉由注音符號認識書面上的語句。但是現今國小語文教學因加上語文課程英語及母語的教學，本國語文教學時數比以前少，教學者因有教學進度的壓力，在進行語文教學時，往往不會特別用心，且不會注意學童使用字、詞、句時所犯的錯誤。另外在九年一貫課程施行後，國小教科書實施「一綱多本」，內容雖經國立編譯館審查通過，卻有不少錯誤。相較於平地學童，原住民學童就沒那麼幸運了。「國語」並不是原住民學童的母語，學童可能在上小學以前，唯一會講的語言是原住民語。當進小學時，原漢學童在校人口所佔的比例差距很大，原住民學童自然形成學校的弱勢團體，與其他學童的互動便會困難重重。另外，合格教師流動率太高，會影響家長及社區的情感，對學生更會產生學習上的阻礙。原住民地區學校都是小型學校，員額編制少，人力不足，一人身兼數職，工作壓力大。教師又對原住民文化缺乏基本認識，教學行政工作忙碌，母語不通導致溝通不易，家長與學校少有意見交流的機會，家長與學校缺乏良好溝通；況且在原住民地區教學的教師，有很多都是不適任教師，這對於想要認真學習的學童而言，無非是一大障礙。

（二）家庭因素

平地學童的家庭，就學習而言是許可的。但家長對孩子的學習生活並不特別關注，他們不會花太多的心力在孩子成長的每一件事情或每個過程。家長也不懂的在家中營造一個舒適的學習環境，只會把小孩送到安親班，因為安親班的老師會讓小孩子將作業寫完，而且在學校考試時獲得高分。家長都忘了，家庭是孩子學習、成長最佳的環境。而原住民學童的家庭？我居住的村莊一位先生說：「原住民小朋友都是這樣啦，會表達、吃飯、上課就好了，文章寫的好不好沒有關係。」我可以體會這幾句話的用意。原住民學童的家長社經地位並不高，每天忙著賺錢就頭昏腦脹了，那有多餘的時間關心學童的功課，更別說仔細的檢查學童的作業。其實，前人教育子女的模式就是如此，因而造成原住民家庭的惡性循環，最後父母親就把這個模式拷貝實施，不斷的循環下去。

（三）社會因素

兒童與青少年的語言表達能力的發展正處在初步適應語言交際的階段，語言思維也正在逐漸形成，還沒有完整的思維方法。在這種情況下，學童最容易受到流行文化影響，如網路遊戲、線上聊天室、手機簡訊，電視傳播媒體與電影，幾乎已經成為生活中不可缺少的因素。但是網路、手機通訊與電視媒體的語言使用形態也深深地影響平地學童的書面語表達。網路語言在某種程度上是導致學生寫出病句的推手，「火星文」的出現更令語文教學者憂心。更有無孔不入的大眾媒體幾乎佔滿了平地學童的日常生活的時空，學童用模仿的方式，在語文表達上不求精確，對負載著意義、價值、歷史、傳統的語言只能達到表層的接觸，減損了對語文的想像力及理解能力。

　　早期的漢人與大眾媒體多以「番仔」來稱呼原住民，認為原住民是一個懶、笨、落後的族群，類似的刻版印象卻轉換成意識型態，存在於社會的若干層面上。而原住民家庭社經地位低，經濟生活貧困，又因教育程度較低的因素，根本無法透過勞動來改善生活，反而更陷入複雜的貧窮關係中。父母經常忙於生活上金錢的取得，無法顧及兒女學業，對子女的教育要求及教育期待，僅在於快樂成長，對於會造成子女壓力的學業則採取較放任的態度。

四、國小原漢學童作文病句類型及差異現象

　　收集學生的病句語料，並將其依生成的原因分類，不但有助於語文教學者了解學生在語文上所面臨的問題，還有助於往後教學者或學生在辨識病句時，能以此為依據，迅速地掌握病因，準確地修改病句。本文在收集原漢學童的病句語料時，是採隨機式的方式選取，先將國小原漢學童作文中的病句語料分成詞語運用方面、句子結構方面及語意表達方面等三大類，各大類再依錯誤型態的差異進行細項分析。

（一）詞語運用方面

　　句子是否通順並明確表達意思與詞語運用是否得當有很大的關係。「詞」是最小的能夠自由且獨立運用的語言單位，也是構成短語（或詞組）與句子不可缺少的基本語言單位。每個詞都有自己的特定意義及語法功能，如果不了解詞義將無法就詞義的輕重、用詞的範圍大小及感情色彩上的褒貶等方面作出正確的使用。此外，因句子是由不同詞連接所組成，在遣詞用字時倘若無法遵守詞類的語法功能作搭配，就會產生不合語法的句子。

1. 詞類誤用

詞類是詞在語法上的類別，可以反映出詞的語法特點。漢語的詞類劃分是根據詞的語法功能。其目的在於指明各類詞的特點和用法，說明語法結構的規則，從而提升組詞造句的能力。在劉月華等（2001：4）著的《實用現代漢語語法》根據語法功能將漢語的詞分成實詞和虛詞兩大類，實詞可分成名詞、動詞、形容詞、數詞、量詞、代詞、副詞七類；虛詞則包括介詞、連詞、助詞、象聲詞四類。各種詞類具有不同的語法特性，例如：名詞一般用來當作主語或賓語，很少用來當作狀語。因此，在使用詞語時應注意詞的語法功能，避免詞類混淆，而造成詞句語意不明確、結構不完整的問題。

例：平地生：太晚起床會來不及早餐。
　　原住民：今天早上我早餐。

「來不及」意指時間短促，無法如願到達或趕上，後面只能帶動詞。（呂叔湘主編，1999：347）「早餐」本是名詞，卻置於「來不及」後的動詞位置上，表示把名詞誤用為動詞，應該改為：「太晚起床會來不及吃早餐。」而另一句子應改為：「今天早上我有早餐可以吃。」

例：平地生：我們在盪鞦韆裡玩。
　　原住民：小朋友全都在溜滑梯玩耍。

「在」作為介詞用時，常與時間、處所、方位等詞語組合。分析此句應為：我們（人）+在+處所（+方位詞）+動詞（組）。表示誤將動詞組「盪鞦韆」當作代表處所的名詞組。第一個句子可改為「我們在鞦韆附近玩。」而另一句子應改為：「小朋友全都在溜滑梯那裡玩耍。」

2. 用詞不當

概念是客觀事物的本質在人們頭腦中的反應，而概念是透過詞語來表達的。如果能恰當地選用詞語，就能夠準確表達說話者所欲表達

的想法、看法。倘若對此詞語的詞義輕重、詞義褒貶及用詞的範圍大小未能確實掌握，不能準確地使用詞語就會產生語意上、語序上、邏輯上的錯誤。所以句子所表達的意思是否通順、明確和詞語是否運用得當有很大的關係。

例：平地生：我長大後，我要當校長，因為當校長可以在臺上廣播。
　　原住民：爸爸的力量很大。

「廣播」是指廣播電臺或有線電播送的節目，不適用於形容校長在臺上說話的動作，可將第一個句子改成：「因為當校長可以在臺上致詞。」而原住民的學童，常把力氣跟力量搞混，把它們之間劃上等號，此句應改為：「爸爸的力氣很大。」

量詞是表示事物或動作的數量單位的詞。量詞可分成名量詞和動量詞兩大類。量詞的數量很多，不同的量詞有不同的用法，往往會被要求與不同名詞相搭配。只有恰當地使用，才能順利地表達語意。量詞的使用是低年級學童學習的重點之一，但因量詞的種類繁多，學生在使用上容易產生誤用的情形，其中又以「個」來代替所有的量詞的錯誤最多。

例：平地生：樹上落下一枝葉子。
　　原住民：爸爸的職業是一個軍人。

「枝」應用於帶花或帶葉的樹枝，或用於桿狀器物，葉子的量詞為「片」，此句可改成「樹上落下一片葉子。」而另一句子應改為「爸爸是一位軍人。」

連詞是用於連接兩個詞、短語、分句的詞。表示被連接的兩個語法單位的各種關係，不起任何修飾或補充的作用。常用的連詞有「和」、「與」、「不但」、「而且」等，每一個連詞，用法不盡相同，倘若誤用則會產生病句。

連詞「和」用於連接類別或結構相近的並列成分，表示平等的聯合關係。使用連詞「和」時必須注意連接的成分必須屬於同類的結構。

簡單地說，上面是個動詞，下面也要是動詞，倘若上下不同類，就會形成病句。

例：平地生：我看到煙火和八家將在跳舞。
　　原住民：每次到山上，都看到很多的動物和吃很多的野菜。

「和」連接「煙火」及「八家將在跳舞」，煙火為名詞，而「八家將在跳舞」是句子，二者的結構與類別不相同，不適合用「和」字作連接。此句可改成：「我看到有人在放煙火，還看到八家將在跳舞。」而另一句子應改為：「每次到山上，都看到很多的動物和花草」。

「還有」倘若用於並列結構，結構中常具有三個以上對等且同範疇的成分，並此句雖呈現豐富的想像力，如同修辭中的飛白。但因本研究採用「教學語法」，需對錯誤用法進行解說與修正，為避免往後的誤用，所以仍本著教導正確用法的信念予以指導修正。

例：平地生：我還有跟媽媽還有跟我的姊姊還有我去麥當勞吃東西。
　　原住民：星期六，我跟爸爸還有弟弟還有妹妹還有我到田裡工作。

第一個句子使用太多「還有」，宜刪減讓句子簡化。應改成：「我跟媽媽，還有姊姊一起去麥當勞吃東西。」而另一句子宜改為：「星期六，我和爸爸還有弟弟妹妹到田裡工作。」

例：平地生：相處了一年的時間，感覺老師既溫柔又嚴格。
　　原住民：曾老師是好老師，我覺得他既嚴格又認真。

「既……又……」中間加入形容詞時，基本上兩個形容詞必須是同向的。也就是說，二者要麼就是褒義，要麼就是貶義。「溫柔」與「嚴格」無法用連詞「既……又……」表示並列關係，可改成：「相處了一年的時間，老師雖然對我們很溫柔，但是對我們做人做事的要求卻很嚴格。」「曾老師上課認真，對我們要求很嚴格。」

例：平地生：如果我沒有他的時候，我會很難過。

原住民：如果明天颱風有來了，我就不用到學校上課。

連詞「如果」用來表示假設關係。此句中，連詞「如果」用於前一句，後一句推斷出結論，可用「就」與「如果」相呼應。而「如果……」末尾一般可加上助詞「的話」。此句可改成「如果我沒有他的話，我（就）會很難過。」而另一句宜改為「如果明天颱風真的來襲的話，我們就不用到學校上課。」

例：平地生：下雨的時候，街上會有很多人穿著雨衣拿著雨傘。

原住民：媽媽煮的菜很好吃，我喜歡吃蘿蔔牛肉雞塊。

第一個句子意思是指下雨的時候，街上有些人穿著雨衣，有些人拿著雨傘。但因為此句缺乏選擇關係的連詞，使句意成為：「街上的人穿著雨衣又拿著雨傘。」所以此句應在穿著雨衣、拿著雨傘之間加上連詞「或」會較適宜。而另一句宜改為「媽媽煮的菜很好吃，我喜歡吃蘿蔔、牛肉和雞塊。」

例：平地生：媽媽辛苦我長大了想幫媽媽掃地洗碗。

原住民：山上的小朋友都健康，跑得快。

「媽媽辛苦」句中缺乏副詞「很」來修飾「辛苦」，宜補上。另一句也同樣缺乏副詞「很」來修飾「健康」。

例：平地生：大會也歡笑中結束了。

原住民：昨天棒球比賽，他很優秀。

「在……中」表示動作發生或狀態存在的環境、範圍、時間、條件等。句中缺乏介詞「在」來與「歡笑中」組成介詞短語，宜改成：「大會也在歡笑中結束了。」另一句宜改為：「在昨天的棒球比賽中，他表現的很優秀。」

例：平地生：我們就到初鹿牧場看乳牛，而且還拿草餵牠。

　　原住民：在班上，老師告訴全班同學要愛護小動物，我聽了都點頭說好。

　　牧場中的乳牛可能不只一隻，因此應改用「牠們」會更適宜。另一句「我」改為「我們」。學生寫作時有些會受方言使用習慣影響而犯了用詞不當的錯誤，以下「用……」（用+賓語、用+補語）、「有+V」、「在……」等用法是受閩南語使用習慣影響而產生的錯誤的用法。

　　例：平地生：我等爸爸用好我們就要去學校。
　　　　原住民：這是我的掃地用具，你不要用壞。

　　寫作者在表達動作進行的方式或動作的結果時，習慣使用「用」字，但並未考慮「用」能否與後面的賓語或補語搭配，因此產生用詞不當的錯誤。應根據上下文語義，把「用」改為可適當表意的詞語。如第一個句子「用」應改成「弄」，而另一句應改成：「這是我的掃地用具，你不要弄壞。」

　　例：平地生：我有上臺領獎，姊姊很高興。
　　　　原住民：老師問大家誰看過那個東西，我說我有。

　　根據孫麗翎（1988）在《國小兒童作文常犯錯誤分析研究》中指出，表示過去的經驗或在說話當時已存在的動詞狀態，「有」字是動詞前的贅加字，是可以省略的。而這一類的「有」字句，閩南語的用法是修飾動詞的助動詞，相當國語完成式中詞尾「了」的用法，所以上述學童作文的句子，「有」字幾乎都可以省略，再於動詞後加上「了」字。依據上述的規則修改例句，第一個句子可改成：「我上臺領了獎，所以姊姊很高興。」而另一句則可改成「老師問大家說誰看過那個東西，我說我看過了。」

　　例：平地生：有一天我的牙齒在痛，媽媽帶我去看牙齒我就不痛了。
　　　　原住民：吃飯吃不到十分鐘他就阿不喊（布農語）囉！

「在」當作動詞用具有（1）存在。（2）表示人或事物存在的處所位置。（3）在於；決定於等意思。當作副詞用有「正在」的意思。而用作介詞則跟時間、處所、方位詞等詞語組合。依句意而言，第一句子中「在」不符合上述用法，且將句中的「在」刪除或改用他詞會使句子較通順。可把「在」刪除，改成「有一天我的牙齒痛，媽媽帶我去看牙醫，之後我就不痛了。」另一句把「阿不喊」改成「吃飽了」就可以了。

3. 生造詞語

隨著時代的變遷，新的知識、新的事物相繼而生，為了記載這些新資訊就需創造出相應的新詞語來表達。高葆泰認為創造新詞語，除了必須遵守漢語的構詞規律外，還必須考量其必要性，沒有現成的詞語可以代替才創造新詞語，而創造出的新詞語的意義必須十分明確。但因寫作者語彙能力不足，掌握的詞彙太少，在表達思想感情時，找不到適用的詞語，又不肯多花心思推敲或是寫作者標新立異心理作祟，放著現成的詞不用，而生造詞語。生造詞語，意指除了表達者自己了解詞義以外，其他人不理解詞語所表達的意思，以致常令人摸不清句意。

例：平地生：上個禮拜六出太陽，爸爸帶我去臺中。
原住民：這一次的演講比賽，我有願望得獎。

應改成：「上個星期日是個晴朗的好天氣，爸爸帶我去臺中。」另一個句子可改成「這一次的演講比賽，我有希望得獎。」

（二）句子結構方面

構成句子的結構成分是否齊備，成分之間的關係是否協調，成分呈現的順序是否符合語法規則，這些都是檢視句子是否在結構上有錯誤的要點。以下就成分殘缺不全、搭配不當、成分多餘、語序紊亂、句式雜糅等五點加以說明：

1. 成分殘缺不全

「句子」是詞和短語按照語法規則組合，用來表達一個完整意義的語法單位。當人在與人溝通或在寫作文章時，都會盡其所能地利用完整的結構來準確表達情意。除某些特定的語境可省略特定的詞語外，倘若句子不當省略將會造成成分殘缺。

例：平地生：到了電影院，吃爆米花一邊看電影。
　　原住民：明天是生日，好高興。

第一個句中，無法得知是誰吃爆米花和看電影，明顯地缺乏主語，此句宜加上主語，並利用「一邊……一邊……」的句型來呈現並列關係。可改成：「到了電影院，弟弟吃一邊爆米花，一邊看電影。」另一句則改為：「明天就是我的生日，好高興。」

例：平地生：老師帶我們去吃桑椹，吃起來酸酸的，他的顏色是黑色。
　　原住民：奶奶昨天帶我們去逛夜市，給我們一百元，她還吃牛排。

「吃起來酸酸的」此分句缺乏主語，讓大家以為酸酸的是指「老師」，會令人產生誤解。第三分句更換主語為桑椹，指代詞可改成它。另一句可改成：「奶奶昨天帶我們去逛夜市，給我們一百元之後，大家還去吃牛排。」

例：平地生：公園裡有很多大樹，空氣很好，我感覺很舒服。
　　原住民：夏天熱死了，吃冰感覺很好。

「感覺」是動名兼類的詞，當作動詞時，會在其後面加上助動詞「得」，如：「感覺得到」。在此，可改成動詞「覺得」，會讓句子更通順。另一句可改成「吃冰的感覺很好」。

述語形容詞為謂語中用來描寫事物性質或狀態的形容詞。低年級國語課本中句型練習中常出現「就像……」、「好像……」等明喻修辭的造句，低年級學童在這一類的造詞中常會缺少作為喻解的述語形容詞。

例：平地生：他就像小天使。
原住民：我的母親像月亮。

述語形容詞殘缺的類型，都須加上形容詞當作喻解來加以說明喻體與本體的關係。第一句可改成：「他就像小天使一樣天真。」用「天真」來說明本體如同小天使天真的特質。」第二句可改成：「我的母親像月亮一樣溫柔。」用「溫柔」來說明本體如同月亮溫柔的特質。

2. 搭配不當

句子由不同成分構成，這些構成句子成分之間的搭配要符合邏輯、符合語法及符合修辭。倘若其間的搭配不合理，無法兼具符合邏輯、符合語法及符合修辭的要素就會形成搭配不當的情況。學習、掌握一個詞語，就是對某一客觀事物作抽象認識。句子中出現搭配不當的錯誤，也大都是充當句子成分的詞語沒有準確反映概念或概念之間的聯繫。要避免錯誤，除了仔細去了解每個詞的意義，還需注意哪一些詞是適合搭配的。

例：平地生：你的身材好靈活又健康。
原住民：原住民小朋友憨厚又健康。

第一句主語「身材」與謂語「靈活」和「健康」搭配不當，一般人會說身手靈活及身體健康，所以此句可以修改成：「你不但身手靈活，身體也很健康。」另一句中「憨厚」和「健康」搭配不當，此句可改成：「原住民的小朋友不但個性憨厚而且又身體都保持的很健康。」

例：平地生：大家都很用心在跑步。
原住民：全班同學很累的在打掃，沒有人偷懶。

「用心」大多與需多花心力及注意力的事件作搭配。所以「用心在跑步」不適宜，可刪除「很」並把「用心」改成「盡全力」會較適宜。另一句可把「很累的」改成「很累」，並移到打掃的後面敘述。

3. 成分多餘

所謂「言簡意賅」，用精簡的句子明確表達意思，但是如果當句子的構成成分已明確表達語意時，就不需要再去添加不必要的成分，以免破壞語句結構的完整性，造成語句上的干擾。「成分多餘」的病句如下：

例：平地生：我生病了，媽媽會拿藥給我吃藥。
　　原住民：昨天運動會，我的同學是跑得最快的同學。

第一句的動詞（拿）後已有適當的賓語成分，為了符合順向刪略原則，應刪除「給」之後的相同賓語（藥）。另一句則刪除（同學）。

例：平地生：我們大家全部的人一起去玩
　　原住民：當他們跟他們的父母親出去的時候都很聽話。

「大家」與「全部」在此句都指所有的人，此句宜刪除「大家」。另一句宜刪除「他們」。

例：平地生：我拿著雨傘去家裡附近買東西。
　　原住民：爸爸叫我去家裡附近的雜貨店買香菸。

「裡」與「附近」都是方位詞。「裡」意指在一定的界線以內。「附近」意指靠近某地的。「裡」與「附近」兩個詞的意義衝突，不適合一同使用。依句意應把「裡」刪除。此句改成：「我拿著雨傘去我家附近買東西。」另一句則改成：「爸爸叫我去家附近的雜貨店買香菸。」

4. 語序紊亂

語序是指句子中各種成分的排列次序。在漢語中，語序受到邏輯事理和語言習慣的限制，所以各種成分的次序先後受到一定規則的約

束。何容（1973：25）就曾在《簡明國語文法》說：「一個符合現代漢語基本語序的句子，其各種成分必須依照邏輯的順序排列，如述語在主語之後，賓語在動詞之後，補語在動詞或賓語之後。」因此如果違反這些語序規則，就會使句子的表達不合情理、甚至產生歧義。

　　例：平地生：我們大家玩得都很快樂又高興。
　　　　原住民：他因為很黑，所以常常曬太陽。

　　副詞「都」表示總括全部時，除了問句外，所總括的對象必須放在「都」前。例如：每位學生都長得很清秀。由此可知，「都」必須緊接於主語之後，主要用來修飾主語。但此句卻將「都」置於述語動詞後，有語序紊亂的問題。此外，在此句中「快樂」和「高興」屬於並列關係，可採用「既……又……」來作連接。因此將此句改成：「我們大家都玩得既高興又快樂。」另一句則犯了「先果後因」的錯誤，應改成：「他因為常常曬太陽，所以很黑。」

（三）語意表達方面

　　句子是語言運用的基本單位。在與人溝通時，對話者對句子最基本的期望便是語言的可理解性，圍繞著可理解性，語言的各種規則才得以建立。在語言中的詞語運用、成分搭配、結構關係、結構層次，大都反映思維的邏輯性，因此說話、寫作時必須將語意清楚明確地表達出來，倘若語意的思維邏輯混亂就會產生病句。

1. 歧義

　　多義則是詞語的普遍性質，但歧義卻是一種語病。一種語言的表達形式是有限的，而人們所要表達的意義則是無限的，以有限的形式包含無限的內容，就必然會出現一形多義現象。在漢語中，多義詞、多義片語大量存在是正常的現象。但多義詞、多義片語常只在孤獨的情況下才具有多義性，一旦進入句子則通常只能表達一種意義。否則，

語言就無法準確地傳遞訊息了。如果在具體的語境中，一種語言形式仍可以表示多種意義，那麼就犯了歧義的錯誤。語言運用中出現歧義錯誤，多與成分殘缺、多餘或用詞不當有關。

例：平地生：舅舅的胃長瘤全部拿掉。
　　原住民：我愛吃的水果是甜蜜蜜鳳梨和鳳梨釋迦。

第一句話呈現了兩種意思：（1）「舅舅的胃長瘤，所以胃全部拿掉」；（2）「舅舅的胃長瘤，所以把瘤全部拿掉」。依句意，應改為第二句較適宜。第二句的「鳳梨釋迦」為釋迦種類，應把該句分成兩個句子述說。

2. 句意費解

呂叔湘、朱德熙（1979）認為：話說得不明不白，要人家猜測，就叫做「費解」。形成費解的原因有三種：（1）因作者能力不足或由於疏忽，造成句子中的詞語選用不恰當或結構不正確。（2）因作者故作高深，弄得讀者對作者所欲表達的意思摸不著頭緒。

例：平地生：熱水剛剛好。
　　原住民：你吃蘋果還是牛肉？

因為句子簡短，無法完整表達句意。所以我們無法從此句中，得知符合作者的要求的是熱水的溫度還是份量。另一句也是無法從句中得知作者要表達的句意。

3. 判斷不恰當

例：平地生：這顆糖果很好吃，沒有一個小朋友不會不喜歡。
　　原住民：教室的小朋友，沒有一個小朋友不會不喜歡下課。

第一句由於連用了三個否定詞，把本來是肯定的意思變成否定了，應改成：「這顆糖果很好吃，沒有一個小朋友會不喜歡。」而第二句可改成：「教室的小朋友，沒有一個小朋友不喜歡下課。」

4. 不合邏輯

例：平地生：大象的腳很大，因為他很重。
　　原住民：他是班上最高的，所以每天吃很多飯。

大象的腳很大和體重很重之間並不能構成必然的因果關係，所以此句為病句；而吃飯與身材也不能構成必然的因果關係。

5. 語意重覆

例：平地生：下雨的時候，天上會下雨。
　　原住民：放颱風假的時候不用到學校上課，我們可以在家放假一天。

第一句表示時間副詞的「下雨的時候」與謂語「會下雨」，此二者所陳述的事件都為「下雨」，因此造成語意重覆，形成病句。另一句「放颱風假的時候」與「放假一天」都為放假，所以本句也為病句。

五、相關差異現象的解釋

在小學語文教學研究方面，多年來有不少成果，如陸士楠（1993）收集學生日常造句、作文中的錯誤語料，根據錯誤性質，分門別類地進行分析、糾正，編寫出《小學生作文病句修改 1000 例》一書。書中歸納出以下幾種病句類型：（1）用詞方面常見的病句，包括詞性誤用、虛詞濫用、輕重倒置、褒貶不分、不分對象、重複累贅、指代不明、生造詞語、成語使用不當、任意破詞、文白夾雜、修辭不當。（2）造句方面常見的病句，包括成分殘缺、搭配不當、詞序顛倒、結構混亂、錯用關聯詞語、標點使用不當。（3）事理方面常見的病句，包括概念使用不當、判斷不恰當、推理不合邏輯三類，其中概念使用不當又細分成概念不清、前後不一致、範圍不清楚、互相矛盾、錯用集合觀念

五項；判斷不恰當又細分成多次否定，意思相反、主客顛倒，引起混亂兩項。

又如孟建安（2000）在書中引用相當數量的書卷語體的病句材料，還引用不少口語中的語病，將這些錯誤歸類成詞語運用、句子結構及語意表達三種類型。詞語運用方面的病句細分成詞類誤用、用詞不當、生造詞語、濫用古詞語、濫用方言詞、濫用簡稱、割裂詞語、成語運用不當、詞語褒貶不當、詞語重複囉唆；句子結構方面的病句細分成殘缺不全、搭配不當、成分多餘、語序紊亂、句式雜糅、句子冗長等；語意表達方面的病句細分成歧義、句意費解、概念運當不當、判斷錯誤、推理不當、不合情理、關係不調、層次不清等。孟建安分別就上述各類型的病句提出正確的修正方法。

但相關研究的成果都沒有注意到原漢學童作文病句的差異。本文取得 2007 學年度臺東縣崁頂國民小學三至六年級原漢學童混合一百四十篇作文，透過錯誤分析，將取得的病句語料分為詞語運用方面、句子結構方面與語意表達方面等三大類。以下分別就國小原漢學童在三大類中出現次數較多的細項及其差異作說明。

有關詞語運用方面，（一）實詞方面：平地學童犯的錯誤較少，而原住民學童犯的錯誤量竟是平地學童的兩倍。其原因可能為：（1）原住民學童的母語為布農語，一些實詞本來就不多，當學童無法轉化母語中的實詞為國語時，就會用一些錯誤的詞語替代，當然在作文當中就會出現錯誤的詞句。（2）對詞彙的詞義不夠熟悉。（二）虛詞方面：原漢學童的錯誤是差不多的。在本研究中，原漢學童常會錯誤地使用「量詞」及連詞中的「和」字。平地學童會使用量詞，但是用法不對，比如兩張桌子，會寫成兩個桌子，什麼量詞都用「個」代替。原住民學童的問題就比較大了！因為使用布農族語數數時，只會說一＋名詞、二＋名詞……幾乎沒有量詞的出現，所以布農族學童在作文時，常常會亂加量詞在句子當中。（三）受方言詞素影響而造成錯誤：平地生常會有使用閩南語的現象。例如一「ㄟ」人、「明在」我要去動物園。

上面兩個例句，我推論其發生原因可能是小朋友在家中所使用的語言為閩南語，當要小朋友作文，很自然的就會把口語用在書面語上。

　　有關句子結構方面，「成分殘缺不全」出現的次數最多，其次為「搭配不當」。此兩類出現次數過多，是造成「句子結構方面」的病句為三類之冠的原因。原漢學童對於構成句子結構不甚了解，對句子成分之間的搭配連用也無法確實掌握。也就是說，常用兩個不同的形容詞對同一個主要語（或中心語）進行描述，卻沒有檢視是否適用，因而造成錯誤。但是若要找出原漢學童在此項的差異是可以的。平地學童的文章中，句子的結構問題較少。姑且不論文章精彩與否，一篇五、六百字的文章對於平地學童而言是輕而易舉的事情，但是這對於原住民學童就困難許多。根據我的探訪研究，布農族人本來就沒有文字，只靠著口語相傳的語言，詞彙本來就少。另一個成因為家庭因素：在家中，父親是地位最高的仲裁者，小孩子還未成年時，在家中不可以隨便表達自己的意見，倘若有回答，只需要用簡單的一兩個字就回答完成了。例如：父親問我說：你吃過飯了嗎？小朋友只需要回答：吃過了（布農族語）。原漢學童都受到原生家庭環境的影響，常常把口語句子，直接轉變成書寫句子，本身內化的功夫不到，句子當然出現問題。

　　有關語意表達方面，「不合邏輯」出現的次數最多，這顯示學生的邏輯並不佳，特別是有關事件的「因果關係」部分。例如：原住民學童的句子：「因為他很黑，所以常常曬太陽。」平地學童：「他常常去公園玩，所以他很喜歡運動。」在我分析原漢學童作文病句中，發現：平地學童的句子都很冗長，要說明一個簡單的道理，幾乎會用到九、十個句子；但原住民學童卻似相反，往往只用兩、三個句子寫完。我推論：原漢學童的生長、學習背景不同，平地學童平日所受的文化刺激較多，電視、電腦、等多媒體的刺激，讓平地學童幾乎可以說是身歷其境！所以平地學童在作文時，東挑一個，西撿一個，不加思索的把想到的素材都寫到文章中，卻不知這樣反而影響了作文的整體性及美觀。反觀原住民學童，家中有電腦的不多，更不用說是多媒體。文化刺激少，原住民學童單單從書籍、圖片獲得一些需要體驗的資訊是

不足的，因為用看的、聽的、跟親身經歷的效果是完全不一樣，創作出的文章當然在內容上會大打折扣。

六、國小原漢學童作文病句的補救途徑

一般的作文教學方法：圖文創作、看圖說作、仿寫文章……等，大部分適用於平地學童。但由於原住民學童文化不利及生長背景的關係，單單進行這些方法，效果可能不佳！我在此針對原漢學童作文教學提出建議。

（一）加強字詞辨識、書寫與應用的練習

杜淑貞（1986：60）在《國小作文教學探究》一書中，曾有如下一段精彩的譬喻：「作文是個有機體，就像一棵大樹的結構。而每一個字、詞，就像一片片葉子，都必須健康而蒼翠的才好：如果字詞的使用不當，甚至意義不明確，那麼掛在枝頭上望去一看，片片枯黃的樹葉，代表著這是一棵發育不良或生病的樹，很顯然的，這絕非是一篇好作文。」由此可見，準確的辨識字形、字音和字義詞義，可以使學生在造句的時候避免許多不必要的錯誤。例如「涼」、「冷」、「寒」、「凍」等字意思相近，卻可傳達出不同程度的狀態和感覺，也可以孳乳出許多不同的語詞，而各有其意義範圍。又如「初秋」、「中秋」、「深秋」代表的時間概念也有差異。教師應該引導學生多加練習，嘗試以各種不同的方式來舉例說明，運用相關的圖片、實物、表情動作，並且善用比喻法和情景演示，循序漸進，使學生都能得到明晰的觀念，並能正確的辨識、書寫與運用，那麼寫作的時候就不會再出現詞義混亂、措詞不當的缺失了。

先前提及。原住民在學校屬於弱勢團體，阻礙了學童的學習。這時，就需要教師的幫忙與協助，學童才能順利的學習、成長。該怎麼

做？教師必須了解課程的內容，對教材進行分析，設計適當的教學進度，進而實施。在班級中，也可使用分組競賽的方式，將原漢學童混合編列成一組，每週固定時間實施母語日，分別安排原漢學童介紹母語、練習對方的母語，這樣一來就可以避免將原漢學童作區隔了。

（二）大量閱讀

在閱讀的過程中，學生面對豐富的新詞語，透過閱讀連同整個句子與上下文語境一起出現的，較能記住句子，掌握詞語的使用規則，教師只要充分利用學生已有的一定數量的詞彙能力，透過大量的閱讀訓練，就可以使學生擁有的詞彙量不斷增加。並且透過閱讀，學生知道語言運用的規律，病句自然就不太可能產生。學生藉由閱讀，累積大量的語言素材和文章範例，逐步領悟遣詞造句、佈局謀篇的規律，增進語言能力，從而培養敏銳的語感，增進寫作能力。但是在原住民學童閱讀進行前，教師必須先為學童把關，先進行挑選讀物的工作。因為原住民學童可能是天性的關係，在選擇讀物時，通常會選擇跟自然、藝術有關的書籍，對於人文、方面的書卻是興致缺缺。另外，看完書後，教師必須給予學童立即的回饋，刺激學童的反應，讓學童對於書中內容加深加廣。另外，閱讀環境的佈置也是一大學問；教學者必須了解學童的心性，針對當地學童特有的文化背景進行閱讀環境佈置。

（三）寫作練習

寫作是一種技能，光閱讀而不練習，是不能增進寫作能力的。真實的語言活動能激發學習者的語言潛能，讓學習者運用已經習得的語言能力。在語文能力發展的過程中，都會經歷語文能力不成熟的階段，學生犯錯的情形是不可避免的，教師可以將這個階段視為進步的里程碑，隨著學生語文水準的提高，發展過程中的語言錯誤也會逐漸消失。因此，教師要解決學生造句練習、作文中的病句問題，可以透過寫作

訓練。例如：詞語練習、造句練習、寫日記、信函、擴寫或縮寫、讀書筆記、留言等方面的訓練，鼓勵學童提筆練習。如何增進兒童書面語的表達能力？教師平日可以：（1）鼓勵學童勤寫日記：寫作能力的培養並非一日可成，如果想提高寫作水準，就必須在平時培養觀察事物、創造思考的能力。這種觀察事物、創造思考的能力，可藉由書寫日記來訓練觀察記錄事物的變化。教師要求原住民學童書寫日記時，最好先替學童訂定一個與生活相關的題目，例如：〈山上的生活〉、〈種植高麗菜〉。並在訂定題目後，讓學童發表過去的經驗，再請學童回家撰寫。（2）引導學生養成打草稿良好習慣：嚴肅認真的寫作態度、打草稿是減少文章中的語病的方法，所以教師指導學生訓練時應該注重培養良好的習慣。原住民學童在打草稿時都無法順利完成，因為整篇文章的架構無法掌握，對此教師可以透過個人發表或分組討論的方式，將發表的內容寫在黑板上，然後再請學童將先前談到的內容寫進作文裡。（3）引導學生養成檢查修改作文的良好習慣：教師對學生的作文全批全改，即使寫了詳細的評語或作了認真的講評，但是由於缺少自我訂正的環節，學生還是無法真正掌握準確運用語言文字的技巧，所以學童對文章或句子應養成自我檢核的能力。不過，這對原住民學童來說可能比較難做的到，我們可以利用「故事改寫」的方式進行。先挑選一個著名的故事書，例如〈白雪公主〉。教學者先讀完一段文章，再後請小朋友選擇用故事接龍或故事改寫的方式完成故事內容。

（四）加強演說發表的練習

語言和文字同為人類表情達意的工具。我們在與人交談時，必須有明確的意念和一貫的思路，對方才能了解我們所要傳達的感覺或看法。基於此一觀點，教師如果能夠時常訓練學生作有系統的口語發表，如演說、講述故事、討論、辯論、敘述大意、生活座談等，學生便能從真實具體的談話之中，吸收豐富、鮮活的語彙，揣摩並記憶其正確的意義和用法，組織成意思明白、條理暢達的文句，對於寫作時思路

的拓展一定有很大的俾益。俗語說：「要文章寫得好，總須語詞記得多。」為了增進學生的造句能力，使其行文具有繁複多姿、變化萬端的美感，除了指導其多多閱讀課外書籍以外，鼓勵他們隨時隨地以純正的國語交談，盡量提供演說發表的機會，使其在生動活潑的教學情境中，能夠以適切的語文暢所欲言的表達出自己的心聲，毋寧是每一位教師責無旁貸的工作。

（五）親職教育

　　根據研究，原住民學校與當地社區結合的一大困境為：原住民家長與學校老師對子女教養方式與教育價值觀的認知差異，常造成結合難以進行，再加上大多數的原住民學校都缺乏主動認識與了解，導致學校經常誤認原住民家長不關心教育，造成互動溝通不容易進行或者是溝通也不會有效果的想法。因此，現今多數的原住民學校在開學初及學期中都會舉辦親師座談會，並開立親職成長課程，藉此提升家長參與學校事務的自信心，讓家長體認到學校、社區、家庭結合對孩子教育所帶來的成效，重建家長的自信心。而這無疑的要持續且擴大範圍的進行，才有助於家長對學童的家庭輔導。

（六）社會制度

　　原住民學童與一般學童的學習特質差異大，而政府只在學制上予以加分、公費、減免學費等方法處理，卻忽略了真正需要被關心的族群特性；雖然培育出馴良的國民，但卻使其喪失族群的特性。此外，由於公路的開闢、傳播媒體的發達，導致山地經濟、社會快速的變遷，但父母對子女的管教態度及社會對青少年的期望並未隨之改變。政府應站在原住民的立場想想看，究竟一味的加分、減免學費等方法適不適用於原住民學童的身上？畢竟「給他魚吃，不如教他怎麼釣魚」來得有意義。

七、結語

　　在學校中，批改作文是一件困難的事，因為要把學童作文的錯誤通通找出來，通常要花費不少時間。因為教學者要如何判斷學童作文的內容是否出現病句，病句內容又是為何，其實也常概念模糊而不知如何因應，所以本文在開頭就先把作文病句的定義釐清後，再開始著手收集學童日常生活的作文語料。然後將學童作文中的病句找出加以分類、分析，由學童錯誤的病句當中推論其造成因素。最後提出改善策略。期望能按照上述步驟進行，達成提升學童語文能力的效果。

參考文獻

王文科、王智弘（2005），《教育研究法第九版》，臺北：五南。

王希杰（1995），〈漢語的規範化問題和語言的自我調節功能〉，《語言文字應用》第 3 期，12。

艾偉（1965），《國語問題》，臺北：中華。

何容（1950），《簡明國語文法》，臺北：正中。

呂叔湘主編（1999），《現代漢語八百詞》，北京：商務。

杜淑貞（1986），《國小作文教學探索》，臺北：學生。

李麗娜（2008），《解除寫作的夢魘——小學生作文病句的診斷與補救途徑》，國立臺東大學語文教育學系碩士班碩士論文，臺北：秀威。

孟建安（2000），《漢語病句修辭》，北京：中國文聯。

林怡伶（2008），《國小低年級學童病句分析》，國立臺東大學語文教育學系碩士班碩士論文，未出版，臺東。

周惠貞、戴興海（1995），《正確修改病句》，臺北：人類。

胡倩華（2006），《偏誤分析與國中作文教學個案研究》，國立中山大學中國文學系碩士在職專班碩士論文，未出版，高雄。

唐郁文、施匯章、莫銀火（1993），《文章句子的閱讀》，北京：語文。

高利霞（2004），《病句辨析與標點符號》，北京：中華。

高葆泰（1981），《語法修辭六講》，銀川：寧夏人民。

高維貞（2006），《國小中年級學生造句練習及寫作病句之分析——以臺中縣太平市國小為例》，國立臺中教育大學語文教育學系碩士班碩士論文，未出版，臺中。

孫碧霞（2005），《國小高年級學童國語習作語法錯誤類型研究》，國立臺中師範學院語文教育學系碩士班碩士論文，未出版，臺中。

孫麗翎（1988），《國小兒童作文常犯錯誤分析研究》，國立政治大學教育研究所碩士論文，未出版，臺北。

陳一（2002），《現代漢語語誤》，哈爾濱：黑龍江人民。

陳光明（2006），〈國語教科書中的病句類型〉，慈濟大學主辦「語文教學學術研討會」論文，花蓮。

陸士楠（1993），《小學生作文病句修改 1000 例》，北京：中央民族學院。

教育部（2003），《國民中小學九年一貫課程綱要語文學習領域》，臺北：教育部。

國語日報出版中心（2000），《新編國語日報辭典》，臺北：國語日報。

湯廷池（1979），《國語語法研究論集》，臺北：學生。

湯廷池（1981），《語言學與語文教學》，臺北：學生。

湯廷池（1988），〈國語語法與功用解釋〉，《漢語詞語句法論集》，臺北：學生。

程美珍主編（1997），《漢語病句辨析九百例》，北京：華語教學。

程祥徽、田小琳（1992），《現代漢語》，臺北：書林。

曾雅文（2004），《國中學生作文病句研究》，國立高雄師範大學國文教學碩士論文，未出版，高雄。

趙文惠（2004），〈病句的分類與辨析〉，《語文世界（高中版）》第 3 期，39～40。

趙金銘（2006），《漢語可以這樣教——語言技能篇》，北京：商務。

廖茂村（2005），《增進學生造句能力的有效教學策略》，國立高雄師範大學行政研究所碩士論文，未出版，高雄。

劉月華、潘文娛、故韡（2001），《實用現代漢語語法》，北京：商務。

譚曉雲、趙曉紅（2005），〈漢語病句的辨別與修改策略〉，《雲南師範大學學報（對外漢語教學與研究版）》第 3 卷第 5 期，70～72。

文學與藝術中意象的比較及其在語文教學上的應用

邱耀平

摘要

　　文學以語言或文字作為媒材，表達出作者所欲表達理性的思維和感性的情意，它滿足人類的精神需要。藝術將自然界的種種和人生的種種經過情感的作用轉化，取得意象來作為表現，它使創作者的想像滿足，也使得許多人透過共同的經驗而有所共同感悟。「意象」在文學中扮演重要的角色，文學中的生理意象、心理意象、社會意象、文化意象和美感、內心情意、社會協調運作的權力關係、乃至世界觀都有相互轉化作用。藝術中的構圖、線條、色彩、節奏形式也營造了創作者所欲表達的意境，可以讓欣賞者有所領悟。文學與藝術二者雖然表達形式不同，但在取「象」和轉「象」為「意」都有相同之處。二者在「意象呈現」與「意象表義」的方式，可以援引作為閱讀教學、說話教學、寫作教學的美感提升和改造表現經驗，以期語文教學的基進創新。

關鍵詞：文學、藝術、意象、意象呈現、意象表義、語文教學

一、前言

　　「意象」一詞常見於文學概論的書籍，它著重在抒情，不管文學或藝術都使用意象在表情達意。作家或藝術家心中有豐富的情感要抒發，就借用具體可感的形象來表達。讀者閱讀此一具體可感的形象時便產生共鳴，或產生美感的聯想，生成與作者相同的感受或近似於作者的感受或根本不同於作者的想法而自己新生另一美感。

　　意象的中西方有許多不同的論述。西方文論家認為，「意象」是指我們的感官對於可感事物所產生的印象，此印象藉由文字作為媒介，運用文學技巧，例如比喻或象徵或更奇特的佈局轉化那些概念或想法，變成讀者可以感受的具體物，以引發情感。中國對於意象說法很早，《周易》提出「意」和「象」的概念，並構築意象理論的雛形，其中「觀物取象」和「立象以盡意」兩個命題最為重要。（王萬象，2008）因為言不盡意，言難盡意，所以立象來反應現實情感或根本逃脫語言的困境，立象來窮盡可能的想像。

　　除了文學談論的意象之外，繪畫也是表達畫家的想法，繪畫一開始也是模仿自然，務求維妙維肖，經過許多轉變和思考後，藝術慢慢轉向表達畫者心中的情感，更甚者完全脫離寫實的精神而進入完全情感的表現，它借用點、線條、色彩、構圖的變化來傳達美感。繪圖也是著重在意象的傳達，觀賞者才能意會畫者的情思，而線條、色彩、構圖更是表現意象的基本方式。

　　許多學者為方便論述，便將意象做出分類，吳曉從意象的表現手法來看可以分為描述性意象、擬情性意象、象徵意象；從意象在詩中的存在狀態來看，可以分為景內意象和景外意象；從意象的內容來看可以分為自然意象，歷史意象、現實意象。（吳曉，1995：42）1924年 Henry Wills 依想像活動的特性與等級將意象排列七種裝飾的意象

型，如沉潛的意象、牽強的意象、浮誇的意象、基本的意象、強調的意象、擴張的意象與補足的意象。（趙滋蕃，1988：160）

　　本文依內容將文學意象分為生理意象、心理意象、社會意象，並統攝在文化意象之下的思維去考慮，探討生理意象與美、心理意象與情意、社會意象與權力、文化意象與世界觀的關係。繪畫意象依形式分類為構圖意象、線條意象、色彩意象，並舉例說明。

　　本文意象分類為生理意象、心理意象、社會意象，並由文化意象作為總類概括前三者，功能是為了方便統攝材料、方便理解文本、更有效率從事文學創作。語文教學時我們都會劃分為幾個方面：說話、閱讀、寫作。此三方面可以說是一體三面，在教學時都會以文章作為教學材料，寫作也是會以文章作為創作品，因此我們必定要了解文章體式，這才方便論說語文教學。意象對語文教學有相當的重要性，根據對意象的了解更進一步探討在語文教學上的應用。諸如如何提升閱讀教學的美感效應，如何強化說話教學的創意表現，在經驗或閱讀後轉創作時，如何提供最新的經驗，並舉例作探討。

　　意象理論或意象教學建構之後，如何檢證其成效？在教學實施時，我們可以使用參與觀察法做實地觀察，並深度訪談學生了解成效。為避免失去客觀性也可以做三角交叉檢測，比對觀察者、協同觀察者的觀察資料和學生的省思反應，了解成效。教學前與教學後的成績也可以作比較，瞭解實際效果，以肯定教學者或學習者對意象深入了解所帶來學習成效。

二、意象的界定

　　意象一詞常見於文學術語之中，文學作品大多使用意象來抒發作者的情感，具體形象之物可以引發讀者的聯想或者想像。在中國古代的典籍中就有許多探討意象的。如：老子《道德經》中：「道之為物，惟惚惟恍，惚兮恍兮，其中有象。」《周易・繫辭上》也提到「象」：「天

尊地卑，乾坤定矣……在天成象，在地成形，變化見矣。」《周易・繫辭下》：「古者伏羲氏之王天下，仰則觀象於天，俯則觀法於地，觀鳥獸之文，與地之宜，近取諸身，遠取諸物。」

　　這些說法提及「象」從具體之物的說法演變成通往外在物象的觀察，以製作卦象，來溝通天地神明之德，模擬萬物萬象之情。這時「象」的取得途徑，由外而內，是客觀物的觀察，並用來寄寓主觀的情感。《周易・繫辭上》記載孔子的看法「書不盡言，言不盡意。然則聖人之意，其不可見乎？」和「聖人立象以盡意，設卦以盡情偽，繫辭焉以盡其言，辯而通之以盡利，鼓之舞之以盡其神。」

　　儒家認為聖人創造物的象和紀錄語言的言詞都是為了表達人的思想。象的概念從具體事物的描述進展到藉物象的創造表達人的想法。（仇小屏，2006：20～21）上述指出了「觀物取象」和「立象盡意」兩個重要的命題。

　　梁代時劉勰已將意象的理論置於文學的範疇來考察，其著作《文心雕龍・神思》：「是以陶鈞文思，貴在虛靜，疏瀹五臟，澡雪精神；積學以儲寶，酌理以富才，研閱以窮照，馴致以繹辭；然後使玄解之宰，尋聲律而定墨：燭照之匠，窺意象而運斤。此蓋馭文之首術，謀篇之大端。」已闡述詩學中「意象」的某些重要內涵。在創作時，想像不受時空限制但求虛靜專注，讓自己的想像「擬容於心」，由想像形塑意象，再由意象構成語言文字。明代王廷相在〈與郭價夫學士論詩書〉中說：「夫詩貴意象透瑩，不喜事實黏者，古為水中之月，鏡中之影，可以目睹，難以實求事也……嗟呼，言徵實則寡餘味，情直致而難動物也。故示以意象，使人思而咀之，感而契之，邈哉深矣，此詩之大致也。」對象外之象（虛象）的各種特徵，及其與實象的關係作出深入的探討。希望讀者在感知意象的過程中，去體會和領悟詩旨。（王萬象，2008）

　　中國古典雖提出有關「意象」之說，但沒有細緻的解釋或理論展衍。一開始意與象屬於兩個不同的概念，慢慢演變成「意象」是「意」與「象」的有機結合，是情景交融、寓情於景的美學思考。胡應麟說：

「古詩之妙,專求意象。」何景明在〈李空同論詩書〉裡提出:「意象應曰和,意象乖曰離。是故乾坤之卦,體天地之撰,意象盡矣。」就是主觀的心意與客觀物象在語言文字的融匯和具現的高度藝術整合。(李元洛,1990:141)

西方早期的心理學家將意象稱之為表象或心象,也就是腦中所保持對事物的印象。十八世紀 Immanuel Kant 在《判斷力批判》一書中指出:「審美意象是一種想像力所形成的形象顯現。」雖然早期西方理論對於意象的解釋側重於象,也就是認識範疇中的表象,但《判斷力批判》有如一座橋樑,使得意象從心理學、哲學的討論走向美學的討論。十九世紀義大利著名美學家 Benedetto Croce 在他的《美學綱要》認為:「詩是意象的表現,散文則是判斷和概念的表現。」他在《美學》中還表述以下的觀點:「藝術把一種情趣寄託在一個意象裡,情趣離意象,或是意象離情趣都不能獨立。」(李元洛,1990:142)

真正使「意象」一詞廣泛應用,是在二十世紀初意象主義詩派出現之後。意象派先在美國出現,接著在英國迅速擴展和傳播,代表人有 Ezra Pound、Thomas Stearns Eliot、James Joyce 等人,意象主義的哲學基礎是 Henri Bergson 的直覺主義,藝術家的任務就是透過直覺捕捉意象,意象是詩人內心一次精神上的經驗,它具有感性和理性兩方面的內容,也就是 Ezra Pound 所說:意象是理性和感性的複合體。(吳曉,1995:19)

以上的敘述都說明意象的狀態或形式或作用,對於意象的界定非常不明顯。尤其中西文化各異,對意象的內涵和實質表現也有不同的影響。大部分的專書論述都指向意象的類型和應用。文學意象類型的組合和應用,有許多不同的觀點和方式,趙滋蕃在《文學原理》〈第二章形象與意象〉從作品和作者內心的連結程度來分類,分為自由意象和連結意象。詩人內在之意訴之外在之象,讀者再根據這外在之象還原當初詩人內在之意。如果說作品的意象是屬於連結意象,與作者內心的想法相去不遠,尚可以還原;但如果作品中的意象是屬於自由意象,雖然作品中的意象表現很具體正確,但是作者內心之意卻無確定

或難以捉摸。所以作品中的象徵意象很難讓大家去知曉什麼意思才是作者的真意。(趙滋蕃，1988：139)

　　二十世紀五十年代以後，西方研究的重心偏轉到連結意象與自由意象、字面意象和象徵意象。連結意象就是一種意象能在讀者群中引發某種明確意義的。例如由太陽聯想光明，海洋暗示永恆。自由意象其意義或價值可以作出大幅的變更，隨讀者的認識高低或性質不同而出現不同的想像，例如鮮花可比喻少女，也可以代表青春，也可以直覺成天真等。詩人使用自由意象，讀者只能憑自己努力想像和直覺了。另外，字面意象和象徵意象和文學也有很大的相關。字面意象指不需要變更字義只通過文字的聯想，就能描繪出作者的情緒和感覺。象徵意象又叫轉用意象，當我們用比喻的方式轉用該等意象時，其字面的意義有所改變。象徵、明喻、隱喻都是組成意象的有效成分。文學中形象表現和意象表現，在作品中都算是藝術的主要表現，能使抽象的文字表現具象如畫。(趙滋蕃，1988：143～146)

　　吳曉的從詩是一個意象符號系統這一本體論出發，希冀創造詩學的理論體系與詩歌的創作有關技巧。吳曉指出意象作為符號，在意象符號中能指和所指的聯繫是由詩人憑靠自己獨特的藝術創造個性所建立的。能指和所指關係的任意性給詩人廣大的創造空間，詩的創新就是意象符號的創新，能指和所指間有新關係的建立就能開創新意象。(吳曉，1995：28)意象的類型由於觀賞角度的不同就有不同的分類。從意象的主客觀成分來看，可分為主觀的意象和客觀的意象；從意象的表現手法來看，可以分為描述性意象、擬情性意象、象徵意象；從意象在詩中的存在狀態來看，可以分為景內意象和景外意象；從意象的內容來看可以分為自然意象、歷史意象、現實意象。(同上，42)在意象構成方面，意象的外在美感是以視覺為主要感受器的感官領受。而色彩美又是視覺美的主要內容，色彩的搭配與組合，色彩的對比與映襯，是產生視覺的層次美、和諧美的主要手段。書中也提出詩歌中的色彩描繪由明晰單一趨向複雜朦朧的色彩表現，由忠實原光、原色

趨向於表現印象感覺。色彩由單純視覺感官表現趨向於多種感官的交互表現。由描述事務的外部型態趨向描繪抽象的觀念情緒。(同上，58)

　　意象如果從歷史溯源去看，可以發現意象的意義發展是先提出「象」，再偏重「意」，再指出「意象」在創作中的地位。本文論述文學意象與藝術意象，所以不能脫離美學去談論意象。人通過想像的功能，把有關的映象、表象重新加以改造組合，再藉由藝術技巧將此思考轉化成具體的文學作品或藝術品。意象就是物象與情意兩相結合的產物，藝術品則是意象外化的成品。

　　意象的分類、組合和應用各家都有不同的論述，本文將文學意象分成生理意象、心理意象、社會意象，並統攝在文化意象之下的思維去考慮，探討生理意象與美、心理意象與情意、社會意象與權力、文化意象與世界觀的關係。如此方便統攝材料、方便理解文本、更有效率從事文學創作，也會使得語文教學得以有效並創新。藝術作品的形式包括構圖、線條、色彩、節奏，這些要素使得藝術品的內容得到表現，因為它們具有外在的可感性，所以本文也將其作為藝術意象探討的分類。

三、文學意象與藝術意象的比較

（一）文學意象

　　藝術起源一個人為了要把自己體驗過的感情傳達給別人，於是在自己心理重新喚起這種感情，並且用某種外在的標幟把它表達出來。文學也是用言語為外在標幟，表達作者的感情，並能感染讀者的一種藝術。(趙滋蕃，1988：7) 在意象構想一方面需要較大的想像力，另一方面更需要美感心靈的綜合作用為之剪裁、鎔鑄。運用意象語進入文學作品，所寫下來的作品會因為移情的作用而更行活潑生動。(同上，138) 換句話說，意象會引發記憶，它牽引兩方面的活動，一面強迫性的，定要去尋找與那東西相關的材料；一方面則是自由的檢閱一

些記憶力所能提供的材料。文學的記號或許有限，但是所引發的內心情感是豐富的。意象是作者通過內心觀照、立意盡象的過程形成的。文學意象化使我們激發對客體對象的具體知覺和相映感性經驗。（胡雪岡，2002：136～137）文學是以語言為媒介將審美意象符號化，文學創作的過程本身就是一個符號化的過程。

我們從文學作品中，所呈現符號（文字）的取義作為意象分類的對象。文字有表義性、表象性、表情性的作用，文字所指向的意義或情感又被文化所統攝。周慶華指出依文體進展，可以分為前現代式文體、現代式的文體、後現代式的文體（含網路時代的文體），各式的文體都有抒情性、敘事性、說理性類型表現。從現存的文學作品可以各自依歸，如詩、歌謠、抒情散文便歸類為抒情性文體。神話、傳說、小說、戲劇等便歸類為敘事性文體。對象說理文、後設說理文、後後設說理文便歸類為說理性文體。（周慶華，2007：4）依前所言，文學作品會受到文化的影響，所以創造觀型的西方文化會依模象、寫實、造象、語言遊戲、超鏈結不斷演進文學表現。中國氣化觀型的文化與印度緣起觀型的文化，大抵都停留在前現代模象、寫實的表現。沈清松對「文化」界定為「一個歷史性的生活團體表現他們的創造力歷程和整體的結果」，並據理分為終極信仰、觀念系統、規範系統、表現系統和行動系統（沈清松，1986：24），那麼文學方面的表現系統也會因文化的不同而有不同的表現。為了方便統攝材料，處理意象的異同比較，並發展語文教學，也就不須將意象的探討依組織、運用作考量，只需依取義內容分為生理性意象、心理性意象、社會意象、文化意象作探討。雖然彼此之間仍會有涵蓋之處，但我們也只好求取大部分的取向作探討。

生理意象是具體的對象觀察所表現。不管是人的生理或者是動物或者是自然界的萬物都是觀察的對象，人類從認識自然中升高審美意識，把自然人化，自然萬物都有情意，自然意象自然成了人類感情的代表。在運用上有動物方面，如鳥、獸蟲、魚等，植物方面有花、草等。礦物方面，有玉、石、金等。風景方面如山岳、河、海等。天象

方面有日、月、星辰、風、霜、雨、雪等。人類思想日進，寓意甚多，各有遷思。例如：蘇舜欽〈淮中晚泊犢頭〉「春陰垂野草青青，時有幽花一樹明。晚泊孤舟古祠下，滿川風雨看潮生。」配合時間推移，描繪不同的視點，全詩寫景。（仇小屏，2006：53）

心理意象是內心的運思所表現。個人對事物的思考有其獨特性，或喜悅、或哀傷、或生氣、或快樂。例如：王維〈九月九日憶山東兄弟〉「獨在異鄉為異客，每逢佳節倍思親。遙知兄弟登高處，遍插茱萸少一人。」整體的意象就是個人情感的抒發，表達思念親人。（仇小屏，2006：36）

又李益〈宮怨〉「似將海水添宮漏，共滴長門一夜長。」指出宮人難耐長夜寂寥的心情。（仇小屏，2006：192）

社會意象是社會人際、權力所表現。人生活在現實社會中，人際關係複雜，權力縱橫，現實呈現多變的狀態。詩反應人生，社會意象必定鮮活而且表現現實或超越現實。例如：蔣捷〈虞美人〉「少年聽雨歌樓上，紅燭昏羅帳。壯年聽雨客舟中，江闊雲低，斷雁叫西風。而今聽雨僧廬下，鬢已星星也。悲歡離合總無情，一任階前點滴到天明。」寫出人生三階段，由少年而壯年而暮年，發出人生無限的感嘆。

文化意象是生活方式所表現。人類生活方式、建築、服飾、工具、禮儀、藝術創作……等文化活動經一段時間沉澱、積累、創造必定有可觀的意象表現在文學或其他藝術品上。例如：徐幹〈室思詩〉「自君之出矣，明鏡暗不治。」「明鏡」在古代常作男女定情之物，「明鏡」不治暗示婦女受到冷落。鏡意象就是一種文化的積澱。

生理性意象所表現對照美感，可以分為優美、崇高、悲壯、滑稽、怪誕、諧擬、拼貼、多向、互動等美感類型。心理意象所表現可以探求情意的抒發程度，如喜、怒、哀、樂、苦、悲等。社會意象所表現可以探求社會人際、權力運作，如性別、階級、族群、政黨、國家合作協調或支配駕馭和社會意識的發展。文化意象總其成，由世界觀所影響，例如創造觀型文化、氣化觀型文化、緣起觀型文化。我們在本身所處文化中，不容易自覺，所以要後設觀想以探其意。

（二）藝術意象

　　藝術是通過塑造具體生動的感性形象，反應社會生活的審美屬性，表現作者對生活的審美評價的一種社會意識形態。（王世德主編，1987：472）藝術是以現實生活為源泉，是藝術家主觀對現實生活的形象反映。但是藝術不是簡單、被動的複寫生活現象，它把再現現實審美特性與表現人的審美意識、感情、觀念、理想有機結合起來，因而有極大的創造性。（同上，472）

　　人類是意志客觀化的最高等，所以有美的預想，人類因而能認識美。藝術家能創造美的形象，以綜合作用把各種不同的材料組織起來。從美學角度來觀察，畫家的工作就是要通過圖像來傳達各種意義。（陳懷恩，2008：12）藝術創作就是思維作用的結果，也是對事物認知判斷的結果。運用思維在藝術創作時，當作者與事物相遇時產生美感，必須經過思維、想像、聯想，使此美感變成意象，然後要思維如何將意象表現成一定美的形式—具體而微，作為與欣賞者的媒介。（孫旗，1987：135）所以藝術意象化的目的就是透過對具體物的感知、想像、情感綜合傳達作者的想法。

　　以藝術外觀的媒介因素分為時間藝術和空間藝術，造形藝術和音樂性藝術，靜的藝術和動的藝術。繪畫是將形象或意象用線條、色彩為媒介，表現出一個美的形式，而表現時所呈現的是平面的空間藝術。如何在有限的空間裡表現無限美的意境，便需要一番修養功夫。繪畫的結構是由線條與色彩所構成，要用線條、色彩在小小的平面空間表現出大千世界的優美景象、最要注意的是意境。要達到筆減形具的境界，更需要熟練的技法。畫家的任務在於運使線條特性的剛柔及色彩的冷熱，描寫出心中的意念。（孫旗，1987：70）

　　以下就構圖、點線面、色彩、節奏作一些探討。

　　1.在構圖方面：藝術家為了體現作品的思想內容或美學主張，在畫面裡安排佈置表現對象的形、色因素及其關係，使若干個別的形象

組織成藝術整體的手法。在中國傳統繪畫中，構圖稱為「章法」、「佈局」或「經營位置」。構圖主要的任務是準確表達作品的思想內容、充分體現藝術家的美學思想。構圖的基本原理主要對於變化統一法則的運用。（王世德主編，1987：579）

2.線常表現物體的輪廓、質感、性格等以收相應的藝術效果。西洋畫強調面的造形，中國畫強調以線造形，以線條的運動軌跡表現出形象姿態。（王世德主編，1987：582）宋民主編《藝術欣賞教程》從線條的表現手段方面闡述，在繪畫中，線條的作用體現在兩個方面：一是對物象輪廓、形體的描繪，一是線條自身的藝術表現性。中國在不斷藝術的實踐過程中，中國畫的線條發展成為線條中最為獨特的線的藝術。在線條的運動中追求最大限度的表現性，拓展著線條的藝術表現空間。中國繪畫線條既做到狀物，又做到達意，畫家的興致傾注於剛柔健潤澀疾之中，讓觀眾從線的運動中體悟到畫家的情思。（宋民主編，2008：22～24）

3.在色彩方面：在繪畫中，色彩有物象描繪性色彩、主觀情感性色彩和抽象表現性色彩等多方面的性質。多種色相具有豐富多樣的情感意味和象徵意味。明度、彩度的變化又給人微妙細膩的心理感受。（宋民主編，2008：25）色彩透過藝術家的藝術處理而與其他造形手段結合起來，引起觀賞者的心理和生理感應，觸動其情緒，從而獲得美的感受。

4.在節奏方面：節奏在藝術作品中的具體體現，是通過音響、線條、色彩、形體等藝術因素有規律的運動變化，引起欣賞者的生理感受，進而引起心理情感的活動。（王世德主編，1987：51）

Jean Luc Godard 在其著述中說：「肉眼所看到的世界都是要經過意象，而後才能產生相對的位置和價值，所謂自然只是如同一本辭典而已。」畫家就是要從自然辭書中，把要素轉化為視覺語言（Language of vision）適當排列為秩序，因而成為一幅具有現代觀念的抽象畫作。梵谷說：「繪畫，並非把我們肉眼所見的予以正確的再現，而是如何

把自己意念中的造形和顏色，按自己的需要予以再生。（劉其偉，1999：205）

　　繪畫藝術是一種平面造形的藝術，他通過二度平面空間塑造可視的藝術形象，它利用點、線、面、色彩等二維平面性質的基本形式因素來完成，具像造形如此，抽象造形也是如此。繪畫是靜態性的，現實中動態的，時間性的因素要如何選擇一個固定的瞬間來進行藝術刻畫非常重要。（宋民主編，2008：17～21）畫者思考要如何再現物體的形象或表現出自己主觀的情感思想，或象徵傳達出抽象思維、意境，都可以藉由意象具體化達到目的。

　　本文將藝術意象依繪畫形式要素──構圖、線條、色彩、節奏分類，將繪畫作品意象呈現分為構圖意象、線條意象、色彩意象、節奏意象。繪畫作品也是受到三大文化系統的支配影響，作品依時程會有前現代、現代、後現代進展，其美學的表現也會有優美、崇高、悲壯、滑稽、怪誕、諧擬、拼貼、多向、互動等美感類型。創造觀型的文化依創作由前現代、現代、後現代持續表現，而氣化觀型的中國文化和緣起觀型的文化則大部分停留在模象寫實的階段，表現出優美、崇高、悲壯的美感類型。

1. 構圖意象

　　中國構圖意象重視自然和諧，傾向於虛實相生，甚至詩與畫相通，詩畫合一。西方構圖意象重視寫實，均以透視法來處理空間的表現，二十世紀以後視點較自由，有立體主義的畫者移動的繼時性空間表現法，繼而未來主義的對象物移動的繼時性空間表現法；還有重疊透明法及複合透視法。對於形體描述的完整性也有變化，從完整的描繪變化成將對象物或再現物解體之後的重新組合，講求自己獨特的意念。（陳秋瑾，1995：117～118）總和來說，中西方都重視賓主、疏密、均衡、簡潔、對比、和諧。西方更重比例透視，中國則特重虛處、佈白，運用移動視點。（袁金塔，1987：152～153）

2. 線條意象

線條也是畫家想法的表現，表現物象的界線，就是輪廓的描繪，線條有時是細膩的，有時是明亮的，有時是黝暗的，這都是畫家個人情緒的表現。這不僅記錄形體本身，也記錄形體的動態。另有一些是機械式的，表現上整齊而美麗，有一種秩序美，近代立體畫派的幾何抽象作品就是。西洋學者 Charles Blanc 認為線不但是語言，而且具有多方語言，用以適應一切目的，適應一切種類表現，所以可以說線是表現最豐富的語言，任何事物的本質特徵都可以用線表示。例如：直線具簡單、明晰直截、決斷、峻峭、嚴肅、勢力等情感；曲線具柔順、溫和、圓滑、流動等情感；另外重線、輕線、水平線、垂直線表現各有不同。（孫旗，1987：103～104）東方書法式的毛筆線，粗、細、方、圓、疾、澀，筆趣甚多，都有不同的意象表現。

3. 色彩意象

色彩運用有時是物象的真實顏色，有時是畫家個人主觀的偏好或想表達特殊的情思。色彩的應用和變化可依其排列、調和、配合、對比來表現明暗、冷暖、動靜、剛柔等微妙的感情。在色彩中，凡是使人感到興奮的色彩稱為積極色彩，因為它給人溫暖的感覺，也稱為暖色；而使人感到沉靜的色彩稱為消極性的色彩，並且給人寒冷的感覺稱為寒色。如果是溫柔、和平感的色彩稱為中性色彩。（孫旗，1987：110）色彩帶給人許多不同的感覺，表現成意象豐富多變。

（三）文學意象與藝術意象的比較

文學和藝術（繪畫）雖然都是抒發作者的情意，但其表現的形態是屬於不同的類型：一藉由文字描述；一是藉由顏色、線條，在構圖上精思而表現。就意而言，作者之意可以說是相同。從類型上思考，文學和藝術的意象都是由模象寫實開始，進入造象時期，再進入後現

223

代遊戲之美。從表現的功能上，二者也是表現生理之美、內心之情，闡述社會權力的關係與運作。從呈現上都是使用再現、表現、象徵的運用。運思相同，二者自然有相通之處。就構圖而言，表現如同文學創作的章法佈局，其實是受到表現風格的影響。線條表現物體的輪廓或線條自身機能與文學受到內語境的影響相似。色彩有時是繪者主觀的運用，有時是外在光影的變化，跟文學表現受到內外語境的影響相同。節奏表現牽涉到時間，文學的敘述容易表現，而圖畫的意象可能要分幾幅連續敘述，或者經過組合安排在同一幅，例如藉由線條的流動或形態的重複表現出，這就是跨域的聯繫。文字意象和藝術意象均有表現情感的能力，但文字比繪畫更有表現能力，例如王維〈山居秋暝〉「空山新雨後，天氣晚來秋。明月松間照，清泉石上流。」在繪畫上雖然經過繪畫者構思，巧妙安排，但已現出圖案其想像空間自然不及文字留下的餘韻的意境深遠。

四、文學意象與藝術意象在語文教學上的應用

教學是指教師為學生建構經驗，以促進學生知識和行為的改變。Gagne 將教學定義為安排外在事件以引發和支持學習的內在歷程。學習是指由於經驗，學生在知識方面的改變。教育一詞有很多意義，但是總的說教育就是指改變，如果我們沒有做任何足以使任何人不同或改變的事，那麼我們就沒有教育任何人。（林清山譯，1990：8）

教學都不脫離經驗傳授的環節，不管是知識的經驗、規範的經驗或審美的經驗，這種傳授是一種不對等的關係，也就是高階教師對低階教師的言說的啟導，但整個教學活動還是可以有更多元的變化。語文教學方法，是指傳授語文經驗的程序或手段。（周慶華，2007：5）如果我們要了解有關語文的知識經驗或規範經驗或審美經驗，可以透過各種描述／詮釋／評價的方法來進行；而教學本身所要傳授的語文經驗以及所要選用的方法，也就要在那些描述、詮釋、評價等搆成的情境「暗示」或「引誘」中主動去甄選慎裁，才能達到最高教學效率。

　　閱讀教學可以設定在先閱讀後教學的層次，也就是自己先有本事再教人閱讀。最基本的就是從自己本身的經驗出發，設想學習者的狀況，然後按部就班去引導學習者重歷自己的學習過程，也就是經驗的異己再現。此種再現有三種結果：完全再現、局部再現、不見再現。其中不見再現從創發的立場應該鼓勵奇特或基進的閱讀法。此種閱讀方法不預設閱讀的進程，也不預期閱讀的成效，只要有創見滋生就可以了。（周慶華，2007：49）

　　意象在聽、說、讀、寫方面的教學及影響要從審美性經驗部分來探討，其實就是一種審美取向的語文教學。要閱讀文學作品的美其實是表露在形式中的某些風格和技巧。以中西文學來說，西方傳統深受創造觀型的影響而有詩性思維在端想人／神的關係，而中國傳統深受氣化觀影響而有情志思維在試著紺結人情和和諧自然，所以就有「詩性思維 VS.情志思維」的概念。從戲劇來看，西方戲劇比較圍繞事件展開，是以事件中心為原則，戲劇中一切的要素：人物、結構、語言、行為，都為事件服務；而中國戲劇則多數圍繞人物展開，以人物情感為中心，注意人物在戲劇中的感情變化，透過寫情展示人物內心和社會背景下的人際關係。（徐志嘯，2000：84～85）中西文學在先天上已經不可共量，而後天是否可以融通也不無疑問。在閱讀時教師得先有識見，在轉創作時也得一併考慮學生身處文化的影響，如果需要強引別種文化觀的想法，就得給予特別的指導。閱讀是寫作的基石，作家要援引更多的經驗，就得透過閱讀文學作品，閱讀教學雖然有許多方式可以採用，但是重要的是教學者對文學作品能更先有一番識見。發現美感在前，學生自然能跟隨在後。

　　說話教學與閱讀教學可以一起進行，這樣可以更有效的讓閱讀教學「多方刺激轉豐」的效果，所以可以更改閱讀教學的流程而讓說話教學以額外強化的方式介入。大概是透過演講、辯論、舞臺劇、廣播劇、相聲、雙簧、說故事等活動來安排。說故事和舞臺劇就有一些形式技巧美學可以形塑備案。（周慶華，2007：65）

　　說話教學中將詩文聲音語言美化的能力培養，可以運用散文朗讀，詩歌朗誦，詩歌吟唱，歌舞劇。朗讀是語文教學中，一個不可或缺的環節，為什麼要朗讀？是為了深入體味文字作品，提高語言表達的能力，提高語言的鑑賞力。朗讀者必須先行體會作品的意義，準確表達文字作品的語詞含義和精神實質。朗讀者把書面無法表達的內在感情變化，先經理解和分析，在利用語調的輕重緩急、抑、揚、頓挫表達的淋漓盡致。這種聲調語言，補充了文字上的不足。朗讀不是念出聲音的無思維活動，而是再創作。教師朗讀，除了可以給學生示範外，主要的目的還是在於輔助講解課文，用聲音帶出感情，以表現文字無法透徹表達的語氣，態度幫助學生正確掌握文章的思想感情。朗讀不需要眼神、表情、手勢、姿態等配合，只要注意使用聲音，表達出課文的語文運用、修辭技巧、文章結構、寫作方法、體現作者意圖、便算達到朗讀的教學目的了。（何三本，1999：144～145）

　　寫作是作者對於自己經驗的內省，並不是再現自己以往的經驗，更重要是在新的心理背景下重新審視和理解這些經驗。所以在構思時，知覺的記憶痕跡再以意象呈現時（劉雨，1995：253）就不再是原本的紀錄，而是另一種樣貌。所以經驗還是經驗，不會自己產生出其他的意義，一定要有豐富的想像活動，在這種想像的過程，許多心理想表達的意味就出現了。意象在寫作的成本中扮演很重要的角色，它指引出作者內心想表達感情和想法。意象不同的表達的方式，也帶給作品許多不同的新意。

　　寫作從實際的經驗出發，寫作在整體上可以比擬為工廠的系統化生產，由題材的輸入經過寫作的轉換，而有作品的輸出。這些作品還可以有改造和蛻化的二度轉換，造成綜合藝術品的輸出。其中寫作題材中看來的主要是從閱讀中獲得，閱讀本身能夠持續不斷，大致也得轉為寫作而以學以致用或學有所得的成就感才有所保障。寫作教學有具體的教學方法，如講述法（成果導向教學法）、自然過程法（低結構性過程導向教學法）、環境法（高結構性過程導向教學法）、個別法（輔助式成果導向教學法），都可參考應用。（周慶華，2007：98）

以下就意象教學實際舉例：

（一）生理性意象（李翠瑛，2006：42）

傘　　　蓉子

鳥翅初撲

幅幅相連　以蝙蝠弧形的雙翼

連成一個無懈可擊的圓

這是一個現實事物，發揮想像與聯想，傘的意象像鳥翅初撲，鳥翅又像蝙蝠弧形的雙翼環繞的一個圓，這是詩人從傘所創造的意象，把傘與鳥的形象結合在一起。

教學活動列舉：

1.教學時可以先出示這首詩，只提示詩的內容，不提示詩的題目，先問同學這首詩在說些什麼？（如果不是上述解說亦可）

2.問「鳥翅初撲」的樣子？你有什麼感覺？（例如：優美、有力、生氣等）如果有同學可以當場表演更好。

3.問鳥翅與蝙蝠的雙翼有何類似？

4.幅幅相連造成一個圓。「圓」無懈可擊為什麼？

5.本詩是傘近似於鳥的雙翅，鳥的雙翅又近似於蝙蝠的雙翼。同學也舉三種形體相近似的東西，試著作一首詩，然後大家互相討論。

此活動注重在物形體相似性的聯想和物體帶給人什麼情緒的感受。

（二）心理性意象（李翠瑛，2006：42）

寂寞　　瘂弦

一隊隊的書籍們

從書齋裡跳出來

抖一抖身上的灰塵

227

自己吟哦給自己聽起來

教學活動列舉：

1.教學時可以先出示這首詩，只提示詩的內容，不提示詩的題目，先問同學這首詩在說些什麼？（如果不是上述解說亦可）

2.書籍為什麼要自己跳出來？

3.為什麼要抖掉灰塵？

4.書自己為什麼吟哦給自己聽？

5.自己寂寞時，都想做些什麼？

6.用一句詩語來說出「寂寞」？（分享討論）

老師續上題再舉例（李翠瑛，2006：42）：

蛇　　馮至

我的寂寞是一條長蛇，

冰冷的沒有言語——

姑娘，你萬一夢到它時，

千萬啊，莫要悚懼！

教學活動列舉：

1.用「冰冷地沒有言語」還是用「靜靜的沒有言語」，哪一句較好？

2.你什麼時候會「無語」？

接連上述譬喻方式和寂寞的意象經營再閱讀一首洛夫〈子夜讀信〉，詩從暗喻開始。

（三）社會性意象（李翠瑛，2006：42）

子夜讀信　　洛夫

子夜的燈

是一條未穿衣裳的

小河

你的信像一尾魚游來

讀水的溫度

讀你額頭上動人的鱗片

讀江河如讀一面鏡

讀鏡中你的笑

如讀泡沫

教學活動列舉：

1.子夜的燈／是一條未穿衣裳的小河是用什麼修辭法？

2.你的信像一尾魚游來是用什麼修辭法？

3.讀水的溫度／讀你額頭上動人的鱗片／讀江河如讀一面鏡／讀鏡中你的笑是用什麼修辭法？

4.子夜的燈是一條小河和子夜的燈是一條未穿衣裳的小河有什麼不同？

5.為什麼用小河來譬喻燈？

6.讀水的溫度／讀你額頭上動人的鱗片／讀江河如讀一面鏡／讀鏡中你為什麼用排比的方式鋪陳

7.各代表信的內容、感情是如何？

8.如讀泡沫中泡沫和魚有什麼關連？

9.如讀泡沫代表「鏡中的你」是真實或是虛幻？

10.你夜裡有讀過信嗎？感覺如何？（分享討論）

這樣閱讀詩的方法，一方面增進學生的想像；一方面也閱讀作者的想像；更重要的是要閱讀自己的經驗，自己深刻閱讀自己的情感，日後在寫作時才有可能發抒。教師對於文本也要作描述、詮釋、評價，在教學時才能有更高一層的認識來教學。至於帶進藝術意象教學的部分，則可以透過實作的觀察賞析，安排討論和探索的活動，讓相關意象的認知和感受轉成語文說寫作所需的資源，並和文學意象的教學進行比較，以增加廣度和深度。

五、相關理論的檢測方向

　　本文意象教學相關理論的檢測方向，可採質性研究方式（任何不是經由統計程序或其他量化手續而產生研究結果的方法）。（周慶華，2004：203）其研究理論構成檢證的方向：在研究中蒐集資料，把教學或學生學習的資料豐富的描述，研究的問題可以在資料的蒐集中發展而成，了解行為必須由研究者的內在觀點出發，外在因素僅居次要地位。因此，可以藉由參與觀察、深度訪談、書面文件蒐集資料予以建構。其質性研究的模式約略是經驗→介入設計→發現／資料蒐集→解釋／分析→形成理論→回到經驗。質性研究看起來不夠嚴謹，有內在信度和外在信度的問題，所以要透過三角交叉檢查法、參與者的查核，豐富的描述，留下稽核的紀錄和實施反省來確保可信。（高敬文，1999：85～92）

　　質性研究也隱含內在效度和外在效度的問題。所謂內在效度，是指質性研究者在研究過程中真正觀察到所希望觀察的；所謂外在效度，則是指研究者可以有效的描述研究對象所表達的感受和經驗，並且轉譯成文本資料，然後經由厚實描述和詮釋的過程，將研究對象的感受和經驗透過文字、圖表和意義的交互運用程序予以再現。（胡幼慧主編，1996：142～147）
研究對象是研究者所「選」所「觀」，整個訪談的過程和最後的分析詮釋也一再受到研究者的「設定」和「前結構」的制約，根本沒有所謂的「客觀性」和「純粹性」可以標榜。（周慶華，2004：208）

　　在實施時會使用到兩種方法：

（一）參與觀察法

　　參與觀察多侷限於可客觀觀察的及記錄的行為對象，觀察研究需決定，因觀察者的介入或出現，對正在接受觀察的情境，可能造成的

影響程度為何？觀察研究的類型，按場所而分，有自然情境的觀察和人為實驗情境的觀察，依結構分有結構性觀察和非結構性觀察。本檢證教學屬於非結構性的自然觀察。教師是完全參與者，完全參與者真正的身分和目的，被觀察者並不知曉，他盡可能的與被觀察者自然的交互作用；但是在任何事件中，他必須提醒自己的基本角色是觀察者，但是留給觀察者的印象，卻是十足的參與者，但是在參與活動時，他都扮演著裝作角色。（王文科，1990：348～349）

參與觀察研究也隨著探究的結構程度而變化，參與觀察研究的設計可能用來考驗假設、衍生假設，或具考驗和衍生假設的作用，以考驗假設為取向的參與觀察較有結構性，且把焦點置於有待觀察和記錄行為之上。只是事實上，更典型參與觀察研究是置於衍生假設之上，是以參與觀察便於蒐集大量難以分析的資料為其特徵。（王文科，1990：352）

採用觀察作為蒐集資料的一種方法，需注意觀察需經仔細規劃、有系統進行，並維持敏銳性。觀察者要盡量消弭自己的偏見。觀察者要客觀，需將事實與對適時的解釋分開來。所得的結果可查核與證實。最後觀察結果需審慎作成專門性紀錄。（王文科，1990：354）觀察者在每個觀察其間，紀錄標的受試者的所有行為，典型上觀察者要寫成博多稿（protocol）把受試者在某種環境如教室，按時間先後順序作成簡要式的敘述；研究者分析閱讀博多稿之後，將觀察到的行為列入他已發展完成的系統中。（王文科，1990：361～362）

其中觀察者消弭自己的偏見，要注意研究者有關研究者的假設、研究設計、與期望等資料，盡量不讓被觀察者知道。（王文科，1990：368）在參與觀察中，參與者（教師）參與被觀察者（學生）的情境，成為其中的一員，如果參與的程度越深，觀察變成內隱的。內隱的觀察或可獲致有效的表現，但仍有缺點：未獲他人同意就進行觀察，恐有悖倫理規範。參與者程度越深，越可能產生偏見，有違背客觀的要求。（王文科，1990：352）

因此，在觀察後做出資料，進行理論詮釋時要注意理論的效度。可以使用三角交叉檢測法進行質性效度複核。

（二）三角交叉檢測法

N.K.Denzin 的三角交叉法是複核資料來源、資料蒐集策略、時間與理論架構等效度，這是一種人的校正、方法的校正、資料的校正、理論的校正。如果加以應用，可以建立更客觀的觀察。三角交叉法在於評估得自不同資料來源的敘述的準確性。如投入課程行動的教師、協同觀察者和學生的敘述，可以用來判斷知覺深度與準確性。三角交叉法也涉及運用不同形式的資料，描述與分析現象。基本而言，三角交叉法是比較資訊之用，以決定是否具有證據存在，就在共同的發現和概念上，找尋資訊的聚合性。就廣義而言，三角交叉法乃在評估資料是否充分，倘若資料不一致或無法凝聚，便不充分。（王文科，1990：467）

本文所想要觀察學生是否因為意象教學的實施而使得學生在語文上有進一步的了解與創作創新，就必須使用一個以上來源的資料，並透過使用不同的資料、方法與人員進行交叉檢核。最好使用三種以上的方法來比較描述，才可以獲得比較正確的結論，因為用三個角度探究，比較不易將注意力集中在某一個單一方向，而忽略了另一個方向；而且三個觀點，倘若其中有對立的情況，也有對話的空間，可以提出更圓融的觀點。

例如：本文欲研究文學意象與藝術意象在語文教學上的應用，即可以：

1.建立學生教學前測驗資料，教學後建立學生教學後測驗資料，二者作為比較，檢證教學的成效。

2.深度訪談教師、協同參與觀察者、學生後三者資料做出比對後詮釋說明。

3.將觀察記錄（教師、陪同參與觀察者、學生）做交叉比對，發現學生的反應是否如預期改變。

　　以上所指的測驗可以包括紙筆的測驗，也可以依據上課教師的提問去發現資料，訪談的資料和觀察的紀錄包括錄音錄影或文字記錄等。爾後再共同檢證所得記錄的事項，做出適切的詮釋。

六、結論

　　意象是一種感官的印象，是一種直覺的表現，是一種情感的抒發，文學藉語言符號傳達感情，運用賦、比、興手法，或明喻、隱喻、象徵手法溝通讀者情感，一方面觀物取象，一方面立象盡意或立象逃脫語言的限制而更近一層的想像。繪畫藉由構圖、線條、色彩的綜合作用表現情感，從寫實的作品進而掌握色彩線條的創作要素，轉進作者感受的發揮，表現作者的感情與思想。文字雖然能傳播內心無限的意念，但是藝術更能表達將意象具體的創作出來，表現更為直接 。

　　意象的分類方式本文依其內容分為生理意象、心理意象、社會意象，但因文學表現無法脫離現存文化的影響，所以有文化意象形成。生理意象表現具體對象的美，心理意象表達情意，社會意象象徵權力的使用，文化意象背後隱藏世界觀。藝術中構圖表現作品的內容，線條意象表現事物的本質特徵，色彩意象表出主客觀情感。

　　構圖意象表現出作品內容，文學風格也由作品內容呈現表達，二者自有相通之處。文學語言受內語境的影響猶如繪畫線條具有一定的性格特徵和象徵意義。色彩意象表現主客觀的選擇，文學內外語境也約束文學意義的表達，二者作用有相近之處，文學意象與藝術意象有可融通之處。

　　意象是表起於內心的思考，自然影響著作品的呈現，語文教學須透過作品作出深層意義的發現與美學的指導。如教師不能發現作品深層的意趣，那麼學生要自行發現意趣是難上加難，沒有內容深切的導引，徒具教學活動的形式也難有學習上的創見。所以要有文化上的區別識見，了解不同世界觀所促成的分殊，中西文化下文學與藝術的形

式與內容呈現的抒情意象各有所徵，教師深層了解後對內容作出描述、詮釋、評價，才有所謂的教學效果。

閱讀、說話、寫作教學都要以閱讀作品作為起點，深入了解內容，再轉教學形式，如說話教學轉讀者劇場、舞臺劇，閱讀教學轉閱讀影像，作文教學轉圖像創作、圖像思考轉作文創作。重點是意象的引發，經驗的再生，轉不同形式產出。教學經由多方刺激，自然有學習內容轉豐厚的可能。

意象呈現在作品，但意象留在創作者的意識層，研究意象自然無法直接研究意識層，因為那難以確定為何。作品的形式和內容都有意象的影子，研究文學與藝術只得從作品上的內容上去了解，此內容意義在物理環境中、心理環境中、社會環境中，乃至文化環境中都有不同蘊含，藉由不同的觀察、辨析，彼此對諍以發現可能，文學或藝術所帶來的抒情美感才能盡出。意象發現經由教學後是否使得學生更進一層改善學習的效果，部分透過試題測驗學生將前測與後測成績作為比較，一方面可靠的方式是記錄學生的學習，協同其他人員作教學上的觀察，整理觀察的資料，透過質性研究三角交叉檢測資料，對學習進步與否做出詮釋，在未來可以依意象分類方式選用教材教學，作出紀錄，再作出完整的解釋，以發展可能的教學經驗。

參考文獻

Richard E.Mayer 著，林清山譯（1990），《教育心理學──認知取向》，臺北：遠流。

王文科（1990），《教育研究法》，臺北：五南。

王世德主編（1987），《美學辭典》，臺北：木鐸。

王萬象（2008），〈余寶琳的中西詩學意象論〉，《臺北大學中文學報》第 4 期，65、67～68。

仇小屏（2006），《篇章意象論以古典詩詞為考察範圍》，臺北：萬卷樓。

李元洛（1990），《詩美學》，臺北：東大。

李翠瑛（2006），《細讀新詩的掌紋》，臺北：萬卷樓。

宋民主編（2008），《藝術欣賞教程》，北京：高等教育。

何三本（1999），《說話教學研究》，臺北：五南。

沈清松（1986），《解除世界魔咒──科技對人文的衝擊與展望》，臺北：時報。

吳曉（1995），《詩歌與人生意象符號與情感空間》，臺北：書林。

周慶華（2004），《語文研究法》，臺北：洪葉。

周慶華（2007），《語文教學方法》，臺北：里仁。

胡幼慧主編（1996），《質性研究：理論、方法及本土女性研究實例》，臺北：巨流。

胡雪岡（2002），《意象範疇的流變》，南昌：百花洲文藝。

徐志嘯（2000），《中外文學比較》，臺北：文津。

袁金塔（1987），《中西繪畫構圖之比較》，臺北：藝風堂。

高敬文（1999），《質化研究方法論》，臺北：師大書苑。

孫旗（1987），《藝術概論》，臺北：黎明。

陳秋瑾（1995），《現代西洋繪畫的空間表現》，臺北：藝風堂。

陳懷恩（2008），《圖像學》，臺北：如果。

趙滋蕃（1988），《文學原理》，臺北：東大。

劉雨（1995），《寫作心理學》，高雄：復文。

劉其偉（1999），《現代繪畫基本理論》，臺北：雄獅。

「──」的功能及其在語文教學上的運用

謝欣怡

摘要

　　標點符號是書面語的組成部分，也是語文教學中一項重要的內容。它不僅能表示句子的語法，有時還兼具心理、社會、文化等功能。而在現今標點被廣泛濫用的情況下，「──」這「夾槓」有許多延伸性的意涵。由西方音系文字所引進的夾槓，如今被浮濫使用於漢語形系文字中，不但造成音律思維／圖像思維的衝突，也消弭了原有的文化主體性。因此，在從事語文教學時，教導學生正確使用標點符號，導引其閱讀無標點的典型範文，以及進行「離經辨志」的訓練，才能在標點符號教學中，有效提升學生的閱讀及寫作能力。

關鍵詞：標點符號、語文教學、「──」、夾槓

一、一個很特殊的標點符號

　　標點符號是語文教學中一項很重要的內容，它不僅有語法及修辭功能，在傳情達意上也有不可替代的作用。而在所有的標點符號中，「──」這個符號有著甚多的意涵。「──」在標點符號用法裡一般被稱為「破折號」，「破」就是語句突然被打斷，「折」就是把意思轉到另一個方面。（吳邦駒，1999：103）但現今破折號被廣為運用，其功能已超出原有的規範，不僅具備語法功能，還兼有心理、社會、文化等其他意涵。在延伸出的其他意涵中，「──」還有「夾注號」、「底線」、「連接號」等功能性，被賦予新義的「──」因此而蘊含著許多的用法。所以，我以「──」一長橫的形貌，將其命名為「夾槓」。除了重新做一分類並研討語法功能外，還探究其在心理、社會、文化上的功能。

　　江藍生（2001）在〈標點符號用法〉中提到「──」為標明文中解釋說明的語句，有「註釋、意思的轉換、延長聲音、歇後語的中間、副標題之前」等用法。教育部於 2008 年重新修訂《重訂標點符號手冊》，對於「──」的定義為：「佔行中兩格，用於語意的轉變、聲音的延續、時空的起止、或用為夾注」。但《重訂標點符號手冊修訂版》中對於夾槓的說明和用法舉例太過簡略，模糊的規範難免令人無所適從。

　　此外，也有其他學者對夾槓做出不同的定義。文則明（1965）認為除了上述四種功能，還有「稍作停頓、引起下文、代替引號、表示語句的中斷、代替冒號、用在提引語後面的書（篇）名、轉變語氣、說話時忽生意外事件、說話時對象轉變」等使用法；王慶（1997）則另外舉出「表示事項的列舉分承、用於文章副標題之前、用於歇後語之間、表示意思的遞進、表示插說」等功能；沈益洪（1989）、吳邦駒（1999）、林穗芳（2000）和上述學者看法類似；藍賓漢（2006）則有「標明有聯繫的幾個階段或事物之間的某種聯繫、表示說話人的轉換」等不同的分類。

綜觀以上用法，及其他我所觀察到而未被定義的夾槓，嘗試做出一套完整的「──」分類法：

(一) 行文中對夾槓前的概念意涵、事情原因的解釋，或補充及總結上文的說明語句。

例 1 ：這兩年我過得很快活，雖然常常頭昏腦脹──因為我必須努力區別
　　　　美國的語言和習俗，與我之前所學但已忘得一乾二淨的那些他國語言和習俗。（David　D.Karnos,Robert　G　Shoemaker，2002：36）

例 2 ：將人偶問吊、奪取堆囤的糧食並將之以低於市價的價錢出售、將背叛者斬首並將其首級示眾、在稅吏還沒有拿出證明其有徵稅權的文件之前，拒絕讓他收稅等等──舉凡這些政府平常在做的事情，這時都成為「騷亂」及「擾動」的顯著特點。（Charles Tilly，1999：148）

例 3 ： 我父親生平最佩服一個朋友──上海張煥綸先生。（胡適，2000：48）

(二) 語意轉折、話題或對象突然轉變。此用法中倘若不加夾槓，易使語意不連貫而產生閱讀理解困難，使用夾槓也可讓轉折的語勢更強烈。

例 1 ：許多狗都拖出舌頭來，連樹上的烏老鴉也張著嘴喘氣──但是，自然也有例外的。（魯迅，2003：184）

例 2 ：你慢慢的講吧，我們聽到底是怎麼回事。──你等一等，我先把門關好。（文則明，1965：121）

例 3 ：老頭兒：「噢，窗子通通關上了，我要把它們打開。」
　　　　（外面有敲門的聲音）
　　　　馬陀扶：「那是什麼？──什麼人呀？多討厭！」
　　　　聲音（從外面傳來）：「開門！」（泰戈爾，2004：173～174）

(三) 表示聲音或語音的延長、持續。

例1：你聽，那一聲聲拉長的吟唱：「鹹──芭樂，鹹──甜──脆──，甘──的哦！」（陳黎，2001：12）

例2：「啊！謝謝！哈力法，說，謝──謝！」葛柏慈愛的馬上接過了孩子，笑著對孩子說。（三毛，1999：106）

(四) 表示事項的列舉分承。

例1：在我看來，所謂的「天才」必須具備以下特質：

──不隨波逐流。

──能掌握問題的重點，比較不會妄加推測。

──能採用多種觀點。一種觀點行不通時，就立刻採用其他觀點。

（Christopher Sykes 編，2001：6）

例2：根據研究對象的不同，環境物理分為以下五個分支學科：

──環境聲學；

──環境光學；

──環境熱學；

──環境電磁學；

──環境空氣動力學。（轉引自林穗芳，2000：310）

(五) 用於副標題前。

例1：從現代化到全球化──論亞洲價值的意義及其有限性。（李宏祺，2002：39）

例2：阜陽漢簡《倉頡篇》之文獻特性──與秦本之關係──（福田哲之，2005：3）

(六) 用於引文、注文之後，交代出處、作者或注釋者。

例1：他目中有火，面上有光。──《蒙古秘史》（Jack Weatherford，2007：35）

例2：1492 年哥倫布從西班牙揚帆啟程時，目的是中國，大漢所統治的地方。──摩根（David Morgan）（Jack Weatherford，2007：279）

例3： 熟悉白廳〔倫敦的一條街道，英國政府所在地——譯注〕的成
　　　熟的理想主義者本身可能還存有某些幻想，但是小學教師絕
　　　對不抱任何幻想。（Kevin Harris，1994：31-32）

(七) 用於歇後語之間，引出語底。
　例1： 半夜彈琴——暗中作樂。（中國徵集網，2008）
　例2： 阿二吹笙——濫竽充數。（中國徵集網，2008）

(八) 表示說話斷斷續續或中斷。其原因有可能是說話者本身生理、心
　　理因素的影響，或是在說話進行中被人打斷。
　例1： 「我不相信有這種事，說什麼都——」他突然收口。「華生！
　　　你還好吧？」（Stephen King，2006：104）
　例2： 潔特兒：「總歸一句話，媽媽，我二十歲都不到，而且——」
　　　歌樂蒂：
　　　「噓！」（Joseph Stein，2006：11）
　例3： 班長把大家喊下來，叫來了救護車。正要抬他上車時，他微
　　　睜開眼睛。
　　　一看是班長，就說了他最後的一句話：「我夢見——有特務——
　　　我追
　　　——就跳了——」（轉引自藍賓漢，2006：191）

(九) 表示插說。插說是把一個句子的結構打斷，插進一句話的形式，
　　它不是對夾槓前的詞語做注釋說明，而是突然補充的一句（段）
　　話，有時便會顯得語意不連貫，所以使用夾槓而讓讀者在閱讀時
　　不致產生困難。
　例1： 自從食品暨藥物管理局公佈最新的「美國人民飲食指導綱
　　　要」（2000年的第15版；每五年修訂一次），那就是人人
　　　——好啦，至少是我——心頭的問題。（Robert L. Wolke，
　　　2002：209）

例 2： 就在大街上，有兩個討飯的。一個是姑娘，看去該有十八九
　　　歲了——其實這樣的年紀，討飯是很不相宜的了，可是她還討
　　　飯——和一個六七十歲的老的，白頭髮，眼睛是瞎的，坐在布
　　　店的簷下求乞。（魯迅，2003：13）

(十) 用於對照或比較。反義詞用夾槓分隔，在視覺上可形成強烈對比
　　的效果。
　　例 1： 常用反義詞舉例
　　　　　愛國——賣國
　　　　　愛好——厭惡
　　　　　安定——動亂　動盪
　　　　　安靜——吵鬧　喧譁（轉引自林穗芳，2000：312）
　　例 2： 若不是有「安內」——「剿共」這大局中的大局，蔣介石肯定
　　　　　容易得多。（羅時敘，2002：145）
　　例 3： 我拿起瑪格麗特小姐交待的課本學習名詞的單數形和複
　　　　　數形。

child——children（兒童）	ox——oxen（牛）
mouse——mice（老鼠）	fairy——airies（仙女）
tooth——eeth（牙齒）	thief——thieves（賊）
goose——geese（鵝）	foot——feet（腳）
wolf——wolves（狼）	larva——larvae（幼蟲）

　　　　　（郭小櫓，2008：73）

(十一) 強調被引出的下文。用夾槓代替冒號來提起下文，可使語氣更
　　　強烈，也讓閱讀更醒目。
　　例 1： 人總會去尋求自己喜歡的事物，每個人的看法或觀點不同，
　　　　　並沒有什麼關係，重要的是——人與人之間，應該有彼此容忍
　　　　　和尊重對方的看法與觀點的雅量。（轉引自王榮玫等編，
　　　　　2007a：9～10）

例2： 雖然他自己不很清楚，但他發現人類行為的一大法則，那就是——如果要使一個大人或小孩及想做某件事，只需設法把那件事弄得不易到手就行了。（轉引自王榮玟等編，2007b：172）

(十二) 時空的起止，表示「至」的意思。
　　例1： 曾文正公享年六十二歲（1811——1872）。（教育部，2008）
　　例2： 中山高速公路闢建以後，從北到南（臺北——高雄）開車只要四個半小時。（教育部，2008）

(十三) 用於對話中，代替對話中的引號，也可表示說話人的轉換。
　　例1： 擋了他一會兒，後來這個人把他的背包一舉，說——我是美國人——。（三毛，1999：74）
　　例2： 這時電話響了。梔子匆匆出來。
　　　　　是關西打來的。他在拐角處站著。
　　　　　——你有老鄉來了，我就不打擾你了。
　　　　　——沒關係……互不干擾……
　　　　　——真是老鄉？
　　　　　——是的。
　　　　　——還是兩兄弟？
　　　　　——這有什麼好奇怪的！
　　　　　——他們在這兒呆多久？
　　　　　——總得吃頓飯吧。
　　　　　——吃了就走？
　　　　　——應該是吧。
　　　　　——那好，打烊以後我再約你。
　　　　　——再聯繫吧。
　　　　　梔子放了電話，心裡緊張。（轉引自藍賓漢，2006：197～198）

(十四) 作為空格使用。讀者可在文中夾槓處填入自己所聯想的字詞，
　　　使文意前後連貫，也增加作者與讀者的互動性。

例 1： 就算不為我，也為你們自己好，請動作快一點，＿＿先生、
　　　＿＿將軍、還有＿＿男爵（你們讀到這裡可以自行填空）。
　　　（Stephen King，2006：142）

例 2： 也許在語言知覺的歷程上，我們持續的做一些預測的工作，
　　　就像見到「鹽和＿＿」時會去猜「胡椒」，但是我們不可能持
　　　續的猜「狗」、「明　天」或其他語意奇特的詞不會出現在「鹽
　　　和＿＿」的脈絡下。（Jerry A. Fodor，2008：112）

(十五) 表示事情或意思的依序遞進，或標明事物間的某種聯繫。

例 1： 教導其他人如何利用聆聽——學習——行動——說明的架構，好
　　　讓他們記得真正的溝通不是宣傳，而是學習如何達成成果。
　　　（Frederick F. Reichheld，2002：224）

例 2： 自然是讀著，讀著，強記著，——而且要背出來。（徐少知編，
　　　2002：104～105）

例 3： 我們看到，「老虎——狐狸——撲——逮」，是很清楚的一件事的
　　　連續發展。幾個連續性重音簡要地顯示了它的進程。（轉引自
　　　藍賓漢，2006：195）

(十六) 表示餘意未盡，引發讀者的聯想或思考。此用法在詩中較常見。

例 1： 母親啊，我焦灼思家
　　　思慕妳溫柔的手，拭去
　　　纏繞我煩惱的雨絲——（馬悅然、悉密、向陽主編，2001：145）

例 2： 我是天空裡的一片雲，
　　　偶爾投影在你的波心——（徐志摩，2000：46）

　　以上十六點為我對「——」所分析整理的用法。此外，美國女詩人
Emily Dickinson 對於夾槓有另外一種不同的詮釋。Emily Dickinson 的

　　詩作一向富有音樂性和圖像性，其詩用的夾槓，時長時短，有時向上翹，有時向下彎，有批評家指稱這些是音樂記號，代表吟詠或歌唱那首詩時的高低抑揚。（維基百科，2008）例如她的其中一首詩：

> 我沒有時間懷恨——
> 因為
> 墳墓是阻礙——
> 生命的有限讓我——
> 無法
> 終結敵意——
>
> 我也沒有時間去愛——
> 但是既然
> 總得有些作為——
> 我想——
> 情感的小小折磨——
> 已然足夠——

（Emily Dickinson，1998：33）

　　從這首詩可分析出其詩歌以長短句分隔排列的方式，使詩歌的節奏既整齊又有變化，而句中多用夾槓來延長它的意蘊。這夾槓，既是意義上的延續，也是音節上的延長，有餘音裊裊的效果，聲斷而意不斷。也因為這是 Emily Dickinson 在夾槓中的特殊用法，因此僅舉出說明，不列入十六種用法當中。

二、「——」的語法功能

　　語法是語言的組織規則。要使語言能發揮出傳遞訊息，交流思想的作用，必須把語言單位具體的逐層組織起來，而標點符號則是書面語言中不可缺少的輔助工具。（洪合民，2008）在眾多標點符號中，夾

槓在標示句中詞語與句子的性質和作用上，具有多樣且複雜的語法功能。(向莉，2004)在上述我的分類中，「對概念及事物的總結或補充、語意轉折、話題或對象突然轉變、聲音延續或停頓中斷、事物的列舉、用於副標題前及引文之後、歇後語之間、插說、對照比較、強調上下文、時空的起止、代替引號或冒號、表示說話人的轉換、作為空格使用、事物或階段的遞進及之間的聯繫」等都具有語法的功能。我們來看以下的例子：

> 大家都認為今年的晚會，歌——好聽，舞——優美，小品——逗樂中引人深思。(轉引自林穗芳，2000：311～312)

上述例句的夾槓在我的分類法中有「使語氣停頓，以及對上文的概念意涵做補充」的功能。句中用夾槓來分隔主語（歌、舞、小品）和謂語（好聽、優美、逗樂中引人深思），不但使主語和謂語的界限分明，也讓語氣更加強烈。(林穗芳，2000：311～312)而在閱讀的過程中，也帶有停頓的作用。其次，一段文字中倘若出現界限不清或者是不能與上下文直接銜接的語法，使用夾槓則能修飾這段句子，加強文意，避免造成語意混淆。例如：

> 你的生日——四月十八——每年我總記得。(轉引自林穗芳，2000：304)

上述句子的夾槓在我的分類法中是屬於「行文中解釋說明」的功能。句中的「生日」是名詞，「四月十八」則是用來補充說明前面的「生日」，二者屬於同位語，使用前後夾注的方式使語意連貫，語句通順。再者，夾槓也能表達句子的語氣，加強文句的「表情作用」。(程玉恩，2006)例如：

> 例1： 許多狗都拖出舌頭來，連樹上的烏老鴉也張著嘴喘氣——但是，自然也有例外的。(魯迅，2003：184)
>
> 例2： I——I——I rather think——maybe——Amy has taken it. (Kelvin，2008)

在我的分類法功能中，例1是屬於「語意轉折」，例2的夾槓則使「說話過程斷斷續續」。在例1中，夾槓後面的「但是」是一個轉折語氣。而例2的夾槓則含有懷疑的語氣，表示「I」懷疑是「Amy」拿走了東西。此外，夾槓還能定敘述，如：

> 例1：擋了他一會兒，後來這個人把他的背包一舉，說——我是美國人——。（三毛，1999：74）
>
> 例2：人總會去尋求自己喜歡的事物，每個人的看法或觀點不同，並沒有什麼關係，重要的是——人與人之間，應該有彼此容忍和尊重對方的看法與觀點的雅量。（轉引自王榮玫等編，2007a：9～10）

例1中的夾槓能「代替對話中的引號」，有對白的描述功能，倘若沒有夾槓，這段敘述就無法存在。例2的夾槓則有「代替冒號」的作用，不但能引出下文，而且還對上文做出了評價敘述，點出了只要擁有雅量，觀點或看法不同並沒有關係。

呂叔湘和朱德熙這兩位學者曾在他們合著的《語法修辭講話》一書中提到：「每一個標點符號有一個獨特的作用，說它們是另一形式的虛字，也不為過分，應該把它們和『和』、『的』、『呢』、『嗎』同樣看待，用與不用，用在哪裡，都值得斟酌一番。」（呂叔湘、朱德熙，1979：230）由此可知，標點符號在語法功能中的重要性。倘若能謹慎而正確的使用夾槓，其在文章上將可達到文字不可企及的作用。

三、「——」的心理功能

標點符號是書面語言中不可缺少的組成成分，它可以幫助我們更確切地表達自己的思想感情和理解別人的語言。但在教學過程中，不少教師往往只注重語法或修辭的分析，而忽視了標點符號在心理上的作用，這在教學中不免是一個缺欠。（佚名，2007）

　　朱光潛在〈無言之美〉一文中曾說：「以言達意好像用繼續的虛線畫實物，只能得其近似。」也就是語言和作者的情感之間「只能近似」而不能畫上等號。也由於語言形式的不同，負載情感信息的方式也不盡相同。口說語言可憑藉說話人聲音高低、語氣強弱、神態變化、情緒波動以及肢體動作來實現語意、情感信息的傳遞；但書面語言只是一些語言符號，很難表現出說話人心理的情感信息。不過，標點符號補足了書面語言的不足，使有形的、散碎的、有限的語言，能最大限度地表現無形的、渾然的、無限的情感。（轉引自吳媛媛，2007）

　　因此，我們也能藉助作者在特定語言環境下使用的「──」，來揣摩它所負載的情感信息以及言語主體的心理軌跡。在我所分類的十六種夾槓功能中，「語意轉折或話題與對象突然轉變、語音的停頓中斷或延續、表示餘意未盡」等用法都有心理功能。如：

　　　　我應聲說：「這好極！他──怎樣？……」（魯迅，2002：113）

句中的夾槓有「語音停頓」的作用。這段話，是「我」聽到母親說閏土要來的消息時發出的肺腑之言。「他」字後使用夾槓作語音上的停頓，既加重了「他」字的份量，也凸出了「我」急於知道他此時的生活、家境狀況的迫切心情，有力地表現出「我」對好友閏土的無比關心。一個「──」的運用，蘊含著深刻的含意：因為作者眼前浮現的是二十年後的故鄉依然蕭條破敗的景象，那麼閏土的命運又是如何？所以，這個夾槓充分表現了「我」想問又不敢問，擔心閏土命運，內心忐忑、猜疑、惶恐不安的心緒。（郭俊書，2007：63～64）藉由夾槓，「我」的心理特點及複雜的情感活動便真實地展示在讀者面前。再如：

　　　　周萍：「你是誰？」
　　　　魯侍萍：「我是你的──你打的這個人的媽。」（轉引自吳媛媛，
　　　　　　　2007）

這段話中的夾槓有「語意轉折」的功能，這是魯侍萍在周萍責問「你是誰」時說的一句話。此處的「──」有語言不可替代的作用：既有侍

萍見到周萍後的激動，又有對他們兄弟相見時卻如仇敵般廝殺的痛苦、對自己兒子周萍的失望，更有三十年間日夜思念周萍、一旦見面又不相識的無奈。（轉引自吳媛媛，2007）這個夾槓交織著複雜的人類情感，也展現了魯侍萍豐富的內心世界，有言盡而意無窮的作用。又如：

> 老褚進來了：「尤——稽查長！報告！城北窩著一群朋——啊，什麼來著？動——動子！去看看？」（轉引自雲臺書屋，2008）

上述這段話的夾槓同樣也是有「語意轉折」的功能。藉著「——」把老褚這個人物描寫得生動傳神。由於平時互稱名號慣了，所以一開始老褚本來要叫「尤老二」，但一想不對，尤老二現在已經升官了，自己是部下，不能再直呼對方名號，於是藉由夾槓停頓一下，馬上改口「稽查長」；而「一群朋——」又不對，因為這些人是反動派，已經不是以前的那些朋友身分了，但又一時記不得「反動派」，只記得一個「動」字，所以說了「動——」就說不下去了，只好隨便胡謅一個「動子」搪塞過去。這段話倘若不用夾槓，老褚的複雜心理活動和起伏變化的情感是無法充分表現出來的。

由上述分析，我們可得知夾槓在書面語言的傳情達意上有不可替代的功能，倘若能善用夾槓，將可更正確且深刻地傳達出文章中的心理活動與情感信息。

四、「——」的社會功能

標點符號不能離開文字符號而獨立存在。因此，標點符號一定是在語境中進行的，社會環境對語言使用者則有潛在的制約作用。漢民族在長期的社會實踐中形成了含蓄的性格，表達者時常寄不盡之意於言外，給接受者有思索回味的餘地。標點符號於此則能成為在人際互動中，弦外之音或暗示對方如何回應的實用工具。上述的分類中，「語

意轉折、話題或對象轉變、話語的停頓或中斷、語音的延續、代替對話中的引號、作為空格使用、表示餘意未盡」都蘊含社會功能。如：

> 例1： 就算不為我，也為你們自己好，請動作快一點，＿＿先生、＿＿將軍、還有＿＿男爵（你們讀到這裡可以自行填空）。（Stephen King，2006：142）
>
> 例2： 也許在語言知覺的歷程上，我們持續的做一些預測的工作，就像見到「鹽和＿＿」時會去猜「胡椒」，但是我們不可能持續的猜「狗」、「明天」或其他語意奇特的詞不會出現在「鹽和＿＿」的脈絡下。（Jerry A. Fodor，2008：112）
>
> 例3： 知道最大的忠孝，是去實現前輩的囑望，於是，他又去攀登——（轉引自林穗芳，2000：308）

上述句子中，例1、例2、例3都屬於外語境的人際互動功能。例1與例2的夾槓是「作為空格使用」，藉由夾槓的填空，和接受者產生了互動的社會功能。接受者可從表達者發出的問題，自行填入適當的回答，不但能融入表達者的情境中，也增加了彼此的思想、人際的交流及社會互動，也使原本死板的書面語言，能藉著夾槓，而讓接受者參與其中的活動情境。例3的夾槓代表「話語中斷、語意未完成」，以「——」結束全文，表示語意深長。「他」知道實現前輩的囑望就是最大的忠孝，因此，他去攀登——，此時用夾槓使整句話戛然而止，讓讀者去尋味、去解答、去融入「他」的想法理念，也藉此作者和讀者產生了脈絡的人際互動，發揮了「——」外語境的社會功能。又如：

> 例1： 你慢慢的講吧，我們聽到底是怎麼回事。——你等一等，我先把門關好。（文則明，1965：121）
>
> 例2： 大家請坐吧，別客氣。——小華！再搬幾張椅子來啊！（文則明，1965：122）

例 3： 這一次，她在離開我以前合掌說道：「我的上帝！今朝
　　　　我感覺到你的腳在我懷抱中了，啊，多麼涼爽阿！這是
　　　　赤足，沒有被遮住。我把它們放在我的頭上頂禮很久，
　　　　我感覺到我的確存在了。然後，我請問你，我到你這裡
　　　　來對你究竟有什麼用處？我為什麼要來？我的上帝，請
　　　　老實告訴我的吧！——是否這只是一個迷惑？」（泰戈
　　　　爾，2004：33～34）

在上述的句子中，例 1、例 2、例 3 都是對話式的內語境人際互動。例
1 的夾槓有「話題轉變」的作用，後面是轉折語氣，表示語意轉變，「我
們」在聽「你」講之前，話題先暫時停止，等「我」把門關好後再繼
續談話，充分地展現出對話當中的社交活動。例 2 的夾槓所表示的是
「後面說話對象的轉變」。在例 2 的對話場景中，說話者一方面請大家
坐下，另一方面又發現在場的椅子可能不夠，因此叫「小華」再多搬
幾張椅子來，夾槓前後的人際互動非常熱絡，而作者則藉由「——」，
將脈絡的對話及頻繁的內語境人際互動串連起來。例 3 的夾槓有「語
意轉折」的功用，後面是一個疑問句，表示「她」在合掌祈禱時對自
己的困惑，以及對上帝的疑問，藉著「——」，「她」希望上帝能回應她
的問題，但是上帝不可能直接告訴「她」答案，因此，這裡的夾槓有
暗示對方（也就是文中第二句話的「我」）回應「她」的意涵。

　　語言是社會的產物，標點符號則是語言傳達的輔助工具，想了解
在社會活動中語言及標點符號的表達意義，就要從語境入手。而就語
言和社會功能的觀點而言，語言為社會互動中重要的一個環節；人們
可以藉著語言來傳遞思想、情感及慾望。因此，語言不單是人類自主
且有意識的行為，也是與文化有關的社會行為。倘若能妥當地運用
「——」，可使書面語言的使用在具有社會功能中成為一動態及彈性的
過程。

五、「──」的文化功能

　　標點符號在漢語的形系文字發展中，還不到一百年的歷史，我國最早的古書是沒有標點的。古人著書，從來就沒有人自己加上句讀的符號。句讀只是為讀書而用的，不是為寫文章而用的。因此，一般坊間的書都沒有句讀，讀者買回家來才隨讀隨加句讀的。偶然有些經書帶著句讀，但是普通常見的書籍都不如此。(邱燮友等，1991：287)現今我們所使用的標點符號是從西方引進的，標點在西方的音系文字中（以印歐語系為主）為絕對必要。西方人所發明的標點符號，用於他們的音系文字，可以「定」音／義／語氣／敘述／思維方式等等。(周慶華，2007：332)這也就使得標點具有文化功能。西方的音律思維裡，文字是語音的紀錄，標點符號是創造型文化觀使然，它順從神／上帝造物時「各異」的原則（對所稟的自神／上帝的語言能力中必須說話「音音判別」的在意），使其思維釐然可辨。(周慶華，2007：332)「──」也就在這種創造觀的世界觀中富含著文化的功能。

　　相較於西方的音系文字，漢語的形系文字本身就有表意功能，屬於圖像思維，而語音只是一種發音。因此，形系文字就不需要或未必需要標點符號，漢民族也沒有發明標點符號，僅見的一些句讀鉤識點畫等（邱燮友等，1991：279～315），不過是藉來輔助斷句易讀而已。而不需要標點符號的形系文字是氣化觀型文化使然，它的仿氣流動而造字表意，一切都有如線條漫步空中。(周慶華，2007：332)這種圖像思維的運作方式，使得「──」在形系文字中，必須借助音系文字的功能來定義。而原本不需要標點的形系文字，現在加進了音系標點符號，也勢必會產生一些衝突或變化。

　　有標點符號的書寫緣於為紀錄有「時效」性的語音而偏向時間化；無標點符號的書寫則緣於方塊字的自為「形體」化而偏向空間化。現在把西方音系標點加進漢語的形系文字，使整個漢語世界中的人不斷

發生圖像思維／音律思維、空間化／時間化的混淆和氣化觀型文化／創造觀型文化的衝突等後遺症。(周慶華，2007：332～333) 此外，標點也會使形系文字的意涵和思維狹窄化，造成傳統的承繼不精粹，卻又無法超越西方的音系思維，導致文化上的混亂。這些都是使用標點符號的漢語語系民族需要自覺及改善的問題。

在現今標點大量浮濫使用的情況之下，我們應否省思傳統文化對於標點符號的需要性，而外來文化融入漢文化時是否要有所規範或限定。就「——」而言，我認為有語法功能的夾槓才需要保留，無語法功能的夾槓則可略而不用。如詩中的夾槓倘若無語法功能就可以省略（其他的心理、社會功能，可留予讀者自己領會），以確保詩的精錬含蓄性。總之，唯有謹慎使用「——」，才是真正發揮其最大功能的不二法門。

六、「——」在閱讀與寫作教學上的運用

標點符號在語文教學中佔有一席之地，它富含著語法、修辭、心理、社會、文化等功能。林穗芳在《標點符號學習與應用》一書中曾說：「標點用法具有規範性和靈活性。沒有規範性，用法混亂，必然會造成閱讀理解困難，妨礙正常的思想交流；沒有靈活性，作者便不能根據作品的不同體裁和內容利用標點手段表現自己的寫作意圖和風格。」(林穗芳，2000：52) 由此可知標點符號對於閱讀及寫作的重要性。以下我將分成閱讀及寫作兩部分，探討「——」在閱讀及寫作教學上該如何運用。

（一）「——」在閱讀教學上的運用

現今標點符號的廣泛使用，造成學生在閱讀時，總是泛讀瀏覽多，精讀研讀少。藉著標點的輔助，反而使得一些字句被略過，甚至根本

注意不到標點符號。如此一來，學生閱讀時對標點的意識不強，寫作時，當然更容易忽視它的功能。

我在文化功能的部分曾經探討過漢語形系文字的特色，也知道古人在寫作時是不使用標點符號的，因此古人很重視句讀及斷句的訓練。現代人不像古人學習語文的「句讀學」，也很少進行「離經辨志」的訓練，閱讀時總是藉由標點符號的導引，輕鬆而快速地理解文章內容，而在無形中忽略了標點的功能。

有標點符號輔助固然不是壞事，但工具太過發達往往就會弱化人的相應能力。因此，我建議在實施閱讀教學時，應引導學生對於文中的「──」做有知有覺的閱讀，分析夾槓在句中有著什麼樣的用法，蘊含著何種語法、修辭、或其他功能，並時時做思維的訓練，才能提高自己的閱讀水準。

（二）「──」在寫作教學上的運用

學生一般在寫作時，對遣詞造句、佈局謀篇通常會較為重視，而對行文中的標點符號使用則往往忽視，甚至感到無所謂，這是因為對標點不掌握或掌握不確的問題。一篇好的文章，其標點符號的使用也一定是較為規範的。（田雨澤，2006）唐弢在《文章修養》一書中曾說：「這些符號，看起來雖然十分簡單，但等到實際應用的時候，卻是並不容易的。」（唐弢，2007：71）因此，除了閱讀中學習如何使用標點符號，在寫作時如何靈活運用標點符號更是一門重要的教學課題。對於「──」在寫作教學上的運用，我有以下幾點建議：

1. 避免夾槓的濫用。我們在指導學生用標點符號時，應先分清句子的成分、語氣，理解詞語的性質，才決定不使用或使用何種標點。例如：

從文表叔的書裡從來沒有──美麗呀！雄偉呀！壯觀呀！幽雅呀！悲傷呀！……這些詞彙的氾濫，但在他的文章裡，你都能感覺到它們的恰如其分的存在。（轉引自藍賓漢，2006：208～209）

　　　　上述句子中,「沒有」後面的夾槓並沒有任何積極的表達作用,所以可以刪去。(轉引自藍賓漢,2006:208～209)另外,詩中無語法功能的夾槓也可省略,避免夾槓的浮濫使用,造常閱讀的困擾。再者,語境中含有社會功能的有些夾槓也不一定要使用,以防讀者在閱讀時被夾槓所干擾。總之,我們必須根據文中的情況來適當變通、靈活處理標點符號。

2. 標點的運用雖然有其穩定性,但在一定的限度之內,我們還是可以有一些靈活用法。就審美而言,除了使用夾槓,可否使用其他標點(如引號、括號、冒號等)來增加文中符號的豐富性及閱讀的方便性,也是值得注意的地方。

3. 我們知道古人在閱讀時,要靠自己斷句,反覆咀嚼文句的意涵。現今的標點符號雖然給了我們很大的便利性,卻也侷限了閱讀時的思考。當標點符號的各種功能引進形系文字的文化時,同時也造成了許多濫用,這是我們需要省思的地方。我建議可以引導學生嘗試閱讀無標點符號的文章或書籍,做標點斷句的練習,如此不僅能顯現出文化的主體性,也可提升學生的思維能力。

　　標點符號可以說是語文教學中重要的奠基工作,其成敗將影響學生在未來的語文學習成效,而標點符號的教學與學習也是持續且漫長的歷程。(王維新,2005)「——」在標點中是屬於較為複雜的符號,必須逐步學習,才能駕輕就熟。因此,我們要抱持著嚴謹的態度來從事標點符號教學,才能有效提升學生的學習成效與閱讀寫作能力。

參考文獻

三毛（1999），《哭泣的駱駝》，臺北：皇冠。

王慶（1997），《標點符號的種類及用法》，山西：北岳文藝。

王榮玫等編（2007a），《國中國文第一冊》，臺北：康軒。

王榮玫等編（2007b），《國中國文第三冊》，臺北：康軒。

王維新（2005），〈學生寫作中的標點符號問題〉，《防災技術高等專科學校學報》，7：3，95～98。

文則明（1965），《最新標點符號使用法》，臺北：成功。

中國徵集網（2008），〈歇後語大全〉，網址：http://www.zhengjicn.com/25.htm，點閱日期：2008.11.17。

田雨澤（2006），〈標點符號的獨特功能及其使用規範問題〉，《十堰職業技術學院學報》，19：5，46～50。

向莉（2004），〈標點符號的修辭作用探析〉，《四川教育學院學報》，20：7，56～ 75。

江藍生（2001），〈標點符號的用法〉，網址：

http://www.chiculture.net/0609/html/index.html，點閱日期：2008.10.30。

佚名（2007），〈標點符號的表意功能例說〉，網址：

http://www.jszyw.cn/Article/bzluw/ynluw/200702/64750.html ，點閱日期2008. 10.20。

李弘祺（2002），《面向世界：現代性、歷史與最後的真理》，臺北：允晨。

吳邦駒（1999），《標點符號的規範用法》，香港：三聯。

吳媛媛（2007），〈標點符號的表達作用及效果〉，網址：

http://www.tjhbq.gov.cn/ReadNews.asp?Ne wsID=4712 ，點閱日期：2008.10.30。

呂叔湘、朱德熙（1979），《語法修辭講話》，北京：中國青年。

周慶華（2007），《語文教學方法》，臺北：里仁。

邱燮友等（1991），《國文科教學輔導論文集》，臺北：國立臺灣師範大學中等教育輔導委員會。

林穗芳（2000），《標點符號學習與應用》，北京：人民。

胡適（2000），《四十自述》，臺北：遠流。

洪合民（2008），〈正確使用標點符號二〉，網址：http://www.thn21.com/middle/good/15969.asp，點閱日期：2008.10.24。

徐少知編（2002），《魯迅散文選集》，臺北：里仁。

徐志摩（2000），《再別康橋》，臺北：遊目族。

馬悅然、奚密、向陽主編（2001），《二十世紀臺灣詩選》，臺北：麥田。

唐弢（2007），《文章修養》，北京：三聯。

陳黎（2001），《陳黎散文選》，臺北：九歌。

郭小櫓著，郭品潔譯（2008），《戀人版中英詞典》，臺北：大塊。

郭俊書（2007），〈標點符號的修辭作用探因〉，《語言應用研究》，63～65。

教育部（2008）《重訂標點符號手冊修訂版》，網址：http://www.edu.tw/files/site_content/M0001/hau/c2.htm，點閱日期：2008.10.24。

國家語言文字工作委員會頒布（1996），《標點符號用法》，北京：國家語言文字工作委員會。

程玉恩（2006），〈標點符號的修辭作用〉，《語言教學研究》，69。

雲臺書屋（2008），〈上任〉，網址：http://www.b111.net/xiandai/laoshe/yinghaiji/001.htm，點閱日期：2008.11.17。

福田哲之著，佐藤將之、王綉雯合譯（2005），《中國出土古文獻與戰國文字之研究》，臺北：萬卷樓。

維基百科（2008），〈埃米莉〉，網址：http://zh.wikipedia.org/wiki/%E5%9F%83%E7%B1%B3%E8%8E%89%C2%

B7%E8%BF%AA%E6%9B%B4%E7%94%9F，點閱日期：2008.10.20。

魯迅（2003），《肥皂》，臺北：檢書堂。

魯迅（2002），《吶喊》，臺北：正中。

糜文開，裴普賢譯（2004），《泰戈爾小說戲劇集》，臺北：三民。

藍賓漢（2006），《標點符號運用藝術》，北京：中華。

羅時敘（2002），《蔣介石宋美齡夏都悲歌（上）──美廬似魂》，臺北：風雲時代。

Charles Tilly 著，劉絮愷譯（1999），《法國人民戰爭史：四個世紀／五個地區（上）》，臺北：麥田。

Christopher Sykes 編，潘恩典譯（2001），《天才費曼──科學與生活的探險家》，臺北：商周。

David D. Karnos,Robert G. Shoemaker 著，王尚文等譯（2002），《愛上哲學：尋找蘇菲之路的故事》，臺北：立緒。

Emily‧Dickinson 著，郭雪貞譯（1998），《愛蜜麗‧花之歌》，臺北：格林。

Frederick F. Reichheld 著，蕭美惠譯（2002），《忠誠度法則》，臺北：藍鯨。

Jack Weatherford 著，黃中憲譯（2007），《成吉思汗──近代世界的創造者》，臺北：時報。

Jerry A. Foder 著，張欣戊譯（2008），《模組心智》，臺北：五南。

Joseph Stein 著，許錦波譯（2006），《屋頂上的提琴手》，臺北：水牛。

Kelvin（2008），〈英語破折號的用法〉，網址：http://zhidao.baidu.com/question/53595801.html?fr=qrl&fr2=query&adt=0_951，點閱日期：2008.10.30。

Kevin Harris 著，唐宗清譯（1994），《教師與階級》，臺北：桂冠。

Robert L. Wolke 著，高雄柏譯（2002），《愛因斯坦的廚房》，臺北：臉譜。

Stephen King 等著，王瑞徽等譯（2006），《MYSTERY Vol.2 福爾摩斯誕生一百二十週年專輯》，臺北：臉譜。

文學美感教育的困境與突破
——以新詩為例

呂蕙芸

摘要

　　文學美感教育，多數來自於國文課本裡的範文教學。在職業學校裡，強調證照取得、升學考試不考美感、及教育行政人員經驗不足……等等的條件限制下，如何增加學生的美感教育，啟發與創造文學的美感經驗，以及提昇學習國文的動機，是教育者的值得深思的課題。本文以新詩為基調，將朗讀詩作教學方法、新詩鋪寫成散文教學法、圖象詩教學設計、修辭格的趣味詮釋等課程，結合音樂、美術的概念，融入應用在國文課實際教學活動中，使職業學校的學生在修習實用課程之餘，也能領略文學的美。將此美感經驗，落實在生活之中。

關鍵詞：美感教育、國文教學

一、前言

　　德國美育哲學家席德（F.Schiller，1759～1805）認為「人唯有透過美感教育（Aestheric Education）才能使得人類的感性、理性與精神性動力獲得整體和諧的開展，以造就完美人格，進而促進和諧社會之建立」。（陳木金1999；馮至、范大燦譯，1989）美，不是藝術品中客觀的存在，而是主觀地存在觀賞者的感受之中；美，是人類理想的表現，它是由精神的必然而產生的，人們唯有通過美才能走向自由。（陳木金1997；李雄揮，1979）杜威（1934）指出：美感乃是一活生生而具體的經驗形式，也就是美感經驗的後果（Aesthetic experiential consequences）應是衡量美感價值的標準。（陳木金，1997）邱兆偉（1992）指出：美感的判斷決於參與鑑賞動力的累積，其功能在於能使說者與聽者的經驗，都變得具體而確定。學校培養美感的教育活動，大部分都指向造形藝術（視覺藝術）及音樂藝術教育活動（聽覺藝術）。（陳木金，1999）其實，在中國文學裡，也可以創造出培養及教育學生審美經驗的課程，本文以新詩出發，從朗讀、圖象、中國風新詩體式歌詞中，具體說明如何從新詩中，欣賞文學之美，達到文學美感教育的目標。

二、中國聖賢哲人對文學美感教育的詮釋

　　以三民圖書公司出版的教科書為例，一冊有十課，加上附錄中國文化基本教材及應用文，勉強算是十二課。在古文之中，聖賢哲人的文章是必須誦讀的，內容所提及美學觀，不但可以提昇人們心靈的境界，也可以改善人們的生活態度。中國的美育思想家大都出自於賢人，如孔子、孟子、老子、莊子等等。早期的中國將「美」與「善」兩者概念相混，而美的最終目的，也是趨於良善。

　　儒家的美育哲學思想方面，主要代表的人物是孔子、孟子與荀子。課文中選錄的是《詩經》。《詩經》的作者，非一時一地一人所作。而孔子對《詩經》的讚揚從「不學詩，無以言」中，可見生活的美學。美育思想是「美」與「善」的統一，美是一種精神愉快，而非單純的生理快感。除了「美」與「善」的合一之外，也要求「質」與「文」的合一，「質」是人內在的道德品質，「文」是指人的文飾。因此「文」與「質」的合一，也就能達到美與善的境界。孔子的審美理想是以「和」為核心，講求和諧與調和。孔子運用「詩、禮、樂」的美育內涵作為教化的功能，以「仁」為中心。孔子的美育思想，可由「志於道、據於德、依於仁、游於藝」《論語・述而篇》中得見。（王恭志，1998；伍振鷟，1992；蔡仁厚，1988）

　　孟子主張人性本善，善存乎人心，此種人性本善的思想指引著人們追求美的理想，其思想具有人本主義的精神；美的追求，並非上層人士所能獨自享有，而應為廣大的老百姓所共同享之。孟子的民本思想，對於藝術的推廣與普及有積極正面的功能。孟子的思想是屬於「唯心主義」，重「義」，主張人性本善。孟子主張「善」、「信」、「美」、「大」、「聖」、「神」的境界，希望使個人行為趨於美善，人格達到完美（孫良人，1989）；孟子的美學思想主要的是人格美及美感的共通性。（王恭志，1998）

　　荀子的部分，課本所選錄的是〈勸學〉，課文中所闡述的是為學的功用，在陶冶才能，變化氣質，修養身心。認為學習必須持久專一，透過長期積累、終身學習，才能變化性情，提昇品格。在美育方面的思想上，著重討論了對於人的審美。荀子認為人的美不在於外表，而在於內涵與品德上。荀子認為人性本惡，所以要靠後天不斷的修養才能趨於美善，以符合「禮」的要求。此外，荀子也非常重視「樂」的功能，而音樂的功能，在對人的情感方面，能產生陶冶的積極作用，「樂」的功能產生了「和」的作用（蔡仁厚，1988），美感教育的發揮能使得社會更加和諧。（王恭志，1998）

　　莊子的思想承自老子，莊子喜愛親近大自然，而遊於山水之間。莊子認為「道」是客觀存在的、最高的、絕對的美，天地的「大美」

就是「道」。此外，莊子在〈秋水篇〉也提出「美」、「醜」是相對性的，它們的本質都是「氣」，「美」與「醜」只要有「生意」，「美」與「醜」都可以具有美感的特質，並展現出生命的力量。莊子認為人的外型美並不重要，重要的是人內在的「德」，內在的「精神面貌」。（徐復觀，1988；葉朗，1986）莊子同老子的美育思想般，「意境」的美勝過於「形象」的美，老莊的道家美育思想，透過擺脫物役，摒棄人為，追求精神內在的美，這對後世的美育思想影響重大。（王恭志，1998）

近代的美育哲學思想以蔡元培為代表，蔡元培是我國近代提倡美感教育的大師，他對於美感的界定是「合美麗與尊嚴而言之，介乎現象世界與實體世界之間」、「神遊於對象中之實的感受」與「對於現象世界無厭棄而亦無執著者也」。（李雄輝，1979）蔡元培倡導美感教育，認為美感教育是實現教育目的的手段，認為美感教育可以陶冶感情、美化人生、鍛鍊意志、養成道德、充實生活與改造社會，可以代替宗教的功能並完成世界觀的教育。（王恭志，1998；李雄輝，1979）

三、相關文學美感教育的困境舉隅──以臺東高商為例

（一）技職教育強調證照的取得

我目前任教於國立臺東高商，是一所職業學校。一年級新生入學的基測平均分數為 125 分。以臺灣整體的分數為言，屬於偏後段。三年後，倘若以四技二專統測的成績，要進入國立大學，是比較困難的事情；而學生的家庭背景，又多以勞工階級為多數，進入私立大學就讀的意願，就不是很高。所以學校非常重視學生的技職檢定的技能，希望在畢業後，能以技優推甄的方式，進入國立科技大學就讀。相對而言，在一般的共同科目上，能著力及刺激在文學地方，就明顯不足。因此，只能就範文的部分，加強文學的美感教育。

（二）升學考試不考文學的美感

試以 97 年度四技二專統測國文科試題為例：

10、閱讀下詩，並推斷選項的詩義，何者與該詩的寓意最接近？
天上有多少星光，城裡有多少姑娘；但人間只有一個你，
天上只有一個月亮。
（A）十年一覺揚州夢，贏得青樓薄倖名
（B）欲寄君衣君不還，不寄君衣君又寒
（C）春色滿園關不住，一枝紅杏出牆來
（D）曾經滄海難為水，除卻巫山不是雲 。

14、閱讀下詩，並推斷選項對於詩的詮釋，何者<u>不正確</u>？
我是一粒米／當你夾取木筷，在飯中翻攪／請讀一讀我的
身世／當勞動的農人／以含淚的收割／抵不過股票指數
上升／糧價低迷／那緊蹙的眉頭／化為珍貴的淚滴／請
珍惜我（張國治〈一顆米如是說〉）
（A）採取第一人稱的敘述觀點
（B）詩人關切目前經濟狀況中的農業問題
（C）旨在強調國產米品種優良，應多食用
（D）詩以「米的身世」代指農人的辛苦與無奈

24、關於新詩與格律的關係，聞一多曾經表示：「越有魄力的
作家，越是要帶著腳鐐跳舞才跳得痛快、跳得好」。聞一
多的看法應是：
（A）作家必須經歷苦難，才能創作出好作品
（B）唯有突破格律的限制，才稱得上是好作品
（C）優秀的作家，善於藉格律的限制翻新出奇
（D）受到的限制越少，越能展現優秀作家的才情

32、閱讀下文，並推斷文中「詩人」主要的特質是什麼？

文字對詩人說：「我其實是空洞的。」詩人回答：「我的工
作便是將空洞排成豐沛。」（林文月〈有所思——擬《漂
鳥集》〉）

（A）把文字排列成整齊的文句

（B）清楚文字演變的來龍去脈

（C）依循文字的本義，寫出明白顯豁的文句

（D）實驗文字的可塑性，以之表現世界萬象

文學美感的題型，在升學考試中，鮮少出現過。換句話說，升學
考不考，老師又有進度的壓力。沒有老師的引導，學生就不知從何學
起。如此循環之下，文學的美感經驗就不會深印在腦海裡，更不會落
實在生活之中。

（三）教育行政人員的相關配合

美感教育要落實在生活之中，是教育者希望達成的目標。天氣漸
漸接近溽暑，教室愈來愈悶熱，學校依學生班會的建議，買了電扇消
暑。行政人員為「體恤」學生，各班買了四支大型工業電扇，放在教
室的前後。風力大，吹起來較涼爽。但四支電扇齊開的聲音非常大，
老師上課得用吼的，長期下來，老師抱怨聲帶受不了，學生抱怨聽不
到老師的聲音。於是，學校買了麥克風，充實了擴音的設備。教室相
鄰，而麥克風就會相互影響，隔壁班上什麼課，隔了一兩間教室，都
聽得清清楚楚。整個教學區吵吵嚷嚷，學習的效果當然大打折扣。所
以，要讓整個校園充滿文學的美感，及培養人文素養是重要的課題。

四、突破文學美感教育困境的途徑——新詩的新式教學

如何在文學之中培養美感，落實生活中的美感教育，可從最易著
手的新詩談起，再擴及其他文體及文類，以下，是我整理的新詩新式
教學法，提供大家參考。

（一）朗讀詩作教學方法深究

「正確清晰」是美好表達的基礎。選擇一種語文、清晰無誤的發表，無論是用文字、聲音、表達或肢體語言──手勢、動作等，都是讓接收訊息的人，能夠看得懂，聽得明白，然後才能有所「感」，進而達到具有「美感」的文學教育。

美感的經驗，可以來自聲音表情、肢體表情、文字表情等，但其根源探究，還是在於「內涵的深義」與「表達的深情」，交織成真正心靈的悸動，形成美的感動。（蘇蘭，2008）

以詩歌朗誦或文章朗讀為例，「文字深刻雋永的涵義」與「朗讀者深情款款的表達」，也就是「好詩佳文」與「多情的演出」，是形成美麗畫面不可或缺的兩大支柱，撐起一張網，羅織眾人的美好感受。（蘇蘭，2008）

從「入詩」到「出聲」，前者需要作者辛勤耕耘，讀者充分體驗──由了解、欣賞、進而詮釋，再表達。不但「感知」文字深意，也「感覺」、「感受」文字的力量，最後感動人或者被感動。至於後者，必得經過前項的步驟，加上有感情的自然表達，才會是成功的「出聲者」。唯有自己先被感動，才有可能感動別人。美感經驗自然就應運而生了。（蘇蘭，2008）

以教學生們吟誦新詩為例，首先在選材上，選的詩要適合朗誦，詞清字順才能達到效果。而過去採用的那些一味陽剛性的詩，叫囂式的朗誦方法和灌輸式的教育方式，已經完全不能適應現在的大環境和新思維；現在的朗誦詩，應讓從自身周遭的生活上取材，對當前的處境表露關懷和互勉之意，希望透過詩的浸潤，將青年學子健康活潑的一面表現出來。（蘇蘭，2008）

以我所任教的臺東高商為例，學生們在國中時期讀過余光中的〈車過枋寮〉，詩作如下：

車過枋寮　　　余光中

雨落在屏東的甘蔗田裡，
甜甜的甘蔗甜甜的雨，
肥肥的甘蔗肥肥的田，
雨落在屏東肥肥的田裡。
從此地到山麓，
一大幅平原舉起多少甘蔗，
多少甘美的希冀！
長途車駛過青青的平原，
檢閱牧神青青的儀隊。
想牧神，
多毛又多鬚，
在那一株甘蔗下午睡？（節錄）

本詩是作者於 1972 年 1 月 3 日在墾丁所寫的作品。當時作者搭車欲前往墾丁，經過枋寮，沿途觸目所見南臺灣的田園景色，以及特有的熱帶水果風情，此時不但吸引了詩人的眼光，也牽動了詩人敏感的情緒，於是在抵達目的地之後，隨即鋪寫成一首美麗的詩篇。

余光中在 2007 年，也發表了一篇新作〈臺東〉，這是一首備感親切的鄉土詩，選擇當作朗誦詩的教材，一來是學生在國中時，已接觸余光中的作品，對余光中的生平事蹟，有初步的認識；二來，教材的內容，貼近學習者生活環境，學生會更加有所人親土親的感動。試以蘇蘭朗誦詩教學法，擬教學方法如下：

1. 利用自行設計的學習單，引導孩子「入詩」

　(1) 問答思考：這首詩所要強調的是什麼？用了那些具有美感的修辭技巧？

　(2) 詩中有畫：體會作者所要表達的「意境」，繪製成你心中的臺東風光景色。

　(3) 作者生平：余光中的生平小記，搜尋資料補充。

(4) 作品風格：余光中除了擅寫鄉土詩外，是否還有其他膾炙人口的作品？

2. 背誦時加上自然的動作、手勢，可加強記憶

例：在表現「矮及高」時，可配合右手手掌朝下及手掌朝上，並微微上舉。小及大、短及長、少及多，也可以配合自行創作的手勢。

3. 正音符號標示在右，提醒學生們念正確的字音

近年來，受到網路文化的影響，很多的讀音漸漸被忽略，「矮、小、短、少」是上聲字，記得要念全上。「老鷹盤空卻多得多」，重點是在翹舌音、平舌音的分辨。

4. 以簡單的聲情符號，標示在下

以蘇蘭老師所制定的「大○　小·　高↑　低↓　快⊙　慢＊」朗讀符號，就足夠讓學生們誦讀詩作時，玩出很不一樣的結果。

臺　東　　　余光中

城比臺北是矮一點　天比臺北卻高得多
＊　··　○　　　　＊　··　↑

燈比臺北是淡一點　星比臺北卻亮得多
＊　··　↓　　　　＊　··　↑

人比西岸是稀一點　山比西岸卻密得多
＊　··　↓　　　　＊　··　○

港比西岸是小一點　海比西岸卻大得多
＊　··　↓　　　　＊　··　○

街比臺北是短一點　風比臺北卻長得多
＊　··　↓　　　　＊　··　○

飛機過境是少一點　老鷹盤空卻多得多
⊙⊙⊙⊙　·　　　　＊＊＊＊　○　↑

報紙送到是晚一點　太陽起來卻早得多

⊙⊙⊙⊙　·　　　＊＊＊＊　○　↑

無論地球怎麼轉　　臺東永遠在前面

　　　　　　　　　　○　＊＊

　　　　　　　　　　○

　　朗讀的方式，要先深入了解詩意，再按詩意情境標示朗讀符號。沒有一定標示的方法，也沒有統一的標準的答案。就每個人按自己對詩的體會，標示提醒自己朗誦時的聲音表情，念念看，是不是有些不一樣了。

5. 練習有感情的表達

　　由老師示範標、範讀，再由同學相互討論後，共同標示、範讀，再自己試著標示、試讀。直到有一天，學生們不用標任何符號，拿起自己喜歡的詩詞歌賦、佳言妙文，都能自然、生動、正確的表情達意，不但自己有感覺，聽的人也會感動，這就是「美好的表達」了！

　　曾經來臺參加國際詩歌節的諾貝爾獎詩人沃考特（D.Waleatt），曾就時下的詩說過幾句令人深思的話。他說：「時下詩人不打算寫詩讓人記憶。只寫在書頁上，不打算讓詩離開書頁進入他人的記憶。」確實，詩不應只是躺在書頁裡的文字，塵封在書架上讓人遺忘。詩人鄭愁予也曾主張「詩要離開書頁，其藝術與完美得先活生地站起來」。詩人向明也認為：讓詩用聲音發表出來，便是詩離開書頁，將文字化身蝴蝶飛入他人記憶最好的方法，更呼籲愛讀詩的人「讓詩飛揚起來」。（向明，2007）

（二）以新詩鋪寫成散文，增強文字潤飾的美感

　　新詩，是跳動的思考音符。在流行歌曲的帶動下，詩的呈現風格也具有多樣貌。看似散文又似詩，已無太大的明顯區別。可以配合音

樂，就古人的說法而言「可被之管弦」。試以時下高中青年學子的偶像歌手周杰倫作曲，方文山先生作詞的〈菊花臺〉為例，鋪寫成散文兩則。

菊花臺　　　　　方文山

妳的淚光　柔弱中帶傷　慘白的月彎彎　勾住過往
夜太漫長　凝結成了霜　是誰在閣樓上　冰冷的絕望
雨輕輕彈　朱紅色的窗　我一生在紙上　被風吹亂
夢在遠方　化成一縷香　隨風飄散　妳的模樣

菊花殘　滿地傷　妳的笑容已泛黃
花落人斷腸　我心事靜靜躺
北風亂　夜未央　妳的影子剪不斷
徒留我孤單在湖面　成雙

在妳泛著淚光的眼中，帶著柔弱的傷，慘白的目光，勾起那段藏在我心中的過往，夜如此的漫長，彷彿空氣也都要凝結成霜了！又是誰在閣樓上，獨自守著冰冷的絕望，外面的雨輕輕的打在朱紅色的窗框上，我的一生就像一張紙任意的被風吹散，我的夢想在遠方化成了一縷香，而妳的模樣，也和風一起飄散。滿地凋殘的菊花，就像我掉了滿地的悲傷，而妳留在我記憶中的笑容也漸漸淡去，滿地殘破的菊花如同人無法挽回的傷心，我的心情也靜靜的平躺。

狂亂的北風和好無止盡的黑夜讓我對妳的思念如同影子般的剪不斷，而現在卻只剩下孤單的我和映在水中的倒影成雙。(曾雅妃，2009：1～9)

花已向晚　飄落了燦爛　凋謝的世道上　命運不堪
愁莫渡江　秋心拆兩半　怕妳上不了岸　一輩子搖晃
誰的江山　馬蹄聲狂亂　我一身的戎裝　呼嘯滄桑
天微微亮　妳輕聲的嘆　一夜惆悵　如此委婉

菊花殘　滿地傷　妳的笑容已泛黃

> 花落人斷腸　我心事靜靜躺
> 北風亂　夜未央　妳的影子剪不斷
> 徒留我孤單在湖面　成雙

鮮艷耀眼的花朵到了傍晚，等待它的就只有凋零，如同天色過了黃昏，迎面的只剩孤寂的夜。我的命運就好比這殘花，顏色不再璀璨。假使妳心中依然無法放下那一絲絲不捨的離愁。那還是不要到異鄉去越過山渡過江，因為愁字是秋、心的結合，一旦硬生生拆兩半，便會失去了美感，從此一輩子飄泊在江洋中失去方向，動盪飄泊不定的上不了岸。這到底是誰的國土啊？竟然馬啼聲四起兵荒馬亂。我如同將軍一般，穿戴著威風凜凜、氣勢非凡的金甲，傾吐著人世間一切滄桑。晨光破曉同時，傳來妳的長嘆，一夜的悲傷、失意致使妳徹夜難眠，妳卻這麼的小心翼翼把我隔絕千里之外，不肯向我表露心情。

唉！殘破散落的菊花，就好像我支離破碎的心，而她的微笑，在我的腦海裡一幕幕越拉越遠，像照片的色彩，慢慢逝去，漸漸褪去，只一片泛黃。菊花的凋謝，猶如我無從挽回的悲傷，我的心情如死去般無聲無息的平躺，痛徹心扉獨自一人守著悲傷。任憑悽冷的北風無情的狂亂呼嘯，而這漫長的夜卻還沒有要結束的前奏，我對妳的思念如同影子一樣的如影隨形，越近深夜影子越長。唉！到底用什麼方法才能將它斬斷？一切的一切證明了我的愚昧，妳不懂我的那些憔悴，而我只能孤單的一個人來到曾經映照我倆的湖面，長嘆！（程奕凡，2009：1～10）

　　這兩位學生，國文的學業成績都很不錯，對於中國文學也頗有涉獵。我先請這兩位學生試寫，由作品來看，第一位曾同學，是將詩作拉長句式，成為散文，再稍加潤飾，並沒有太多改寫的情況。第二位程同學，是將詩作大幅度的做了增修，整篇讀完，要細細咀嚼才能了解她改寫之後的涵義。兩篇作品都有其特色，相對而言，教學者在引導學生從事改寫時，在寫作前的說明，是非常重要的，到底是要學生直接翻譯成散文，或是改寫成另一篇文章，引導的方式，將會決定學

生的作品呈現情況。建議在課堂上寫作時，可以放這首歌曲，給學生們一邊聽一邊寫作，學生在偶像周杰倫深情款款的歌聲帶領下，將會創作出更多更美好的作品。

（三）圖象詩教學設計

詩在文學美感的教學中，有多種形式的樣貌呈現。周慶華在《語文教學方法》（周慶華，2007：252）中列了一張很清楚的圖表：

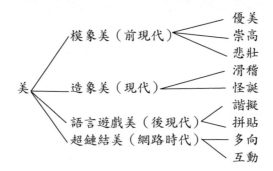

當中優美，指形式的結構和諧、圓滿，可以使人產生純淨的快感；崇高，指形式的結構龐大、變化劇烈，可以使人的情緒振奮高揚；悲壯，指形式的結構包含有正面或英雄性格的人物遭到不應有卻又無法擺脫的失敗、死亡或痛苦，可以激起人的憐憫和恐懼等情緒；滑稽，指形式的結構含有違背常理或矛盾衝突的事物，可以引起人的喜悅和發笑；怪誕，指形式的結構盡是異質性事物的並置，可以使人產生荒誕不經、光怪陸離的感覺；諧擬，指形式的結構顯現出諧趣模擬的特色，讓人感覺到顛倒錯亂；拼貼，指形式的結構在於表露高度拼湊異質材料的本事，讓人有如置身在「歧路花園」裡；多向，指形式的結構鏈結著文字、圖形、聲音、影像、動畫等多種媒體，可以引發人無盡的延異情思；互動，指形式的結構留有接受者呼應、省思和批判的空間，可以引發人參與創作的樂趣。（周慶華，2007：252～253）由於

詩作中美感特徵有這種多樣性（豐富性），從而也使我們的教學方法的轉向使力得以進行。

圖象詩，是老祖宗的另一項文字遊戲。「詩中有畫，畫中有詩」是詩的美麗境界，而中文字又多象形、象意的特性，本身便是「字中有畫，畫中有字」。用這些美麗的字，來組合、拼貼成各種有意思的圖形，讓詩有文義可以讀，又有圖形可以玩賞，真是再方便不過！迴文詩、寶塔詩、組字成畫等，都是老祖宗在圖象詩上的創作成績。（林世仁，2004）

圖象的特性，在混合著「讀」與「看」的經驗，它利用了你的「腦筋」，並且也利用了你的「眼睛」。它使以往千百一律的形式的面孔成為表現它本身獨特的形式。圖象詩的形象，使詩更能回復到文學以前的經驗；回復到聲音與符號結合而成的，原始、逼真、衝動，有著魔力的經驗。圖象詩，正是這樣一種讓人可以直接感受、直接與詩的意義撞擊的東西。所以詩人白萩認為，圖象詩便是他面對活在二十世紀的「龐雜的感受」，在詩學上藉以表達這種新的存在思維，新的詩學「意義」的最佳技巧。（白萩，2005）就較容易入手的形式開始，引導學生們創作。首先介紹周慶華的〈龜山島〉：

> 龜山島
>
> 遠方
> 在海上的
> 一隻龜
> 靜靜趴著
> 千百年以來
> 從這頭望去
> 都沒換過姿勢
> 有時黯淡
> 有時明
> 害我
> 畫不直
> 那一條
> 奇妙善變
> 和愛翹
> 的尾巴

（周慶華，1998：102）

再舉一例，陳克華的〈關於愛情〉：

關於愛情

關於愛情我是一盞
紅黃綠燈
經過我時你可以
也可以不停‧
．

（陳克華，http://www.thinkerstar.com/kc/verse/index.html ）

試看 1-9 邱寶明學生的仿作：

海浪

你的遼闊
自
第一個太陽紀結束開始
以　莊嚴之身
覆滿整顆地球
啊
那是聖經傳述千年的方
舟神話
以　諾亞之名
成雙的傳續永世的生命
當
白鴿以橄欖枝葉銜來希
望
你明白　你得讓步了
但　你不會甘願
因為你　才是傳承生命的源
流
鹽份不是阻礙
而是進化的裸子
單細胞是序章
蜉蝣是紀實
而　以銀箭之身　躍於其上
閃耀麟甲的

後來　夜紗披蓋天空
灑滿銀條絲縷
難得激昂的你
翻湧了婉約溫柔
撥動水面
浮
光　輕
掠　影
偶有
無聲的
巨尾
舉起
揮下
流動　綻放
諾亞
著
血脈
花浪的

　　新月社認為詩要有音樂美（音節）、繪畫美（詞藻）、建築美（節的勻稱和句的勻齊），徐志摩更認為：一首詩的秘密也就是它的內含的音節的勻整與流動。學生在學習的創作上，掌握了詩中流動的美感，採用的詞藻也俱有繪畫美，是值得鼓勵的。

（四）修辭格的趣味詮釋

　　修辭格的教學，在範文教學中，是很重要的一環。如何運用在其他的作品之中，讓學生更具有美感的文學經驗，試以周杰倫作曲、方文山作詞的〈青花瓷〉為例：

1. 譬喻修辭

　　　青花瓷（節錄）
　　色白花青的錦鯉躍然於碗底（摹寫）　臨摹宋體落款時卻惦記著妳
　　妳隱藏在窯燒裡千年（誇飾）的秘密　極細膩猶如繡花針落地（譬喻）
　　簾外芭蕉惹驟雨門環惹銅綠　而我路過那江南小鎮惹了妳（轉化、摹寫）
　　在潑墨山水畫裡　妳從墨色深處被隱去（轉化）
　　天青色等煙雨　而我在等妳　炊煙裊裊昇起　隔江千萬里（誇飾）
　　在瓶底書漢隸仿前朝的飄逸（轉化）　就當我為遇見妳伏筆（轉品）
　　天青色等煙雨　而我在等妳（類疊）　月色被打撈起　暈開了結局（轉化）
　　如傳世的青花瓷自顧自美麗　妳眼帶笑意（倒裝、譬喻）

譬喻是一種「借彼喻此」的修辭法，凡二件或二件以上的事物中有類似之點，說話、作文時運用「那」有類似點的事物來比方說明「這」

件事物的,就叫「譬喻」。它的理論架構,是建立在心理學「類化作用」（Apperception）的基礎上,利用舊經驗引起新經驗。通常是以易知說明難知;以具體說明抽象。使人在恍然大悟中驚佩作者設喻之巧妙,從而產生滿足與信服的快感。（黃慶萱,2000）

「譬喻」句式,是由「喻體」、「喻詞」、「喻依」三部分所組合而成。「喻體」指的是所要說明的事物主體。「喻依」是用來比方說明主體者。「喻依」則是用來聯接「喻體」和「喻依」的語詞。由於喻詞有時可以改變,甚至可以省略,喻體的或少或多不定,所以大至可分為四類。

類別	表解		
	喻體	喻詞	喻依
明喻	✓	✓	✓
暗喻（隱喻）	✓	是、為	✓
略喻	✓	X	✓
借喻	X	X	✓

以「妳隱藏在窯燒裡千年的秘密,極細膩,猶如繡花針落地」為例:「妳隱藏在窯燒裡千年的秘密,極細膩」是「喻體」;「猶如」是「喻詞」;「繡花針落地」是「喻依」,所以這句是典型的明喻。那段「隱藏在窯燒裡千年的秘密」是細心窯燒的青花瓷,小心地被呵護著,就像小姑娘家輕盈細膩繡花針落了地,帶著小小的危險。倘若從譬喻「運用想像力,用具體而熟悉的事物,來說明或形容抽象之物」的原則來看,將「極細膩的秘密」和「繡花針落地」巧妙串聯在一起,呈現了絕佳的意象。（方文山,2008）而「瓶身描繪的牡丹一如妳初妝」的例子:「瓶身描繪的牡丹」是「喻體」;「如」是「喻詞」;「妳初妝」是「喻依」,所以這句也是典型的明喻。周敦頤〈愛蓮說〉:「牡丹,花之富貴者也。」牡丹,自李唐開始,就被眾人所喜愛。淡淡地描摹牡丹的輪廓,就能將其神韻,溫柔地展現,就好像清秀佳人,微微淡淡脂粉,更顯得氣質嫻雅。「妳嫣然的一笑如含苞待放、如傳世的青花瓷自顧自美麗,妳眼帶笑意」,也是譬喻法的完全體現。

2. 類疊修辭

同一個字、詞、語、句，或連接，或隔離，重複地使用著，以加強語氣，使講話行文具有節奏感的修辭法，稱作「類疊」。（黃慶萱，2000）

就類疊的內容說：有單音詞（字）、複音詞（複詞）的類疊。就類疊的方式說：有連接的類疊，有隔離的類疊。二者相乘，便有：

(1)疊字：字詞連接的類疊。

(2)類字：字詞隔離的類疊。

(3)疊句：語句連接的類疊。

(4)類句：語句隔離的類疊。

「簾外芭蕉惹驟雨門環惹銅綠，而我路過那江南小鎮惹了妳」兩句中，連用了三個「惹」字，就是「類疊」中「類字」的使用。「惹」字具有「招引」、「挑逗」之意。芭蕉主動招引了驟雨，門環主動挑逗了銅綠，使得原本被動意象的芭蕉及門環，在充滿詩意的江南小鎮，有了大地的氣息及生氣，不再是被動的讓驟雨傾瀉其身，而門環也不再是等待銅綠染身。景物的敘述轉移到了美人身上，接連著使用，毫不停歇，給人一種迫不及待想去主動認識妳的情愫，強化語句中，所透露出的意思。

「天青色等煙雨，而我在等妳」。雨過天青，是指雨後初晴的天色。而天青色，是無法自己出現的，它必須耐心等待一場不知何時會降臨的雨，才能夠在積雲散去的朗朗晴空下，以天青的顏色出現。因為雨過天晴後，才會出現天青色，故先降雨才能有天青。但用被動式的說法，天青色在期待著雨天的來臨。接著又直敘下句，「而我在等妳」，一連用了兩個「等」字，是強調愛情裡最無奈就是「等待」。「簾外芭蕉惹驟雨門環惹銅綠，而我路過那江南小鎮惹了妳」是採主動的句法，「天青色等煙雨，而我在等妳」則換成了被動的句法，主動與被動的巧妙交互使用，看得出作者的用心巧思。（方文山，2008）

　　新詩體式的教學，其目的並非以升學或考試為主，主要在於培養學生能喜愛文學，在文學中，得到心靈層次的提昇，至於效果有多少，要落實教學之後，方能評估。

五、結語

　　蔣勳認為，美的教育不等於美術教育，應該把美的教育放在每一個環節上。數學課裡發現秩序的美；語言課裡發現文字的美；體育課裡，發現身體的美。最好的美感教育其實應該融入生活裡。而每個孩子的心中，都有美的種子，需要從生活中，全面地照顧與栽培，才能開出美的花朵。（許芳菊，2006）

　　文學的美感的教育，不僅在於提升學生的語文程度、變化氣質，更可強化國家與個人的競爭力。更重要的，它是健全人格、平衡身心與開啟創造力很重要的力量。

　　新詩，篇幅不長，短短的很容易入門，每一個學生都可以經過教學者的引導，欣賞、啟發及進而創作一首新詩，培養學生的文學美感經驗，擴及至任何的文類，任何的事物，使生活當中，也充滿美感，達到「真、善、美」的大同世界。

參考文獻

一、期刊

王恭志（1998），〈美感教育的哲學理論之探析〉，《教育資料與研究》，臺北：
　　國立教育資料館。

許芳菊（2006），〈美感教育 健全身心，啟發創造力〉，《天下雜誌 2006 年教
　　育專刊》，臺北：天下。

二、圖書

方文山（2008），〈青花瓷〉，《隱藏在釉色裡的文字秘密》，臺北：第一人稱。

方文山（2008），〈菊花臺〉，《中國風‧歌詞裡的文字遊戲》，臺北：第一人稱。

白萩（2005），《白萩詩選》，臺北：三民。

向明（1997），〈作者序〉，《讓詩飛揚起來》，臺北：三民。

林世仁（2004），〈書評，林武憲〉，《文字森林海》，臺北：三民。

周慶華（2007），《語文教學方法》，臺北：里仁。

黃慶萱（2000），〈譬喻〉、〈類疊〉，《修辭學》，臺北：三民。

三、研討會論文

陳木金（1999），〈美感教育的理念與詮釋〉，《全人教育與美感教育詮釋與對
　　話研討會論文集》，臺北：國立臺灣藝術學院教育學程中心。

陳木金（1997），〈從教師美育教學談情意教育的實施〉，《師資培育與情意教
　　育學術研討會論文集》：臺北，天主教輔仁大學教育學程中心。

蘇蘭（2008），〈朗讀教學〉，《臺東縣語文教師朗讀教學研習手冊》，臺東。

四、網站

方文山，http://www.wretch.cc/blog/fanwenshan，點閱日期：2009/05/13。

陳克華，http://www.thinkerstar.com/kc/verse/index.html，點閱日期：2009/05/13。

陳黎，http://www.hgjh.hlc.edu.tw/~chenli/poetry6a.htm，點閱日期：2009/05/13。

凱雅，http://blog.yam.com/creart/article/11822068，點閱日期：2009/05/13。

初級華語文教材語法項目分析
——以《新版實用視聽華語 1》為例

林羿伶

摘要

　　語法項目是華語文教材的教學重點，但是卻鮮少針對教材中的語法項目作深入的分析。本文將從數量、內容、排列三方面來分析國內初級華語文教材《新版實用視聽華語 1》的語法項目，以了解華語文教材對於選擇及排序語法項目的現況。在逐一檢視各項語法項目之後，有以下的發現：一、語法項目過多；二、同時教省略及不可省略的用法；三、近義詞同時一起教等，並針對以上的發現提出教學上的建議。

關鍵詞：華語文教材、語法項目

一、前言

隨著中國大陸經濟的崛起，華語文逐漸受到歐美國家的重視，從每年來臺灣學習華語文的人數逐年增長的趨勢來看，國內華語文教學的發展潛力實在不容小覷。而在華語教學這個領域中，教材與教學是環環相扣的，其關係是密不可分的。

但是國內過去對於華語文教材的研究多半是著重在教材的整體設計與課程安排的關聯性上，較少針對教材的內容作深入的分析研究。

有鑒於此，研究者將從初級華語文教材中的語法項目著手，藉此了解在初級華語文教材中編排了哪些語法項目，以及這些語法項目的內容為何。更希望能進一步探討這樣的編排方式會有什麼樣的問題產生，以及尋求解決這些問題之道。

本研究將以《新版實用視聽華語 1》（以下將簡稱為《新實 1》）為例，並從數量、內容、排序這三方面來分析並試論初級華語文教材中的語法項目。而為了方便討論及呈現，研究者將《新實 1》各課的語法項目及其語法項目的內容，製成表一（見附錄一）。

二、《新實 1》中語法項目的數量

《新實 1》列出四十九個語法項目，但是研究者在逐一檢視其語法項目之後，發現有一個語法項目不止包括一個用法的問題。因此在計算語法項目的數量上，研究者是以不同的用法就分為一個單位。因為研究者認為每一個用法都必須透過教學，外籍學生才能學會並運用，因此教授的語法項目的數量應以用法來作為計算的單位，而非按照《新實 1》所列舉的項目來計算。

因此《新實 1》雖然在這十二課中列出了四十九個語法項目（見表一），但經研究者以劉月華《實用現代漢與語法》及呂叔湘《現代漢

語八百詞》等語法教科書互相參照之後，發現其教授的語法項目不止四十九個而是有六十二個之多，原因在於一個語法項目其教授的語法用法不止一個。

舉例來說：第三課的語法 I 是「Subject-Verb-Object Sentences」，也就是一般所謂的「一般動詞謂語句」，主要的語法結構為「主詞＋動詞＋賓語」。但是研究者在語法 I 中所舉的兩個說明的例子中（見例句一和例句二）發現例句二是「有字句」的用法。因為這是兩個不同的用法，因此在計算語法項目數量上要算兩個。也就是說在第三課的語法 I 裡有兩個語法項目：「一般動詞謂語句」和「有字句」。

例句一：我（不）看書。（一般動詞謂語句：主詞＋動詞＋賓語）
例句二：他（沒）有報。（有字句）

另外，在第五課的語法 I 和語法 II 中，雖然都是在教省略「的」的用法（見例句三和例句四），但是因為省略的原因不同，所以研究者也將其視為兩個不同用法的語法項目。

例句三：我這兩本書。（指示代詞與數量詞構成的短語作定語表示限制關係時，後面不用「的」。）
例句四：我哥哥。（如果中心語與自己的關係緊密，通常會將「的」省略。）

像這樣雖然都是在教同一個字，但是這個字卻有不同意義和用法的，還有在第十課語法 II 出現的助詞「了」。「句子＋了」的「了」表語末助詞，而「動詞＋了」的「了」表動作完成（見例句五和例句六）。研究者也因為這兩個助詞「了」的用法不同，而將其分成兩個語法項目來計算。

例句五：他已經來了。（「句子＋了」）
例句六：我已經吃了飯了。（「動詞＋了」和「句子＋了」連用）

在這樣逐一檢視《新實 1》的語法項目之後，研究者發現原來《新實 1》有一個語法項目其教授的語法用法不止一個的情況發生，這也

使得《新實 1》所教的語法項目數量高達六十二個，遠超出所列的四十九個。平均一個要學習五個語法項目，是呂文華（2002）建議在初級階段每課教授的語法項目數量的兩倍。因此研究者認為，《新實 1》有語法項目過多的問題。而語法項目過多的問題，除了會直接影響每一課的教學量及教學難度（呂文華，2000），同時也會造成初學華語者的學習負擔。

呂文華（2002）就提出在初級階段應該要嚴格控制語法項目的數量的看法，他建議每課教授的語法項目應以二至三個為基本要求，必要時一個也是可以接受。因此教材編寫者在控制語法項目的數量上，應以此作為參考。

除了了解控制語法項目數量的必要性及重要性之外，還需探討為何會有語法項目過多的情形發生。研究者認為主要的原因有二：一是跟語法項目本身的繁簡有關；二是跟說明語法項目用法的內容繁簡有關。

有些語法項目的包容量大，無論是在語義或用法上都很繁多又複雜，但是劉珣（2000）表示要將教學中的語法歸於教學語法而非專業語法，因為教學語法強調的是以增進學生交際能力為目標，而非著眼在語法的系統性與完整性。因此要選擇最基本、最常用的語法項目作為初級階段的教學內容，以此作為篩選語法項目的基準，應該能對控制語法項目有幫助。

為能有效降低及控制語法項目的數量，研究者建議可以從降低語法項目的包容量，及簡化複雜的語法項目這兩方面進行，以期提升教學與學習成效。

三、《新實 1》中語法項目的內容

在深入探究《新實 1》語法項目的內容之後，研究者發現《新實 1》在某些語法項目的編排上，違反了從易到難、由簡入繁的教學原則，而且其在教授用法上還有過於複雜的問題。研究者將其發現的問題整理如下。

（一）「的」字用法的編排過於紊亂

　　研究者發現，在《新實 1》中，光是「的」這個字，就教了九個不同的用法。雖然這與「的」字用法的包容量有關，但是在編寫教材上應該還是要掌握就簡避繁的原則。

　　像第五課中的語法 I 教省略「的」的用法，而省略的原因是因為當指示代詞與數量詞構成的短語作定語表示限制關係時，後面不用「的」（見例句三）。而語法 II 省略「的」的用法是由於中心語與自己的關係緊密，所以通常會將「的」省略（見例句四）。但是接著又告訴學生要用「的」情況（見例句七和例句八）。

　　例句七：我的書。（主語表示領屬關係時，後面要用「的」。）

　　例句八：這個杯子是誰的？（表示領屬關係的「誰」作定語時，後面要用「的」）

　　像這樣在同一課中，同時出現可省略及不可省略的用法，研究者認為這會讓學生在學習上產生混淆，學習效果也會大打折扣。

　　此外，在第六課的語法 III 同樣又出現省略「的」（見例句九）及要用「的」（見例句十）的用法。

　　例句九：小錶。（形容詞作定語後面用不用「的」主要與音節有關。單音節形容詞作定語通常省略「的」。）

　　例句十：很大的錶。（形容詞短語作定語時，後面要用 「的」。）

　　除此之外，語法 III 還教了「『的』字短語」（見例句十一）。

　　例句十一：我要大的。（「的」字後無名詞，且「的」字短語是名詞性的，例如「大的」指的是「大的東西」。）

　　再來，在第八課中的又出現了兩種要用「的」的用法，試以例句十二、十三、十四解釋如下：

例句十二：他畫的畫兒。（「的」在這裡當關係代詞使用，不可
　　　　　省略。）

例句十三：你唱的這個歌兒。（「的」在這裡當關係代詞使用，不
　　　　　可省略。）

例句十四：做生意的。（沒有中心詞的「的」字結構：指某一種人）

　　研究者建議要將「的」的用法以更為系統化的方式呈現，否則這
樣一下學可省略「的」的情形，一下教不可省略「的」的情形，不僅
會讓學生無法區別之間的差異，也加大教師的教學量與教學難度。此
外，再細分「的」的用法也是一個解決敘寫紊亂的辦法，例如將要用
「的」的用法再細分成領屬關係或是限制關係，如此一來學生將更能
掌握使用「的」的時機。

　　呂文華（1987）認為，漢語有許多語法現象都存在著可用、可不
用，或是可用可不用的情形，但是在這三種情況中，呂文華認為最應
該先教給學生的是常見的基本形式，也就是某個語法項目在什麼情況
下會這樣使用的用法。

　　以「的」的用法來說，最應該先教給學生的用法是最基本、最常
用、出現頻率最高的情況，需要判斷該不該省略「的」用法，要等學生
已經熟練「的」的用法之後再來教，這樣才符合就簡避繁的教學設計。

（二）同時教近義詞的缺點

　　同時教近義詞的缺點，就是容易造成初學者在使用語法上產生混淆。
　　例如第一課同時教「姓、叫、是」這三個關係動詞，雖然這三個
關係動詞的意思相近且句型結構也相同，但是其使用的限制條件有所
不同：「姓」後面只能接姓（見例句十五）；而「叫」後面可以接名字
或全名（見例句十六）；而「姓加先生或小姐」後面要接「是」（見例
句十七）。一次提供學生如此多的訊息量，會提高教學的難度，也會降
低學生的學習成效。

例句十五：我姓王。

例句十六：他叫（李）大衛。

例句十七：李先生是臺灣人。

又譬如在第三課的語法 I 中，同時出現「不」和「沒」的否定用法。雖然「不」和「沒」都是否定副詞，都可以用在動詞前，但是「不」否定的是意願、能力、事實、性質等；而「沒」用在客觀述敘，否定的某行為已經發生或是已經完成。（見例句十八和例句十九）。

例句十八：我不看書。（否定意願）

例句十九：他沒有報。（否定領有）

像這樣將意思相近但用法卻不同的近義詞同時放在一起教，恐怕會使剛接觸華語的外籍學生在使用上難以理解並產生混淆。因此研究者建議近義詞不要擺在一起教，一次只教一個語法項目就好，並以常見的為優先教授順序，以免造成學生在學習上的困擾。

在初級階段不要將相近的語言現象安排在同一個語法項目中教，學生不但無法區分彼此之間的差異，也會對如此糾纏不清的語義感到困擾。

四、《新實 1》中語法項目的排序

為了解《新實 1》中語法項目的排序是否符合教學順序，研究者以楊寄洲在〈對外漢語教學初級階段語法項目的排序問題〉（2000）一文中，所明確列舉出四十三項在初級華語文教材中的語法項目的排列順序作為參照的標準。

楊寄洲（2000）認為要找出各個語法項目之間的排序規則，才能有效地提高對外華語教學的水平和標準，於是他提出具體且具有說服力的依據[1]，為這四十三項語法項目進行排序。

---

[1] 詳見楊寄洲（2000：11～14）。

研究者將此四十三項在初級華語文教材中應該具備的語法項目及排序整理成表二（見附錄二），並依此了解《新實 1》的語法項目排列順序是否符合教學原則。

研究者發現《新實 1》中語法項目的排序有下列幾點問題。

（一）倒裝句過早出現

研究者發現在第三課的語法Ⅳ就出現了倒裝句（見例句二十）。

例句二十：英文報，我不看。
法文書，英文書，我都有。

楊寄洲（2000）未將倒裝句列入初級階段應該包含的語法項目之內，這或許是因為他認為倒裝句是屬於較為高階的語法項目。因此研究者認為倒裝句在第一冊的第三課就出現，似乎出現得太早。研究者認為在初級階段讓學生先熟悉並熟練簡單、基本的句型即可。若是將例句七改為「我不看英文報」、「我有法文書和英文書」等陳述句，會較符合初學者的學習階段。

（二）「有」字句的排列順序

《新實 1》在第三課的語法Ⅰ就出現了「有」字句，但是一直要到第十課的語法Ⅲ，才出現「有」字句的否定用法「沒有……」，以及加強否定語氣用法「還沒（有）……」。

雖然分散難點是編寫教材的一大重點，但是編寫教材者也要將語法項目之間上下的連貫性也考慮進去，尤其中間不要間隔太久，好讓學生能夠層層遞進達到反覆練習的最佳學習效果。

（三）反問句過早出現

《新實 1》在第十課的語法Ⅴ出現反問句（見例句二十一）：

例句二十一：你沒看書嗎？

楊寄洲（2000）在排序初級階段語法項目時，將反問句排在第四十個語法項目，他認為學生在學過「把」字句和「被」字句之後，再來學反問句，會比較符合循序漸進、由簡至難的學習順序。但是《新實 1》在還沒教學生「把」字句和「被」字句之前，就先教反問句，儘管全冊只出現一句，數量並不多，但為了解釋這一句的用法與規則，不僅耗時，學生也未必能達到理想的學習成效。反問句是否要在第一冊就出現，值得教材編寫者再多加考量。

（四）小結

在編排語法項目時，盡量以系統化、組織化的方式呈現，以達到循序漸進的教學原則。對此劉珣（2000）指出，對外華語教學中的語法教學應屬於教學語法而非專業語法，要體現一定的規範性、穩定性和實踐性，為學習者提供系統性的教學。崔永華（1990）也強調在編排語法項目時，必須要考慮到外籍人士的語言背景知識，學習華語的難點，以及理解華語和使用華語表達的思考方式。

五、結論

在分析《新實 1》的語法項目之後，研究者的建議是：每一課的語法項目不宜過多，以二至三個為最理想；每一課或是每一單元宜設定教學重點與教學目標，使各個語法項目不至於過於分散，以達到銜接與連貫的目的。

選擇語法項目也應以基本的、常用的為主，盡量避免選擇難以分辨、易混淆的語法項目，以減輕學生的學習負擔，也讓教學更有成效。

另外在排列語法項目上，也要多加斟酌與考量，尤其要將外籍學生在學習華語的難點，及語法項目的包容量也考慮進去，以免出現難點過多或是難點集中的問題。

　　最後，研究者希望教材編寫者除了以設計出更為理想的華語文教材為目標之外，還能兼顧到教學者的需求，隨冊提供教師手冊，將設計理念提供給教學者作為參考。另外，制定「對外華語教學大綱」在現階段來說已是刻不容緩之事，唯有以明確的大綱和規則作為編寫教材的依據，才能有效控管教材的內容與品質，如此一來，華語教師在使用教材上將更能夠得心應手，學生也將更能夠掌握學習重點。

附錄一

表一 《新版實用視聽華語 1》各課的語法項目及語法用法

	語法項目	語法用法	語法點排序
第一課	Ⅰ. Sentences with Verb 姓，叫 or 是	1. 關係動詞的用法 (1)姓：後面只能接姓。 (2)叫：後面可以接全名或是名字。 (3)是：沒有說明後面可以接什麼，只強調若是尊稱某某先生或太太後面要接是。	無(註一) 無(註一) 1
	Ⅱ. Simple Type of Questions with the Particle 嗎	1. 疑問句(1)：陳述句＋嗎？	3
	Ⅲ. Questions with a Question Word （QW）	1. 疑問句(2)：一般特指問句「誰」	6
	Ⅳ. Abbreviated Question with the Particle 呢	1. 疑問句：「呢」，問「怎麼樣」。	無(註二)
第二課	Ⅰ. Simple Sentences with Stative Verbs （SV）	1. 主語謂語句	11
	Ⅱ. Stative Verb-not- Stative Verb Questions	1. 疑問句(3)：正反問句	8
第三課	Ⅰ. Subject-Verb-Object Sentencs	1. 一般動詞謂語句：主語＋動詞＋賓語 2. 有字句	5 4
	Ⅱ. Verb-not- Verb Questions	1. 疑問句(3)：正反問句	8
	Ⅲ. Sentences with the Auxiliary Verbs （AV）	1. 能願句：能願動詞「要」	18
	Ⅳ. Transposed Objects	1. 倒裝句：賓語提前作為主語 2. 「都」的用法	無(註二) 無(註一)

第四課	Ⅰ. Quantified Nouns	1. 介紹量詞	無（註一）
	Ⅱ. Sum of Money	1. 錢的念法	無（註二）
	Ⅲ. Specified and Numbered Nouns	1. 指示代詞（這／那／哪）＋數詞＋量詞，通常省略數詞一。	無（註二）
	Ⅳ. Prices Per Unit	1. 名詞謂語句	10
	Ⅴ. Sentences with Direct Object and Indirect Object	1. 雙賓語句	12
第五課	Ⅰ. Specified Nouns Modified by Nouns or Pronouns	1. 省略「的」的用法： 指示代詞與數量詞構成的短語作定語表示限制關係時，後面不用「的」。	2
	Ⅱ. Nouns Modified by Other Indicating Possession	1. 省略「的」的用法： (1)如果中心語與自己的關係緊密，通常會將「的」省略。 2. 要用「的」的用法： (1)人稱代詞作定語表示領屬關係時，後面要用「的」。 (2)表示領屬關係的「誰」作定語時，後面要用「的」	2
	Ⅲ. The Whole Before the Part	1. 分合關係複句：先總提，再分述	21
第六課	Ⅰ. Large Numbers	1. 數字的念法	無（註二）
	Ⅱ. 多 as an Indefinite Number	1. 「多」的用法	無（註一）
	Ⅲ. Nouns Modified by Stative Verbs	1. 省略「的」的用法： 形容詞作定語後面用不用「的」主要與音節有關。單音節形容詞作定語通常省略「的」。 2. 要用「的」的用法： 形容詞短語作定語時，後面要用「的」。 3.「的」字短語： 後無名詞，且「的」字短語是名詞性的，例如「大的」指的是「大的東西」。	2 2 無（註三）

第七課	Ⅰ. Verb Object Compounds（VO）	1. 述賓結構的複合詞	無（註一）
	Ⅱ. Progressive Aspect	1. 動作進行句：在＋動詞＋賓語	13
	Ⅲ. Verb Object as the Topic	1. 以句子為主題	無（註三）
	Ⅳ. 好 and 難 as Adverbial Prefixes	1. 好＋動詞：好表容易，詞性類似助動詞。 2. 難＋動詞：難表不容易，詞性類似助動詞。	無（註一） 無（註一）
	Ⅴ. Predicative Complements（describing the manner or the degree of the action）	狀態補語：主語＋動詞＋得＋形容詞	20
第八課	Ⅰ. Nouns Modified by Clauses with 的	1. 要用「的」的用法： 動詞、動詞短語作定語一般要用「的」	2
	Ⅱ. Specified Nouns Modified by Clauses with 的	1. 「的」在這裡當關係代名詞使用，不可省略。	無（註三）
	Ⅲ. Clauses Expressions which Have Become Independent Nouns	1. 沒有中心詞的「的」字結構：指某一種人	無（註一）
	Ⅳ. Adverbs 因為……所以 Used as Correlative Conjunctions	1. 複句：因為……所以	21
第九課	Ⅰ. Place words	1. 介紹處所詞	無（註二）
	Ⅱ. 在 as Main Verb（with place word as complement），is used to indicate "Y is located at X"	1. 存在句：名詞＋動詞＋方位詞	17
	Ⅲ. Existence in a Place	1. 存在句：方位詞＋動詞（有）＋名詞	17
	Ⅳ. 在 as a Coverb of Location	1. 存在句：名詞＋動詞＋方位詞＋謂語	17

	V. Nouns Modified by Place Expressions	1. 名詞短語	無（註三）
	VI. Distance with Coverb 離	1. 存在句：介詞（離）	17
第十課	I. Coming and Going	1. 簡單趨向補語	31
	II. The Particle 了 Indicating the Completion of the Action or of the Predicate	1.「了」的用法： (1)句子＋了：了為句末助詞。 (2)動詞＋了：了表動作完成。	21 22
	III. Negation and Completed Action with 沒（有）	1. 有字句的否定： 「有」的否定形式是在「有」的前面加副詞「沒」	4
	IV. Negated and Suspended Action with 還沒（有）…呢	1. 有字句的否定： 副詞「還」表示行為動作繼續進行或狀況繼續存在。	4
	V. Type of Questions of Completed Action	1. 疑問句(1)：陳述句＋嗎？ 2. 強調句(1)：反問句（是非問形式的反問句）	3 40
	VI. 是……的 Construction Stressing Circumstances Connected with the Action of the Main Verb	1.「是……的」句	24
第十一課	I. Time Expressions by the Clock	1. 時間的表達方式	無（註二）
	II. Time When Precedes theVerb	1. 疑問句(2)：「什麼時候、幾點」的特指問句	6
	III. Time Spent Stands after the Verb	1. 時量補語	25
	IV. SV 了 O as a Dependent Clause	1. 動詞＋了和句子＋了，在同一個句子中一起出現。	21 22

第十一課	Ⅰ. Time Expressions with Year, Month, Day, and Week	1. 年／月／日／星期的表達方式	無（註二）
	Ⅱ. Single and Double 了 with Quantified Objects	1. 動詞＋了	22
		2. 動詞＋了＋句子＋了	21
	Ⅲ. Single and Double 了 with Time Spent	1. 動詞＋了＋一段時間	22

註一：因為楊寄洲（2000）對於初級階段的語法項目是以句型為單位，所以詞法並不包括在內。

註二：楊寄洲（2000）所列舉的初級階段的語法項目未包含此語法項目。

註三：楊寄洲（2000）的初級階段的語法項目是以句型為單位，並不討論篇章方面的內容。

附錄二

表二　楊寄洲（2000）所提出的初級階段語法項目的排序

排序	語法項目
1	是字句
2	定語
3	疑問句（1）：「陳述句＋嗎？」
4	有字句
5	動作行為：一般動詞謂語句：主詞＋（狀語）＋動詞＋賓語
6	疑問句（2）：用「什麼、誰、多少、哪裡、怎麼」的特指問句
7	形容詞謂語句
8	疑問句（3）：正反問句
9	疑問句（4）：選擇問句
10	名詞謂語句：名詞＋名詞
11	主語謂語句
12	雙賓語句：主詞＋動詞＋直接賓語＋間接賓語
13	動作進行句：在／正在／正＋動詞＋賓語
14	連動句：主語＋動詞1＋賓語1＋動詞2＋賓語2
15	兼語句：主語＋使讓動詞（使、讓）＋兼語＋動詞＋賓語
16	存在句：方位詞＋動詞＋名詞；名詞＋動詞＋方位詞；介詞：從、離、往
17	嘗試句
18	能願句
19	狀態補語：主語＋名詞＋動詞＋得＋形容詞
20	複句：因為…所以；雖然…但是；不但…而且；一邊…一邊；又…又
21	句子＋了
22	動詞＋了

23	結果補語
24	「是……的」句
25	時量補語
26	「要／就要／快／快要……了」
27	比較句（1）：A 比　B＋形容詞；B 沒有 A ＋形容詞
28	比較句（2）：A 跟 B 一樣／不一樣
29	動詞＋過
30	意義被動句
31	簡單趨向補語
32	動詞＋著
33	複合趨向補語
34	存現句
35	「把」字句
36	「被」字句
37	可能補語
38	趨向補語的引申用法
39	疑問代詞的活用
40	強調句（1）：反問句
41	強調句（2）：二次否定
42	強調句（3）：連……也／都……
43	複句：一……就……；只要……就……；只有……才……；要是……就……

參考文獻

北京語言學院句型研究小組（1989），〈現代漢語基本句型〉，《世界漢語教學》，
　　1，26～35。

李泉（2003），〈基於語體的對外漢語教學語法體系構建〉，《漢語學習》，3，
　　49～55。

呂文華（1987），〈漢語教材中語法項目的選擇和編排〉，《語言教學與研究》，
　　3，117～126。

呂文華（2002），〈對外漢語教材語法項目排序的原則及策略〉，《世界漢語教
　　學》， 62，86～95。

呂叔湘（2007），《現代漢語八百詞（增訂本）》，北京：商務。

林君穎（2000），《華語初級教材語法用語及語法點選擇之初探》，臺北：國立
　　臺灣師範大學華語文教學研究所。

崔永華（1990），〈關於對外漢語教學語法體系的思考〉，《語言學與漢語教學》，
　　北京：北京語言學院。

楊寄洲（2000），〈對外漢語教學初級階段語法項目的排序問題〉，《語言教學
　　與研究》，3，9～14。

劉珣（2000），〈邁向 21 世紀的漢語作為第二語言教學〉，《語言教學與研究》，
　　1，55～60。

劉月華（2001），《實用現代漢語語法（增訂本）》，北京：商務。

土木官場語言對學校教育的影響

李珏青

摘要

優良的學校建築應該是提供民眾在災難發生時,第一個聯想的最佳避難所;也應該是師生最信賴、最留連忘返的去處,而不是一個讓師生在災難來時,第一個想逃避的處所,甚至是平時也感到不安全的地方。而當學生對學校建築產生不安全感時,對學校教育也無法感到信賴。然而,臺灣這樣不安全的學校建築存在,並不是因為我國建築技術落後,也不是因為我國貧窮無力建造優質的學校;而是因為土木官場語言踐行對學校教育產生不良的影響。

所謂的官場語言,就是指公開場合上說的話;也有人說就是檯面話、官腔。公開場合上說的是客套話,與私下想說的話不同;也可解讀為,語言除了表面意義之外,其實私底下另有一層意義。

因為土木環境的特殊性,可將土木官場語言區分三個目的地:一是降低成本、增加利潤利潤;二是減少心力;三是責任釐清(責任的規避)。這些都會影響到學校建築的品質而直接間接減低學校教育的成效。改善之道,在於改進招標方式、設專業的採購單位、對工程品質不妥協和編訂校舍使用手冊及器材使用手冊等。

關鍵詞:官場語言、土木官場語言、學校教育

一、何謂官場語言

　　官場，在《教育部重編國語辭典修訂本》中的定義為：「政界」。而官場語言，指的就是在官場這個環境裡所使用的語言；對岸稱之為「官話」。「官話」在《現代漢語詞典》有兩種解釋：一是對普通話的解釋；二是指官腔。而人們通常所說的「官話」，主要是針對後者而言的。隨著時代的發展，「官話」也正在被人為地釋新著花樣，並不斷有所「創新」。（劉海明，2000）

　　「官話」，因其為官場所廣泛使用而得名。後來官話的含義發生了變化，成為「官腔」，就是官場中冠冕堂皇的門面話；或當官的找藉口，冠冕堂皇地對群眾敷衍或責備的空話套話。在這裡，「官話」指那些觀點正確，但無實質性內容的空話、套話、大話、假話、廢話。虛而不實就是空，空而有序就是套，大話、空話、套話即使正確也是廢話。（蕭立輝、宋惠昌、王兆貴，2008）

　　總歸一下，所謂官場語言，就是在公開場合上說的話；也有人說就是檯面話、官腔。公開場合上說的是客套話，與私下想說的話不同；也可解讀為，語言除了表面意義之外，其實私底下另有一層意義。

　　然而，什麼樣的語言是官場語言，什麼樣的語言又不是官場語言？就以我所聽過的為例：

　　「X 老師啊，我們公司的員工薪水要發不出來，這個月到底可不可以請款啊？」不管廠商所舉的例子是什麼，只要目的是請款，多數不是官場語言。請款對土木營造商是件要緊事，有許多土木廠商倒閉，多是因為廠商本身須先支付薪水給公司員工和聘請的工人；另外，還有部分材料費、機具費等也都是要土木廠商事先墊付。這些預先支付的工程款對土木廠商而言，都是沉重的負擔。如果遇上請款時間一延再延的公家機關，往往不得不向銀行貸款度日。也因為如此，在土木廠商的心中有所謂的惡名排行榜，只要是該機關發出的招標案，幾乎沒廠

商願意前往投標。例如：南投縣境內鄉公所發出的招標案，往往工程已完工一年，保固期都過了，工程款還拿不到。機關承辦人員甚至會跟你說：「我們自己好不容易才拿到積欠的薪水，你們的工程款要再看看。」

「Ｘ老師，關於排水溝的造型，Ｕ型管找不到廠商啊！其實可以改成倒ㄇ型管，模板易立又好做，材料價格又便宜。改一下圖面設計吧！」這就是官場語言。其實建築師畫出來的材料大都找得到廠商施作，只是往往某些特殊規格的材料販賣商，因為已有既定配合的營造廠商，所以對面生不熟的營造廠商的詢價時，往往削抬價格，造成已得標的營造廠商成本高昂，為保持既有的利潤，只好轉詢問公家機關變更設計。

「是是是！沒問題！」對於學校業主所提出的非合約內容要求增修，而廠商為了日後查驗順利，滿口答應；有時是官場語言，有時則不是。因為依法廠商只要建照合約內容物、依圖施工就可以，而非施工圖內的設計，廠商可不予理會。有時廠商照著學校增修的要求改了，但合約圖說並沒修改的情形，在這種情形下反而是廠商未依圖施工，觸犯合約罰責了。因此，有時廠商真的會依學校業主的要求作修改；但也有情形是，廠商滿口答應，實際上依然故我做他自己的工程。所以這類滿口答應的情形，有時是官場語言，有時並不是。

二、土木官場語言現象耙梳與聯結踐行情況

在進行土木官語言現象耙梳前，應先釐清土木工程環境的特殊性。

（一）土木工程環境

1.土木工程

到底土木指的是什麼？就字面上意義來看，就是和土、木有關的事物。古時所有的環境設施都是用土、木二種原料搭建而成，今日加

入了金屬原料，但大體不脫土、木二種屬性。舉凡道路工程（鋪路、修路、挖路等）、橋樑工程（造橋、修橋）、建築工程（民宅、學校、公園、公共設施、工廠等）、下水道工程（排水溝、蓄水池、水道等）、鐵路（捷運）工程、隧道工程、機場工程、港埠工程等都是土木工程的範圍。

2. 土木工程的特性

引述公路局中工處處長湯輝雄在逢甲大學預鑄房屋設計課堂上提到的：「土木人常戲稱自己所做的工作是三低工作（3D）：DARK、DIRTY、DANGER。」所謂 DARK（黑暗）：指有時候得在黑暗的環境裡工作；而另一個意思是土木這個環境很「黑金」；DIRTY（骯髒）：指現場工作環境，免不了將身體弄得髒兮兮；DANGER（危險）：「營造業災害件數佔全產業之百分比自 1991 年起每年皆超過 50%，亦即半數以上重大職災發生於營造業，1994 年更高達 2/3 的重大職業災害發生於營造業。從 1994 年至 2004 年，營造業每年平均約發生七千件職業災害事故，平均每天約有 19.2 件職業災害，平均每天約有 5.5 位營造業勞工因工死亡。」（蘇宜士，2005）

3. 土木工程環境的分水嶺

土木工程環境於 1999 年發生一件大事件，使得土木工程環境以這年為界，引發一場大改革。

1999 年 9 月 21 日凌晨 1 時 47 分 12.6 秒，臺灣發生了芮氏 7.3 級地震，震出一大堆問題。房屋全倒 9909 棟，房屋半倒 7575 棟。（成大建築系，1999）這巨大的災難引起臺灣人民對建築安全的重視，不論是政界、法律界、還是土木界，都發出聲音探討關於建築安全的問題。

內政部建築研究所在 921 災後次日發動全國十三所大學，針對災區損害最嚴重的 8773 棟建物調查發現，在倒塌的建物結構分類中，鋼筋混凝土造比率最高，為 52%，磚造佔 24%、土造佔 13%。倘若以興建時間統計，早期尚無耐震觀念的建物倒塌比率最高，其中尤以 1994

年以前倒塌比率最高，達 42%，1975～1982 年佔 24%，1983～1989 年及 1990～1997 年興建倒塌比率各為 14%，1997 年以後倒塌比率降至 6%。顯示建築技術規則提高，對於防止建物倒塌影響有限，真正原因出在設計施工未依法落實。（陳雲上，1999）

當然，也有人提出 921 大地震會這麼嚴重，主要原因是因為震源區地震級數遠超過建築技術規則的耐震規定：921 集集地區高達地震規模 7.3 的強烈地震，南投縣、臺中市、彰化縣為建築技術規則的中震區，地表加速度依 1997 年修正的耐震要求為 0.23g，屬五級；實際發生均高達 0.26g 以上，屬六級，已超越法規的要求。臺灣地區的地震力耐震設計要求，係於 1974 年公布建築技術規則所規定，其後因國內、外地震經驗，歷經 1982 年、1989 年、1997 年等三次的修正，中部地區的地震區大部分乃定為中震區。而此次近震源區發生高達 1g 的地表加速度，則遠超過法規所規定的 0.23g，實為造成此次重大傷亡的主要原因。（白省三，1999）

應臺中地檢署要求，義務到災區勘查倒塌建物的交通大學土木系前系主任劉俊秀，在 1999 年 10 月 11 日《聯合報》的〈建築亂象 該負責的人要負責〉這篇報導中提到：「地震下民間很慘，公共建築更慘，他看了霧峰、大里、臺中市、東勢和埔里等，埔里鄉公所、警察局、東勢消防局以及各地醫院和學校都倒塌，旁邊的民宅可都還沒有那麼嚴重，事實上這些公共建築的安全係數照規定要提高一點二至一點五倍，因為這些是地震發生時的救災中心，但反而塌成一團，成為別人要救災的對象。」（陳千惠，1999）

這個現象，我們要思考的是，按照規定安全係數要提一點二至一點五倍的公共建築，為什麼反而比民宅更不耐震？同樣是建築廠商所蓋，為什麼有這樣的差別？劉俊秀在文末提出了可能有「黑金」介入的可能性，是導致公共工程品質的低落？然而，民間沒有黑金的介入嗎？為什麼黑金的介入在公共工程會產生這麼嚴重的後果？是否公共工程在法令規範方面出現了問題？建築出問題，倒底誰該負責？引用建築人討論專區的討論文章的一段話：「臺北市東星大樓倒塌造成八十

七人罹難的慘劇，至今卻只有一位小小的工地主任因為來不及落跑出境而遭到追究判刑。」（蔡榮根、蔡志揚，2008）

無論如何，值得肯定的是，在 921 之後修正許多相關法令，包括相關專業人員的資格證照化以及責任分工界定。整個土木環境也因為 921 對於建築安全更加重視。關於建築安全技術的提升的博碩士論文超過千篇，改善招標方法的博碩士論文約有數百篇。

只是，在這樣的大改進下，公共工程弊案頻傳又是為什麼？本文針對在學校建築工程，土木特殊的語言往來作分析。

（二）土木官場語言（依目的性分類）

人與人之間的溝通，倘若能直抒其意，便不會選擇迂迴的表達。然而，當有些訊息不便於公共場合直敘其意時，或不方便讓接受訊息者知道自己的用意時，便會選擇除了表面的字面意義，其實私底下另有一層含意的表達方面。而通常，土木語言會選擇迂迴不直敘的表達方式，必然有其目的性。因此，倘若由土木官場語言的目的性來作土木官場語言的分類，大致可歸類為三個目的：一是降低成本、增加利潤空間；二是減少心力；三是責任釐清（責任的規避）。

1. 降低成本、增加利潤空間

按政府採購法於 2007 年 7 月 4 日修正版第二條規定：「本法所稱採購，指工程之定作、財物之買受、定製、承租及勞務之委任或僱傭等。」以及第七條規定：「本法所稱工程，指在地面上下新建、增建、改建、修建、拆除構造物與其所屬設備及改變自然環境之行為，包括建築、土木、水利、環境、交通、機械、電氣、化工及其他經主管機關認定之工程。」還有第三條：「政府機關、公立學校、公營事業（以下簡稱機關）辦理採購，依本法之規定；本法未規定者，適用其他法律之規定。」換句話說，公立學校進行建築工程等行為時，須依照政府採購法規定進行。

　　學校建築工程依程序公告於網頁後，到決標開標的這段時間，稱之為標期。依政府採購法第二十八條規定：「機關辦理招標，其自公告日或邀標日起至截止投標或收件日止之等標期，應訂定合理期限。其期限標準，由主管機關定之。」換句話說，政府採購法並沒有明文規定標期要訂多長，標期長度由主管機關，也就是由學校或委託主管機關自行訂定。而一般標期長度，可以參考行政院公共工程委員會網站所整理的表格，如下表：

第一次公開招標（依據法條為 18，19，99 條者）

採購金額	一般	電領-3	電投-2	領投-5	閱覽-5	領閱-8	投閱-7	領投閱-10	條約協定
未達公告金額	7	5	5	5	5	5	5	5	/
公告金額以上未達查核	14	11	12	9	10	7	8	5	40
查核金額以上未達巨額	21	18	19	16	16	13	14	11	40
巨額	28	25	26	23	23	20	21	18	40

　　就先以第一次公開招標來談，工程採購金額未達公告金額一百萬元的建築工程，標期至少五到七天，而公告金額以上未達查核金額兩千萬元的建築工程標期約十四天，查核金額以上未達巨額二億的要二十八天以上。但絕大多數的主管機關都只比參考的天數多出一天。

　　以學校校舍一棟的新建工程來說，一般約分布在查核金額以上未達巨額，也就是標期十四天，但一般標期只比最低標期多一天，所以大多標期十五天。營造廠商要在十五天內準備投標資料，例如估算整個工程做起來要花多少時間、多少錢。但由於時間太短，往往只能粗略的概算，忽略了隱藏性的可能花費，導致常常工程進行到一半向主管機關要求增加工程款。

　　另外一個問題是，由中華民國統計資訊網（2008）所公布、營建署所統計的〈營造廠商家數及資本額〉資料裡顯示，截至 2008 年 6 月底營造廠商（含甲、乙、丙三級及專業營造業、土木包工業）全臺灣共 14388 家，其中光甲級營造業就有 1672 家。以臺灣這麼小一塊土地，卻有這麼多家營造廠商而言，僧多粥少的情況下，必然上演搶生意、搶工程的戲碼。

　　政府採購法制定的決標方式大抵分為二種：一是最低標價決標；一是最有利標決標。在最低標決標的情況下，廠商根據主管機關提出的施工圖、合約草稿等標案文件提出標價，由最低價者得。倘若是主管機關有訂定底價，廠商所提出的標價必須低於主管機關所提的底價。在僧多粥少搶標的情況下，有些甲級大公司甚至發展出低價搶進，靠修改設計來掙取估驗款；或派律師團研究合約，專鑽法律漏洞申請仲裁調節。乙級營造公司也有樣學樣，低價搶標。搶到標案後，沒財力可和政府機關訴訟，改和主管機關承辦人員或高層人員聯絡感情，互通有無，拿到修改設計、變更材料的機會；達到降低成本、增加利潤的空間。再加上這幾年原物料成本上漲是眾所皆知的事；於是便出現類似於下列的土木官場語言。

　　「你好！X 老師！最近怎麼樣！啊～最近工地沒問題吧？還好我們家工地主任有發現施工圖裡沒有畫水溝！沒有水溝要怎麼排水？到時一下雨看水要哪裡跑，你說是不是？水溝那筆款沒問題吧？當初標單裡沒列到的項目，你不能叫我們出啊！標單沒列到，我們怎麼會算到？對不對。X 老師幫個忙，編一下這筆款吧，就以排水溝新增工程的名義，你說怎麼樣？另外啊，X 老師，排水溝的施工圖建築師有 email 給我們了，可是它那個圖怎麼會那個樣子？跟我們當初講的不同啊！當初講的是倒ㄇ型管嘛！直接用模板灌混凝土成型的啊。怎麼會變成了 U 型管吶？U 型管廠商很難找啊，附近縣市也才一、二家，還不一定會來做這個工程。倒ㄇ型管和 U 型管差不了多少啊，而且倒ㄇ型管的造價比較便宜。你也有在發包排水溝工程的應該很清楚價格啊，我們怎麼唬得了你。」

　　在上面這個案例裡，不在施工圖裡的設施，營造商是不做的，這符合法令規範；問題出在於 U 型管和倒ㄇ型管廠商沒有說出口的不同。以設計來說，U 型金屬管比倒ㄇ型混凝土管不容易卡淤泥，倘若 X 老師採用倒ㄇ型管，勢必幾年後就要面臨水溝淤塞，要花一筆錢僱工來清水溝的淤泥了。而倘若採用 U 型金屬管，它的使用壽命會比倒ㄇ型管來得久。另外，土木環境裡營造廠商和材料廠商之間，有著特殊的合作關係。往往材料廠商遇到陌生客會大大抬價，遇到有合作關係的廠商才會給予優惠的價格。所以營造廠商一但要購買不熟、且是特殊規格的材料時，往往要花上較高的成本。甚至有時建築師拿到的價格還遠低於營造商，建築師拿出來給主管機關參考用的底價，比營造廠商算出來的標價還低上幾百萬。

　　「嗨！X 老師！有什麼事嗎？啊～最近工地沒問題吧？喔……要我們變更工程路線？家長會長說我們施工車子從前門出入對學童很危險？哪怎麼辦？我們可以從哪裡到工地？什麼？從後門？不是吧！X 老師。你們後門在後山才那麼小的一條路，上次我們試過，泵浦車上不去，大型工程車也上不去。這樣我們要怎麼搬材料上去？叫小工來搬運材料？X 老師，你知道一個小工一天要多少錢嗎？這樣搬下來不少錢吶！我們哪做得起呀！」

　　做工程的最怕遇到「腳路」不順的工程。所謂的「腳路」，就是指「施工的空間」。施工空間不順暢的工程環境，工程車輛無法順利進出，就得額外僱用工人來搬運材料、機具。但也不是工程不能做，只要主管機關（學校）願意很「阿沙力」的增編一筆工程費用就沒問題。但也有一種現象，只要廠商之前跟主管機關請款遇到拖延或刁難，他們也許會假設往後要請款這筆搬運費時，相對地也會遇到困難；如此對於工程車出入路線的轉換，會有很多意見。講到這裡，回顧一下，會發現營造廠商凡事都要錢；什麼修改增加的都要錢。以樓梯為例，樓梯的材質種類、大小、還有階梯、樓杆的數目、大小以及扶梯的粗細都會影響價格；另外樓梯版裡有沒有綁鋼筋與牆壁相接，也會大大影響價格及耐震品質。因此，設計圖、施工圖、以及單價項目表一定要編列完整，避免東漏西缺教營造廠商有名目「騎縫」。

2. 減少心力

減少心力的通俗說法，大概就是「偷工」和「連做都不想做」。偷工大可反應在二方面的工作：一是「內業」；一是「外業」。工程師的工作，以工作地點不同，大致分為「內業」和「外業」二種。「內業」顧名思義，就是指坐在辦公室執行的業務；「外業」指在工地執行的業務。二者看似不相同的工作，但中間卻有極大的關聯性。

暱稱濟公在他的 YAHOO 部落格「專業的.品味的,自信的部落格」裡的一系列文章〈工程師的問題系列〉裡，將工程師的內業工作做了一番介紹，本文以他的文章為主架構，重新歸納如下：

一個完整的工程專案，包括：「開發、設計、施工、維修管理」四大階段。通常土木營造廠商會遇到的是施工階段。以「時間座標」（先後順序）來談施工階段的工作內容有：

(1)從領標到投標是第一個階段。這個階段工程師的工作是：

① 讀「圖說」、「投標須知」、「規範」以確認規範來算圖、詢價、填標單。

② 現場踏勘並收集「明顯」影響工程造價的項目等相關資料。

③ 數量計算、查訪單價（包括工、料）、確認工作項目，填寫／確認標單中的「工程價目表」。

④ 確認工期，製作綱要進度。

⑤ 如果合約有規定，可能必須編製「綜合施工計劃書」。

(2)從開標得標到正式開工是第二個階段。

① 讀「圖說」、「投標須知」、「規範」、「合約」為施工作準備。

② 現場踏勘並收集相關資料。以收集各種「可能」、「隱藏」影響施工的資訊，並加以分析、檢討，作為編排「進度」及施工計劃的依據。

③ 數量計算、查訪單價（包括工、料）、確認工作項目，編製「施工執行預算」。工作項目如果有遺漏，必須補列只有依合約規定處理。

④ 確認工期，製作合約書需要的綱要進度表（或是合約規定的 xx 進度表）。

⑤ 如果合約有規定，依規定編製「綜合施工計劃書」（或其他計劃書等）。

⑥ 調整合約單價。

⑦ 合約裝訂、審核、用印。

⑧ 預備工程施工計劃及施工。

⑨ 其他。

(3)正式開工至完工交屋是第三階段。一般工程師最熟悉的就是這個階段，對「內業」抱怨最多的也是這個階段的內業工作。因為這個階段的工地現場在趕進度施工，回到工務所又有一堆「內業文件」須製作。這些內業工作，有些是土木營造公司本身要求要處理進行，有些是業主單位（學校）要求，有些是監造單位（建築師事務所或工程顧問公司）要求。總歸如下表：

① 日報。工作日誌。

② 週報，月報等報表。

③ 對分包的計價。數量計算。

④ 對業主的計價。數量計算。

⑤ 材料檢驗、測試。

⑥ 辦理發包文件或辦理發包。

⑦ 材料送審文件。

⑧ 各種證明文件送審。

⑨ 施工圖繪製、送審。

⑩ 各種施工計劃書編訂、送審。

⑪ 製造圖繪製、送審。

⑫ 大樣圖繪製、送審。

⑬ 各種進度表編製、送審。

⑭ 材料檢驗、測試。

⑮ 竣工圖繪製、送審。

(4)交屋至保固（一或二年）期滿為第四階段。

① 申請使用執照，辦理相關事宜。

② 使用手冊編訂。

③ 完工報告。

④ 工程結算。

（濟公，2008）

　　如果該公司的工程師只有一至二位，以上的內業工作是嚇死人的繁重，能不做的文件，工程師就不做。在能不做就不做的情況下，可能會發生什麼情形？引用 2008 年 9 月 24 日《自由時報》電子報的新聞〈食水嵙溪排水工程偷工減料　監工求刑十年〉的報導內容如下：

> 臺中縣新社鄉食水嵙溪排水改善工程，完工三個月後，在卡玫基颱風來襲時沖毀，檢方偵查發現，廠商嚴重偷工減料、護牆內無鋼筋、混凝土磅數及數量不足、監工日報表隨意填寫，負責監工的縣府約僱人員詹國鑫涉嫌包庇圖利廠商，浪費公帑又草菅人命，請求判處十年徒刑，業者陳順郎夫妻求處三、四年徒刑。
>
> 臺中縣政府工務處代理處長張利國表示，一切尊重司法。水利科科長馬名謙指出，未看到起訴書，無法表示意見。
>
> 起訴書指出，2007 年 12 月，臺中縣政府發包新社鄉食水嵙溪排水改善工程，松佑土木包公司以二百二十八萬元得標，工程由縣府約僱人員詹國鑫負責設計、監造及規劃。
>
> 檢察官發現這個工程偷工減料到離譜程度，詹國鑫直接將日報表交給業者填寫，業者隨便做、日報表也隨便填，如寬度應該 75 公分只做 50 公分；應該 115 公分的只做 40 公分；應該 100 公分的只做 65 公分；應該 175 公分的只做 120 公分。
>
> 除了寬度嚴重不符，護牆應置入水平鋼筋，增加護牆拉力，可是從現場沖毀的斷面來看，看不到任何鋼筋，以金屬探測儀探

測也未發現有金屬，現場只看到竹管充當鋼筋，令人匪夷所思。廠商購買的混凝土磅數不足、數量也不足。鋼筋使用量依設計圖應有 6041 公斤，卻查無該時段購買鋼筋資料；而有以上情形，監工的日報表完全未按實際情形記錄，日報表的混凝土澆灌日，與實際購買日竟然不同。據悉，混凝土離開預拌廠應在九十分鐘內澆灌完畢，否則會影響品質，澆灌日與購買日理應完全相同，只能說日報表都是隨便記一記。

今年 3 月間該工程完工，詹國鑫又形式上驗收通過，開具驗收證明書，讓業者領到二百二十八萬元工程款，該工程理應拆除重做，不得給付工程款，因而圖利業者。

檢方指出，負責公共工程監工責任，不思為人民生命財產安全把關，對於廠商偷工減料視而不見，在颱風來襲時因該排水工程被沖毀，當地嚴重淹水超過一米高，浪費公帑又草菅人命，請判處十年徒刑，廠商陳順郎求處三、四年徒刑。（楊政郡、張軒哲，2008）

那麼為什麼工程師沒有習慣製作「內業」的工作，甚至想不做就不做的敷衍了事？這恐怕得從整個土木環境的歷史談起。

1950～1960 年代，國家百廢待興，其他行業尚在發展中，但基本建設工作量非常大，當時營造工程單純，很多營造廠的監工素質低到看不懂圖，不懂得設計也不會畫施工圖。政府於當時環境條件下便訂下營造工程產品的所有圖由建築師統管，由規劃、設計至勉強可施工的施工圖；公共工程部分的材料購買及製造品質的監督由公務人員管理；因此當時的營建管理制度（建築師法、審計發包制度）實際上將營造廠定位為「按圖施工」的大包工頭。在當時的條件下，不用傷腦筋畫圖，也不用傷腦筋培養工程師，只要喝酒套關係，不必談什麼創新研發、品質保證、永續經營、製程效率，更不用談 MBA、TQM、價值工程、掌控新技術，便可賺 20%的淨利潤。此種環境下，吸引了更多敢殺價的公司想分杯羹。如果再請位民意代表或政府官員隱身於

營造廠背影中，倘若可綁標或降低品質（偷工），則利潤常可達 30～40%。此種環境下，漸漸養成了完全被動不願學習、創新與改變的習慣。更糟的是，部分的民意代表與部分鄉鎮長已是共同既得利益一員，形成了共犯結構、形成了目前的既得利益階級、形成了合理化改革中的一大阻力。（章致一，2008）

　　傳統的營造業是勞力非常密集的行業，目前的環境下，工人的薪水隨著整體環境的改變，與 1970 年代比較可發現，人力成本的費用增加了平均約三十倍，但機械、鋼筋與混凝土等材料費僅增加 0～40%而已。如果施工的圖不改變的話，施工方法與程序便也不能改變，所以無法更有效率節省工時，偷工便成為降低成本最佳途徑。偷工關乎一個營造廠能否生存，偷工涉及監工的直接利益與監守自盜，偷工形成了民意代表、代表政府的管理者與營造廠及工人的利益共犯結構。因為是共犯很難有證據，所以風險責任很低。更何況低品質的工程產品，並不表示不能用，只是使用壽年減少，提早損壞而已，過幾年又可如法泡製一番，有何壞處。這樣的環境下所有參與的人均獲利，唯一損失的是工程產品的品質，還有所有納稅的無知人民荷包、產生較差的公共環境及危害人民的安全。（章致一，2008）

　　從 921 大地震後，公家機關對於紙上作業的文件是越來越要求。需要處理的「內業」工作也越來越多。這是一件好事，可確保工程品質的安全；也可藉由「內業文件」的處理，知道一件工程的偷工減料行為，公家機關的承辦人員是不是共犯，讓承辦人員負起連帶監工責任。由於內業工作實在太繁雜，營造廠商能不處理就不處理，或只製作最低限度的製作合約規範裡明文規定要製定的文件。

　　當公家機關承辦人員向營造土木廠商要求繳交相關文件時，土木營造廠商回答「是、是、是」。當要求建築物變更設計時，或變更施作順序時，土木營造廠商回答「是、是、是」。但他們實際上會不會按照要求執行，還是一個大問號。只有在一個情形下，他們絕對會執行！就是監造單位放話說，「不交 XXX 過來就沒得計價！」就會看

到土木營造廠商在截稿前一日風風火火地趕出成果來,交到監造單位承辦人員手上。

3.責任釐清(責任的規避)

有能減少心力就盡量減少心力不處理內業文件的廠商;也有相反的,什麼文件都準備的很齊全的廠商,你沒叫他做,他也會準時將文件以公文形式發函給你。如果公文算官場語言的一種,營造廠商、小包廠商、主管機關、監造機關之間的公文攻防戰,是很精彩的一塊戰場。公文裡,發文者在工程中的過錯會避重就輕,只會出現收文者的過錯。任何的公文資料,將來都將成為廠商申請調節、裁決、告上法院的最佳證據。而當營造廠商、主管機關、監造機關之間的公文攻防戰僵持不下時,營造廠商便會發函申請公共工程委員會調節。

小分包廠商問營造廠商的工地主任說:「樓梯可不可以換尺寸,按慣例都是用 XXX 尺寸。」工地主任說:「如果你可以搞定業主學校說行那就行。」小包商樓梯做好後,學校承辦人員發文給營造廠商:「樓梯不符合規格,限期改善。」營造廠商收到公文後,也立刻寫了一封公文給小分包廠商:「樓梯不符合規格,限期改善。」這裡的改善,指的是整個樓梯拆掉重做。

工程建造,最怕遇到下雨。工程剛開工不久,還在進行地基、基礎工程的,只要遇到下雨積水,便不得不停工個二三天,因為要把工地的積水抽離、等土地的水份蒸發,如此進行工程較不易發生坍塌意外。建築工程倘若進行到室外粉刷、裝修、油漆等,會因下雨潮濕導致全部工程或要徑作業不能進行。施工地區倘若發生打雷,也可能會影響正常工作的進行。這些天候資料,廠商可能記錄在施工日誌裡,按時交一份給業主機關和監造單位,以備日後申請工期展延時使用。

學校工程最常遇到工程尚未完工驗收,但學校已迫不及待地欲先行使用。有學生不當地使用,難免可能會遭遇到破壞。如基隆市立某高中教學大樓,就發生類似的情形,工程尚未完工驗收,學校已要求先行使用,但器具設施受到破壞都屬廠商保固範圍,光是教室後門門

板，被學生使用空手道破壞過五次，廠商免費修理門板到臉黑。最後，廠商帶來一群工班工人，工人個個穿著黑皮衣黑褲，兇神惡煞地走在一起，在總務主任帶領下，在上課時間，在一群學生眼皮底下，一一尋視被破壞或施工不良的設施並拍照。從那之後，就再沒聽說門板又被破壞了。

　　然而，有些虧損項目土木營造廠商會摸摸鼻子自行吸收，也有廠商是不堪虧損而發函公共工程委員會申請調節的。什麼樣的單位不怕上公共工程委員會調節？當然就是平時文件工夫做足的廠商和公家機關了。以聽過的案例來說，某營造廠商工程使用的材料和設計圖說裡規定的大同小異，與業主和設計單位要求的不太相同，但是營造廠商仍然按時發公文作材料送審的動作。三個月後，業主和設計單位以材料不合施工圖說要求廠商重做；此時營造廠商拿出厚厚一疊疊申請材料送審的公文來，表示他們一直按規定有將材料送審。言下之意是，是業主和設計單位瀆職，不能將過錯歸諸於營造廠商。

　　以公共工程委員會政府採購爭議處理案例〈彙編案號：調八八○七五號　○○高級中學第一期校舍新建工程〉為例：「○○公司於西元1997年3月27日與○○署訂立工程合約，承攬『○○高級中學第一期校舍新建工程』。依合約第五條第二項規定，工程工期為四百五十日曆天，開工日期為西元1997年5月21日，合約完工日應為西元1998年9月14日。工程施作中，因○○署變更設計、指示○○公司配合校方於驗收前先行使用暨受第二期工程承商界面影響等原因，致○○公司之施工受阻，影響工期，實際上延至西元1998年11月25日始完工。○○公司於西元1998年12月8日以八七統溪字第○三八號函請求○○署展延工期，惟○○署僅同意核准展延工期三十天，仍認○○公司逾期二十九天，依合約第十八條規定處以逾期罰款新臺幣（下同）捌佰貳拾伍萬零伍佰元整，並於○○公司應領之工程款中扣除。雙方就該部分有所爭議，○○公司主張本案事實符合本合約第五條第三項暨臺灣省政府住宅及都市發展局辦理工程工期核算要點第十點規定之要件，○○署應退還前揭逾期罰款；○○署則持相反見解。」（公共工程委員會，2008）

　　這個案例大致在說，○○公司工期逾期了七十一天。○○公司說是因為業主○○署變更設計，還有工地受學校第二期工程承商界面影響，使○○公司之施工受阻，影響工期。而業主○○署和營造廠商○○公司對於到底影響工期多少天有爭議。○○署願意核給工期三十天，也就是業主○○署認為○○公司還逾期四十二天，要處以罰款。而○○公司認為工期三十天是因為○○署變更設計花了三十天，使○○公司工程在等變更設計結果而無法施作，但又因為二期工程的材料置放，造成他們施工不便，工率下降 71%，才會逾期四十二天。

　　最後公共工程委員會的節調結果是，二期工程的材料置放，造成○○公司施工不便，但工率只能算下降 50%。工率換算成天數為三十天，所以只能算○○公司逾期十二天，而○○署多扣的三十天工程款要限期匯給○○公司。

三、相關踐行對學校教育的影響

　　按採購法第七十二條規定：「驗收結果與規定不符，而不妨礙安全及使用需求，亦無減少通常效用或契約預定效用，經機關檢討不必拆換或拆換確有困難者，得於必要時減價收受。」又依行政院公共工程委員會函，2007 年 3 月 3 日，發文字號：工程企字第○九六○○○六四二七○號函中表示：「至於採購案訂有初驗程序者，其結果可作為正式驗收之用。依本會訂頒之『初驗紀錄』格式，倘初驗結果與契約、圖說、貨樣規定不符，機關應於紀錄載明初驗結果與不符情形，及改善、拆除、重作、退貨、換貨之期限；如該不符情形於後續驗收程序確認無法改善者，適用本法第七十二條規定。其經機關檢討採行減價收受者，屬查核金額以上之採購，並應先報經上級機關核准。」

　　如果營造廠商為了「降低成本、增加利潤空間」而要求修改設計、材料變更，如此就失去了設計圖說裡原初的設計用意。再加上如果營造廠商省錢省得太過火，建造出來的建築體不符合設計規範，而且業

主學校以第七十二條規定「減價收受」，不禁要思考一個問題：「減價收受的建築體安全嗎？」甚至當負責設計的建築師或評審委員逃避簽字時，可以合理懷疑減價收受的建築體的結構安全；如果不是這樣，為什麼建築師或評審委員要逃避簽字？

　　一個連建築專業人士都拒絕背書的建築體，還要讓學生在它「保護」下讀書、學習知識？

　　倘若工地主任的施工圖說只是隨便看一看，或是看不懂又不問明白，直接以他過去的工程經驗執行工程，當然做出來的建築體會和施工圖說不一樣。如此輕率的態度看在小包商眼裡自然是有樣學樣，施工過程草率、馬虎。如此建造出來的建築體，品質方面自然是大打折扣。想像學校師生一邊上課、一邊憂心搖搖欲墜的天花板；或是愛玩的學生在走廊奔跑，地板隨之起伏晃動；又或是雨水一來就淹水成災的校舍；又或是牆壁防水不良導致生壁癌、發霉，甚至是銹蝕混凝土裡的鋼筋，當師生在這樣品質不良的建築裡上課時，他們能不時時刻刻憂心自身安全？如此又如何能專心致力於學業？況且日後學校要維修相關設施，拿出工程圖說一對照，卻發現完全不對套，只好把整面牆敲掉來找出管線佈置，說不定又不小心破壞主結構和鋼筋配置，不但維修經費大大提升，而且還嚴重影響建築體的結構安全。

　　從 921 大地震被震倒或撕裂的建築物中，可以看出臺灣建築物普遍存在的施工品質問題。典型的問題，包括混凝土強度不足、鋼筋太少、箍筋綁紮未按圖施工，這些都可以很明顯在全倒或半倒的建築物中看到。那些柱頭的崩裂可以看到混凝土鬆散、鋼筋變形、稀疏的箍筋無彎角，充分反應出沒有專業能力和施工太草率的情況。至於「沙拉油桶」的問題，建築物樑柱係建築物主要結構體，自然不能以沙拉油桶填塞，而其他非結體的裝飾部位，在不影響結構安全原則下，尚非不可，但那也屬施工方法，往往在工地現場，就由施工人員決定施作，綜觀災區使用沙拉油桶情況，有些施工品質和方法就值得爭議。（白省三，1999）

　　當大地震發生時，由日本的救災經驗已經顯示，學校往往是最佳的救災中心。由於學校的設立基於人口密度而劃分，人口越稠密的地方學校越多，而且學校的校地都選在社區的中心，所以可以就近接觸災民，給予最及時的幫助。此外，學校有操場可以搭建臨時醫院，有禮堂可以充當收容所，有足夠的教室囤積物資，還有辦公室可以充當指揮中心。也因此，日本政府對學校建築的要求特別嚴格，它必須在多數民宅倒塌的情況下，還能維持一定程度的穩固，以利救災工作的進行。此外，學校建築屬於公部門的建設，政府理應有能力、也有必要控管其建築的品質，不讓它隨著地震的威力而毀壞。（弱慢，2008）

　　優良的學校建築，應該是提供民眾在災難發生時，第一個聯想的最佳避難所；也應該是師生最信賴、最留連忘返的去處，而不是一個讓師生在災難來時，第一個想逃避的處所；平時也感到不安全的地方。當學生對學校建築產生不安全感，又如何能對學校教育感到信賴？

　　然而，臺灣這樣不安全的學校建築仍然存在。它之所以存在，並不是因為我國建築技術落後，也不是因為我國貧窮無力建造優質的學校；而是因為土木官場語言踐行對學校教育產生不良的影響。

四、未來的因應對策

　　土木官場語言有一定力量左右學校建築工程品質而直接間接影響學校教育的成效，不可不慎。現在則綜合先前經驗，建議如下：

1. 招標方式改進

　　普遍實行的最低標價決標，是導致工程品質日益惡化的元兇；然而，最有利標決標容易有圖利廠商、官商掛勾的嫌疑，導致沒多少機關敢用。因此，應促請政府盡快改進招標方式。

2. 專業的採購單位

營造廠商為了降低成本、增加利潤空間而使用的招數——修改設計和變更材料，其實官場語言的術語專業性已超過一般人所能理解；有時連本行本業但非本專攻的從業人員，也無法了解其利害性。除了學校本身可考慮增設專業的採購單位外，也可以考慮委外管理。專業的採購團隊，應該包括具有專業採購人員證照的採購人員、還有熟悉採購相關法令與公文攻防戰的工程專業人員等。委外管理部分，可參考歷屆「公共工程金質獎」得獎單位。

3. 工程品質不妥協

除了施工前請營造廠商繳交施工進度表、施工要徑圖等相關「內業文件」外，業主機關（學校）承辦人員也應該負起責任隨時監控工程進度是否有異常，時間到該繳交的文件營造廠商是否有拖延。只有承辦人員對工程品質的要求甚於營造廠商時，營造廠商才不會為追求減少心力而將工程品質搞得烏煙瘴氣。另外，倘若發現營造廠商有偷工減料的嫌疑，得立即約談營造廠商老闆，並追查到底是營造廠商老闆指示偷工減料？或是工地主任私下恣意妄為？我曾聽聞一個案例，工地主任私下向小包商收回扣，一個工程黑了將近千萬臺幣，導致小包商為了壓低成本而偷工減料，於是工地品質低落不堪。一直到營造廠商老闆新聘專業工程人員，從專業工程人員口中知道這件事，才解聘工地主任，而該名工地主任被解聘後，拿著這筆黑來的錢自己另外開了一家營造公司。當學校要和營造廠商老闆結算工程品質和進度落後一事，營造廠商老闆不堪虧損，和學校及監造單位打起公文攻防戰。此事最吃虧的是學校，因為學校花了大錢，卻沒有得到該有的品質。

編訂校舍使用手冊、器材使用手冊

該校舍每一樣的設施、器材的維修、保固要找哪位維修商，應該請營造廠商編定一本使用手冊。此本使用手冊建議在工程進行前，就發文給廠商要求辦理；不然等工程結束驗收才要求營造廠商編製，往

往營造廠商的小包商都已領完工程款而不願意配合了，結果營造廠商在找不到詳細資料的情況下，就會敷衍了事胡亂編一本出來。我在某營造公司工作時，就曾經因已找不到詳細資料，而胡亂編製過一本。不可不防！

參考文獻

內政部營建署、統計處（2008），〈營造廠商家數及資本額〉，網址：中華民國統計資訊網 http://www.stat.gov.tw/ct.asp?xItem=15460&CtNode=3668，點閱日期：2008.11.13。

公共工程委員會（2008），〈案例編號：88075 案例名稱：○○高級中學第一期校舍新建工程〉，網址：http://www.pcc.gov.tw/upload/article/88075.doc，點閱日期：2008.11.10。

白省三（1999），〈以生命作教材，落實建物安全〉，網址：http://www.arch.ncku.edu.tw/921/report.htm，點閱日期：2008.11.13。

成大建築系（1999），〈人員傷亡及建物毀損狀況〉，網址；http://www.arch.ncku.edu.tw/921/，點閱日期：2008.10.31。

行政院公共工程委員會（2008），〈招標方式暨等標期〉，網址：http://www.pcc.gov.tw/cht/index.php?code=list&flag=detail&ids=1813& article_id =1250，點閱日期：2008.10.31。

弱慢（2008），〈面對地震救災，建築人能做些什麼……〉，網址：沒有人要去英國 http://nooorman.blogspot.com/2008/05/blog-post_14.html，點閱日期：2008.11.18。

陳千惠（1999.10.11），〈臺灣建築亂象 該負責的人要負責〉，《聯合報》第6版。

陳雲上（1999.11.11），〈建物震災報告倒塌鋼筋混凝土建物9成有騎樓、挑高〉，《聯合晚報》第4版。

章致一（2008），〈營建制度與土木技師的盲點〉，網址：http://www.cuc.com.tw/doc/001.doc，點閱日期：2008.11.10。

教育部國語推行委員會（2007），〈教育部重編國語辭典修訂本〉，網址：http://dict.revised.moe.edu.tw/cgi-bin/newDict/dict.sh?idx=dict.idx&cond =%ACF%AC%C9&pieceLen=50&fld=1&cat=&imgFont=1，點閱日期：2008.10.31。

楊政郡、張軒哲（2008.9.24），〈食水嵙溪排水工程偷工減料 監工求刑十年〉，《自由時報電子報》，網址：http://www.libertytimes.com.tw/2008 /new/ sep/24/today-center2.htm，點閱日期：2008.11.02。

劉海明（2000），〈官話如遊戲〉，《秘書之友》，12，64。

蔡榮根、蔡志揚（2008.9.21），〈921 不遠 公權力仍害命〉，《聯合報》第 A13 版。

蕭立輝、宋惠昌、王兆貴（2008），〈空話、大話、套話、假話何以成為痼疾？〉 網址：http://big5.xinhuanet.com/gate/big5/.../theory/2008-07/07/content_ 8502477. htm，點閱日期：2008.11.15。

濟公（2008），〈工程師的問題系列──什麼是「內業」？工程師們？（3）〉，網址：專業的，品味的，自信的部落格 http://tw.myblog.yahoo.com/ constructor-consultant/article?mid=2186&prev=2202&next=2183&l=f&fid=49，點閱日期：2008.11.13。

蘇宜士（2005），〈臺灣營造業職業災害現象背後結構性因素的探究〉，《工業 安全衛生》，197，36～63。

試論文體基模在寫作中的重要性與教學流程

潘善池

摘要

　　寫作是國小語文領域中一項重要的能力，然學者專家普遍認為當今中小學學生寫作能力低落，以往只屬於學校教學者負責的寫作教學領域，現在已變成語文類補習班的眾兵家必爭之地

　　坊間有許多寫作教學理論、教學法與教材，供教學者使用，但是可能因為類型太繁雜，而方法又不夠具體，因此讓教學者使用困難。

　　筆者在研究期間，發現諸多寫作理論多認為文體對寫作是一項極為重要的基本能力，其中，Hillocks 認為環境法（過程導向寫作法）的教學成效最好，因此近年來寫作教學有重視過程導向的趨勢，過程導向的寫作教學將寫作行為分成寫作環境、寫作過程、作者的長期記憶等三個層面。寫作過程需依靠外在的寫作環境與寫作者內在的長期記憶相互作用才能順利將文章產出。其中，長期記憶指寫作者記憶中有關主題、讀者和寫作計劃有關的知識，其中包含文體基模。

　　基模是個人腦中對事物的認知結構，文體基模則是個人對文體的認知結構，符合某文體認知結構者即被歸類為典型，不符合者即從典型中刪去。

　　文體基模在寫作教學中是一項重要的基本能力，尤其寫作教學者應幫助寫作者建立文體基模並貯存在長期記憶中。雖然如此，但在文體教學上缺少可供使用的、步驟化的具體教學流程理論。因此筆者對於寫作教學提出一些研究的淺見，並針對文體基模提出較具體的教學流程，期望能供教學者作為參考。

關鍵詞：文體、基模、文體基模、寫作、寫作教學、教學流程

一、前言

　　近年來國內基測作文題項入卷與否的問題歧見頗多，而媒體的報導與教學者對中小學學生寫作能力的各種看法，將國內對寫作教學的重視拉上檯面，然大部分的評論者對於目前中小學學生的寫作能力評價多持負面的評價，多說學生的寫作能力低落已成普遍存在的問題。在專家學者及輿論一致認為學生寫作能力低落的情況下，以往只屬於學校教學者負責的寫作教學領域，現在已經變成語文類補習班的眾兵家必爭之地。

　　當然，寫作的重要性並不是因為基測要考才如此，而是因為寫作在個人生活中具有廣泛的用途，布希頓將寫作的用途分為下列四個類別（引自郭俊賢等譯，1998）：

> 　第一類是機械用途：如多重選擇作業、填空、簡答、數學計算、抄寫書面或口頭的資料、以及翻譯。
>
> 　第二類是訊息用途：如筆記、紀錄經驗、摘譯分析、理論、或是用來說服別人的寫作。
>
> 　第三類是個人用途：如日記、日誌、信件、心得筆記等。
>
> 　第四類是想像用途：如故事和詩詞。

由上可知，寫作不只是一種感想的抒發（指個人用途與想像用途），而同時也具有傳遞訊息與社交等社會性功能的功能（指訊息用途），甚至也供工作或必要之用（指機械用途），因此將寫作視為一種能力是適當的。

　　顯然，上述四種用途不只各有不同的使用時機，同時各有不同的體例去實踐，例如機械用途不會使用日記體、訊息用途使用詩詞較不恰當……等。因此，寫作用途與體例實是習習相關，在寫作教學中我們把這些不同的體例稱為「文體」。

　　我們可以把上述寫作的四種用途當成是對寫作能力的初步認識，一位寫作的技熟者　能熟悉各種文體，並清楚自己寫作的目的，選擇不同的體例去組織成篇，再用適當的後設認知去修改、琢磨自己的文章。反之，寫作的技生者可能不具備某種用途的寫作能力，或是用了不恰當的體例去表達某種用途，這是技熟者與技生者的差異所在。

　　因此，技生者當然必須學會使用恰當的文體去撰寫不同的文章、表達不同用途；亦即，寫作的教學者必須教學生學會使用恰當的文體去撰寫不同的文章，這也就是寫作教學最大的目的與功用。

　　坊間有許多寫作教學理論、教學法與教材，供教學者使用，但是可能因為類型太繁雜、而方法又不夠具體，因此教學者會感到教學法和教材在使用上不太順手。

　　此外，筆者在研究期間發現，在諸多寫作理論當中，多認為文體對寫作是一項極為重要的能力，但是缺少可供使用的、步驟化的具體教學流程理論，因此筆者對於寫作教學提出一些研究的淺見，並試對文體基模提出較具體的教學流程，期望能提供教學者作為參考之用。

二、文體基模的定義

　　在探討文體基模的重要性之前，首先須了解何謂文體基模，在此分為三個部分，分別探討文體、基模、與文體基模的定義。

（一）什麼是文體？

　　依據王宏喜（1992）的定義：文體又稱「體」、「體裁」和「體制」，是構成文章的一種規格和模式，文體反映了文章從內容到形式的整體特點，屬於文章形式的範疇。王宏喜更近一步指出：文體是文章體裁的簡稱，它包含了文章的表現手法、結構、語言、型態，以及時代、

民族、階級、風格、場合等等因素。這些因素隨著社會生活的發展和表達的需要，在不同程度上不斷地發生變異，於是造成了文體的不同特點及種種劃分。

文體有其歷史性、穩定性、以及不變性，而信息載體（指媒體）、科技發展與閱讀潮流等，均會影響文體的緩慢質變，但不可能是爆發式的大變動。因此，無論是閱讀還是寫作，首先應先明辨文體，才能做到不失體制而又不被體制所縛。（王宏喜，1992）

（二）什麼是基模？

Piaget 指出，學習是在我們心中不斷地修正我們的基模或認知結構的歷程。經由同化和調適的過程，孩子在他們的基模中發展了對這個世界的新資訊。（引自林佩蓉等譯，2003）

Bartlett 首先將基模（schema）的概念應用於心理學。他認為基模是一個人用來同化新訊息及產生訊息回憶的現存知識。具體而言，基模是指人、事件、物和情境的原型，它是一種抽象的知識結構，得自於目標和事件互動的經驗，影響個體對外在事件的注意和吸收。同時，基模有利於在回憶時重新建造那些忘記了或並未學過的成分，對於與基模一致的材料將深層同化，與基模不一致的材料則會被篩選掉，是一種積極的、主動的過程。（引自林清山譯，1991；彭聃齡等，2000；楊芷芳，1994）

Rumelhart 和 Norman 定義基模為「存在記憶中表徵類總概念之資料結構」。Anderson 又補充說明，他認為基模提供一種「登錄規則於範疇內之方法」，無論這些原則是知覺性的或命題式的。（引自岳修平譯，1998）

Gagne 與 Glaser 認為，個體如果具有良好的心理組織結構（指基模組織），將有助於回憶過往的事件。（引自許文章，2001）每個心理學家對基模的定義各有些許差異，但一般而言，皆包含以下幾點（林清山譯，1991）：

1. 普遍性（general）──基模可廣泛被運用在許多不同的情境，以作為了解輸近來的訊息的基本架構。
2. 知識（knowledge）──基模就如同我們所知道的事物一樣是存在於記憶之中的。
3. 結構（structure）──基模圍繞著某些主題而被加以組織。
4. 包含（comprehension）──基模中包含有一些要用短文的特殊訊息來加以填補的空間。

　　簡而言之，基模是個人長期記憶中對事物的認知結構，符合認知結構的即被歸類為典型，不符合認知結構的即從典型中刪去。

（三）什麼是文體基模？

　　Bartlett 是最初提出「人如何從有意義的文章中學習」之問題的心理學家之一，他的主要理論概念就是「基模（Schema）」──一個人用以同化新訊息以及產生訊息回憶的現存知識。同時， Hiebert 與 Raphael 根據研究發現，讀者在閱讀文章時亦存在著這種認知結構，稱之為「文體基模（textual schema）」。（引自許文章，2001）

　　文體基模是個人對文體的認知結構，由客觀的文體知識當中建立起來，建立的方式可經由閱讀中不知不覺地建立，也可以經由教學環境中有知有覺地學習而來，前者建立需較多時間與較大量的資訊吸收，後者花費時間較少、較有效率。不論以何種方式建構出來的文體基模，均是個人主觀認知的結果，與客觀的文體知識有所不同。

　　因此，為了避免個人主觀建構的文體基模與實際客觀的文體知識有所不符，需靠教學者從教學的角度予以輔助。

　　文體基模可用在閱讀與寫作中，符合該文體認知結構者即被歸類為典型，不符合認知結構者即從典型中刪去。根據相關研究顯示（許文章，2001），讀者在閱讀時會利用既有的心理結構，也就是文本基模（即文體基模），來建構文章的意義。

　　例如近年來備受推廣的故事結構教學中，學者認為故事體的結構大約包含以下幾種成分：主角（及主角特點）、情境（時間、地點）、主要問題或衝突、解決問題的經過，以及結局，有些故事還有啟示（王瓊珠，2004），此即所謂故事體的基模。當閱讀者閱讀一篇文章或一本書的時候，書中有上列五部分者即被歸類為典型的故事體，若缺了其中任何一項以上，可能就不是典型的故事體，或者可能根本就不是故事體。

　　又如議論文的典型，應包含論式、論證、論點以及論據四部分，則一篇文章中若包含了上述四點即被歸類為典型的議論文，同樣的，若缺了其中一項以上，則讀者必須再分析該文章是非典型的議論文抑或根本就非議論文。

三、國內寫作教學的現況與困境

　　欲了解寫作教學的問題與困難點，得先明白目前寫作教學的現況如何，在此針對學生在寫作方面應具備的基本能力指標、國內主流寫作教學方法、坊間寫作教材、寫作教學實施的困境研究等四個部分來探討，並提出關於教學法與學習單的疑議。

（一）學生在寫作方面應具備的基本能力指標

　　筆者從國民中小學九年一貫課程綱要（教育部，2003）針對寫作能力的分段能力指標中，整理出如下三方面的欲達指標：

1. 認知方面
   (1) 能認識各種文體的寫作要點，並練習寫作。
   (2) 能概略知道寫作的步驟（從收集材料到審題、立意、選材及安排段落、組織成篇），逐步豐富作品的內容。
   (3) 能認識並練習使用標點符號。

(4) 能分辨並欣賞作品中的修辭技巧。

(5) 能認識各種文體，並練習不同類型的寫作。

(6) 能理解各種文體的特質，並練習寫作不同類型的作品。

(7) 了解標點符號的功能，並適當使用。

2. 技能方面

(1) 能擴充詞彙，正確的遣詞造句，並練習常用的基本句型。

(2) 能練習運用各種表達方式習寫寫作。

(3) 能概略分辨出作品中文句的錯誤。

(4) 能正確流暢的遣辭造句、安排段落、組織成篇。

(5) 能應用種表達方式練習寫作。

(6) 能具備自己修改寫作的能力，並主動和他人交換寫作心得。

(7) 能依收集材料到審題、立意、選材、安排段落、組織成篇的
　　寫作步驟進行寫作。

(8) 能了解標點符號的功能，並在寫作時恰當的使用。

(9) 能把握修辭的特性，並加以練習及運用。

(10) 能練習使用電腦編輯作品，分享寫作經驗和樂趣。

(11) 能應用觀察的方法，並精確表達自己的見聞。

(12) 能精確的遣辭用字，並靈活運用各種句型寫作。

(13) 練習應用各種表達方式寫作。

(14) 掌握寫作步驟，充實作品的內容，精確的表達自己的思想。

(15) 能靈活應用修辭技巧，讓作品更加精緻感人。

(16) 能練習使用電腦編輯作品，分享寫作的樂趣，討論寫作的
　　　經驗。

3. 情意方面

(1) 能經由觀摩、分享、與欣賞，培養良好的寫作態度與興趣。

(2) 能培養觀察與思考的寫作習慣。

(3) 能發揮想像力，嘗試創作，並欣賞自己的作品。

(4) 發揮思考及創造的能力，使作品具有獨特的風格。

　　由以上分段能力指標可以看出，九年一貫在寫作教學方面兼重認知、技能與情意三大部分，尤其在技能方面，由於應該達到的基本能力很多，區分又很細微，因此在分段能力指標中佔有很大的比例，這也意味著，寫作能力在技能方面的養成需要細分成較詳細的教學流程，並打散在不同年段、不同的單元來教。然而，教學者雖明確知道學生應該學會什麼、知道基測將來測驗什麼，也知道教學者本身應該要教什麼，卻不知道怎麼一步一步地教導，才能使學生具備這些基本能力。目前市售教材及寫作課程，多是介紹各種文體類型，強調學生寫作有多元的面向及多元的進行方式，卻未提供明確的教學步驟，讓寫作教學者在各種理論之間混淆。但至少，課程綱要中提供了詳細的指標，做為量表的可能依據。量表越是正確具體，評鑑方法越是正確周延，則真正落實的教學便越有產生的可能。（黃尤君，1996）

（二）國內主流寫作教學理論

1. 國外寫作教學研究整理

　　　　Hillocks 將國外二十九篇寫作方案的教學方法歸納為下列四大類（引自張新仁，1992）：

(1) 講述法：寫作活動由教學者支配，強調學生寫出的作品，而非寫作的過程，又稱之為「成果導向」。Hillocks 分析此法寫作成效最差。

(2) 自然過程法：寫作活動由學生支配、主動發起，並按照自己的速度進行，強調同儕合作、重視計劃與修改，教學者扮演協助者的角色，屬於低結構性的教學活動。

(3) 個別化法：學生向小老師或電腦學習如何寫作，並獲得回饋。強調以個別學生為協助的對象。

(4) 環境法：師生共同分擔寫作成效的責任。教學者選擇題材、設計教學活動，強調教材和活動的結構性；學生以小組討論方式進行寫作過程，同儕間以教學者提供的評量標準對同儕

的作品提供回饋。Applebee 認為此即「過程導向」，應改名「結構性過程法」。

Hillocks 分析以上四種教學法，認為環境法（結構性過程法）寫作教學的成效最好，此外有眾多著名的寫作教學研究者支持環境法，因此近年寫作教學有重視過程導向的趨勢。Dupuis、Lee、 Bandiali & Askov（引自鄭麗玉，2000）研究結構性過程法，將寫作教學過程的活動設計分為五個階段，並提出五個階段的教學模式舉例如下：

(1) 寫作前：教學者並非為學生代勞或提供寫作大綱，而是設計各種活動或作業來幫助學生預想寫作方向、產生想法、決定文章佈局。學生可以全班或小組腦力激盪構思寫作內容和佈局。

(2) 起草：教學者提供無干擾的寫作環境，學生將想法轉譯為文字，教學者以鼓勵為主，毋須掛慮遣辭用句或語法。

(3) 修改：使用一對一或小組討論的方式，使學生將已寫出的文章讀給同儕或老師聽以討論並修正自己的文章，不讓彼此看見文章，以免拘泥於拼字、標點、文法等而忽略了內容及組織。此階段在幫助學生精緻化其所表達的想法，而非指正基本寫作技巧。

(4) 校訂：此階段重在拼字、文法、標點等基本寫作技巧的校訂。

(5) 發表：學生將完成作與別人分享及展示。給予學生優良作品發表的機會是對寫作的最佳酬賞。

2. 國內寫作教學研究整理：張新仁（1992）將李金城等五位不同學者的主張歸納如下：

(1) 自作法：教學者命題後，讓學生自行構思。

(2) 助作法：教學者命題後協助學生各自寫作。

(3) 口述誘導法：教學者命題、提示寫作重點及分段大綱，學生依綱要逐段口述最後由學童自行寫作。

(4) 仿作法：讓學生閱讀課文或課外範文，共同深究其文體結構、遣辭和造句等技巧。而後由教學者出類似題目讓學生練習仿作。

(5) 共作法（合作法）：教學者命題後，指導學生經由全班或分組討論的方式搜集材料、剪裁佈局、文句等，具有「過程導向寫作教學」之精神。適用於低年級、寫作能力差者，或是較感困惑之文體。

(6) 創造性作文：由教學者透過能夠鼓勵學童做創造性思考的教學活動，引導學生寫作。

不論是國外寫作教學理論中從講述法到過程導向，抑或是國內寫作教學理論中，從自作法到共作法、創造性作文等，均可發現，寫作教學從以往成果導向，慢慢走向過程導向的趨勢。表示寫作教學應重視引導，而不再像從前的命題作文一般，教學者只負責出題，或是教學者只負責講解文體結構，其餘均讓學生自行完成。這中間的差異是：教學者是否具有步驟化的教學流程，幫助學生一步一步從實作過程中，在腦裡建構起寫作的模式，內化成寫作的能力，這也突顯出教學者當今對步驟化教學理論的迫切需要。

（三）坊間寫作教材

除了學術界所提出的理論構設與實證研究之外，民間有許多補習班或業界有出版不少作文教材，筆者在研究期間搜集、分析這些練習教材，發現各業者因為持有不同的教學觀，或因面對不同的教學對象，而有不同取向的考量，同時也反映在教材中，筆者將眾教材歸納成五個取向：

1. 內容引導取向：這類教材多提供學習單，採用一問一答的題目或是表格式的問答填充，來引導學生逐項回答，再將這些答項誘串成一篇文章。這類教材的優點是大量使用引導，因此學生可以從細分的題目中將腦中隱藏的內容書寫出來；缺點則是只有引導內容，沒有引導架構，學生的寫作可能內容多，字數長卻雜亂無章。

2. 閱讀浸泡取向：這類教材支持學生在廣泛的閱讀中自然而然學會寫作，因此大量提供各類型的範文，有時添加修辭或內容的

賞析。該類教材的優點是的確提供學生大量閱讀美文的機會，自行找到閱讀的樂趣，可能產生寫作的動機；缺點則可能使學生漫無目的的閱讀，無法採取意義化的學習，若要學生自行從閱讀中建構寫作的認知，則只有資優的閱讀者才能做到，然就算是資優的閱讀者，其閱讀輸入的質量是否與寫作輸出的質量齊等？筆者持保留的態度。

3. 興趣引發取向：這類教材採用活潑多元的活動設計或學習單，使學生不害怕寫作，進而對寫作有興趣。常見的形式有圖畫引導式的、遊戲式的、生活感知式的，有時和內容引導取向的學習單做結合。優點是取材生活化、內容多樣化，且活動能考量學生興趣，的確能引發學生的學習動機；但過於注重情意上的引導，若無提供學生可以長期運用的認知或技能，恐怕好不容易引發的學習動機卻在教學活動結束以後歸零，且大部分都在進行記敘，體例不夠齊全，但也未必對記敘文有完整的文體基模，是為隱憂。

4. 文體結構取向：這類教材支持文體結構在寫作輸出中的重要性，因此提供文體結構以供學生參考，大多數的呈現方式是先告知目標文體為何，然後提供範文，再介紹架構，或是兩者一齊呈現，通常明確地逐段呈現內容及結構，是最便於學生賞析及模仿的方式。在架構呈現完以後，接著是命題作文，在教材中定立一個適用範文文體結構的題目使學生仿作。優點是提供架構，學生可以明確知道作法，缺點是缺乏引導與轉化，可能使學生思想僵化，成為套用文體的寫作機器。

5. 基本能力取向：這類教材通常以單元為單位來逐項練習各種修辭、語法、標點等，以期學生應用在寫作上，使文章增添形式與內容上的美感與豐富性。優點是學生的確在寫作的基本功夫有某種程度的進展；缺點則是學生學會了好多漂亮的單句與複句，卻無法組織成篇。

市面上寫作教學的教材很多、類型繁雜，且各有優劣，但提供具體教學流程者少之又少，教學者應該依照自己的教學方式來慎選教

材、相互搭配，以免造成教學者只針對單一面向的基本能力進行教學，全面性不夠。

（四）寫作教學實施的困境研究

以上我們既知學生在作文方面應該養成的能力為何，也知道目前教學法與教材的現況，接下來要談談實施的問題，國內對於學生寫作能力狀況的研究有很多：

李得雄（1996）提出，學生對寫作感到困難的原因是：（1）文字表達能力的不足。（2）缺乏生活經驗累積。（3）不懂得寫作技巧。

楊裕貿（1996）調查中部四縣市國小六年級學生應用文的寫作能力時，發現學生在留言條、收據、遺失啟事、日記、慰問信、讀書報告等六個小文類中，不論是格式、文題相符、標點、文句、語句、文辭、內容及結構上，均仍待加強。

杜淑貞（1998）指出，教學者認為學生在學會認字、造詞、字詞解釋、運用造句、替換語詞、照樣造句後，自然就能寫成文章。但其實缺少了「審題、立意、選材、組織」的訓練，學生實則只擁有單獨造句的能力，無法成篇。

劉慧珍（1998）認為，教學者在指導寫作時，欠缺系統性的計劃，不知深度結合讀書教材，對教學方法的認知也不足。鄭博真（1999）也指出，國小學生的寫作在內容思想、組織結構、文字語詞等方面都有尚待改進的缺點。趙鏡中（2001）認為，學生把寫作當成能力檢核，因此動機薄弱，再來是內容千篇一律、錯字連篇、過於口語。鍾玄惠（2002）指出，國內目前寫作指導的參考資料不足，學生寫作態度不佳。

關於學生寫作能力的研究除了以上這些敘述之外，尚有其他見解，也尚有指出其他表現不好的層面，從專家學者的研究結果看來，學生在寫作表現上並沒有哪一部分的能力是不低落的。唯這些研究的共通點是──對於目前中小學學生的寫作能力均不抱持樂觀的態度。

　　細析上述學者的研究結果發現，各學者的描述文字雖有不同，但不約而同提到學生在文體知識方面的欠缺，如：李得雄所謂學生不懂得寫作技巧，楊裕貿所謂格式、文題相符、內容及結構上仍待加強，杜淑貞所謂缺少「審題、立意、選材、組織」的能力使句子無法成篇，劉慧珍所謂欠缺系統性的計劃，鄭博真所謂組織能力尚待改進、趙鏡中所謂千篇一律等，以上文字或使用專業術語、或使用一般語言，其所指的都是和文體有關的知識，其內涵即指學生欠缺文體基模，足見文體知識與文體基模在學生寫作能力上的缺乏與難教，當然，同時也表示文體教學、文體基模教學的重要性。

（五）綜論

1. 只用一套教學法對文體基模教學的適切性探討

　　由以上各項研究分析結果，可知現行的寫作教材與教法其實很多元，且各有理論支持，那麼照理來說，教學者應該能夠很輕易地找出適當的教材與教法來應用在自己的教學才是，可惜實則不然。

　　目前國內的寫作教學理論多只提供取向上的建議，如：建議該教文體、建議教創造力、建議從過程中教、建議教修辭……等，均缺少步驟化的教學流程。眾多教學理論把「寫作」當成單一目標，但其實，寫作應該是眾多基本能力、眾多小目標的結合。

　　Hillocks（引自張新仁，1992）認為整個寫作過程至少需要四類知識：

(1) 有關寫作題目的知識、

(2) 回憶出寫作主題相關內容的策略知識、

(3) 有關文體結構、句法、文法、標點符號等作文規範的知識、

(4) 如何根據作文規範寫出文章的策略知識。

　　這四類知識即是四項基本能力，擁有此四項基本能力才能夠說是擁有寫作能力，而這四項能力還可以去細分，如第三項

就包含了文體結構、句法、文法、標點符號等四個單位更小的基本能力。

筆者認為，要使學生學會「寫作」這個複雜的能力，需要從其他細微的能力建構起來，並非單一種教學法就能保證使學生學會。因此在進行寫作教學前，教學者應該先確實做好教材分析及教學規劃，明確定出教學目標——即要教學生學會哪一項明確的基本能力（例如明確指出使學生學會哪一個句法、或哪一些標點符號、哪一種文體結構、哪一種回憶策略……等），而不該把寫作本身視為一個龐大的教學目標，企圖在一個單元內使學生學會「寫作」這個事實上是眾多基本能力結合而成的巨大能力。

因此，執著於單一種教學法並沒有辦法使學生完全學會寫作能力，教學者應該自訂策略、要培養某種能力就搭配某種教學法，使用多種教學法，一次教學不宜培養過多項目，如此逐項建構起學生的能力，並在教學中落實各項能力間的相互運用，才能使學生在心中逐步勾勒出「寫作」的全貌。

2. 學習單與教學活動在文體與寫作教學的迷思近年來教學者在寫作上建構文體基模、培養組織結構能力時，喜歡運用學習單來教學，而學習單最常見的形式是一問一答的單向問答題，頂多是表格化一對一的對應填充，這樣的教學形式也廣為應用在寫作教學現場及業界的寫作教材設計。

教學者在寫作教學中仰賴學習單尚有兩個主要原因：其一是因為學校重視教學檔案評量，而學習單是為一種多元具體成效的呈現方式，因此教學者常喜歡用學習單來幫助學生學習。然而，教學成效不是以多元的學習單的堆砌來衡量，學生可以在教學者每次引導下做出很好「看」的、類似多元寫作的成果，卻不見得是真正懂得寫作的內涵。

其二是希望以學習單方式來呈現多元化的寫作教學，因此讓學生在無結構或結構甚低的狀況下學習寫作。但是所謂多元

化的能力是先有「能力」，再求「多元」，寫作教學不能夠以「不要給學生灌輸太多以免限制學生寫作」做藉口來扼殺學生擁有寫作基本技能的權利，而應在有知有覺的學習和引導之下，除了給予多元的鼓勵和機會，更應給予知識和技能去展現專業的多元，也就是：先求基本，再求多元。

然而，有時候教學者會發現，學生在教學者輔助的提問學習單之下能夠寫出不錯的文章，但當教學者將學習單移除以後，學生就頓時不知如何下筆。葉雪枝（1998）對於後設認知寫作學習單在不同寫作能力學生的影響效果做研究結果分析時指出，高中低三組不同寫作能力的學生在寫作能力的提升上，使用學習單之前或之後沒有差異，且三組的寫作能力均沒有提升到顯著水準，此外，在產生想法、分類能力、組織想法、篩選資料、設定目標四個能力項目上，使用學習單之後也沒有顯著的提升。

然而，學習單也有其正面的意義，葉雪枝（1998）指出，在實驗之後，學生在思考上較能尋找參考的依據，在寫作上較能有系統的寫成大綱之後，再完成作文成品。只是，教學者的最終目的，是希望學生能夠內化寫作方式與組織能力，在沒有學習單的狀態下也能寫出作品，在這方面，學習單的成效的確是差強人意。

筆者認為，並不能說學習單是完全無效，而是教學者並沒有讓學生明確知道學習單的效用為何，不知道學習單與文體基模之間的關連性為何，只知道文章內容要按照教學者發的學習單來書寫，才使學習單從建構學生組織能力的教材變成限制學生思維所在。稍後將從認知導向寫作過程模式，解釋教學者使用學習單的立場與對學生的幫助。

四、建立文體基模的重要性

前面討論過 Hillocks（引自張新仁，1992）所提寫作過程的四類知識，也提過筆者認為「先求基本，再求多元」的觀點，因此，在此筆者更近一步提出文體基模做為一種基本能力的重要性，並從認知導向寫作過程模式、記憶理論、研究文獻等三方面來談文體基模的重要性。

（一）從認知導向寫作過程模式談文體基模的重要性

早期有關寫作歷程的研究，學者主張的是直線式的階段模式，但直線式的寫作歷程分析將寫作視為一種外在物件的產出，與寫作是一種心理循環歷程的事實有所不符，因此認知心理學家開始從認知的角度對寫作歷程進行分析研究，其中以 Flower & Hayes（引自張新仁，1992）提出的認知導向寫作歷程模式對心理運作的解說最詳盡，也最受重視並造成極大的迴響。下圖 1 是該模式的三個層面，即寫作環境、長期記憶、和寫作過程：

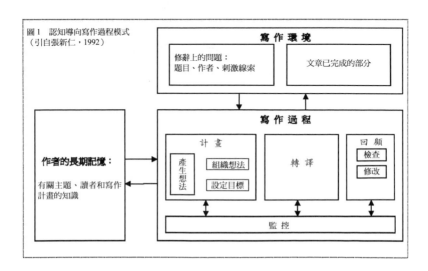

圖 1　認知導向寫作過程模式
（引自張新仁，1992）

由圖可知，寫作者在寫作時的三大要素（即寫作過程與寫作環境、長期記憶）之間會相互影響，且依賴個人認知的監控，而且它是一個循環模式，各個階段及步驟皆可能在任何順序中發生（例如，可能由轉譯階段回到計劃階段，也可能邊轉譯邊回顧）。而且，作者本身對整個寫作過程的了解與監控、對寫作策略的選取與執行，以及對作品不當之處的辨認與修改，都和其後設認知的能力有關。（張新仁，1992；劉明松，2003）

此外，由圖 1 尚可知，寫作過程發生於心理內在，寫作環境是外在影響及已輸出的紙面文字，而長期記憶中有關主題、讀者和寫作計劃的知識便和文體基模有關，其中也包含作者所擁有的字詞、文法、標點符號和寫作文體等方面的知識亦儲存於此。

教學者在寫作環境中可以給予寫作者的幫助是：當寫作者對於長期記憶內的文體基模建構不足或全無時，教學者能透過對話引導、學習單設計、活動進行……等方式，站在寫作環境中的刺激線索立場，提供寫作者產生想法、組織想法、設定目標等幫助其進行寫作的計劃。然而，當教學者從寫作者的寫作環境中抽離時，等於斷絕了刺激線索，此時長期記憶中若不存在文體基模，則寫作者便在寫作中孤立無援，而無從下筆了。這可以解釋，為什麼許多研究中描述，在學習單的提供下學生能夠寫出不錯的文章，但對於組織能力沒有顯著進步，或是在抽離學習單的狀況下，學生寫作能力仍然歸零的現象。

因此，從廣泛引用的認知導向寫作過程模式中，可以分析出文體基模在寫作過程中具有相當的重要性，可幫助寫作者在寫作環境不夠完整時依然能夠順利寫作。

（二）從記憶理論談文體基模的重要性

在認知導向寫作過程模式當中，有提及長期記憶在寫作時的效用。記憶理論與訊息處理理論有關，個體在處理訊息時會經過一定的心理歷程，包含三個階段：即感官收錄、短期記憶以及長期記憶，長

期記憶便是指保持訊息長期不忘的永久記憶（許文章，2007）。下圖2是訊息處理心理歷程圖：

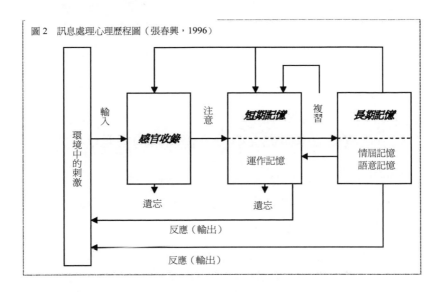

圖2　訊息處理心理歷程圖（張春興，1996）

1. 感官收錄：來自環境中的訊息，經由感官接收，作短暫的停留，假若沒有引起個體的注意，很快就消失，此階段保留訊息的原始形式，稱為感官收錄（或感官貯存、感官記憶）（鄭麗玉，1993）。

2. 短期記憶：短期記憶維持時間大約三十秒，Miller 認為短期記憶的容量有限，以意元（chunks）來計算，也就是「神奇的七加減二」的說法。（引自鄭麗玉，1993）

3. 長期記憶：長期記憶的容量沒有限制，但是有研究者提出長期記憶會隨時間而消退。解釋長期記憶的理論中比較著名的是痕跡消退論（trace decay theory）和干擾論，前者認為隨著時間的逝去，記憶痕跡就逐漸變弱、變淡；後者認為新的學習會干擾舊的學習、而舊的學習也會干擾新的學習。此外，有研究者認為長期記憶不是消退，而是改變，個體一時想不起來而誤以為遺忘的原因是因為提取線索不足或改變，使個體無法順利記起。（鄭麗玉，1993）

由圖 2 可知，長期記憶是需要從短期記憶當中經過複習（或稱精密化的理解複述）才能夠進入到長期記憶，Gagne 與 Glaser 指出，基模組織是長期記憶儲存訊息的方式之一，而且個體如果具有良好的心理組織結構，將有助於回憶過往的事件。（引自許文章，2001）亦即，寫作者如果有良好的寫作知識儲存在長期記憶中，將有助於回憶及寫作產出，而寫作知識包含在文體之中，若以基模的方式儲存在長期記憶內，的確有助於寫作時的構思。

（三）從寫作教學研究文獻看文體基模的重要性

劉明松（2003）針對作文低成就學生提出三個有效的教學策略，一是過程寫作，二是基模建立，三是對話策略。他對基模建立的教學策略解釋如下：

> 此策略是教學者直接教學法使用的範例之一，強調直接教導學生文章組織的結構。其以 Rumelhart 的「基模是建立認知區塊基礎」的理論為主要依據。在此策略中包括直接教學生一般文體結構，如記敘文、比較／對比、問題解決等說明文體，其目的是為了增進學生理解與寫作能力。直接教學在抽象的文體結構教學上能夠增進孩子的作文能力，則基模建立策略對特殊學生可能相當有助益，因其強調增進學生的計劃、組織及監控的能力，以及對所教策略之重要性或用法的理解。

文體基模建立在閱讀中發揮廣大的效用，讀者可根據認知結構中對某文體的基模去揣測文章或書中下一步驟的可能性，這方法被廣泛的運用在閱讀教學中，對於閱讀理解有很大的幫助。

此外，文體基模不只對於閱讀產生效益，在寫作亦然，寫作者若有文體基模，則可將腦海中散亂的內容加以整理組織，套用到文體基模中，轉譯輸出成文章。

張新仁（1992）指出，教導文體結構知識，可協助寫作者把握寫作者的重點，同時使養成有計劃的寫作。

Flower 與 Hayes（引自許文章，1991）指出，寫作者的長期記憶中如果與寫作主題有關的訊息具有良好的組織時，則可產出標準、前後連貫的書寫語言。

Bereiter & Scardamalia（引自許文章，1991）指出，文體基模是寫作時訊息提取的重要線索，讓寫作者界定哪些元素可包含在該文體中，以及這些元素該如何安排。

Englert、Stewart 與 Hiebert（引自許文章，1991）認為，文體基模可提供寫作者依個心理架構，以促進寫作的組織。同時，在寫作時寫作者如擁有較豐富的文體知識，便對所要產生的文章，在結構知識上有更高的知覺程度，寫作者更能應用文章結構策略到寫作任務上。

由以上多名研究專家的文獻看來，文體基模或文體結構的知識的確能夠幫助寫作者組織內容，能促進寫作能力的提升，因此，文體基模可說是寫作上十分重要的一項基本能力。

五、建立文體基模的教學流程

前面已經談論過文體基模的重要性，現在還待解決的問題是：教學者要如何幫助學生建立文體基模？如何幫助學生將文體基模儲存在長期記憶中？如何幫助學生以有利於提取的方式將文體基模貯存在長期記憶中？因為有這樣的疑問，因此筆者提出一套教學流程，專門用在建立文體基模，在此稱為「文體基模教學」，期望能解決教學上的問題，供教學者作為參考。

（一）文體基模教學在寫作教學中的適當時機

在開始談文體基模的教學流程之前，首先要澄清一個問題，文體基模教學與現今任何寫作教學理論之間的關係並不是相對的，如同前述，筆者認為執著於單一種教學法並沒有辦法使學生完全學會寫作能

力，而應該使用多種教學法，一次教學不宜培養過多項目，如此逐項建構起學生的能力，並在教學中落實各項能力間的相互運用，才能使學生在心中逐步勾勒出「寫作」的全貌，在此即是提出「文體基模」這項寫作知識的教學方法。

　　要開始設計文體基模教學的教學流程之前，首先應先釐清，應該在什麼時候教文體基模。各種教學法有其教學步驟，同樣地，各種技能也有其行使的步驟性，因此教學步驟應該要與技能行使的步驟相配合，才是適當的教學時機。以下將進行寫作歷程步驟與寫作教學步驟的對照，為方便讀者理解，筆者將教育部的寫作歷程、認知導向寫作歷程（寫作歷程理論）、與過程導向寫作教學（寫作教學理論）三者整理成表格，如下表1：

文體基模使用與教學的時機點

教育部 寫作歷程(教育部,2003)	認知導向寫作歷程(寫作歷程理論)		過程導向寫作教學(寫作教學理論)	
	寫作歷程(引自張新仁,1992)	教學策略(張新仁,1992)	教學階段(引自張新仁,1992)	活動設計(張新仁,1992)
審題 立意	一、計劃階段 設定目標 產生想法(內容構思) 組織想法(文章佈局)	1. 師生個別討論 2. 預設結尾 3. 教文體結構 1. 自選題目 2. 根據學生已有的經驗與知識命題 3. 寫作前指定閱讀、觀賞影片、提出引導性問題、進行班級討論、腦力激盪等方式 4. 口頭敘寫較多等 5. 寫下所有聯想到的字詞 6. 口述作文 7. 提供句首用語 1. 類聚組織 2. 概念連格 3. 教導文體結構	寫作前階段	1. 課前告知學生題目範圍,要求學生閱讀並蒐集與題目有關的知識。 2. 上課提示文體知識和寫作過程知識。 3. 進行分組討論,透過腦力激盪,把握想法到和主題有關的內容,由老師摘錄黑列成大綱細目。 4. 要求各組報告分享所列的內容大綱和優美詞句,由老師摘錄黑板,供全班參考。 5. 協助學生綜合所有細目,做段落安排。
選材 安排段落	二、轉譯階段	1. 起草初稿時,不宜過於強調字、詞、文句、標點符號 2. 口述作文 3. 教導文體結構	起草階段(寫作中階段)	1. 提供學生安靜而專心的寫作環境,要求學生根據大綱細目,自行寫成初稿。 2. 鼓勵學生盡量多寫,不必擔心字、詞、文法、標點符號是否正確無誤。 3. 老師在位子上或行間備詢。
組織成篇	三、回顧階段	1. 學生同儕互改 2. 提供程序上的協助,如提示卡	修改階段(寫作中階段)	1. 提供各組作文評定概念,作為檢討和修改文章的參考。 2. 要求小組間互相傳閱修改初稿,提供意見,並試著找出對方的優點,學習改正句的回饋。 3. 老師隨時提供接助。
			教訂階段(寫作中階段)	1. 要求學生自行更正、修訂初稿(包括字、詞、文具結構和句)。 2. 如果初稿修改幅度較大,則要求重寫。 3. 老師巡視行間、提供協助。
			寫作後—發表階段	1. 評閱學生的作品。 2. 作共同檢討與欣賞。 3. 學生佳作共同欣賞。

表 1 教育部寫作歷程、認知導向寫作過程與教學的歷程與教學流程圖
圖 3 文體基模與教學的時機點圖示

　　九年一貫課程綱要指出，寫作的步驟是收集材料、審題、立意、選材及安排段落、到組織成篇（教育部，2003）；而前述現今最廣受推崇的認知導向寫作歷程將寫作過程分為計劃（包含設定目標、產生想法、組織想法）、轉譯、回顧（包含檢查與修改）等三階段。教育部的審題與立意階段對應到認知導向的設定目標、產生想法，而選材與安排段落階段對應到組織想法階段，組織成篇階段對應到轉譯、回顧階段。

　　過程導向寫作教學也有其寫作流程，張新仁（1992）曾針對此二種寫作教學法的各流程提出教學活動設計，是為提出寫作教學步驟中最詳盡者之一（見表1）。過程導向寫作教學的寫作前階段對應到教育部的審題與立意、也對應到認知導向寫作歷程的設定目標與產生想法階段，寫作中對應到組織成篇和轉譯、回顧。

　　由表1中可以看到，教育部忽略了發表階段，然而此項不在本研究中做探討。本研究要分析的是，將文體基模教學放進認知導向寫作歷程和過程導向寫作教學來看，可清楚呈現：文體基模使用的時機點，約在寫作歷程的計劃階段（再往下細分可歸到設定目標階段），亦即在教育部所謂的審題階段；而文體基模教學的時機點，是在寫作前階段，為便於對照，筆者特別將兩個時機點從表1中標示出來（見表1、圖3）。

　　於是可以確定，文體基模教學應該在寫作行為發生之前即開始，且不論是教育部的審題階段或是寫作歷程的計劃階段，一旦寫作者進入寫作歷程，馬上就在第一個步驟使用到文體基模。

（二）文體基模教學的活動流程

　　筆者將文體基模的建立視為是一種概念的建立，因此採用 Bruner 等人提出的「概念獲得法」。（引自鄭麗玉，1993）

　　要使用此模式之前，首先要釐清「概念」是什麼，「概念」是包括主要屬性（attribution）或特徵（features）的同類事物之總稱（鄭麗玉，1993），例如我們對桌子的概念是提供一個朝上的平面，有四隻腳、或

三隻腳，比椅子高能夠放置東西在上面，不論它的平面是製作成什麼形狀，它都符合上述的概念。

因此，文體基模也是概念，例如熟練文體的寫作者會明白──「用來記敘事情的，可能有開頭、經過、結尾的，記錄中寫了事件發生可能是因為某種原因的」那種文體是記敘文（抑或再細分至記事類），這就是屬於記事類記敘文的概念，也可以說是記事類記敘文的文體基模。

概念的教學（徐綺穗，1995）有兩種方法，一是直接教學法，另一是概念獲得法，兩種方法的相同點是提出正反例讓學生辨認，以加強學生的理解；而兩者的不同點在於：直接講述法適用於學生的先備知識較少時，概念獲得法使用在學生對於將學的事物已有部分概念及心向時。

在概念教學的過程中，學習環境的安排是很重要的，教學者須判斷到底要教給學生什麼概念，以及在大的學習單元中，每個概念學習的先後順序，並從學生的經驗背景中去選擇正例和反例。此外，教學者要幫助學生在上課時保持專心，為學生的想法提供回饋、鼓勵參與，支持學生發展推理能力。

以下要談文體基模教學的教學流程。筆者將文體基模教學分為三個階段，分別是：文體基模建立、文體區辨與分析實作、文體實作、創作等階段，並將教學前也視為教學者準備的一個階段，共有五個階段。

1. 第零階段：教學準備階段

　　此階段是教學者在教學前的準備階段，教學者要事先將教材組織化、步驟化，以利學生理解，並將每個教學步驟緊緊扣合，使新的概念以舊的概念為基礎，才能夠幫助學生將基模內化到長期記憶。以下供參考的步驟為：

(1) 分析學生的經驗與背景知識。

(2) 確立要教的文體，並定義基模。

(3) 選擇多篇範文──包含正例及反例、典型及非典型的文章。

(4) 進行教材分析，將基模結構化，以組織圖來呈現，以方便學生內化。

(5) 決定教學步驟。

2. 第一階段：文體基模建立

　　此階段真正開始進入教學，教學活動由教學者支配，教學目標是將目標文體的基模引導出來。供參考的教學步驟為：

(1) 告知目標文體。

(2) 引導學生閱讀目標文體的典型範文。

(3) 引導學生做形式與內容深究，並以結構化的方式呈現形式深究與內容深究的結果。

(4) 引導學生建立文體基模，並以結構化、精密化的方式呈現基模，以幫助學生內化入長期記憶。

(5) 引導學生從文體基模來閱讀典型範文，以強化概念。

3. 第二階段：文體區辨與分析實作

　　此階段的教學活動同樣是由教學者支配，教學目標是使學生學會目標文體的基模，並加以內化。供參考的教學步驟為：

(1) 提供正反例的文章、典型與非典型的文章，且呈現的順序須由易到難。

(2) 指導學生分析各篇文章的結構。

(3) 以文體基模來檢驗各篇範文是屬於相同文類或非相同文類、是典型或非典型。

(4) 引導學生賞析，指出範文的典型與非典型之處，討論典型與非典型的差異，並加以評鑑、評價。在此教學者不必急著將非典型的文章判斷成劣質的文章，而是引導學生去思考為什麼作者這樣寫、這樣寫好不好等問題。

4. 第三階段：文體實作

　　此階段類似仿作，但不同的是，在此階段不提供範文，因為在第一、二階段已針對範文做了分析，且教學及討論的過程不以教學者為主，教學者將此階段的寫作成果視為一次文體基模教學上的形成性或診斷性的評量，去檢視學生是否已具有目標文體的基模，以決定往後教學的重點及方向，故在此稱為「文體實作」，以和真正的創作做區分。供參考的教學步驟為：

(1) 教學者可選擇主題、寫作範圍或完全不指定，命題時須考量學生的經驗與背景知識，但指定使用已教過的目標文體來寫作。

(2) 引導學生構思內容、討論修辭與佳句。

(3) 要求學生以文體基模將內容組織成篇。

(4) 要求學生專心寫作，告知學生初稿時無須擔心字詞、文法、標點等。

(5) 建立同儕互評與分享的方式。教學者可提供作文評定量表、可決定同時評內容與形式，或將內容與形式分成兩次做互評。

(6) 要求學生自行校正初稿，包含字詞、文法、標點等。

(7) 評閱與個別指導。

(8) 成果發表與分享。

(9) 引導學生討論同儕作品。討論的重點在於將彼此的作品分類，是屬於目標文體的典型或非典型，抑或根本不是目標文體。此時討論的重點不在於批判，而在賞析，允許學生做意見交流與自由表達，也可捍衛自己的作品，但意見交流的正反方均須說明理由。

在文體實作這個階段，教學者可以檢視教學，並可隨時回頭去針對學生概念不清的地方做加強與補救教學。Merrill & Tennyson 提出了三種需要進行補救教學的狀況及方式（引自 Jantz，1988）：

(1) 過度推論（overgeneralization）：補救教學應有正反例配對的組合，可強調其未注意的主要屬性。

(2) 推論不足（undergeneralization）：補救教學應包含較困難的例子，可使學生專注於已存在的主要屬性。

(3) 迷思概念（misconception）：補救教學應含正反例的配對，以分離出造成混淆的非主要屬性，屬性的分離應著重在學生對於屬性中不重要本質的注意。

5. 第四階段：創作

　　相對於「文體實作」，本階段才是真正的創作。本階段是採用過程導向的寫作教學，教生共同承擔寫作過程與結果的責任。此階段的目的除了讓學生練習具體而多元的寫作模式以外，也透過發表與討論增加學生在寫作上的自信心。然而，若要學生在創作時有多元的寫作表現，則應該在建立許多文體的基模之後，才會看出多元的成效，若教學者只引導過一、二種文體，則可想而知學生可能只能運用這兩種文體來創作。供參考的教學步驟為：

(1) 教學者決定寫作範圍。可以指定相同文體而讓學生自定主題、標題；也可以指定相同主題或範圍，而讓學生自行決定文體與標題，然後者須在建立過很多文體基模後才能執行成效。

(2) 引導學生構思內容、討論修辭與佳句、組織大綱與段落。

(3) 要求學生專心寫作，告知學生初稿時無須擔心字詞、文法、標點等。

(4) 提供作文評定量表指導互評。

(5) 要求學生自行校正初稿，包含字詞、文法、標點等。

(6) 評閱與個別指導。

(7) 成果發表與分享。

(8) 引導學生討論同儕作品。可讓學生選出大家心目中的推薦文章，同樣地，此時討論的重點也不在批判，而在賞析。要求學生說出推薦與不推薦的原因，並針對不推薦的文章提出具體建議，允許學生捍衛自己的作品，但同樣須說明原因，而其他學生也可針對捍衛者提出的理由來進行意見交流或欣賞。

以上是筆者提出的文體基模教學流程。

　　本教學流程採用概念獲得的模式，企圖幫助文體基模進入個體長期記憶的可能性，但要強調的是，不可能完全阻止遺忘。因此若欲內

化、牢記、靈活運用這些文體基模，使寫作有所精進，仍需依賴不間斷的、有計劃的、有進程的寫作習慣才行。

此外，本理論是預設學生對教學者進行寫作教學時持被動的配合意願。然真正有效的學習是主動的學習，因此，若教學者在寫作教學中，發現學生已經有主動學習寫作的意願時，不妨讓那些具有主動學習意願的寫作資優學生自行建構自己的文體基模，如此他們對文體基模內化速度，可能比教學者提供基模還來得快。

六、疑題、建議與結論

（一）文體基模教學的可能疑議

1. 文體基模教學與仿作法相同嗎？

   文體基模教學與仿作法同屬於高結構性的教學。仿作法是讓學生閱讀課文或課外範文，共同深究其文體結構、遣詞和造句等技巧，在下一次作文課時，由教學者出一類似的題目，讓學生練習仿作（張新仁，1992），是屬於成果導向的教學，重視學生能否寫出架構相同的文章，若學生能順利寫出，則教學者認為已達到教學目標；而文體基模教學是過程導向寫作教學的往前延伸，視仿作為建立文體基模的其中一項流程，而將範文視為建立文體基模的工具而不是模仿的絕對對象。故兩者只有部分作法相似，其理論背景是不同的。

2. 文體基模教學屬於講述法嗎？

   教學者害怕自己的教學被歸類為講述法，其原因是：講述法是由教學者支配的成果導向寫作教法，一般公認講述法的效果最差，根據 Hillocks 研究結果分析，講述法在寫作成效的確最差。（引自張新仁，1992）

   但試想，教學者在講臺上引導學生的任何活動，不都是植基於講述法嗎？筆者認為，要完全避免教學流程中使用講述法

是不可能的任務，而講述法與非講述法的最大差別在於，教學者是否提供足夠而適當的練習機會，引導學生從實作過程中學會技能並強化認知，若沒有實作過程，即是講述法；若有實作過程，則不是講述法。

有研究指出，只教導國小學童辨認文體結構，而不提供練習的機會，則其訓練成效並未遷移至實際的作文；Hillocks 也指出，若強調學習各種文體的特徵，而忽略如何寫出該文體的程序，則會導致即使知道一篇好的文章體裁應具有哪些特徵，但卻未必寫得出來。（引自張新仁，1992）上述兩項研究便是說明只有教學者教的步驟而沒有讓學生練習的程序，則教學是無效的，這就是所謂講述法的詬病。

而文體基模教學提供的教學流程，不只是建立概念，更透過實作的程序來使學生強化練習，使學生在自己寫作產出與他人回饋當中，透過不斷的同化與調適去建立文體基模，這是與講述法最大的不同。

3. 從範文中建立文體基模與直接教導文體結構有何差異？

同樣是教導文體結構，有些教材呈現了範文、有些教材則不提供範文。文體基模教學是引導學生從範文中建立文體基模，透過一篇又一篇典型與非典型、基模內與基模外的範文分析，使學生不斷進行概念建立與正反例區辨，以強化基模的完整性與適當性。直接教導文體結構，是最明顯的講述法，學生能夠學習內化的可能性非常小。故範文的使用與否同時也影響了學生的基模建立。

4. 文體基模教學會不會扼殺學生的創造能力？

筆者在前面歸納坊間作文教材時提過，文體結構取向的教材可能會使學生思想僵化，成為套用文體的寫作機器。這與教學者使用教材、使用評量、上課步驟等方式均有很大的關係。

教學者使用教材時，應該把教材當作練習的工具，而不是學習的對象，因此，學生應該在教學者的引導下，從教材中學

會組織思考的能力，而不是片面的學會字詞或結構，若教學者引導不佳則會使學生欠缺思維、批判、組織等能力，也就是所謂的創造能力。

教學者若以文體架構為尊，在評量時忽略了內容、用字遣詞、修辭、語法等其他向度，則學生很容易以教學者評量的傾向來改變自己寫作的風格，為了得到較高的寫作成績，學生可能轉而只重視文體卻不重視內容。

文體基模教學在教學流程中，十分重視討論、賞析與發表的步驟，透過同儕互動與腦力激盪，去澄清自己的基模與思維能力，並建立學生在發表中獲得的自信，對於學生的創造能力實有正向作用。

5. 文體基模教學與其他寫作知識（如內容、修辭等）教學是相對的嗎？

前面提過 Hillocks 認為寫作過程至少需要四類知識，而文體只是其中的一項知識。筆者也談到，要使學生學會「寫作」這個複雜的能力，需要從其他細微的能力建構起來，並非單一種教學法就能保證使學生學會。因此教學者在進行寫作教學前，應先明確定出教學目標，並在不同的教學時間進行不同寫作能力的培養，多向並行，一次教學時段不宜培養過多項目，並在教學中落實各項能力間的相互運用，才能讓學生寫作不偏廢在任何一項。

本研究的定位是針對文體基模建立做探討並提出教學流程，文體基模能加強學生文章形式上的完整性與結構性，而其他寫作知識項目（如內容、主題、策略、組織、句法、文法、標點等），或可提升內容及形式，因此與其他寫作知識的培養並無衝突。

6. 文體基模教學要進行多長的時程？

教學絕對不是速成的，教學成效也不可能速成，因此別期望寫作教學能夠速成。任何一種教學都需要衡量學生的舊經驗

與背景知識，同時也要考量教材的難度，如果教學者面對寫作
能力較高而簡單的文體，則可能幾節課就完成一個教學單元。
但若恰好遇到能力較低而複雜度較高的文體，則可能需要花上
幾週甚至花上一個月才能完成一個教學單元。因此要說文體基
模教學需要進行多長的時程，答案是沒有定論的。

　　然而，寫作既然被視為重要且複雜的能力合成，那麼耗費
這些時間是必要的，教學者不應該因為耗費時間的長短來衡量
教學的價值。

（二）研究限制與建議

1. 理論建構尚需實徵驗證

　　本研究除了分析寫作教學現況以外，旨在提出文體基模教
學流程，屬於理論建構，雖然有認知導向寫作過程模式理論、
記憶理論、概念獲得法……等理論上的依據，但目前為止仍是
筆者研究分析的結果，因此尚需要實徵驗證，才得知此教學流
程的成效如何。因此筆者未來將從實徵驗證的角度來研究、分
析文體基模教學。

2. 參考文獻的語言限制可能造成理論提出不夠完善

　　礙於語言限制，本研究參考的文獻以中文著作或中文譯本
為主，但很多教學理論其實源於國外，因此若在參考文獻上有
所疏漏，誠屬偶然也十分惋惜，因此筆者未來將加強外國寫作
理論的參考，以修正研究中所提出的教學理念及教學流程。

3. 認知與教育取向尚不足以解釋文化與社經造成學生寫作能力
的差異

　　筆者在研究過程中，偏重在認知取向與教育取向的理論參
考，但寫作教學對不同的寫作者而言可能有其文化背景或社經
地位上的限制，這是研究中未提及的層次，因此未來研究寫作
理論時，應再參考其他領域如社會學、心理學等研究理論。

4. 不同教學者可能造成執行成效的誤差

　　雖然本理論未經過實徵驗證，但如果有研究者願意實行時，得考量教學者本身在實驗中可能產生的誤差，實驗的成敗有時是理論本身構設不夠周全，有時卻是執行者或執行方法的問題。例如同樣以文體基模來進行寫作教學時，一個活潑而舉例生動的教學者其教學成效必定比一個拿著結構表照本宣科的教學者來得好，此時從結果就很難推斷理論本身是否具有執行上的成效。因此，若要將此套教學流程落實在實徵研究中，可能須考量教學者的變項。

（三）結論

　　寫作既然是一項重要的能力，那麼寫作教學絕對不可輕率。誠如筆者所說，坊間有許多教材與教學理論可供參考，然需要謹慎選擇，並以教學者的教學目標來選擇適用的教材。此外，本研究嘗試提出具體的寫作教學步驟，如有理論上的疏漏敬請不吝指教，也期望未來能有更多關於寫作教學具體教學流程的研究，讓教學者能夠明確施行，也幫助更多對於寫作無力的學生學會「寫作」這項重要的能力。

參考文獻

E．D. Gagne，C. W. Yekovich, & F. R. Yekovich（1998），岳修平譯，《教育心理學──學習的認知基礎》，臺北：遠流。

Jantz, R.（1988）. Concept Teaching. In Arends,R.L.，Learning to teach. New York: McGraw-Hill，Inc Linda Campbell，Bruce Campbell, Dee Dickinson（1998），郭俊賢、陳淑惠譯，《多元智慧的教與學》，臺北：遠流。

王宏喜（1992），《文體結構舉要》，北京：經濟管理。

王瓊珠（2004），《故事結構教學與分享閱讀》，臺北：心理。

杜淑貞（1998），〈從連絡照應談文章如何積段成篇〉，載於《國小作文教學與文化互動學術研討會論文集》，63～68，花蓮：花師語教系。

李得雄（1996），《怎樣提升作文能力》，臺南：西北。

徐綺穗（1995），〈概念教學模式之探討〉，載於《國立臺南師範學院初等教育學報》8，199～218，臺南：南師。

許文章（2001），花師國民教育所碩士論文《故事圖教學對國小六年級學生記敘文寫作表現與組織能力之研究》，花蓮：花師。

教育部（1993），《國民中小學九年一貫課程綱要語文學習領域》，臺北：教育部。

張新仁（1992），《寫作教學研究》，高雄：復文。

黃尤君（1996），東師國民教育所碩士論文《臺灣地區國小寫作教學觀念演變之研究》，臺東：東師。

楊芷芳（1994），中師初教所碩士論文《國小不同後設認知能力兒童的閱讀理解能力與閱讀理解策略之研究》，臺中：中師。

葉雪枝（1998），國北師國民教育所碩士論文《後設認知寫作策略對國小四年級記敘文寫作能力提昇之影響研究》，臺北：國北師。

楊裕貿（1996），〈臺灣省中部四縣市國小六年級學生之應用文寫作能力研究〉，載《臺中師院學報》，13，241～282，臺中：中師。

趙鏡中（2001），《童書演奏──兒童讀物如何進入教學現場》，臺北：教育部臺灣省國民學校教學者研習會。

劉明松（2003），彰師大特教系博士論文《結構性過程取向寫作教學對國小作文低成就學生寫作學習效果之研究》，彰化：彰師大。

劉慧珍（1998），〈寫作教學師資養成策略探討──師範學院語文教育系寫作指導課程設計〉，載於《國小寫作教學與文化互動學術研討會論文集》，17～40，花蓮：花師語教系。

鄭麗玉（1993），《認知心理學──理論與應用》，臺北：五南。

鄭麗玉（2000），《認知與教學》，臺北：五南。

唐傳奇在國小閱讀教學上的應用

廖五梅

摘要

在跨越歷史的洪流和時代的種種考驗後，唐傳奇仍然具有觸動人心和啟發思想的魅力。在內容上唐傳奇所描述的人物多樣、形象鮮明，透過閱讀我們可以了解人性；在題材上唐傳奇提供虛構的世界，透過閱讀讓我們可以置身其中，豐富想像力。從唐傳奇中可以看見儒道佛如何融匯在唐朝文化中、科舉考試對知識分子的影響和人民生活的點滴、風貌及時代運行的軌跡等；進而可以了解我國傳統文化的內涵。而唐傳奇所蘊含的主題、思想，更可透過閱讀詮釋來解釋人生及表達對人生的種種願望。以唐傳奇作為輔助教學的教材，可引導學生閱讀理解唐傳奇文本後，再利用讀者劇場化、故事劇場化、舞臺劇化、相聲劇化等戲劇化的具體作法，加以詮釋並讓學生主動參與改編。透過這樣的戲劇性教學活動安排，可以讓學生樂於閱讀並深化閱讀內容，彌補正式課程的缺點而強化語文教學效果。

關鍵詞：唐傳奇、戲劇化、閱讀教學、讀者劇場化、故事劇場化、舞臺劇化、相聲劇化

一、引言

　　「只求量化，學習難以踏實」，這是位在國小教學現場老師們在這幾年推動閱讀教學活動後所遇見的難處。而從學生的閱讀登錄簿所記載的書目及閱讀心得的寫作上來看，這其中似乎欠缺了指引他們走向真實人生的經典文學作品。這引起研究者想一探究竟的動機。

　　時勢所趨科技的發展是不可避免的，而它所帶來的影響更是無遠弗屆，唯有對自身傳統文化的覺醒，才不會迷失和產生混亂。研究者希望兒童在國小階段就培養起閱讀傳統文學作品的樂趣，進而了解屬於我們傳統文化及歷史，成為一個有深度人文素養及審美能力的人並樂在其中。

　　兒童是不可能一直待在天真完美理想的世界裡，他勢必走入真實的世界，而真實的人生卻是充滿矛盾景象的；在他走入真實人生的情境中，他需要指引和方向，而小說正可說是讓他走向真實人生情境的最佳啟蒙老師。而根據佛斯特（E.M.Forster）的講法：小說構成的元素為「故事」、「情節」、「人物」。（佛斯特，1995：40）以此來看待中國傳統小說，「有意為之」的始於唐傳奇、宋元平話小說、至明清的章回小說。由於唐傳奇「作意好奇」的特點具有「童話」的特色——驚奇性，可以引發學生的閱讀的興趣。

　　希望透過對「唐傳奇在國小閱讀教學上的應用」的探討，有助於面對閱讀教學成效不如預期的不安和疑惑；同時也有助於教育工作者、閱讀推動者、家長和社會大眾，透過唐傳奇提供的情境，進而對照我們目前所處的社會和文化環境，解決人生的難題。

二、唐傳奇的特性與再生

「傳奇」一詞，最早出現於中唐。以「傳奇」來作小說集的名稱，則是中晚唐的作家裴鉶。而後人們根據這種小說記敘奇行異事的特點，約定俗成的一種稱名。在中唐以前，唐人把小說這一類文字稱為「傳奇」，是為了與高雅的韓柳古文作區別。從中晚唐到北宋，「傳奇」這一名稱，就是專指短篇文言小說這種文學體裁。北宋以後「傳奇」所代表的意義就不同了，南宋和金以諸宮調戲曲為傳奇，元人也把雜劇稱為傳奇，明、清時代則稱南戲為傳奇。但在中國文學史上，我們通稱唐代文言短篇小說為「傳奇」。

唐傳奇和唐詩並列為唐代文學的成就。所以南宋洪邁：「唐人小說不可不熟，小小情事，悽惋欲絕，洵有神遇而不自知者，與詩律可稱一代之奇。」（轉引自吳志達，1981：2）造成唐傳奇如此顯著成就的原因，除了社會變動、經濟繁榮、政治文化及佛道宗教思潮的影響，還受到六朝志怪小說、史傳文學的啟發。唐傳奇為我國文學史上最早的「有意為之」的小說並稱為一代之奇，來自於它在藝術上的特性。

（一）豐富多樣的題材與內容

傳奇雖源於志怪小說，內容也不乏搜奇記逸，但在奇、異這些特色外，唐傳奇還多出了不少面向。由於唐以前的小說，多屬於神奇怪異，較少觸及真實生活的層面；但到了唐傳奇時作者已將筆觸伸向廣闊的現實社會角落，切近唐人的生活，題材更加廣泛。就現存故事依其內容大約可分為：愛情、俠義、歷史、神怪等四類。所述的上自帝王后妃的宮廷生活、下至妓女士子的戀愛婚姻悲劇，人物多樣，從娼妓、奴婢、侍妾、商賈、市井無賴都可成為傳奇小說中的主人公，而成就唐傳奇強烈的人物形象。儘管每個短篇所反映出的只是社會生

活某一個橫斷面，但以整體而言，卻能看出整個唐代社會的生活圖畫。由於豐富多樣的題材與內容使唐人傳奇小說給予後代戲曲增加寫作的題材，如沈既濟的〈枕中記〉衍為元朝馬致遠的《黃粱夢》等，對後世文學影響很大。

（二）嚴謹完整的小說結構

從文章結構看，六朝志怪志人小說是採直線描述的筆記小說，多屬「粗陳梗概」、「叢殘小說」的簡短篇幅，缺乏人物形貌與心理刻畫，更無鋪張的故事情節，不能成為結構完整的作品；而唐傳奇作者是有意識的創造，並藉助傳奇小說的形式，由虛構的情節和人物形象來創作，結構完整、內容豐富的「短篇文言小說」。根據羅盤在《小說創作論》中提到：「今日的小說，是由人物、故事和主題三者所構成。人物用以扮演故事，故事用以表現主題。由此三者互為因果所產生的小說，才能算是真正的文藝作品。」（羅盤，1980：4）以此標準，唐傳奇已脫出「街談巷語，道聽塗說」的俚俗小事的記載範疇，而成為有思想、情感且富文采的文藝作品。

正如明代胡應麟在《少室山房筆叢》指出：「變異之談，甚於六朝，然多是傳錄舛訛，未必盡幻設語；至唐人乃作意好奇，假小說以寄筆端。」（胡應麟，1963：486）

裡面提到唐傳奇的「幻設語」或「作意好奇」就是意識的創造。這說明六朝筆記小說作者和唐傳奇作者在創作上的顯著的差異：單純記載到有意識自覺的創作。從這我們可以看見中國小說的發展在唐代已從筆記體發展到符合現代觀念的「小說」文學體裁。

（三）優美動人的語言藝術

魯迅從語言藝術的角度看待唐傳奇：「小說亦如詩，至唐代而一變，雖尚不離於搜奇記逸，然敘述宛轉，文辭華豔，與六朝之粗陳梗

概者較，演進之跡甚明，而尤顯者乃在是時則始有意為小說。」（魯迅，1996：51）「敘述宛轉」、「文辭華豔」，說明了唐傳奇的語言敘述較前代流暢，文辭也較優美動人；它繼承古代散文和駢體文及詩歌、民間俚語俗諺中的詞彙，又汲取前人在語言結構嚴謹而又靈活、精鍊準確的優良傳統，這形成唐人傳奇獨特的語言風格。在語言藝術上具有三個特色：

1. 散韻結合、雅俗交融。唐人傳奇大都是用流麗明暢的古代散文寫的，但也帶有較多的韻文成分。如〈鶯鶯傳〉中鶯鶯寫給張生的信為半駢半散的筆調。〈柳氏傳〉穿插韓翊與柳氏互相題答的詩，富於民間風味，詠物托情，語帶雙關，詞淺意深，清新雋永。

2. 精鍊準確，文詞雅潔。唐傳奇作品敘述性的語言，一般都很精鍊，要言不繁，能把事件原委、人物遭遇敘述完整具體，給人明確的印象。在極短的篇幅中，敘事寫人，不流於概念化。在描寫人情物態方面，唐人傳奇的語言更是色彩絢麗，優美細膩，具有形象鮮明、描寫生動的特點。

3. 比喻形象，鮮明貼切。傳奇作者也往往通過比喻、象徵的藝術手法，把人物內心的感情細緻真實地表達出來。傳奇中更經常借用人們所熟知的古代人物、典故作比喻，來形容所描寫的對象或說明人物的處境和心情。（吳志達，1981：139～147）

這顯示唐傳奇「作意好奇」的「奇」就是「怪」、「異」，這種特點是符合國小兒童所喜愛閱讀書籍的特性——驚奇性。再加上它的文辭敘述較優美華麗，具有審美的藝術價值。「依據教育家的說法，兒童時期〔相當於國小就學階段〕是遊戲的時期，兒童生活是遊戲的生活，閱讀對兒童，也僅是一種遊戲項目而已。遊戲的目的在求愉悅，遊戲的動機在於有興味，那麼為兒童而編寫的文學作品，自應以符合兒童的遊戲要求為準則，以滿足兒童的娛樂的需要為鵠的。唯有如此，寫成的作品，才能使兒童感覺愉悅有興味，才能使兒童自動自發地去閱

讀。」（林守為，1988：11） 我們希望透過唐傳奇「怪」、「異」的特色引起學生閱讀的慾望，並藉著閱讀了解我們傳統的文化進而欣賞優美的文辭並學得文章敘事的技巧。

唐傳奇產生的年代距今一千五百年，唐傳奇的內容反映出廣泛社會生活層面，所描寫的題材和主題呈現多樣性。更是後世小說、戲曲取材的來源。「一部好的文學作品，不僅是文字可以流芳百世，由文字延伸應用生出電影、戲劇、音樂、繪畫等其他藝術表現形式，也能為相關產業創造出經濟利潤，也就是現在被廣為討論的『文化創意產業』。」（薛秀芳，2005）閱讀唐傳奇文本後，再由戲劇化轉多媒體創作，也就是結合其他媒體並利用現代科技二度轉換後可成為另波寫作的題材，而再二度輸出成為新產品或綜合藝術品。（周慶華，2004a：325）蘭陽戲劇團由「黃春明編導《杜子春》在 2002 年 2 月 22～24日，三天的首演會上，造成極大迴響並且一票難求之盛況」（蘭陽戲劇團，2002），就是以唐傳奇〈杜子春〉的故事內容結合其他媒體並利用科技二度轉換成綜合藝術品的最佳證明。利用這些作法可讓人重新看待唐傳奇並使它獲得再生。

三、唐傳奇在國小閱讀教學應用的嘗試

教材戲劇化，是指國小現行課程中，選擇國語、社會、生活等的教材，運用戲劇的方式來表達進行教學。戲劇這種模式，古來就有。（何三本，1997：401）「根據中外的兒童心理學家均認為教材戲劇化可以達到以下這些目標：（一）知識的建構是由兒童自己主種操作，自行建構得來的。（二）與人互助的社會行為，是建構知識的主要來源。（三）戲劇活動能促進兒童自然語言發展和膽識訓練。（四）角色扮演，是輔導、矯治兒童偏差行為最有效的方法。（五）豐富了想像空間。（六）培養獨立思考的機會。（七）使一個團體能自由發展實踐自己的理想。（八）是一個學習合作的機會。（九）提供認識社會的機會。（十）使

情緒的控制鬆緊自如，正常發展。（十一）養成傑出的表達能力。（十二）提高文學程度的體驗。」（同上，427～432）所以位在國小教學現場的老師可以根據教材戲劇化可達成的功能，廣泛地使用以戲劇化活潑的方式進行閱讀教學活動。「教材戲劇化的目的，並不是教戲劇，而是藉戲劇化為手段，引發孩子對功課感到興趣，達到『寓教於樂』的目的。」（同上，405） 唐傳奇戲劇化的目的也是要藉著戲劇化方式讓學生了解唐傳奇文本的內涵進而深化學習內容強化閱讀理解培養良好閱讀習慣。

黃致遠在〈唐傳奇〈枕中記〉的民間童話特質〉一文中進一步指出：「唐代文人是有意識的創作小說，不僅文章篇幅長，描寫曲折的情節，姑不論作品的寓意及作者所要表達的創作意識如何，唐傳奇故事中超人的意識，無疑也是民間童話中經常出現的，而〈枕中記〉的『超現實』如真如幻的敘述手法，正符合民間童話的重要特點：濃厚的幻想、豐富的想像和浪漫主義精神。」（黃致遠，2000）

林文寶也認為我國古代文學作品裡面蘊藏豐富的童話材料，例如先秦神話、漢魏六朝筆記小說、唐傳奇、宋元話本、明清小說等，有待我們去發掘；其中有關唐傳奇中的「變異之談」、「作意好奇」、「擴其波瀾」，正是童話所重視的。現保存下來的唐傳奇，大部收在《太平廣記》一書裡，所以唐人小說裡擁有童話的材料是最可採，也最可觀的。（林文寶，1994：268～269）

唐代是中國歷史上最強盛的朝代之一，在文化、政治、經濟、外交等都有輝煌成就。在宗教的派別上除了佛道二教還有伊斯蘭教、拜火教、摩尼教、景教等，其中佛道二教的傳播受皇室的推崇而非常興盛，唐代宗教在社會上的地位和影響力是非常大的。而儒家思想指的是儒家學派的思想，由春秋末期思想家孔子所創立──以仁為核心的思想體系。漢武帝採董仲舒的主張：罷黜百家，獨尊儒術，從此儒學成為正統思想，但到魏晉南北朝則別為演變出玄學。由於儒家經典是唐代科舉明經科考試的科目，所以基本上唐代的政權是以儒家思想為主。而受到「溫卷」風氣的影響，所投的文章要兼備各類文體，表現

考生的史才、詩筆、議論各方面的能力，更要引起主考官閱讀的風氣，於是傳奇作品應運而生。所以趙彥衛《雲麓漫鈔》卷八記載：「唐之舉人，藉當時顯人以姓名達之於主司，然後以所業投獻，逾數日又投，謂之溫卷。如《幽怪錄》、《傳奇》等皆是也。蓋此等文備眾體，可以見史才、詩文與議論。至進士則多以詩為贄，今有唐詩數百種行於世是也。」（趙彥衛，1984：222）可見其科舉制度對唐傳奇創作的影響。但因科舉名額有限，登科的機會不多，造成許多文人因科舉而來的幻滅，從此由儒入佛道（佛道思想為出世思想，帶有濃厚的浪漫色彩，可以讓人在困厄中暫時藉此解脫撫慰受傷的心靈。）所以唐傳奇中同時也摻雜了佛道的思想。

　　道教的基本宗旨：「延年益壽、羽化登仙。」所謂「延年益壽」，就是延長生命在現實世界的存在時限；所謂「羽化登仙」，就是透過一定的修養方式來變化氣質，使修行者達到「長生久視」、老而不死的目標。在唐代，道教被皇帝大力提倡，人們競相建築道觀，合藥煉丹，妄想長生不老，飛昇成仙，在這樣的社會思潮和風尚帶動下，反應在傳奇的創作上，就出大量求仙問道的作品。

　　佛教在武則天和唐憲宗時期的大力提倡下勢力擴大，再加上從中唐以後以宣揚佛教故事為主的說唱變文興起，所以在內容上佛教故事就成為傳奇小說部分的題材。例如：《大唐西域記》卷七關於「烈士池」的記載，就是唐傳奇〈杜子春〉故事的來源。所以佛家「因果報應、生死輪迴」的觀念，會出現在唐傳奇作品中。在文字語言方面，佛教譯經重在散文的平易、準確、生動，提供傳奇小說在語言藝術上的借鏡，再加上散韻結合的體裁，也影響了傳奇小說的結構形式。

　　陳文新在《中國傳奇小說史話》指出：「佛道思想的流傳，傳奇受其滋潤，受益良多。例如，道教的仙人多在山中，這誘發和促進了唐傳奇作者對景物的關注，尤其是對奇異境界的關注。而諸多佛教故事的細節，更已轉化為傳奇作品的血肉，融為一體不可分割；甚至在一向為道家佔據的神仙故事，佛教也能大有作為。」（陳文新，1995：49）從這兒我們可以發現唐傳奇作者的想像受到佛道思想的啟發，

使得作者筆下的世界更豐富;由於多了佛道的神奇幻術,增加了作品的趣味性。

總而言之,我們看見儒、道、佛文化相互融匯於唐代的社會裡並表現在唐傳奇的作品中。從這兒我們可以想見當時的社會情景,了解文化形成的原因。

在面對「全盤西化」視傳統文化為迷信、落後、不合潮流的危機時,「修古以更新」是個可提供參考的方式。所謂「『修古以更新』就是檢討、批判、詮釋傳統文化,並面對新的文化內涵,作一番選擇與融合。換言之,是對傳統本身進行『創造的轉換』」。(龔鵬程,1995:20~21)在這種「創造的轉換」的思維下,唐傳奇作為閱讀教學的非制式教材是一個可遵循的方向。

國小課程中要在有限的時間下進行閱讀教學活動時,教師選材應用時就得有所斟酌。根據方祖燊在《小說結構》中所說:短篇小說是指在半小時至一兩小時內可以看完,字數在兩三千到一兩萬字,而且題材要單純、文字要精鍊、偏重故事或人物。(方祖燊,1995:248)唐傳奇正符合這樣的企求:由現存作品來看,唐傳奇從篇幅短的最少的有幾百字,篇幅長的最多不超過一萬字,一般都在五千字以內。在這樣的條件下,唐傳奇的結構和內容對國小兒童是具有較強的吸引力的。

四、唐傳奇在國小閱讀教學應用的方向

將唐傳奇戲劇化跟閱讀教學結合,可以擺脫課內閱讀教學偏向單方面知識傳輸的缺點。戲劇這種模式運用在國小教學上,跟兒童劇有密切關係。而根據美國當代兒童戲劇學家摩西・郎德裕(Moses Gelderg)的分法,將兒童劇分為:(1)創造性戲劇活動;(2)表演性戲劇活動;(3)兒童劇場;(4)偶人劇場。其中以「創造性戲劇活動」和「偶人劇場」適合運用在國小教學課程中。這兩種戲劇表現的方式

有：話劇、歌劇、舞劇、歌舞劇、布袋戲、皮影戲、卡通、傀儡戲、雙簧、數來寶、相聲、童話劇等。（何三本，1997：401～403）

閱讀教學包含：聆聽教學、說話教學、注音符號教學、識字及寫字教學，本研究以其中的說話教學結合唐傳奇戲劇化作檢證。在「閱讀教學流程中說話教學是以『額外』強化方式介入，透過演講、辯論、舞臺劇、廣播劇、相聲、雙簧、說故事等活動安排來成就」。（周慶華，2007：65）其中以舞臺劇和說故事因為可以即興創作和增加同體成員共同參與的機會，為本研究所主要採取的方式（兼採相聲），其餘則太費工夫而暫且不予考慮。其中說故事又可分劇場性的讀者劇場、故事劇場和室內劇場等，本研究僅以讀者劇場、故事劇場等方便在小學教室實施的方式來進行。由於「讀者劇場和故事劇場應用方式十分簡單，劇場技術要求層級不高，很適合一般非專業性演出活動所採用，對學生演員的口語表達，劇場效果的掌握，及簡單演出條件的搭配都具有相當的趣味性。」（張曉華，1999：243）所謂舞臺劇就是演故事，演故事在劇場化的過程中，是「表演」而不是「口述」。這種表演一般稱為戲劇。由於不再受敘事體的制約，這就會使原故事「滋生」出許多故事來。在「西化」的影響下戲劇又衍生出許多不同的類型，如依據輔助媒介的特徵而區分為舞臺劇、廣播劇、電視劇、電影等。（周慶華，2007：67～69）但由於廣播劇、電視劇、電影所使用的器材在國小課程中實行起來有相當的困難性，所以只有舞臺劇的方式是適合在閱讀教學上應用的。以下就唐傳奇在國小閱讀教學應用戲劇化的四種方式加以說明：

1. 讀者劇場：是由兩個或兩個以上的朗讀者，作戲劇、散文或詩歌的口語表現，必要時，將角色性格化、敘述、各種素材作整體組合，以發展出朗讀者與觀眾一種特殊的關係為目標。它的表現方式是讓演員朗讀者，從頭到尾都在舞臺或固定的區位上，以搭配少許的身體動作、簡單的姿勢及臉部表情，朗讀出所設計的各個部分。（張曉華，1999：243）

由於讀者劇場的取材從傳統文學作品到學生創作的故事都可作為演出的題材，再加上沒有空間、服裝、布景及背臺詞

的限制，使教師非常容易運用在課程活動上，是閱讀教學上很受歡迎的戲劇活動。茲以從唐傳奇中歷史類的故事選擇陳鴻〈東城父老傳〉為例，將描述的部分由敘述者來朗讀，其他的對話內容則由各個角色來擔任。限於篇幅只取部分改編成劇本的形式如下：

東城父老傳

人　物：敘述者

老人（賈昌）

唐玄宗

太監（王承恩）

潘氏　（賈昌的太太）

賈至信（賈昌的兒子）

買至德（賈昌的兒子）

安祿山

陳鴻（作者）

敘述者：在唐朝有一個叫賈昌的人，他生於開元初癸丑年到元和年間的庚寅年時，已經九十八歲了，但他的身體看不出有老化的現象。他看得清楚、聽得分明，說起話來口齒清晰，記憶力更是好的驚人，就連太平盛事的種種情形都能說得清楚明白。

老　人：記得我在七歲的時候，我身體發展就比一般的小朋友還要好，由於對我的手腳靈活，體力旺盛，更有以雙手抱著柱子上去騎在樑上的超群技藝。不僅身體強壯，我的頭腦反應也很快；除此之外，我還有一項特殊的才能——懂鳥類的語言。

敘述者：唐玄宗很喜歡鬥雞遊戲，在宮內營造了雞坊，搜羅了數千隻高冠昂尾的大公雞，由於皇帝喜歡鬥雞，一般百姓也跟著流行。有一天玄宗出宮遊玩時，看見賈昌在路邊玩鬥木雞，就把他召入宮中去馴養公雞。

369

太　　監：啟稟皇上，不得了呀！真是奇蹟啊！在雞坊裡馴養鬥
　　　　　雞的少年中有一個小孩，他對於雞的習性瞭如指掌。
　　　　　不僅如此，他隨便捉起兩隻雞，那兩隻就會露出害怕
　　　　　的樣子而變得服服貼貼，像人一樣的聽從指揮。

唐玄宗：真有這樣的奇事，快把那個小孩帶來見我。

敘述者：賈昌就被帶到殿裡，並在皇上面前表演。

　　經由這樣的演出學生看到了賈昌一生的歷史，從他的歷史
反映出玄宗的荒淫與天寶年間社會的亂象。值得一提的是本篇
採用倒敘的手法：由老年的賈昌談起過去的種種；學生也學會
描述的方式除了順敘方法外還有倒敘的方法。

2. 故事劇場：它較讀者劇場更為口語化，敘述者的說明是由角色
所分攤因此劇中人物有時候會以第三者的身分，用旁白或獨白
來敘述一些情況。演員往往須要穿著劇裝，當敘述時，其他演
員還可表演啞劇動作。同時可將歌舞、音樂作搭配演出，是一
種較動態的一種故事敘述戲劇表演。（張曉華，1999：250）

　　故事劇場是由讀者劇場而發展出另一種新的表現形式。因
為它是一種更為舞臺化的表演形式，相較之下導演的功能顯得
更為重要。茲從唐傳奇中愛情類的故事選擇元稹〈鶯鶯傳〉為
例，表演時，演員要注意對話、獨白與敘述的區別。限於篇幅
只取部分改編成劇本的形式如下：

鶯鶯傳

人物：張生

鄭氏（崔鶯鶯的母親）

崔歡郎（崔鶯鶯的弟弟）

崔鶯鶯

紅娘（鶯鶯的婢女）

楊巨源（張生的好友）

張生：（進入舞臺，手裡拿著一本書在研究： 啞劇動作）在
　　　唐貞元年間，有位姓張的讀書人，他的性情溫和，具有
　　　英俊的容貌，對於不符合禮法的言詞行為，從不加理
　　　睬。到了二十三歲都還沒有和女生交往過。沒多久張生
　　　在蒲州巧遇崔氏母女，並將他們從兵禍中解救出來。
（音樂起，在崔氏中堂準備飯菜酒食宴請張生）
姨母您太客氣了！那點小事不值得您掛在心上，我的媽媽也姓
鄭，論起親來，您是我的遠房姨媽呢！大家都是一家人，當然
要彼此照顧。
鄭氏：（坐在中堂裡）我是個寡婦，一個人帶著兩個小孩，在
　　　這個兵慌馬亂治安不好的時候，幸好你的幫忙使我們的
　　　身命財產得以受到保護，這份恩德實在難以報答，現在
　　　我叫我的兩個小孩要他們以見兄長的禮節來拜見您，希
　　　望能以此來報答您的恩。歡郎出來見我們的救命恩人。
歡郎：（入場站在鄭氏旁邊）媽，您說的救命恩人就是這位大
　　　哥哥嗎？
鄭氏：對呀！就是這位大哥救了我們一家人。（手指著張生）
歡郎：（很高興的表情，跑到張生的身邊）謝謝大哥哥。
張生：歡郎很乖，你幾歲了？（手輕輕摸著歡郎的頭）
歡郎：十歲。
鄭氏：鶯鶯!出來見我們的救命恩人。
鶯鶯：（站在一角落，搖搖手，不出來： 啞劇動作）
鄭氏：（生氣的表情）張家的大哥保住了我們的生命，要不是
　　　他，你早被亂軍搶走了，還避什麼嫌啊？

　　學生從上述的劇本中可以發現它和讀者劇場的明顯不
同──有動作、表情，敘述者由演故事的人分攤，不再另外找
一位敘述者。由於故事劇場給予學生更多自由選擇的機會，可
讓一組或個人敘述臺詞對話時，其他人以作啞劇動作。教師可

以使用多種編組的方式，讓學生愉悅的分析內容，讓學生主動去分析，透過劇場的演出對於較難的閱讀詞彙，反而更容易理解與詮釋。

3. 舞臺劇：舞臺劇是戲劇依據輔助媒介的特徵而區分的一種表演方式。戲劇，係源於希臘文「去作」之意。一般係指能夠「演出的戲劇」而言。其產生的方式有二種：一為劇作家撰寫的文學作品，為有劇本的戲劇；另一種是由參與者即興創作而成的作品，為無劇本的戲劇。（張曉華，1999：57）

　　舞臺劇是現行國小閱讀教學課堂上方便實施應用的演出方式，茲從唐傳奇中神怪類的故事選擇李復言〈杜子春〉為例，參照張曉華《創作性戲劇原理與實作》中戲劇扮演的方法，作法如下：

　　老師首先以說故事來開啟活動的序幕——杜子春的故事敘述（限於篇幅未能將故事內容呈現），當老師敘述完故事後，可再詢問學生是否了解杜子春的故事內容。當沒有問題後，老師再概述情節的經過，確定學生都清楚明白故事的大綱後，便將學生分成若干小組，並請小組討論如何將故事戲劇化並將它演出。討論的方向：（1）故事要從何開始？從杜子春年輕時家財萬貫一擲千金揮霍的生活開始？還是從他落魄潦倒遇見老人開始？（2）須分幾個場來表現？三場、四場或五場？一般表現這個故事約需五場。第一場：杜子春落魄潦倒時，遇見老人，老人送他三百萬的情景。第二場：再度富有的杜子春又回到從前聲色犬馬今朝有酒今朝醉的奢華生活。第三場：老人三次周濟杜子春，終於使杜子春悔過。第四場：報答老人的恩情，願意捨身煉丹。在煉丹過程中受到萬般苦難，但因未能棄絕愛心而導致煉丹失敗。第五場：杜子春未能幫助老人煉成仙丹，心中十分慚愧，又重回人間俗世。（3）角色分配：依班級學生多寡分成若干小組，在小組中每個人均安排角色扮演。主角由一位同學演出擔任，其他同學扮演次要角色，只要是不在同一

場，次要角色都可以由同學輪流演出，重點在使人人都有機會擔任各個角色的演出。（4）即興扮演：從第一場開始，請同學按照所分配到的角色及分場順序，作即興扮演的練習，當每一場景都演練過後再進行通排。（5）示範演練：各組輪流作示範排練的成果。

在〈杜子春〉故事中有許多幻想、虛構和誇張的成分，容易引起學生的興趣，去揣摩人物的思想，模仿其動作進而豐富故事的內容。教師在學生創作的過程適時從旁指導，其中需要注意的事項：（1）唐傳奇採用文言的方式敘述，所以老師在敘述故事時，盡量忠於這種表達方式，求其真實，以建立另一種不同的表演方式。（2）學生在演練中，不宜作硬性要求，以其平日的口語對話方式進行，求其順暢，以增加學生創作的興趣。（3）當學生能順暢的表達後，才要求學生盡量模仿〈杜子春〉故事中的時代背景及人物的特質。最後，老師還可教大家製作簡單道具或布景在演出時配合音效、動作和對話加以運用，豐富戲劇扮演的內容。

4. 相聲劇：相聲最原初的表演樣式是「單口相聲」，從「單口相聲」後衍生出「對口相聲」與「群口相聲」兩種表演樣式。不過，當相聲發展到群口，再想擴大規模時，便很自然，也很容易往戲劇的路上走去；而另一面方面，劇場也注意到相聲這一元素，相運用它，因此出現了「相聲劇」。（葉怡均，2007：40～41）相聲劇是臺灣劇場的新品種，它脫胎自傳統，演員除了功能性的「逗」、「捧」之外，必須扮演角色，而表演保留著遊走於「敘事」、「代言」的彈性；必須有明確的「戲劇動作」及時空結構。（馮翊剛、宋少卿，2000：10）

相聲劇擺脫傳統的結構觀念「主題雜談型」進到「情節推演型」及「即興後設型」。（馮翊剛、宋少卿，2000：16）現以唐傳奇俠義類的故事選擇杜光庭〈虬髯客傳〉為例，學生可以在臺上突發奇想，要求立即合演〈虬髯客傳〉這齣戲，一個熟

巧，一個假溜，兩個人以「現在式進行」的語法進行表演，將排演失誤、爭執的全部過程，攤於臺面上。

根據相聲劇的特徵：喜劇、相聲形式、演故事。（馮翊剛、宋少卿，2000：19）進行此類表演時，老師要特別注意營造輕鬆的環境，由老師自己現身說法演給同學看，或利用影音出版品作為輔助工具引起學生興趣，然後由學生進行實務演練。學生透過相聲劇的演出獲得美感的經驗，必然印象深刻，而至終身不忘。

總而言之，讀者劇場化、故事劇場化、舞臺劇化、相聲劇化等四種戲劇化優為選擇的作法是在國小閱讀教學課程中較方便實施應用的。唐傳奇透過以上戲劇化的具體作法，可以讓學生主動建構知識、豐富想像空間；並訓練他們的語言表達能力和膽識，進而提升文學閱讀能力。

五、唐傳奇在國小閱讀教學應用可能的效果

當西方自科學、工業革命之後，勢力版圖逐漸擴大，文學、科學、藝術在其強大武力之下，成了一支獨大。而「氣化觀型文化也在二十世紀轉向西方取經，逐漸要失去『自家面目』」。（周慶華，2004b：190～193）也就是當在我們快速創造臺灣的經濟奇蹟時，我們生命中有許多的東西也在不知不覺中被淘汰或遺忘，甚至意識不到這種遺忘的悲哀。我們希望在國小閱讀教學課程中以唐傳奇作為非制式的閱讀教材並以戲劇化的方式期望達到以下的效果。

（一）引起對傳統文化的認知

西方強權所主導的全球邁入國際化的時候，他們的文化也逐漸全球化。所以當翻譯作品在包裝精美及強勢廣告宣傳下成為大家注目的

焦點（流行的趨勢如《哈利波特》的風行），相關的閱讀的內容也多半傾向於外來的西方文化，把我們原先所擁有的智慧結晶——傳統文學給拋棄了，視我國傳統小說為迷信、怪力亂神；因此孩子習慣於西方的文學作品、內容，對於我們的傳統文學反而感到陌生甚至一無所知。這無疑會產生文化斷層及認同上的危機，長此以往，後果可能不堪設想。希望透過唐傳奇的閱讀讓孩子欣賞並認同自己本身的文化，而為他們找到身分認同的依歸。

（二）對文學有感情

　　了解是欣賞的預備，欣賞是了解的成熟。也就是說，了解和欣賞是相互補充的。（朱光潛，1983：54）當我們對原有的文學有充分的認識、了解，我們才能加以詮釋並更深一層的欣賞。文學作品的美，異於其他藝術品，具有形式和意義。審美的機趣是滿足人的情緒的安撫、抒解、激勵。構設高明的文學作品，特別容易顯現這種審美效果：從中獲取純粹的感情品質；就是所謂的「化境」或者美感的經驗、美的感情或價值感情。（周慶華，2004b：134～135）所以從閱讀唐傳奇作品可以讓閱讀者得到這種審美心理的認同，進而對文獻產生感情。

（三）檢討閱讀教材

　　現行國小語文教材須以教育部頒布的《國民中小學九年一貫課程綱要》為依據，並要能滿足五大基本理念、十大課程目標和十大基本能力和六大議題為主要條件。在那樣的條件限制下所選出的制式教材顯得什麼都可以但卻缺乏自己的主體性；對照現行的語文閱讀教材，非制式的教材就具有較高的自主性。以唐傳奇作為非制式教材可彌補制式教材「學究型單向灌輸」（何三本，1997：411）的缺點而強化語文教學效果。

（四）可以當作典範

中國是一個歷史悠久的文明古國，而在長期歷史發展中創造出許多燦爛輝煌的文學作品，有待我們去探討及運用。在中國傳統豐富燦爛的文學作品中，選擇以唐傳奇作品作為補充教材並透過戲劇化的方式獲得學生的認同後，可以回饋給教材編審機制重新檢討制式的語文閱讀教材的內容和方向。再者這個方法獲得成功認可後，更可作為輔導教材的典範。

六、結語

人們總是在面臨存在難決的問題時才有意識地去進行研究及探索。在研究問題意識形成之後，就要設法解決，而「解決問題」就是研究目的的所在。

「學習語言的目的，是要藉此作為溝通訊息的媒介；但是所謂『溝通訊息』，除了指現實生活中與周遭人的相互溝通外，還包括從古代文獻中獲取知識，吸取經驗。換句話說，語文的功用，並不是『並時』或『共時』的，還須顧及『異時』或『歷時』的層次。以一般常說的『聽』、『說』、『讀』、『寫』四種語文能力來說，我們所『說』所『寫』，除了給現代人來『聽』來『讀』以外，也可能會流傳後世，讓後人來『聽』來『讀』；反過來說，我們每天所『閱讀』的，除了現代人的作品外，也可從歷代相傳的作品去了解古人的知、情、意，以吸收古人智慧結晶。因此，具備閱讀傳統文獻的能力，也是學習語文的目的之一。人類的經驗得以世代傳遞，文化得以繼往開來，就是靠語文作媒介，而這正是一種『異時』的溝通。」（黃沛榮，2006：4）唐傳奇是以古文寫作的文言小說，不同於現代淺顯易懂的白話小說，這裡面有許多動人心弦的故事，是後世小說戲劇常取材的瑰寶，具有非常高

的閱讀價值。雖然唐傳奇原文較艱深難懂，但只要透過貼切的語譯，保留原文的風貌，使得在同一文化傳統之下的我們依然能領會唐傳奇故事所帶來的深切的快樂、由衷的感動；閱讀時，一種親密感和幸福感自然會充滿胸中。

　　從閱讀唐傳奇的文字延伸以戲劇化為媒介的方式，讓學生捕捉生活中的聲色光影，以啟發學生對自身的文化的情感，一起來思考傳統文化再生的課題。每一個文化中的人都必須了解、學習自己的文學和歷史，如此才能參與團體中的交流和相互溝通。而學習文學和歷史更不是只為了附庸風雅、增加體面，而是為了加強溝通的效率。期望以這個研究建立一個可供閱讀教學教材參考的方向，喚起大家對我國傳統文學的重視，以戲劇化活潑的方式輔助教學並重新召喚良好溫馨的師生情誼。也希望透過對「唐傳奇在國小閱讀教學上的應用」的探討，有助於面對閱讀教學成效不如預期的不安和疑惑；同時也有助於教育工作者、閱讀推動者、家長和社會大眾，透過唐傳奇提供的情境，進而對照我們目前所處的社會和文化環境，解決人生的難題。當強勢的全球性西化發展，造成文化同質性的此刻，只有我們對傳統文化認識越深刻，才能對比外來文化並加以吸收、運用，進而開創新的文化視野。觀看人類的進步，都是來自於新與舊不斷地衝撞、對話，才能夠繼續向前邁進；再者，也期望將研究產生的一點新知顯現出來，提供有志從事閱讀教學者作參考，進而能夠在閱讀教學上展現新意、深化美感或昇華道德。

參考文獻

方祖燊（1995），《小說結構》，臺北：東大。

朱光潛（1983），《談美》，臺北：前衛。

何三本（1997），《說話教學研究》，臺北：五南。

吳志達（1981），《唐人傳奇》，上海：古籍。

佛斯特（2002），《小說面面觀》（李文彬譯），臺北：志文。

林文寶（1994），《兒童文學故事體寫作論》，臺北：財團法人毛毛蟲兒童
　　哲學基金會。

林守為（1988），《兒童文學》，臺北：五南。

周慶華（2004a），《文學理論》，臺北：五南。

周慶華（2004b），《語文研究法》，臺北：洪葉。

周慶華（2007），《語文教學方法》，臺北：里仁。

胡應麟（1963），《少室山房筆叢》，臺北：世界。

陳文新（1995），《中國傳奇小說史話》，臺北：正中。

馮翊剛、宋少卿（2000），《這一本，瓦舍說相聲》，臺北：揚智。

張曉華（1999），《創作性戲劇原理與實作》，臺北：財團法人成長文教基金會。

黃沛榮（2006），《漢字教學的理論與實踐》，臺北：樂學。

黃致遠（2000），〈唐傳奇〈枕中記〉的民間童話特質〉，《中華技術學院期刊》
　　第 28 期，39。

葉怡均（2007），《我把相聲變小了——兒童相聲劇本》，臺北：幼獅。

趙彥衛（1984），《雲麓漫抄》，臺北：新文豐。

魯　迅（1996），《中國小說史略》，北京：東方。

薛秀芳（2005），〈重拾文學作品 培養閱讀習慣〉，網址：http://www.ntl.gov.tw/Publish
　　__List. asp?CatID=642，檢索日期：2008 年 10 月 6 日。

羅　盤（1980），《小說創作論》，臺北：東大。

蘭陽劇團（2002），〈蘭陽劇團大事記要〉，宜蘭：宜蘭縣政府。

龔鵬程（1995），《思想與文化》，臺北：業強。

「詩眼」在語文教學上的應用
——以中英詩歌為例

陳郁文

摘要

　　詩是一種詮釋存在的一種方式，自詩樂舞合一的口傳文學至以詩歌作為傳情達意的語言符號，中國藝術不重形似、不重寫實的特點，再現中國傳統以萬物為氣化生成的思維觀念，在詩歌上以便於審美主體抒情，利於表現客觀對象的動態美、整體意象圓融、超言越象的神韻美為真；西方藝術主張模仿寫實，往往只起外在形象美，在詩歌上以便於主體敘述寫實，利於表現自然之物為真。「詩眼」可以說是詩句中最傳神生動、最精練的一個字詞，不僅於詩境中發揮「畫龍點睛」之妙，也傳達詩是神動的意象，是一種生活、一種哲學概念、一種文化語言。以此，中西詩歌所再現的不僅是語言符號、作者表情達意的語境，更呈現中西文化的生活本質及思想內涵。

關鍵詞：詩眼、語言教學

一、緒論

　　中國古典詩歌講究練字，「除了每一個字都必須千錘百鍊外，還必須注意「詩眼」即依據詩或一首詩中最精練傳神的一個字」。「詩要練字，字者眼也」，『工在一字，謂之句眼』，中國古典詩歌講究練字，除了每一個字都必須千錘百鍊外，還必須注意『詩眼』，即依據詩或一首詩中最精練傳神的一個字。」（李元洛 1990：593）劉勰之《文心雕龍》〈練字篇〉有言：「善為文者，富於萬篇，貧於一字」；蘇東坡亦嘗言「詩賦以一字見工拙」，「改章難於造篇，易句艱於代句」。詩眼之說可以看出所謂練字是有自己美學目標的。如「春風又綠江南岸。」（王安石〈泊船瓜洲〉）句的「綠」，「野曠天低樹，江清月近人」句的「低」，「菊殘猶有傲霜枝」句的「傲」，都是詩中最精彩傳神的一個字。這就是歷代詩人一個字要當幾個字用，隻字半詞都是珍貴的，字不虛設，然後詞簡易密，情重味雋，使境界全出。杜甫說自己「為人性癖耽佳句，語不驚人死不休」，這樣講究練字、練句、練意是古典詩歌的文化傳統之一，也是中國古典詩美學的一個突出特色。鑑賞古典詩歌時如能從「詩眼」入手，更能感受詩人創作時語言洗鍊而內涵豐厚的境界；另一方面也是理解詩歌思想與感情的一個重要方法。

　　中國詩歌鑑賞強調讀者心領神會的「悟境」、作品渾然天成的「詩境」、作者情景交融、心物交會的「心境」，但是這些「意境」都可以轉換成概念，一種以語言表達的思維方式，亦即藝術形象蘊含的那些能夠說明生活本質的東西、自然界一切真實的認識，都是對永恆東西的認識。古詩詞所使用的語言表現手法導致詩歌的運思方式，尤其中國傳統藝術具有很強的主觀表現性，藝術家在創作過程中十分自覺地把內心世界主觀精神傾注到審美的對象中去，因而藝術作品所描繪的客觀景物總是包含著作者的情絲和對生活的評價。讀者在欣賞的過程中必須發揮理性的想像作用才能理解作品的真諦，獲取美的享受。

　　「有文字不一定就有神韻，神韻必須要依附文字；神韻可以表現在文字之外，但不能捨棄文字去求神韻。所以神韻雖不屬於詩的形式美，但產生神韻卻必須先具有形式美」（黃永武 1976b：196）猶如王國維《人間詞話》拈出「境界」說，分「造境」、「寫境」；有「有我之境」、「無我之境」，而且「能寫真景物真感情者，謂之有境界」，「紅杏枝頭春意鬧」、「雲破月來花弄影」，因「鬧」字「弄」字而「境界全出」（王國維 1987），正是意在言外而言外之意須依附形式才能再現審美感受。「詩眼」練字能「一字盡得風流」透過修辭美化，給人耳目一新的新奇之美的感受，又能召換出引人入勝、情景交融，心物交會的新勝境。但是「所有審美體驗不為『憑空而起』也不為『倏忽而滅』，終而能夠底定為昇華人性的所資。」（周慶華 2004c：138）如王維「山路原無雨，空翠濕人衣」中「濕」字，使人產生純淨的快感；杜甫「星垂平野闊，月湧大江流」「垂」、「湧」一字，使人情緒振奮高揚；柳宗元〈江雪〉「千山鳥飛絕，萬徑人蹤滅」「絕」、「滅」一字，

　　激起人的憐憫和憂懼的情緒。所以古典詩歌由於語言特有的優勢，透過「詩眼」的精心錘鍊，最能表現一個民族的性格精神和傳統詩歌藝術特徵。

　　詩歌創作要能提升境界，變化新奇，一方面靠的是作者才性及心物交會的「心境」，另一方面則要靠的是使用語言文字的高超精練的寫作技巧。不管古今詩人追求情感與思想沉澱後的語言詩作表達的形式差異，在呈現心境內容上都非常注重表現在詩作文章上意境的藝術勝景上。古人寫詩作詞總在用字遣詞時進行精緻的推敲和創造性的變化出奇，從而使字詞獲得簡練精美、形象生動，感覺深刻的表達效果。（劉長林 1992、李元洛 1990）「詩眼」流露詩的精華，是全詩中最精練、最傳神的字，是使字詞表現出動者益動，靜中取動，靜在動中的立體感與形象化，營造一新奇的藝術境界。在古今「詩」、「散文」、「小說」等以語言創作的文類中，皆可看到使用的語言不管是白話文或者文言皆能在練字的技巧上有共同的表現；這也是讀者於鑑賞詩文品類時的

入門之鑰，作為教學及欣賞與閱讀時最重要的方法及能力。以「詩」、「散文」、「小說」用字為例：

「雲霞出海曙，梅柳渡江春。」（杜審言：〈和晉陵陸丞早春遊望〉）「出」「渡」字將昏暗至晨光初露與冬季至春季的自然景色的遷移變化，透過閒雲朝霞及寒梅綠柳靜態的形象，呈現一幅動態時間的轉變，寓時間的動於空間之中。「黑雲翻墨未遮山，白雨跳珠亂入船。捲地風來忽吹散，望湖樓下水如天。」（蘇軾：〈六月二十七日望湖樓醉書〉）「跳」字捉住西湖雷雨獨特的景致，渲染雨點大而猛烈。密集的雨跳落到湖面，激起無數小水滴，無如萬顆珍珠亂蹦亂跳，水花迸濺之境。跳字俗中藏雅平中藏奇，開闢一個新奇的藝術境界。「酒入豪腸，七分釀成了月光／餘下三分嘯成劍氣／繡口一吐就半個盛唐」（摘錄余光中：〈尋李白〉）句中的「釀」、「嘯」、「吐」字用字新奇，這些動詞所產生的詩意是詩人藉想像力加上去的，並作感情移入，使死板的東西有感情，有生命，有動作。「兩岸的燈火也濕了／我眉睫的露水盈盈／開了有又開的素花／靜靜的在秋色中疲倦」（馮青：〈水薑花〉）「濕」字將燈光照在水上漾溢的樣態鮮明的表現出來，疲倦與開了又開所蘊含等了又等的意義呼應，從西欣悅充盈到頹然傷志之狀意涵表達深刻。「秋天到來，蝴蝶已經死了的時候，你的碧葉要翻成金黃，而且又會飛出滿園的蝴蝶。」（郭沫若：〈銀杏〉）「翻」字描繪了碧葉由綠變黃的瞬間變化，和暗喻黃葉是蝴蝶的精靈，在秋風中翩翩起舞，喚起讀者美妙的聯想。「小趙更打了鼓；老李不但不傻，而且卻是很厲害。同時，他要是和所長有一腿的話，我不是想法收拾他，就得狗著他點。」（老舍：〈離婚〉）「狗」不僅形象地刻畫出小趙像狗一樣彎腰擺尾的動作，還描繪出他故意討好賣乖，獻媚取寵的神態。

二、中西語言文化的詮釋

中西詮釋語言文化現象論述，從思維系統、語言文化建構理論及語言符號使用所呈現的比較差異，可以作為理解中西藝術在性能上表情的相關性與性能上文化的侷限性。

（一）中西文化分析

老子說：「天地與我並生萬物與我合一」孟子說：「萬物皆備於我矣」。中國偏重抒發主體精神，追求主體人格的精神自由。更深一層的原因是全體中國人信守「氣化觀所以一切都會認為自己是『靈氣所鍾』而必須『自是甚高』的獨立承擔起來」（周慶華 1997：71～72）、「中國傳統儒道義理，中國的構設和演化都根源於建構者相信宇宙萬物自然氣化而成」（同上，228）、氣化觀有別於西方「根源於建構者相信宇宙萬物受造於某一主宰（神／上帝）的創造觀。」（同上，185～186）這一點在「西方的表現理論中，想像力的創造性具有重心的重要性，可是中國表現理論家，除了陸機和劉勰等少數例外，很少強調創造性。」（劉若愚，1981：177）「這點差異可能是由於中國傳統哲學中，沒有世界的創造者這種人性神祇的概念，而與猶太教、基督教的造物主上帝這種概念形成對比；這種概念為藝術家及創造者這一概念，提供了一種模式。」（劉長林，1992：178、46）如王維：〈山居秋暝〉「明月松間照，清泉石上流。」這個注視過程正好模擬了我們觀物感應活動，故能使讀者再造、再經驗詩作的瞬間的生命。

西方傳統藝術歷來主張模仿自然。亞里斯多德認為最好的藝術必須「照事物的應當有的樣子去模仿」（《詩學·二十五章》）而模仿是人的「一種自然本能」人通過模仿來學習，並「從模仿的作品中取得愉快之感」。（《詩學·二十五章》）強調對外物的模仿和反應，對自然和

現實不是從主觀的方面去理解，不是從主觀的方面去表現，這是從古希臘發端的西方傳統藝術和美學的基本立場。所以西方傳統美學強調現實的再現，偏重追求關於自然的知識。（同上，1992）

（二）藝術表現的差異

中國建築不以單個孤立的殿堂，而總以一個或大或小的建築群。這種整體精神表現在詩歌講究的意象、意境上，意象、意境是詩心與妙景的交融，是主體的生命情絲與客體的自然景色的交織。整體之美同時也是為了獲得整體之真。空間和時間的無限都不表現在一個不可追蹤的遠點，如「行到水窮處，坐看雲起時」（王維）、「山重水復疑無路，柳暗花明又一村」（陸游）空間和時間的無限是歸返自我的循環而不是直線。如詩作的回環反覆，餘韻不絕。主體的抒發可以藉著對客體形象表現和象徵，引起人的感應和共鳴。松梅蘭菊山水石雲這些自然物和人的精神、情操在整體結構中存在某種統一性。選擇的客觀形象也都以便於主體抒情。

中國藝術不重形似、不重寫實的特點是對現實經過的歸類、提煉更集中，更概括地反應現實，及中傳神不重形似的要求，有著內在的協調一致。西方模仿寫實，起外在形式美的作用。

「西方從古代哲人柏拉圖及亞理斯多德所發展的認識論的宇宙觀，其強調『自我追索非我世界的知識』程式，力求為每件物象找出『一個永久的輪廓』，一種永遠不變的形而上的東西，因為眼前的現像是會變化的，會變化就無法永恆。」（劉若愚 1981：55～57）「西方人為模仿上帝的風采而運用幾何原理發展出的透視畫，還原、存真，上帝造物的實況……在音樂上，所有音樂的終極目標就是榮耀上帝修補靈魂。」（周慶華 2005：253）所以「西方文學的最高境界往往是宗教或是神話的，其主題往往是人神的衝突；中國文學的最高境界往往人與自然的默契（陶潛），更常見的是人間主題」。（劉若愚 1981：125）

　　中國藝術在表現客觀的審美對象時，要求從整體的視角來表現局部，以整體統率局部。如中國繪畫「以大觀小」就是居高臨下，橫觀縱覽，從多視角及整體視角觀察對象把握全局，才能將各個局部看清楚，表現客體的整體性風貌，其中可居可游，呈現以空間動態美。「中國藝術家不把自我硬加在存在現象之上，如中國繪畫中使用了旋迴視滅點或多重視滅點（俯視），使我們從多重角度同時看到現象的全貌。事象的呈現發生必須既是時間的亦是空間的。如王維：〈辛夷塢〉木末芙蓉花，春天發紅萼。澗戶寂無人，紛紛開且落」。（同上，177～178）

　　「空間時間化」對時空場景的表現根據的不是不可移異的景物空間，而是主體盤旋走動中俯視仰察的視象，客觀景物互相的關係和畫面的地位和主體對這些景物的內心領會。時間和空間的變化和表現更取決於人的活動。「如葉維廉指出的，中國畫家以其『視覺角度的移動』來將『空間的各單位時間化』」，「王秀雄探討中國畫技法時也說到：『中國人之空間觀乃是繼時之空間觀，也就是空間的時間化……這種客體與自我之不可分性，使得中國人發見不出透視畫法』」。（仇小屏，2002：263）

1. 中：空間的時間化

　　張繼〈楓橋夜泊〉「月落烏啼霜滿天，江楓漁火對愁眠。姑蘇城外寒山寺，夜半鐘聲到客船。」這首詩以「先、後」的時間關係，統領起「高、低、遠、近」的空間變化，既是時間的流逝，也顧及了空間的轉換。

2. 西：時間的空間化

　　「西方人為模仿上帝的風采而運用幾何原理發展出的透視畫，還原、存真，上帝造物的實況」白福德（Willim B）〈聖誕樹〉詩作上也將動態時間以靜態圖像的空間表現上帝「聖靈」的降臨，即對存在現象概念化，沒有把存在現象顯出，而是將其隱蔽。：

星	Star
如您有	If You are
憐憫的愛心	A love compassionate
今年您會與吾人同行	You Will walk with us this years.
距您遙遠的我們，匍匐在這	We face a glacial distance, who are here
堆在	Huddlrd
您腳下	At your feet

（三）從語言差異分析

　　漢語屬漢藏語系：漢字其特點仍是表意文字。漢語，詞沒有詞形變化或時間觀念，只能藉助助詞、副詞或上下文來表示時間觀念。如鄭愁予〈錯誤〉以主體意識借場景的描寫異動表時間的推移。現代漢語句子實際運用中，主謂賓形的句子佔少數，大量句子卻是多動句如，詩詞中則重意合、悟性、意念靠句子內部邏輯聯繫。

　　英語屬印歐語系：英語是拼音文字，英語重主謂關係詞義比較靈活，範圍廣，對上下文的依賴比較大。英文要做到一個字而同時具有兩三種的文法的用途而不需要在字面上變化的，英文做不到，其細分限指特指的要求無法如中國詩歌自由。p31 英語重形合重分析，靠語言，本身語法手段重主謂句法，名詞用得多，介詞也用得多，表達複雜思想時往往開門見山句子只能有一個謂語動詞，是英語句子的核心，只要抓住謂語動詞就抓住句子的靈魂。（陳定安，1997；曹逢甫，2004b；葉蜚聲；徐通鏘，1993）

三、如何找詩眼？

（一）從詞彙辨析的語言風格辨析

　　詩歌在創作時非得要「咬文嚼字」要求一字之內盡得風流，往往是尋意容易尋字難。在詩歌鑑賞時要能一字見意也是不容易，這就要靠對詩的理解與鑑賞能力，然而尋一字之法可得，鑑賞則要看出情趣，這需要涉及對詩歌寫作的「識見」、寫作的踐履「本事」與相關的教學「方法」才能逐漸提升。就語言風格學上來說：「語言風格學想知道的是某一作家或某一作品所用的語言『是怎樣的』，然後客觀的，如實地把它說出來……它是客觀的、科學的、求『真』的學科」。（竺家寧，2001：27）以下就從詞彙的角度看作品風格特點，其中擬聲詞、重疊詞（擬聲、擬態詞）、情感色彩、共存限制的類別使用看語言風格與辨析「詩眼」所在的方法。

1. 擬聲詞：「文學作品常常藉『聲音』效果來造成鮮明逼真的感覺，同時喚起視覺與聽覺的臨場感。擬聲詞的運用是《詩經》的語言風個特色之一。」如：「寫流水聲：河水瀰瀰、北流活活、江漢浮浮、淮水湯湯、河水洋洋。工作勞動聲：伐木丁丁、坎坎伐檀、鑿水沖沖。車行鼓樂聲：有車鄰鄰、鼓聲喤喤、大車檻檻。動物叫聲：關關雎鳩、喓喓草蟲、鳥鳴嚶嚶」如此寫事物、摹聲生動造成鮮明逼真的感覺，正也是詩歌中辨析「詩眼」所在的方法。如：杜甫〈登高〉「無邊落木蕭蕭下，不盡長江滾滾來」。

2. 擬態詞：如陶淵明〈擬古詩〉其六「蒼蒼古中樹，冬夏常如滋。年年見霜雪，誰謂不知時」這是對松樹常青的描述，句中「蒼蒼、年年」即詩眼所在。又如〈歸鳥〉「翼翼歸鳥，晨去於林……翼翼歸鳥，載翔在飛。雖不懷遊，見林情依」描寫鳥的飛動與其感觸，「翼翼」語帶模糊不知是群鳥亦是獨鳥極具想像張力。

如溫庭筠〈夢江南〉「斜暉脈脈水悠悠，腸斷白蘋洲」、王維〈積雨輞川莊作〉「漠漠水田飛白鷺，陰陰夏木轉黃鸝」。

3. 情感色彩：錦連的〈貨櫃碼頭〉「悽涼的碼頭颳起了血腥的狂風／無聲的哀號在貨櫃間漂散」（摘錄）句中的「悽涼」、「血腥」、「哀號」即是奇特鮮明的義象安置。

4. 共存限制：「研究詞與詞的自然搭配規律即是『共存限制』的課題。如數量詞之後必然是名詞」打破語義（下位）的共存限制產生詩的陌生化。如洛夫〈出生之黑──石室之死亡〉「我閃身躍入你的瞳，飲其中的黑／你遂閉目雕刻自己的沉默」句中飲動詞應加賓語（名詞）、雕刻應加具體名詞卻換成「飲＋黑（形容詞）、雕刻＋沉默（抽象名詞）」前一句打破尚未的語法共存限制，後一句所變的只是名詞範疇的下位概念，也就是詞義上的共存限制。（同上，57）這樣的改變也造成詩意的「間接傳達」（周慶華 2004b：86），能提升詩作的審美價值。「飲、雕刻」即是詩眼所在。

5. 走樣句：王維〈過香積〉「泉聲咽危石，日色冷青松。」「梅祖麟《文法語詩中的模擬》分析了它創造的過程：『1.危石使泉聲咽，青松使日色冷。2.危石咽泉聲，青松冷日色（使動轉換）。3.泉聲咽危石，日色冷青松（倒裝轉換）。』二句還不離古代漢語的自然語言，第三句是『走樣句』就只能出現在詩句裡了。」（竺家寧，2001：72）「咽」為動詞，「冷」字為形容詞。此處亦可作動詞解，由此二字之運用，而使兩句極為靈動。

（二）從詞類的活用、巧妙的修辭辨析詩眼

「修辭學」是求「美」的學科。一般的修辭」在避免語文表達不佳的效果而言，是「一般性」基本層次的要求。「藝術修辭」，是特殊

性修辭，指促進語文表達具有藝術效果而言，使語文表達活潑、新穎、有立，加深讀者感受，屬於特殊性、深層性的要求，著重藝術範疇，講究別出心裁、引人入勝。以轉品（詞性的轉變）為例：「轉品」的修辭方法，將一般的語言以想像的語言，暗示性的語言讓整首詩在意象之外，語言也富有想像性。「文言中的動詞常常可以同時為形容詞，或做其他的詞性，可以使我們更跡近渾然不分主客的存在現象本身。所以缺乏細分語法及詞性的中國字，它們指向一種更細微的暗示的美感經驗，中國的古詩所用的文言，由於超脫了呆板分析的文法、語法而獲得更完全的表達。」（葉維廉，1983：30～40）

　　如名詞、形容詞在詩歌中的作用「『名詞較具彈性，可以改變其語義範疇，而動詞卻不能』『動詞或形容詞語義較為穩定，常能發揮維繫名詞語名詞之間語義關係的功能』」。（白靈，1991：117）詞性的轉變在詩裡可以造成語言的創新及原有語法上的轉位。「實詞活用」形容詞用如動詞：王維〈鳥鳴澗〉「人閑桂花落，月初驚山鳥」句「驚」字、「春風又綠江南岸」之綠字為形容詞（狀語）作動詞用。「綠」字之用，而詩之境界全出。「紅入桃花嫩，青歸柳葉新。」（杜甫：〈奉酬李都督表文作〉）「紅、青」形容詞用如名詞，將初春花紅柳綠的季節時間變化寓於景物之中，造成新奇勝境。又如他的〈何將軍山林〉「綠垂風折筍，紅綻雨肥梅」句中「肥」本是形容詞卻妙用為動詞。南宋詞人蔣捷〈一剪梅舟過吳江〉「流光容易把人拋，紅了櫻桃，綠了芭蕉」，句「紅」與「綠」「這兩個近於俗的形容詞，別出心裁地表現了靜態事物的動態化，以櫻桃由紅到深紅、芭蕉由淺綠到深綠的發展，表現韶光飛逝之意，獲得了去俗生新的美學意趣」。（李元洛，1990：625）

四、「詩眼」在語言教學上應用

（一）認識文體的類分

　　理解、建構一種教學理論對語言教學有實質上的便利性，能以一當百、與時並進地去處理詩歌教學與寫作教學上的困難，這也提供詩歌語言教學的一種方便法門。處理語文教學當先辨析文體的特質以及類分。以下依據周慶華在《創造性寫作教學》之方法分類：

　　若以語言表述的內在樣式或取義向度作為依據，暫且把文體區分為「抒情性的文體」、「敘述性的文體」和「說理性的文體」等三大類型。這三大類型又可以有前現代式的、現代式的和後現代式等文化型態差別；以至就可以形成更多次類型的文體：這些類型還可以以描述、詮釋和評價等手段以及再現、重組、添補和新創等、而方式各自成就所要成就的具體樣式。依照這個圖示，幾乎所有寫作文體教學的課題都可以從中得著定位和適度討論：

（周慶華，2004b：18）

　　雖然如此，實際的創造性寫作文體教學還得再細緻化，才有具體指稱的便利性。換句話說，抒情性的文體、敘述性的文體和說理性的文體等都是高度概括的文體指稱，它們還須要再與細分，以便作為論說和實踐的依憑。（周慶華，2004b：17～20）以下列圖示區分（併合三大類型、次類型、次次類型）：

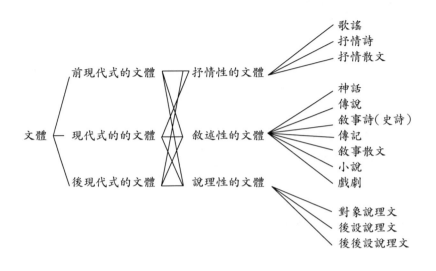

（周慶華，2004b：19）

（二）認識詩歌意象的安置

　　詩歌是一種抒情性文體注重意象及韻律的經營，文學是語言的藝術，文學創作離不開語言這個工具。然而語言的表現力是有限的，中國文學家深知「言不盡意」的道理，所以中國文學特別注重言語的啟發性和暗示性，把那微妙的意味寄諸言外，追求言有盡而意無窮的效果。以下引文正可說明詩歌鑑賞的切入點就在詩眼的一字之奇，可以含不盡意：「文字是語言的符號（symbol），符號和所指的事物是兩件事，彼此可以分離而獨立……文字只是一種符號，他的情感思想的關聯全是習慣造成……文字可以藉語言而得生命，語言也可以因僵化為文字而失其生命……比如『鬧』字在字典中是一個死文字，在『紅杏枝頭春意鬧』一句活語言裡就變成一個活文字了。」（朱光潛，1993：93〜98）「一般人不瞭解文字和思想的感情的密切關係，以為更改一兩個字不過是要文字順暢些或漂亮些。其實更動了文字，就同時更動了

思想感情，內容和形式是相隨而變的……韓愈在月夜裡聽見賈島吟詩，有『鳥宿池邊樹，僧推月下門』兩句，勸他把『推』字改成『敲』字……其實這不僅是文字上的分別，同時也是意境上的分別……問題不是在推字和敲字哪一個比較恰當，而在哪一種境界是他當時所要說的而且與全詩調和的。在文字推敲，骨子裡實在是在思想感情上推敲。」（同上，91～92）

以上從文藝理論上說明文字與語言的關係密切，但文字不盡然能涵括詩歌全部的意象與情趣。有限的字用卻能發揮意在言外、不落言詮的境界，給人無限的聯想空間。「造化鍾神秀，陰陽割昏曉」（杜甫）、「採菊東籬下，悠然見南山」（陶潛）、「我見青山多嫵媚，青山見我應如是」詩人見山的美，意象相同但所灌注的情趣不同，各是一種境界。（同上，53～59）以「濕」字為例：李元洛《詩美學》將詩的藝術性層次作如是說：

> 一般的修辭：如王昌齡「爭弄蓮舟水濕衣」、杜甫「林花著雨胭脂濕」、韋應物「細雨濕衣看不見」、李清照「黃昏疏雨濕秋千」他們雖然都不失為好句，但也都還只是按照生活本來的面貌和型態來刻化事物，比較實質和平常，還不能給人耳目一新的新奇之美的感受，下面索引的這些詩句卻昭換出一個引人入勝的新天地：
> 「山路原無雨，空翠濕人衣。」（王維〈山中〉）「晨鐘雲外濕，勝地石堂烟。」（杜甫：〈船下夔州廓宿，雨濕不得上岸〉）「春日在天涯，天涯又日斜。鶯啼如有淚，為濕最高花。」（李商隱：〈天涯〉）「柳岸晚來船集，波底夕陽紅濕。」（趙彥端：〈謁金門〉）「數間茅屋水邊村，楊柳依依綠映門。渡口喚船人獨立，一簑煙雨濕黃昏。」（孫覿：〈吳門道中〉）「若霧沉旗影，飛霜溼鼓聲。」（明林鴻：〈出塞〉）在「濕」字的運用上「這些作品比較前面所引述的平實詩句，其藝術的高下判然立見」。（李元洛，1990：522～525）

　　這理涉及了詩歌意象表達的技巧問題，一字之奇能產生境界、意象層次的不同在於文學語言功用不在直接表達思想或抒發情感，而是意象本身可以變成大家所關注和玩賞的對象。

（三）認識意象的表達技巧

　　鑑賞詩歌除了意象的表現，如何能見得意象表達深淺、用字技巧的高低？這是詩歌鑑賞與寫作的重要課題，首先可以由意象的表達差異作為審美的條件去作辨析。

　　依據周慶華老師意象的表達差異有三種區分的說法，這跟中國傳統區分法為賦、比、興相當。第一層次意象的直接的傳達：是直述（賦），詩人直接把原意象「翻譯成外在的語言」。如杜甫〈旅夜書懷〉「星垂平野闊，月湧大江流」第二層次意象的間接的傳達：是比喻（比），不直接把原意象翻譯成外在語言，間接的表述原意象。如王昌齡〈春宮曲〉「平陽歌舞新承寵，簾外春寒賜錦袍」第三層次意象的繼起的傳達：是象徵（興），把「衍生的意象」當作原意向來描寫。 如李商隱〈無題〉「春蠶到死絲方盡，蠟炬成灰淚始乾」。（周慶華 2004b：86）試試利用意象的表達方法去區分以下五首英文詩作：

1. **史帝文生**（Robert Louis Stevenson）：〈鞦韆〉The swing,
   你可喜歡盪鞦韆，
   高高直上藍天？
   最最好玩就是這一件，
   小孩最愛盪鞦韆！

   高空之中磚牆之上
   廣闊天地盡收眼底，
   河啊樹啊，還有──
   鄉間風光一覽無遺。

下望庭園滿滿綠意，

才見褐色屋頂——

再次騰空又入青雲，

空中上來又下去！

2. **史蒂文斯〈紋身〉**

光像一隻蜘蛛

它爬過水面

它爬過雪的邊緣

它爬行在你的眼皮下

且張開他的網——

它的雙網

你雙眼之網

被繫於

你的肌　你的骼

如繫於椽或草葉

乃有你眼的柔絲

在水面

和雪的邊緣（余光中編譯 1984：151）

「史蒂文斯的詩接近純藝術，富於形而上的意味，頗不意解。他的作品，都是一個主題的各殊變奏，那主題是美學的，也是哲學的。」（余光中編譯 1984：151）

3. **威廉・華滋華斯**（William Wordsworth）：I Wandered Lonely as a Cloud

我像一朵孤單的雲獨自徘徊，

雲兒在山谷高處飄浮而過，

突然一片金黃水仙花映入我眼簾，

就在那湖畔，就在那樹下，在微風中飄搖飛舞著。

他們像銀河系裡閃耀的星星持續跳著舞，

I wandered lonely as a cloud

That floats on hight o'er vales and hills,

When all at once I saw a crowd,

A host of golden daffodils;

Beside the lake，beneath the trees,

Fluttering and dancing in the breeze.

Continuous as the stars that shine（摘錄）

4. 佛洛斯特〈不遠也不深〉

它們望不了多遠

它們望不了多深

但是這豈曾阻止

它們向大海凝神（余光中編譯 1984：33）

「他們」近視，又膚淺，但是看是總要看的。是諷刺還是嘉勉？」

（余光中編譯 1984：33）

5. 龐德〈花園——穿遊行之衣：沙曼〉

像一絡散了的絲線吹在牆上

她走著　沿著坎辛頓園中幽徑的欄杆

她正零零星星的死去

為了一種感情的貧血症

而四周　蠢蠢然正有一羣

齷齪　結實　殺也殺不死的赤貧的孩子

他們將繼承這世界

好教養到她就為止

她的無聊感好精緻好過分

她好想有個人能對他說話

　　而又幾乎擔心我

　　會作出這件冒失的事情（余光中編譯 1984：176）

余光中詩評道：「這是一首可以代表意象主義的絕妙小品。首節意象中意象多美……末行的『這件冒失的事情』，只前面所說『有個人能對他說話』。」（余光中編譯，1984：176）

　　我們很容易可以區分史帝文生〈鞦韆〉，威廉‧華滋華斯〈我像一朵孤單的雲獨自徘徊〉的意象層次，也能分別作家史帝文生〈鞦韆〉、史蒂文斯〈紋身〉的意象表達層次的不同，但如何去辨析佛洛斯特〈不遠也不深〉、龐德〈花園——穿遊行之衣：沙曼〉、史帝文生〈紋身〉詩作的意象層次的情趣深淺？余光中先生所作的小注與解釋是如何建構審美層次的？若不談英詩的韻律，由文字如何去鑑賞詩作意象的安置？

　　只具備認識意象表達的三個層次的做法及修辭方式，並不能真正具備鑑賞詩歌及詩歌寫作的能力，若只在一種「普遍而深刻的感情」為標準或是在語言風格與文字意象的有無探討詩作境界的高低，必有分析及鑑賞的詩作的困難。

　　以「後現代」新詩為例：

1. **向陽〈發現□□〉**

　　□□被發現

　　在一九二〇年出版的

　　多份發黃而枯裂的新聞紙上

　　在歷史嘲弄的唇邊

　　□□業已湮滅

　　啄木鳥也啄不出什麼

　　□□之中

　　空空　洞洞

2. 林群盛 〈沉默（Poetry-BASIC）〉

1ψ CLS
2ψ GOTOψ
3ψ END
RUN

3. 黃智溶〈檔案一〉

這是 &AA&
那是 &BB&
顯然地
&BB& 絕不是 &AA&
&AA& 也不是 &BB&

4. 林耀德〈世界大戰〉4

□WWW I □
噠
噠
噠

死亡
死亡
死亡

WWW II □
轟
轟
轟

粉碎
粉碎
粉碎

WWWⅢ□
光
更強的光
。

　　林群盛〈沉默（Poetry-BASIC）〉詩作只是一群符號，其表義及意象傳達有時只在符號上，或者是符號文字之外的再現，向陽〈發現□□〉、黃智溶〈檔案一〉需要讀者加入填補。這種詩作「形式的變化」與意象的安置可能就是符號而已。林耀德〈世界大戰〉4「噠／噠／噠」表現的是第一次世界大戰的戰爭工具使用是機關槍，造成的結果是死亡。第二次世界大戰的戰爭工具使用是炸彈，造成的結果是建築物、艦艇、飛機等一起毀滅，所以是粉碎。第三次世界大戰是預言，不用聲音意象改用「光／更強的光」視覺意象預測戰爭之短毀滅性極強，最後那個「。」也就是世界末日。一個「。」不置一辭地道盡戰爭毀滅性的恐怖。所謂「不著一字」意在「言」外了，「符號」本身就成了非語文的一種「詩眼」。

　　因此詩歌語文教學上能需要辨析意象的安置外對於意象層次能需要把抒情性的文體細緻化：「第一是『意象的安置和韻律的經營』的普遍率。第二是高標上得有『奇情』、『深情』的蘊涵和低標上『陌生化』（反義詞或矛盾語）語言或『形式的變化』。第三兼容並蓄上述種種成分。」（周慶華，2004b：93）「詩眼」的辨析可以說明，詩歌除了對一個字精心推敲以外，還要能在「奇情」、「深情」、「陌生化」（反義詞或矛盾語）或「形式的變化」深化詩歌審美價值才有意義。語文教學是為了「教人參與文化的創發而免於人生的凡庸化」（同上，8）以及滿足教學者從事語文教學的理想及心理需求而發，這是很有理論根據及深富意義的。

五、結論

　　中國人內斂的感情表達方式，除了語言文字在語法使用的特性外，漢語語言特色在創作上的特別性也反映了傳統中國家族制度結構與文化，對語言長久浸潤的內在因素，所以使用模糊暗示的語言表情達意本有社會文化上的意涵；西方重個人成就，表情達意就更重視個人的思想感情清楚、直接的傳達、理解與過程的分析。中英語言表現在語句上「中文以簡練見長，西文以繁複錦密見長」。（朱光潛，1991：208）英文「若要給句子下個定義，這個定義一定要用到名詞組和限定動詞組……中文的主詞不但在散文可省，詩裡也經常省」（曹逢甫，2004b：88～93），這樣的語法差異除了是語言上的也是文化上的。因為語言是生活所需而創造，表現在語言的載體上，語言使用方式自然要能符合生活所用；文化即生活的統合，語言記載生活傳承累積的文化現象；文學是語言的藝術，文學語言只利用修辭美化日常語言，表現一般生活的直接情感，這樣的語言再現情思層次較粗糙；而詩是「詩起於沉靜中所回味得來的情趣」「詩的情趣並不是生糙自然的情趣，他必定經過一番冷靜的觀照和融化洗鍊的功夫」。（朱光潛，1986：34～36）以此，詩的審美情趣不僅只是見著詩所經營的意象，更要能深究言外之意的「深情」與「奇情」，這不僅能提昇個人文學的鑑賞能力，在中西語文欣賞教學上也能突破傳統詩歌教學只在格律及字詞、修辭上的解說與闡釋。另一方面對提昇語文教學者鑑賞詩文的能力，以及提供在詩文寫作教學內容設計上有所助益。

參考文獻

一、書目

王國維（1987），《人間詞話新注》，滕咸惠校注，臺北：里仁。

仇小屏（2002），《古典詩詞時空設計美學》，臺北：文津。

仇小屏（2002），《放歌星輝下——中學生新詩閱讀指引》，臺北：三民。

白靈、蕭蕭（2002），《新詩讀本》，臺北：二魚。

白靈（1991），《一首詩的誕生》，臺北：九歌。

白靈（2004），《一首詩的玩法》，臺北：九歌。

朱光潛（1986），《詩論》，臺北：開明。

朱光潛（1993），《詩論》，臺北：正中。

朱光潛（1991），《談文學》，臺北：開明。

余光中編譯（1984），《英美現代詩選》，臺北：大林。

李元洛（1990），《詩美學》，臺北：東大。

呂健中、李奭學編譯（1988），《西洋文學概論》，臺北：書林。

孟樊（1998），《當代臺灣新詩理論》，臺北：揚智。

竺家寧（2001），《語言風格與文學韻律》，臺北：五南。

周慶華（1997），《語言文化學》，臺北：生智。

周慶華（2004a），《文學理論》，臺北：五南。

周慶華（2004b），《創造性寫作教學》，臺北：萬卷樓。

周慶華（2004c），《語文研究法》，臺北：洪葉。

周慶華（2005），《身體權力學》，臺北：弘智。

周慶華（2007），《語文教學法》，臺北：里仁。

徐復觀（1966），《中國藝術精神》，臺北：學生。

袁行霈（1994），《中國文學概論》，臺北：五南。

黃永武（1976a），《中國詩學：設計篇》，臺北：巨流。

黃永武（1976b），《中國詩學：鑑賞篇》，臺北：巨流。

黃永武（1984），《詩與美》，臺北：洪範。

黃慶萱（1997），《修辭學》，臺北：爾雅。

許世瑛（1995），《常用虛字用法淺釋》，臺北：復興。

許世瑛（1996），《中國文法講話》，臺北：開明。

張默、蕭蕭編（1995），《新詩三百首》，臺北：九歌。

張春榮（1996），《修辭行旅》，臺北：東大。

陳定安（1997），《英漢比較與翻譯》，臺北：書林。

曹逢甫（2004a），《從語言學看文學：唐宋近體詩三論》，臺北：中研院語
    言所。

曹逢甫（2004b），《應用語言學的探索》，臺北：文鶴。

渡也（1995），《新詩補給站》，臺北：三民。

揚牧（1997），《葉慈詩選》，臺北：洪範。

葉維廉（1983），《比較詩學》，臺北：東大。

葉維廉（1988），《歷史、傳譯與美學》，臺北：東大。

葉蜚聲、徐通鏘（1993），《語言學綱要》，臺北：書林。

劉若愚（1981），《中國文學理論》，杜國清譯，臺北：聯經。

劉長林（1992），《中國智慧與系統思維》，臺北：商務。

鄭樹森（1985），《中美文學因緣》，臺北：東大。

錢玉蓮（2006），《現代漢語詞彙講義》，北京：北京大學。

二、參考期刊

車柱環（1989），〈陶詩的鳥獸草木〉，《中央研究院第二屆國際漢學會議論文
    集》，201～208，臺北：中央研究院。

高友工（1989），〈詩經的語言藝術〉，《中央研究院第二屆國際漢學會議論文
    集》，63～76，臺北：中央研究院。

劉文潭（1993），〈詩、畫關係之中、西比較研究〉，《美育月刊》，4 月號，16
　　～31。

張靜二，〈從結構主義與記號學論律詩的張力（下）〉，《中外文學》，第 18 卷，
　　第 9 期，98～119。

國家圖書館出版品預行編目

語文與語文教育的展望 / 周慶華主編. -- 一版
. -- 臺東市：臺東大學出版；臺北市：秀
威資訊發行, 2009.12
  面； 公分. --(社會科學類；ZF0018)
(東大語文教育叢書；1)
  BOD 版
  ISBN 978-986-02-0816-0(平裝)

  1. 語文教學 2. 文集

800.3   98021372

社會科學類 ZF0018

東大語文教育叢書①

語文與語文教育的展望

主　　編 / 周慶華
執行編輯 / 詹靚秋
圖文排版 / 郭雅雯
封面設計 / 陳佩蓉
數位轉譯 / 徐真玉　沈裕閔
圖書銷售 / 林怡君
法律顧問 / 毛國樑　律師
出 版 者 / 國立臺東大學
　　　　　臺東市西康路二段 369 號
　　　　　電話：089-355752
　　　　　http://dpts.nttu.edu.tw/gile
印製經銷 / 秀威資訊科技股份有限公司
　　　　　台北市內湖區瑞光路 583 巷 25 號 1 樓
　　　　　電話：02-2657-9211　　　傳真：02-2657-9106
　　　　　E-mail：service@showwe.com.tw
經 銷 商 / 紅螞蟻圖書有限公司
　　　　　台北市內湖區舊宗路二段 121 巷 28、32 號 4 樓
　　　　　電話：02-2795-3656　　　傳真：02-2795-4100
　　　　　http://www.e-redant.com

2009 年 12 月 BOD 一版
定價：490 元